sel noir KRIMI

Nicole Bachmann

INZIDENZ

Zur Autorin

Nicole Bachmann (*1964 in Basel), Dr. phil., in der Gesundheitsforschung und Sozialepidemiologie tätig. Doktortitel für Gesundheits- und Sozialpsychologie. Herausgeberin und Autorin von gesundheitswissenschaftlichen Büchern. Sie schreibt Reden für Politiker zu gesundheitspolitischen und wissenschaftlichen Themen. Verantwortlich für die Öffentliche Statistik des Gesundheitswesens des Kantons Bern. *Doppelblind* (Salis, 2008) war ihr Krimidebüt. Lebt und arbeitet in Köniz (BE).

Nicole Bachmann

INZIDENZ

Lou Becks zweiter Fall

salis

Nicole Bachmann
INZIDENZ – Lou Becks zweiter Fall

Salis Verlag AG, Zürich
www.salisverlag.com
info@salisverlag.com

Lektorat Marion Elmer, Zürich
Korrektorat Barbara Raschig, München
Illustration Jerzovskaja.com, Zürich
Gestaltung und Satz Jerzovskaja.com, Zürich
Gesamtherstellung fgb, Freiburg im Breisgau

1. Auflage 2011

ISBN 978-3-905801-39-2
Printed in Germany

Ash nazg durbatulûk, ash nazg gimbatul,
ash nazg thrakatulûk agh burzum-ishi krimpatul.

Ein Ring, sie zu knechten, sie alle zu finden,
ins Dunkel zu treiben und ewig zu binden.

J. R. R. Tolkien
Aus: *Herr der Ringe*, «Der Eine Ring»

1

In der Nacht von Montag auf Dienstag, den 12. März, kurz nach zwölf, rief Gian-Antonio Cavegn mich an. Während ich schlaftrunken zu verstehen versuchte, wo ich mich befand und was passiert war, prasselte ein mathematischer Vortrag an mein Ohr. Dass Gian trotz der späten Stunde noch immer in seinem Büro im Bundesamt für Statistik saß, erstaunte mich nicht besonders. Wir hatten während unseres Studiums viele Nächte durchgemacht. Gegen Morgengrauen lief er jeweils zu Hochform auf, während ich kaum noch zwei und zwei zusammenzählen konnte. Das war lange her, aber Gian lebte noch immer ganz in der Welt der mathematischen Rätsel und Wunder. Soziale Gepflogenheiten, die Arbeitszeiten der Bundesverwaltung, Nachtruhe oder gar Essmanieren existierten für ihn nur als blasse Schemen am Rand seines Horizonts.

Ich unterbrach Gian mitten im Satz, er solle sich morgen wieder melden, und hängte auf. Später sollte eine Zeit kommen, in der ich mich verzweifelt zu rekonstruieren bemühte, was er mir hatte mitteilen wollen. In diesem Moment aber wollte ich nichts als meinen Schlaf. Am nächsten Morgen würde die jährliche Budgetverhandlung stattfinden: die erste, an der ich als Leiterin der Forschungsabteilung des Walmont teilnahm.

Das Walmont, 1832 als Frauenheilanstalt gegründet, war heute mit rund 120 Betten das größte Privatspital in Bern und umfasste sechs Fachgebiete: Innere Medizin, Chirurgie,

Pädiatrie, Geburtshilfe, Psychiatrie und Geriatrie. Dazu kam eine eigene Forschungsabteilung, die aus genau zwei Personen bestand: der Sekretärin Tscharya Mûdjib ur-Rahmân und der Leiterin Dr. Louisa Beck. Das bin ich.

Unruhig suchte ich nach einer bequemen Lage. Hatte ich eigentlich daran gedacht, die Mehrwertsteuerabgaben ins Budget einzurechnen? Und die Lohnklasse für die Assistenzstelle ... wie war die noch? 22? Oder 23?

Ich wälzte mich auf den Rücken.

Schulterblätter nach unten auf das Bett drücken, Hände öffnen, Handflächen nach oben, langsam atmen, langsam und tief. Alle Glieder werden schwer. Schwer ..., schwer ... wie eine riesige steinerne Göttin, seit Tausenden von Jahren versunken im Sand ...

Das Telefon klingelte erneut.

Ich stöhnte wütend auf, nahm den Hörer ab und knurrte, es sei mitten in der Nacht, ich müsse schlafen und gute Nacht.

Zwei Minuten später schrillte mir der Klingelton ein drittes Mal schmerzhaft in die Ohren. Wutentbrannt hob ich den Hörer ab, schrie meinen Freund an, er solle endlich nach Hause ins Bett gehen und mich in Ruhe lassen. Dann knallte ich den Hörer auf die Gabel und riss den Telefonstecker aus der Wand.

Aber Gian ging nicht nach Hause ins Bett.

Stattdessen löschte er sorgfältig seine gesamten persönlichen Daten vom Server des Bundesamts, stellte seine Tim-und-Struppi-Figuren auf dem Arbeitstisch in einem Kreis auf, in dessen Mitte Tim ganz alleine stand, verließ sein Büro und kletterte auf die Brüstung, die den Gang des vierten Stocks von dem offenen Innenhof 16 Meter weiter unten abgrenzte.

Und sprang.

2

Die Budgetverhandlung am Dienstagmorgen verlief erstaunlich gut. Wir würden schon bald einen Assistenten für unsere Forschungsabteilung anstellen können. Ich verbrachte einen Tag zwischen Erleichterung, Euphorie und zunehmender heftiger Müdigkeit. Erst am Abend bemerkte ich, dass Gian-Antonio sich nicht bei mir gemeldet hatte. Ich nahm mir vor, am nächsten Morgen als erstes bei ihm zu Hause anzurufen.

Ich kam nicht mehr dazu. Kurz nach sieben Uhr riss mich ein Anruf der Kantonspolizei Neuenburg aus dem Tiefschlaf. Ein Monsieur Graber informierte mich in sachlichem Ton über den Unfalltod von Herrn Gian-Antonio Cavegn an seinem Arbeitsort im Bundesamt für Statistik. Er habe bei der Untersuchung des Todesfalls festgestellt, dass der Verstorbene kurz vor seinem Tod meine private Telefonnummer gewählt hatte. Drei Mal. Kurz darauf müsse gemäß seinem Kenntnisstand der Tod eingetroffen sein. Er wollte wissen, in welcher Beziehung ich zu dem Verstorbenen gestanden habe und was Herr Cavegn mitten in der Nacht von mir gewollt hatte.

Ich keuchte auf und fühlte, wie mir schwindlig wurde. Ich setzte zu einer Erklärung an, aber meine Stimme versagte nach wenigen Worten. Ich verstand nichts von dem, was Graber dann noch sagte. Seine Stimme schien von weit her zu kommen und war in dem lauten Rauschen um mich herum kaum hörbar. Ich legte den Hörer behutsam auf die Gabel. Erst dann begann ich zu begreifen.

Mein Freund … mein bester Freund … Ich schlitterte in rasendem Tempo auf einen Abgrund zu.

Ich hörte wieder und wieder Gians Stimme mit diesem bitteren Unterton. Ich hörte das Klingeln des Telefons. Und ich hörte die dröhnende Stille danach.

***

Um elf Uhr hatte ich mich so weit gefasst, dass ich Tscharya, meine Sekretärin, anrufen und mich krank melden konnte. Die folgenden Tage verschwimmen in meiner Erinnerung. Ich weinte, ich trank und ich quälte mich ohne Unterlass mit der Erinnerung an mein letztes Gespräch mit Gian. Der Drang, die Zeit zurückzustellen, den Tod ungeschehen zu machen, war so übermächtig wie sinnlos.

Ich schlief nicht mehr. Ich war noch nie in meinem Leben so müde gewesen. Schmerzensmüde.

Einschlafen wurde zu einer kaum bewältigbaren Aufgabe. Jedesmal wenn der gnädige Fall ins Vergessen ansetzte, wenn sich die Gedanken gegeneinander zu verschieben begannen und mein Körper sich auflösen wollte – zu Nichts und zu Allem –, weckte mich eine beklemmende Stille.

Träumte ich vom Klingeln? Von der Stille danach? Ich wusste es nicht, konnte mich nie daran erinnern. Die Welt um mich nahm ich nur mehr gedämpft wahr: das Licht, die Geräusche, meine eigenen Empfindungen …, alles von Schatten verhüllt. Ich bewältigte die Tage im Autopilot. Ich konnte noch nie gut mit Schuldgefühlen umgehen. Ich bin einfach nicht der Typ dazu.

***

Unablässig tauchten Bilder von Gian auf, Erinnerungen. Der Moment, als er mir das erste Mal aufgefallen war. Es war kalt gewesen, sehr kalt sogar. Ich trug damals das ganze Jahr eine ungefütterte Migros-Regenjacke und war zu stolz, meine Mutter um Geld für einen Wintermantel anzubetteln. Mit zwei dicken Wollpullovern unter der Regenjacke hatte ich die Figur eines Michelin-Männchens.

Es war in der ersten Studienwoche. Ich irrte auf dem fremden Universitätsgelände herum, unsicher, eingeschüchtert. An jenem Tag sollte ich die erste Vorlesung in Angewandter Mathematik, meinem Nebenfach, besuchen. Als ich mein Velo vor dem Institut für exakte Wissenschaften abstellte, stand er zwei Meter von mir entfernt: ein großer, junger Mann, eher dünn als schlank, noch schlechter gekleidet als ich, mit viel zu kurzen Jackenärmeln aus denen seine bloßen Arme herausragten. Er ähnelte einer blassblauen Heuschrecke. Ich war erstaunt, dass bei dieser Eiseskälte jemand ohne Handschuhe Velo fuhr. Nicht weit von uns stiegen dick vermummte Gestalten aus ihren Autos: die Tessinerfraktion mit ihren pelzverbrämten Daunenjacken, die sich für die maximal fünfzig Meter zwischen ihren geheizten Golf GTIs und dem warmen Studiengebäude ausgerüstet hatte wie für eine Expedition zum Nordpol.

Es war kein Zufall, dass Gian und ich uns schon bald zusammentaten. Wir waren beide Außenseiter: der 1,85 Meter große Dünne aus dem armen Bündner Bergdorf und ich, eine der wenigen Frauen in diesem Fach, ein Winzling von knapp 1,55 Metern, aus dem Arbeitermilieu von Basel. Vielleicht hatte unsere Freundschaft trotz aller Unterschiede deshalb Bestand, weil diese Außenseiterrolle all die Jahre an uns haften geblieben war.

Zwei Tage später, in der Einführungsvorlesung zur theoretischen Mathematik, saß ich dann in dem steil abfallenden Vorlesungssaal eine Reihe über ihm. Mit seiner Körpergröße hatte er Mühe, sich in die fest am Boden fixierten, hölzernen Stühlchen reinzuklappen. Ich grinste. Ab und zu war es ein Vorteil, klein zu sein.

Neugierig wie ich war, linste ich über seine Schulter auf sein Notizheft. Während ich hastig jedes einzelne Wort des Dozenten mitzuschreiben versuchte, notierte er sich nur einige wenige Stichworte, fein gegliedert in Überschriften, die er je nach Hierarchie mehr oder weniger einrückte. Die Buchstaben selbst waren winzig, wie Ameisenspuren, aber extrem sauber gesetzt. Am Ende des zweistündigen Einführungsblocks hatte ich knapp zwanzig Seiten vollgeschmiert, während der dünne Blassblaue vor mir ein zweieinhalbseitiges, akkurat gegliedertes Inhaltsverzeichnis, mit wenigen Stichworten ergänzt, in seine Mappe packte. Ich staunte. Und bewunderte den Typen. In all den Jahren, die ich ihn kannte, vertiefte sich dieses Gefühl nur noch. Ich verstand ihn nie ganz, aber er war dennoch der Freund, den ich am liebsten hatte.

***

Samstagmorgen. Drei Tage und Nächte waren vergangen, seit ich von Gians Tod erfahren hatte. Drei Tage und Nächte, in denen ich nie mehr als zwei Stunden am Stück geschlafen hatte. Als ich mich an diesem Morgen aus dem Bett quälte, fühlte ich mich wie ein Stück Totholz, das irgendwo angeschwemmt darauf wartet, endgültig zu verrotten.

Ich duschte lange, ließ mich dann eingewickelt in ein großes Badetuch auf mein Sofa sinken und konnte mich zu gar nichts aufraffen. Ich hatte keine Lust auf Musik, keinen Hunger, keinen Durst. Das Einzige, was ich wollte, war schlafen – und das ging nicht.

War ich schuld an Gians Tod? Nein, er war ein erwachsener Mensch. Aber wenn ich anders reagiert hätte in jener Nacht? Er hatte versucht, Hilfe zu bekommen. Von mir. Und ich hatte ihn angeschrien, den Hörer aufgeknallt, das Seil zum Rettungsboot gekappt. Meine Gedanken, stumpf vor Müdigkeit, drehten sich endlos im Kreis. Aus diesem Sumpf aus Trauer, Schuld und einer tüchtigen Portion Selbstmitleid scheuchte mich schließlich jene Person, von der ich es am wenigsten erwartet hätte: Gian-Antonios Mutter.

«Hier ist Flurina Cavegn», meldete sich die zittrige Stimme einer älteren Frau, als ich das Telefon nach ewigem Klingeln widerwillig abnahm.

Ich brachte kein Wort heraus.

***

Ich muss gestehen, dass ich mir Gians Mutter bis zu dem Moment, als ich sie kennenlernte, als dicke, hässliche Spinne mit haarigen Beinen vorgestellt hatte. Wer die Kankra im Film *Herr der Ringe* gesehen hat, weiß, wovon ich spreche.

Sie hockte in ihrem Netz, während Gian an einem ihrer klebrigen Fäden zappelte. Jedes Wochenende zog sie an diesem Faden, bis Gian bei ihr angelangt war. Nur so war es für mich verständlich, dass Gian jeden Freitagabend nach der letzten Vorlesung auf den Zug rannte und nach Hause ins Engadin fuhr. Jeden – einzelnen – gottverdammten – Freitag – in all den Jahren, die ich ihn kannte. Ich hatte ihn zu überreden versucht, wenigstens einmal ein Wochenende woanders zu verbringen – vergeblich.

Als wir uns kennenlernten, tat ich das genaue Gegenteil: Ich ging höchstens alle drei Monate nach Hause und blieb dann, bis ich das Gefühl hatte, gleich zu implodieren. In der Regel war es spätestens drei Stunden nach meiner Ankunft so weit. Gians Anhänglichkeit, seine Hörigkeit waren mir ein völliges Rätsel und nur dadurch erträglich, dass ich ebendieses Bild einer Spinne entwarf. Die Wirklichkeit war dann so anders, dass ich mich fragen musste, ob diese Spinne nichts als eine aus der Eifersucht geborene Projektion meiner selbst war.

Gian hatte mir nie viel von seiner Familie erzählt, aber Zuneigung und Stolz, die er für seine Mutter empfand, waren aus dem Wenigen deutlich herauszuhören. Seine Eltern hatten sich scheiden lassen, als Gian erst drei war. An seinen Vater hatte er keinerlei Erinnerungen, sagte er. Flurina Cavegn übernahm eine Stelle als Buchhalterin in einem lokalen Architekturbüro und finanzierte damit den Unterhalt der Familie und Gians erste Studienjahre. Aber besonders stolz war Gian auf ihre Tätigkeit als Heilsängerin.

Mama singt für Kranke und Sterbende. In der Region spricht man darüber, dass ihre Gesänge heilen können, dass auch die schlimmsten Schmerzen gelindert werden, dass man nachher wieder freier atmen könne. Es sind keine Lieder …, es sind Töne, die direkt aus ihrem Herzen kommen. Sie sagt, dass sie sich bei diesem Singen verbunden fühlt mit allen Müttern und Vätern, die irgendwo auf der Welt über ihre kranken Kinder wachen.

Ich hatte mir diese Worte gemerkt, denn sie waren wohl das Persönlichste, was Gian mir je anvertraut hatte. Von da an stellte ich mir eine Spinne vor, die singend ihr Netz spinnt, um ihren Sohn bis in alle Ewigkeit an sich zu binden.

***

Noch immer hielt ich krampfhaft den Telefonhörer umklammert, und das Schweigen lastete zwischen uns.

«Gians Tod war sicher auch für Sie sehr hart. Er hat sie sehr gemocht. Und er war nicht der Mensch für einseitige Beziehungen», machte Frau Cavegn schließlich den Anfang und reichte mir damit ihre Hand über den Abgrund hinweg.

Ich würgte einen dicken Kloß aus meinem Hals. «Gian war mein bester Freund.»

«Ich möchte Sie gerne sprechen. Und habe eine große Bitte an Sie. Können wir uns treffen?»

Frau Cavegn war bereits in Bern, um die dringendsten Angelegenheiten ihres Sohnes zu regeln. Wir verabredeten uns für fünf Uhr in einem kleinen Café in der Altstadt.

***

Das Café Aigle Rose, das Frau Cavegn vorgeschlagen hatte, war von außen her nichtssagend, aber Kaffee und Kuchen waren ausgezeichnet, und der Besitzer gab sich auch zu nicht-schwuler Kundschaft sehr zuvorkommend. Ich stellte mein Fahrrad in der Gerechtigkeitsgasse unter der Laube ab, ging zum Café und schaute hinein. Zum Glück waren heute nicht viele Leute da. Dieses Gespräch würde auch so schwierig genug werden.

Gians Mutter hatte bereits Platz genommen. Ich erkannte sie sofort. Sie hatte dieselbe aufrechte Haltung wie Gian, und auch das Gesicht war mir schmerzhaft vertraut. Sie hatte sich so weit wie möglich von den anderen Gästen entfernt hingesetzt.

«Frau Cavegn? Ich bin Louisa Beck», begrüßte ich sie.

Sie schälte sich mühsam aus ihrem Sessel, und ich vermutete, dass sie Schmerzen hatte. Ich war sofort von der Wachheit ihrer Augen gefangen, die so sehr jenen ihres Sohns glichen.

Aber wo Gians Augen gegen innen gerichtet waren, schaute sie mit offenem Blick in die Welt.

Wir gaben uns die Hand. Ihr Griff war erstaunlich fest. Von nahem sah ich, dass die Haut rings um ihre Augen vom Weinen gerötet war und ihr Gesicht wie eingefroren in dem Bemühen, keine Gefühle zu zeigen. Sie senkte die Augen.

«Ich sehe schrecklich aus, ich weiß», begann sie, «Gians Tod lässt mir keine Ruhe.»

Sie verzog ihre Gesichtsmuskeln zur Karikatur eines Lächelns. Ich schaute weg. Wir bestellten etwas zu trinken, und ich wünschte mich weit weg.

«Ich verstehe einfach nicht, was meinem Sohn zugestoßen ist. Die Polizei geht von einem Selbstmord aus …, ich kann es nicht glauben.»

«Es tut mir sehr leid.»

«Wenn ich nur wüsste, was passiert ist. Ich verstehe es nicht.»

Ich schwieg. Ich verstand es ja auch nicht.

«Er hat Sie sehr gemocht. Sie waren seine Freundin. Wenn Sie irgendetwas wissen …, bitte!»

Ich überlegte mir, was ich sagen und wie ich es sagen sollte.

«Als ich das letzte Mal mit ihm sprach, klang er beunruhigt», sagte ich endlich.

«Hat er gesagt, was ihn so belastet hat?»

«… nicht direkt.»

«Sie haben ihn demnach vor seinem Tod noch getroffen. Wann war das? Was hat er erzählt? Was wollte er? Wie ging es ihm? Hat er etwas über seine Familie gesagt?»

Ihre Fragen kamen wie Salven aus einem Maschinengewehr. Sie hatte sich mir zugeneigt, die Hände in die Tischkante verkrallt, ihr Blick auf meinen Lippen, voller Angst und Spannung.

«Nein, nein. Wir haben uns nicht gesehen.»

Ich biss mir unwillkürlich auf die Lippen, schmeckte Blut und versuchte, mich etwas zu entspannen.

«Er hat mich angerufen. Das war in der Nacht, als er gestorben ist.»

«In der Nacht als ... In dieser Nacht! Das wusste ich nicht», murmelte sie und wiederholte dann lauter: «Das habe ich nicht gewusst!»

Sie klang verstört, und ich starrte sie mit ungutem Gefühl an.

«Warum hat mir das niemand gesagt?»

Tiefrote Flecken traten plötzlich auf ihre ansonsten bleichen Wangen. Es sah grässlich aus, wie ein Ausschlag.

Ich fuhr rasch fort: «Gian hat mich mitten in der Nacht angerufen ...»

Aber sie unterbrauch mich mitten im Satz.

«Warum? Was wollte er von Ihnen?»

«Er hatte ein Problem mit irgendwelchen Daten, die er analysierte.»

«Er hat Sie um Hilfe gebeten?»

«Nun ..., ja. Irgendwie schon ... Aber ich hatte keine Ahnung, wie ich ihm hätte helfen können.»

Sie sah mich mit weit aufgerissenen Augen an, die hin- und herhuschten, ihre Gedanken schienen zu rasen.

«Gianni ...», ein Schluchzen schüttelte sie. Sie starrte nach unten auf den Tisch. Dann hob sie die Hände und verbarg ihr Gesicht darin.

Ich schaute verstohlen zu den anderen Tischen. Hatten die anderen Gäste etwas bemerkt?

«Warum Sie? Warum hat er nicht mich angerufen?», konnte ich undeutlich verstehen.

Als sie wieder aufblickte, erschrak ich über den Zorn, der mich aus ihren Augen ansprang.

«Mein Sohn könnte noch leben. Gianni wäre noch am Leben, wenn Sie ihm geholfen hätten. Sie hätten ihm Mut machen müssen.»

Tränen liefen ihr übers Gesicht. Ich war wie paralysiert, wollte sie trösten und fürchtete mich gleichzeitig vor der Wucht ihrer Gefühle. Wir saßen beide da, erstarrt.

Nach einer Ewigkeit stand Gians Mutter auf und wankte in den Toilettenraum. Als sie zurückkam, sah sie auf schmerzliche Weise wieder gefasst aus.

«Sie haben mich angelogen».

Das kam mit ruhiger Stimme und machte den Vorwurf umso heftiger.

«Ich habe keine Ahnung, wovon Sie sprechen.»

«Warum haben Sie mir heute Morgen nicht gesagt, dass Gian Sie kurz vor seinem Tod angerufen hat?»

«Bitte, Frau Cavegn. Ich kann verstehen, dass Sie wütend sind, aber nach einem Sündenbock zu suchen, bringt doch nichts.»

Es war, als ob sie meine Worte nicht gehört hätte.

«Warum haben Sie mir nichts davon gesagt? Und was wollte Gian von Ihnen? Was hat er Ihnen erzählt? Ich will jedes einzelne Wort wissen. Ich bin seine Mutter.»

«Ich habe Ihnen nichts verschweigen wollen, Frau Cavegn. Im Gegenteil …, ich möchte endlich verstehen …»

«Das will ich auch», unterbrach sie mich kalt, «ich will endlich verstehen, warum mein Sohn sterben musste.»

«Gian war mein Freund. Geben Sie nicht mir die Schuld …»

«Gian hatte keine Freunde!», schleuderte sie mir entgegen, «wenn er richtige Freunde gehabt hätte, wäre das nicht passiert.»

Sie war laut geworden, und mehrere Köpfe drehten sich um, die Augen lüstern vor Neugierde auf uns gerichtet.

Als ob in meinem emotionalen System ein Kippschalter betätigt worden wäre, wechselte mein Mitleid zu Wut.

«Sie machen es sich zu einfach, Frau Cavegn!» Meine Stimme war mir fremd, scharf und eiskalt vor Zorn: «Wenn Gian eine richtige Familie gehabt hätte, dann wäre das nicht passiert!»

Ich weiß nicht, warum ich das sagte. Es war gemein und falsch. Ihr schönes Gesicht gefror.

Dann explodierte sie: «Wie können Sie es wagen! Ich habe alles für meine Kinder getan. Alles!»

«Genau das ist ja das Problem! Sie haben Gian eingesperrt. Er hatte nie die Chance auf ein eigenes Leben.»

Zu laut, viel zu laut … Wir gingen aufeinander los wie die Furien. Wir hatten beide die Beherrschung verloren. Der Cafébesitzer trat näher. Zwei Meter von uns entfernt blieb er stehen und polierte mit nervösen Bewegungen an einem Weinglas herum, traute sich aber nicht, uns zu unterbrechen.

«Das ist eine Lüge!», konterte Frau Cavegn mit schneidender Stimme. Dann realisierte auch sie die vielen starrenden Blicke und dämpfte ihre Stimme etwas.

«Oh ja, wir sind uns immer nahe gewesen in unserer Familie. Wir haben uns geliebt und geschätzt. Aber Frauen wie Sie können das nicht verstehen. Sobald es schwierig wird, hauen Sie ab. Sie lassen alle im Stich, ihre Familie, ihre Freunde. Am Schluss sind Sie ganz alleine.»

Ich brauchte mir das nicht anzuhören. Aber anstatt zu gehen, gab ich zur Antwort.

«Sie wissen nichts von mir, Frau Cavegn. Rein gar nichts.»

«Oh doch. Ihren Typ kenne ich ganz genau.»

«Ach so? Sie kennen also meinen Typ?», schrie ich sie an, «vielleicht kümmern sie sich besser mal um ihren eigenen Typ!»

Alles um mich herum verwischte sich zu einem Farbfleck. Das Einzige, was ich noch scharf sehen konnte, war ihr hasserfülltes, verzweifeltes Gesicht.

«Wissen Sie, was Ihr Problem ist? Sie haben Angst vor der Liebe. Und Sie haben Angst vor Nähe.»

«Und Sie haben Ihrem Sohn vor lauter Nähe keine Luft zum Atmen gelassen.»

Immer noch viel zu laut. Ich atmete tief durch, versuchte mich zu beruhigen. Das hier lief alles völlig falsch. Wir sollten uns gegenseitig trösten und nicht zerfleischen. Es war schmerzhaft, und es war peinlich. Ich wollte gehen und tastete nach meiner Tasche.

«*Blaming the victim*, nennt man das, was Sie gerade machen», teilte sie einen weiteren Schlag aus.

«Gian ist gestorben, Frau Cavegn, nicht Sie. Er ist das Opfer.»

Mit Tränen in den Augen tastete ich nach meiner Jacke und flüchtete aus dem Café. Draußen irrte ich umher, weil ich nicht mehr wusste, wo ich mein Fahrrad abgestellt hatte. Ich kann mich nicht erinnern, jemals so verstört gewesen zu sein.

Endlich fand ich mein Gefährt, öffnete mit zitternden Händen das Schloss und schob mein Fahrrad durch die Lauben in Richtung Neustadt. Es war kalt geworden. Der Geruch von Schnee lag in der Luft.

Nach einer Weile fiel der Zorn schlagartig von mir ab, und ich fühlte mich nur noch müde und traurig. Und fremd. Alles hatte falsche Farben, die Geräusche der Stadt waren zu schrill und zu laut und die Sprache der Passanten war Gebrabbel.

***

Sie rief mich am selben Abend nochmals an und entschuldigte sich. Es tue ihr leid. Es sei falsch gewesen, mir Vorwürfe zu machen. Sie meine es ernst. Ich glaubte ihr und entschuldigte mich ebenfalls. Dann fragte sie, ob ich mich nochmals mit ihr treffen würde. Ich konnte nicht nein sagen.

Wieder konnte ich nicht einschlafen. Meine Schlaflosigkeit machte mir Angst. Wie sollte man auf Dauer so leben, so arbeiten können?

3

Philipp Laval hatte in den vergangenen Tagen immer wieder versucht, mich zu erreichen, aber ich hatte das Telefon die meiste Zeit ausgesteckt, E-Mails und SMS nicht gelesen. Philipp war Oberarzt der geriatrischen Abteilung des Walmont. Ich hatte mich letzten Sommer in seine Stimme und die tanzenden Lichter in seinen Augen verliebt, nachdem ich mich lange nicht hatte entscheiden können, ob er ein sympathischer Mensch war – oder ein Mörder.

Am Sonntag riss ich mich zusammen, steckte das Telefon wieder ein und hob ab, als es klingelte. Philipp klang verärgert. Er hatte gehört, dass ich krank war, und wollte wissen, was mir fehlte. Und warum ich – verdammt nochmal – seit Tagen nicht auf seine Anrufe und SMS reagiert hätte. Ich hatte keine Lust, mit ihm über Gians Tod zu sprechen, und sagte einfach, dass mir übel sei. Eine Lebensmittelvergiftung.

Er fragte nach den genauen Symptomen, schlug eine Liste von Medikamenten vor und wollte auf der Stelle zu mir kommen, um mich zu pflegen.

Ich erschrak. Meine Wohnung war ein Dreckloch. Neben dem Bett standen drei leere Weinflaschen. Ich war ungewaschen, stank nach Alkohol und Schweiß. Meine rechte Hand war übel geschwollen, mit Schürfwunden über den Fingerknöcheln von denen ich nicht wusste, wie sie dahingekommen waren.

Ich sagte Philipp, dass es mir bereits besser gehe und dass ich lieber allein sein wolle. Er gab sofort nach. Er wollte nichts falsch machen. Und da lag wohl genau unser Problem.

Kaum hatte ich den Hörer aufgelegt, klingelte es erneut. Es war Herr Graber von der Kantonspolizei Neuenburg. Diesmal war er deutlich weniger verständnisvoll. Er warf mir vor, seine Untersuchung zu behindern. Er habe mich in den letzten Tagen mehrmals zu erreichen versucht. Er wollte mich zu einem Gespräch in Neuenburg vorladen. Ich gab zur Antwort, dass ich krank sei. Darauf seufzte er tief und fuhr dann etwas freundlicher fort, er müsse wissen, ob Gian Cavegn meiner Meinung nach selbstmordgefährdet gewesen sei. Ich versuchte, in sachlichem Ton zu antworten und sprach von dem Wenigen, das ich mit Sicherheit wusste. Dass im Bundesamt für Statistik eine Reorganisation durchgeführt wurde, die eine vollständige Veränderung von Gians Aufgabengebiet hätte beinhalten sollen. Und dass er Angst davor gehabt hatte, nicht mehr als Statistiker arbeiten zu dürfen. Graber brummte, und ich hatte den Eindruck, dass ich ihm nichts Neues erzählte.

Ob man einen Abschiedsbrief gefunden habe, brachte ich schließlich hervor.

Das dürfe er mir nicht sagen. Dafür ließ er mich wissen, dass er mich gegebenenfalls noch vorladen würde.

Wieder ging mir das letzte Gespräch mit Gian durch den Kopf. Hatte er verzweifelt geklungen? Resigniert? Nicht eher verärgert? War Gian der Typ, der sich wegen beruflicher Sorgen fertigmachen ließ? Oder hatte er noch ganz andere Probleme gehabt? Probleme, von denen ich gar nichts wusste?

***

Am späten Nachmittag kreuzte Helga Sommer bei mir zu Hause auf. Sie arbeitete als leitende Hebamme im Walmont, und wir waren seit vielen Jahren Freundinnen. Sie wolle nachschauen, was mit mir los sei, meinte sie, setzte sich aufs Sofa und wartete auf eine Antwort. Geduldig, dickköpfig, unbeirrbar, man kann es nennen, wie man will. Zuerst blätterte ich in einer Zeitschrift, aber sie blieb ruhig sitzen. Dann starrten wir uns eine Weile störrisch an, bis ich es endlich über mich brachte, von Gians Tod zu sprechen. Und von der Freundschaft, die uns verbunden hatte. Ob er mein Liebhaber gewesen sei, wollte sie wissen. Ich könne auch mit Männern befreundet sein, ohne mit ihnen Sex zu haben, antwortete ich genervt, und meine Freundin hob abwehrend beide Hände. Schließlich erzählte ich ihr auch noch, dass Gian mich kurz vor seinem Tod angerufen und um Hilfe gebeten hatte.

Ich versuchte mich zu erinnern, was er genau gesagt hatte, und wusste nur noch mit Sicherheit, dass Gian von der Reorganisation im Bundesamt gesprochen hatte. Man wolle ihm seine Daten wegnehmen, hatte er gesagt. Und dann hatte er noch was von einer «Reise der Toten» erwähnt, aber das hatte ich wohl falsch verstanden.

Helga hörte mir zunächst schweigend zu. Dann ging sie zum Angriff über. Sie startete in der ihr gewohnten Manier damit, mir Vorwürfe zu machen: wegen meines Schweigens in den vergangenen Tagen («Spielst du mal wieder den lonely Cowboy?»), meines Aussehens («Trauern kann man auch mit gewaschenen Haaren!»), meiner Laune («Soll ich gleich wieder gehen?») und der Sauordnung in meiner Wohnung («Eine Sauordnung ist das!»).

Sie hatte mit allem Recht, aber wütend machte sie mich trotzdem. Helga war offenbar unfähig zu begreifen, dass mich Gians Tod fertigmachte. Er sei ein erwachsener Mensch gewesen, und ich sei nicht verantwortlich für ihn, meinte sie.

«Aber ich habe ihn im Stich gelassen! Er wollte unbedingt mit mir sprechen …, er war verzweifelt …, und ich habe ihn angeschrien und abgeklemmt!»

«Er hat dich mitten in der Nacht angerufen, Lou.»

«Ja, und? Gian war mein Freund, und er hat meine Hilfe gebraucht. Diese Reorganisation …, das war für Gian wie …», ich suchte nach einem passenden Vergleich, «wie wenn man dich nach Sibirien verbannen würde.»

Helga verzog das Gesicht zu einer Grimasse und rollte den Hals ihres Wollpullovers höher. Aber dann streckte sie sich und schaute mir strafend in die Augen. «Das ist typisch für dich, Lou! Irgendetwas passiert irgendwo auf der Welt, und bevor du auch nur weißt, was genau geschehen ist, gibst du dir bereits die Schuld daran.»

«So kannst du das nicht sehen.»

«Hast du mir nicht erzählt, dass er ein Tim-und-Struppi-Fan war?»

Ich nickte müde.

«Der hat sich nicht umgebracht, glaub mir.»

«Und das schließt du aus seinem literarischen Interesse?»

«Tim und Struppi ist kein literarisches Interesse!»

«Kannst du mir sagen, über was wir eigentlich streiten?»

«Überleg mal, Lou: Wenn sich alle Leute, die wegen einer Reorganisation deprimiert sind, umbringen würden, wäre die Bundesverwaltung innert Jahresfrist ausgestorben!»

Wider Willen musste ich lächeln.

Ermutigt fuhr Helga fort: «Weißt du, weshalb du Gians Tod so schwernimmst?»

Oh nein! Ich hatte keine Lust, mir anzuhören, dass ich einfach nicht loslassen könne.

«Wegen deines Vaters. Du gibst dir immer noch die Schuld …»

«Was weißt du schon von meinem Vater?», unterbrach ich sie aufgebracht.

«Du hast mir erzählt, wie dein Vater gestorben ist. Und ich habe dein Gesicht gesehen. Da war Schmerz und Trauer, ja. Aber da war verdammt noch mal auch eine Riesenmenge Schuld!»

«Deine Amateurpsychologie kannst du dir …», das Klingeln der Türglocke unterbrach meine Antwort.

Es war Philipp, der zögernd reinkam und uns erstaunt musterte. Er hatte sich also doch nicht einfach so von mir abwimmeln lassen. In diesem Moment war ich sehr froh darüber.

«Habe ich euch bei etwas unterbrochen?»

Wir schüttelten beide stumm den Kopf.

«Ich wollte nur schauen, ob es dir besser geht, Lou. Und etwas zu essen …», seine Stimme erstarb verunsichert. «Soll ich später wiederkommen?»

«Nein, kein Problem», antwortete Helga mit einem erleichterten Unterton und erhob sich hastig, «es ist spät geworden, ich muss nach Hause.»

Helga zog einen Norwegerpullover, eine Daunenjacke, Schal und Mütze an. Seit ihrem Einsatz als Hebamme in Tadschikistan war sie äußerst kälteempfindlich geworden. Sie habe in diesem Leben genug gefroren, meinte sie einmal.

«Ich wünsche euch beiden einen wunderschönen Abend», sagte sie mit einem Trällern in der Stimme. Ich seufzte innerlich und verzog meinen Mund zu einem Pro-forma-Lächeln.

Nachdem meine Freundin Philipp zunächst strikte abgelehnt hatte, war sie nun ganz begeistert, dass ich endlich wieder mit einem Mann zusammen war. Sie behauptete, das Single-Dasein sei aus spirituellen Gründen ungünstig für mich. Ich vermutete aber vielmehr, dass sie es langweilig fand, wenn ich gerade keine Beziehungsprobleme hatte.

An der Türe drehte sich Helga nochmals zu mir um: «Ich meine es ernst, Lou. Denk über deinen Vater nach und vergib ihm endlich. Und dir auch.»

Ihre Worte trieben mir das Wasser in die Augen.

Verstohlen schielte ich zu Philipp, aber er schaute nur erstaunt auf die Türe, hinter der Helga verschwunden war. Ich ergriff eine Zeitung, die auf dem Esstisch lag, und gab vor, mit Aufräumen beschäftigt zu sein.

Es war nicht das erste Mal, dass Helga mit ihrer Amateurpsychologie genau den wunden Punkt getroffen hatte.

Als ich aufblickte, war Philipp verschwunden. Ich hörte ihn in der Küche rumoren. Das war der Raum, in dem er sich schon bei seinen ersten Besuchen heimisch eingerichtet hatte. Er kochte gerne, machte kein großes Trara daraus und spielte auch nicht die geplagte Küchenfee, der man für jedes Rührei tausendmal danken musste.

Die Türen des Küchenschränkchens wurden mehrmals geöffnet und behutsam wieder geschlossen. Philipp öffnete eine Flasche Wein, schnitt Brot und solche Dinge. Und ließ sich dabei viel Zeit. Er konnte in dieser Arbeit völlig aufgehen und dann voller Zufriedenheit irgendein einfaches, aber köstliches Essen auftischen. Ich spürte die Wärme und Zuneigung, die von diesem Menschen ausgingen, und fühlte mich getröstet.

***

Nach dem Nachtessen schauten wir uns den ersten Teil von *Prinzessin Mononoke* an, den ich fast ebenso liebte wie *Chihiros*

Reise ins Zauberland. Philipp, für den die Filme von Hayao Miyazaki neu waren, hatte sie in der Zwischenzeit ebenfalls schätzen gelernt. Hingegen leistete er erbitterten Widerstand gegen meine geliebten Eric-Rohmer-Filme, in denen viel zu viel geredet würde.

Philipps Favoriten waren – zu meinem Erstaunen – Filme von Tarantino mit *Kill Bill 2* auf dem ersten Rang, gefolgt von *Dirty Harry*, *Terminator 2* und allen Italowestern mit Clint Eastwood. Philipp besaß auch eine Sammlung mit CDs von Ennio Morricone. Wie ein Mann, der Tarantino-Filme liebte, *Herr der Ringe* als verwerflich, weil faschistoid bezeichnen konnte, hingegen *Harry Potter* als das einzige Wahre lobte, war mir unbegreiflich. Über diese Frage hatten wir schon heftig gestritten.

Wir hatten die Abmachung, dass wir bei ihm «seine» und bei mir «meine» Filme schauten. Das erweitert den Horizont ungemein: Seit ich *From Dusk Till Dawn* zum vierten Mal gesehen habe, bin ich zuversichtlich, auch mit einer ganzen Horde von Vampiren klarzukommen.

Kurz nach neun Uhr fielen mir die Augen zu, und ich bat Philipp nach Hause zu gehen. Die Nacht wollte ich alleine verbringen. Ich würde wohl wieder schlecht schlafen. Philipps Besuch hatte die Dämonen für ein paar Stunden verscheucht und meinen Schmerz gelindert. Aber ich schaffte es noch nicht, ihm von Gians Tod zu erzählen. Philipp hatte eine Art zuzuhören, die mir mehr zusetzte als Helgas lautes Schimpfen.

4

Tscharya hatte in der letzten Woche mehrmals bei mir zu Hause angerufen und immer dringender darum gebeten, dass ich endlich im Walmont erscheinen und mit ihr die anstehenden Geschäfte der Forschungsabteilung besprechen würde. Wie immer blieb sie höflich, aber hartnäckig und erreichte ihr Ziel letztlich so sicher wie eine Cruise Missile. Ich raffte mich also auf, stand am Dienstagmorgen um halb neun auf, wusch mir die Haare, suchte die letzten halbwegs sauberen Kleider raus und machte mich auf den Weg ins Spital.

Im Walmont ging ich als erstes rasch bei Helga vorbei, um ihr zu zeigen, dass ich wieder arbeitete, ordentlich gekleidet war und meine Haare gewaschen hatte. Dann nahm ich den Lift in den siebten und obersten Stock des Walmont, wo der Direktor und sein Stab logierte und – als Teil dieses Stabs – auch die Forschungsabteilung.

Wobei: Richtige Forschung machen wir eher selten. Ich bin hauptsächlich dafür verantwortlich, die Qualität und Rentabilität unserer Arbeit zu kontrollieren, die amtlichen Spitalstatistiken zu erheben und zu plausibilisieren und unsere Ärzte zu beraten, wenn sie ein Forschungsprojekt durchführen und methodische Fragen haben. Das tönt vielleicht nicht sehr spannend, aber ich liebe meine Arbeit.

Eigentlich habe ich Psychologie studiert, aber schon bald haben mich Statistik und wissenschaftliche Forschungsmethoden mehr interessiert als die Therapie von Angststörungen oder die Durchführung von Intelligenztests bei Kleinkindern. Nach dem Studium spezialisierte ich mich auf Epidemiologie, die Lehre von der Verbreitung von Krankheiten und deren Ursachen in der Bevölkerung. Ich liebe es, statistische Modelle zu entwickeln und mit Zahlen zu spielen.

Nachdem mein ehemaliger Vorgesetzter, Max LeBlond, letzten Sommer ums Leben gekommen war, hatte ich die Leitung der Forschungsabteilung übernommen, unter der Bedingung, dass wir endlich eine Sekratariatsstelle erhielten. Im Herbst konnte ich deshalb Tscharya anstellen. Ab kommendem August sollten wir zusätzlich einen Assistenten erhalten, so dass meine Abteilung aus ganzen drei Personen bestehen würde.

Tscharya saß in ihrem Büro – und gab sich Mühe, cool auszusehen. Zurzeit hatten ihre Haare einen unauffälligen dunklen Rotton, waren aber dafür ziemlich eigenwillig geschnitten mit rasierten Streifen auf beiden Seiten des Kopfes, die an ein Streifenhörnchen erinnerten. Von zehn bis halb zwölf besprachen wir all das, was Tscharya wichtig fand. Besprechen ist allerdings etwas hochgegriffen: Tscharya erklärte mir kurz, worum es ging, machte einen Vorschlag, was zu tun sei, und überließ es mir, zu nicken oder zu unterschreiben.

Danach vertrödelte ich noch eine gute Stunde in meinem Büro, bis es Zeit für das zweite Treffen mit Gians Mutter war. Diesmal hatte ich einen möglichst anonymen Treffpunkt vorgeschlagen: das Panoramarestaurant des nahe gelegenen Inselspitals. Die Insel ist das Universitätsspital des Kantons Bern – ein Moloch mit Tausenden von Mitarbeitern und unzähligen Gebäuden, der sich unablässig im Nordwesten Berns ausbreitet. In der Eingangshalle des Walmont traf ich auf Ursula Cohen aus dem Direktionssekretariat. Ursula war meine Kontaktfrau im innersten Zirkel der Walmont-Machtzentrale.

Sie war seit ewigen Zeiten da, kannte alle Welt und hörte alle Gerüchte.

«Ich habe gehört, deine Mutter sei gestorben. Es tut mir sehr leid, Lou.» Auf ihrem Gesicht mischten sich Anteilnahme und Neugierde. Das war mal wieder typisch für das Walmont. Irgendjemand hört etwas, erzählt es weiter, und daraus wird dann im Verlauf von wenigen Stunden eine völlig irre Geschichte.

Ich überlegte einen Moment. Dann beugte ich mich zu ihr und sagte mit leiser Stimme: «Meine Mutter strotzt vor Leben wie eh und je. Sie hat letzte Woche Premiere gehabt als Hexe in *Hänsel und Gretel*. Fünf Vorhänge. Aber behalt das bitte für dich.»

Ursula sah verwirrt aus und nickte zögernd.

«Dass sie noch lebt, meine ich. Ich kann im Moment Ruhe gebrauchen. Also schadet es nicht, wenn ich offiziell noch einige Tage um meine Mutter trauere, nicht?»

Mit gerunzelter Stirne sagte sie ebenfalls leise: «Irgendetwas ist dir aber zugestoßen, Lou. Bist du krank?»

Ich versuchte meinem Gesicht einen unbeschwerten Ausdruck zu geben. «Ich werde dir später mal die ganze Geschichte erzählen, ja?»

***

Während ich im Inselspital auf den Lift wartete, verkrampfte sich mein Magen vor Nervosität. Meine Hände waren schweißnass, und ich fühlte mich gleichzeitig zappelig und elend müde. Kein guter Zustand.

Das Panoramarestaurant im obersten Stock war um diese Zeit fast leer. Vor kurzem war es völlig neu gestaltet worden.

Siebziger-Jahre-Schmuddel raus, kühle, klare Strukturen rein. Alles wirkte modern und offen. Von da oben hat man eine einmalige Aussicht über die Stadt Bern. Das Bettenhochhaus des Universitätsspitals ist tatsächlich das höchste Gebäude – was im Übrigen einiges über die Urbanität unserer Hauptstadt aussagt. Andererseits hat das auch seine Logik: Schließlich ist dieses Spital der größte Arbeitgeber im Kanton Bern.

Normalerweise bin ich gerne da oben. Nicht, dass es idyllisch wäre oder so. Dafür sorgen nur schon die mehreren dutzend Piepser, die alle dreißig Sekunden Alarm schlagen, so dass irgendjemand im weißen Kittel aufspringen und zu einem der vielen Wandtelefone eilen muss. Ab und zu landet ein Rega-Helikopter mit einem Schwerverletzten auf dem Dach direkt daneben.

Nein, ruhig ist es nicht da oben und auch nicht gemütlich. Und das ist es wohl auch, was ich an diesem Ort schätze. Man sitzt auf dem Dach des Spitalhochhauses und hat einen Blick über die ganze Stadt Bern und weit darüber hinaus. Als erstes springen einem die hohen, schlanken, immer rauchenden Kamine der Kehrichtverbrennungsanlage ins Auge, dann die mächtigen Hochhäuser von Swisscom und von idée suisse; der Stadtgrenze entlang erkennt man die großen Wohnüberbauungen der fünfziger und sechziger Jahre: Bethlehem, Holenacker, Tscharnergut, Gäbelbach. Man sieht auch neueste architektonische Handschriften wie die langgezogene kühl strukturierte «Wohnwerkstadt» im Weißenstein-Quartier oder das «All-in-one» an der Grenze zu Köniz, zwei Wohnüberbauungen, die aus den umgebenden Arbeiterhäuschen herausragen wie Öltanker inmitten kleiner Fischerboote.

Was man von da oben trotz Rundblick hingegen kaum bemerkt, ist die Unesco-geschützte, millionenfach abgelichtete Altstadt. Zwar strebt gut sichtbar der Münsterturm zwischen einigen Sandsteinreihen empor, aber das alles wirkt recht klein und verdrückt. Die Geranien-Postkartenidylle, die drangvolle Enge, die immergleiche starre Gemütlichkeit der Altstadt – von da oben erkennt man, dass sie nicht den Puls der Stadt ausmachen. In den letzten Jahrzehnten hat sich Bern deutlich verjüngt und einige mutige Würfe gewagt. Trotz heftiger Widerstände sind das elegante Glasdach und die überraschend kraftvolle Holzwelle beim Bahnhof entstanden. Aus den Parkfeldern vor dem Bundeshaus ist ein richtiger Platz mit Wasserspiel und sanft geschwungenem Lichtband geworden, der jeder Großstadt zur Ehre gereichen würde. Und dann natürlich das Paul-Klee-Zentrum von Renzo Piano. Zwischen Autobahn und den Mundiger Kiesgruben erheben sich heute drei riesige Wellen aus den Wiesen, die mich an die Rückenwirbel eines gigantischen Dinosauriers erinnern. Die hangarähnlichen Hallen sind offenbar unpraktisch und anspruchsvoll für die Kuratoren, aber erhebend für die Besucher. Der zweite Neubau mit internationalem Renommee ist die Shoppingmall Westside von Daniel Libeskind, sein erstes Einkaufszentrum überhaupt. Diese Anlage gefällt mir allerdings weder von außen noch von innen, aber ich bin auch nicht der «Shopping-inklusive-Erlebniswelt»-Typ.

Kurz: Vom Dach des Inselspitals sieht man, dass diese Stadt lebt; sie bewegt sich, sie stinkt und sie baut. Und deshalb bin ich gerne da.

***

Wieder war Frau Cavegn bereits vor mir eingetroffen und saß mit einer Tasse Tee an einem Tisch an der Fensterfront.

«Soll ich Ihnen einen Kaffee holen?», fragte sie zur Begrüßung.

Ich lehnte ab und ging selbst zum Buffet. Seit meinem letzten Besuch hatte man eine neue Kaffeemaschine angeschafft. Ich starrte hilflos auf das chromglänzende Monstrum, bis mich eine gepflegte Dame um die sechzig rettete, mir half, meine Tasse richtig zu platzieren, unerschrocken auf dem Touchscreen rumdrückte und mit zwei Hebeln hantierte.

Als ich mich an den Tisch gesetzt hatte, begann Frau Cavegn, die Augen starr auf den Tisch gerichtet, hastig mit einer Erklärung, als ob sie Angst hätte, ich könnte wieder davonlaufen.

«Sie haben mir vorgeworfen, meinen Sohn zu fest an mich gebunden zu haben», begann sie.

Ich wollte protestieren, mich rechtfertigen, aber sie unterbrach mich mit einer entschiedenen Geste.

«Aber das war nicht ich, zu der Gian jedes Wochenende heimgekehrt ist.»

Sie schaute auf. Unsere Augen trafen sich.

«Es war sein Bruder. Sein Zwillingsbruder Roman. Gianni war der einzige Mensch, der Romans Sprache verstand. Gianni war sein Übersetzer, sein Tor zur Welt.»

***

Ich starrte Flurina Cavegn an und versuchte zu verstehen, was sie da gerade gesagt hatte. Eine Mischung der unterschiedlichsten Gefühle durchflutete mich.

«Sein Zwillingsbruder? Aber …»

«Ich nehme an, er hat Ihnen nichts von Roman erzählt.»

«Ich wusste nicht mal, dass er überhaupt einen Bruder hat.»

Ich war verblüfft und gekränkt.

«Ich möchte, dass Sie verstehen», sagte sie und sah mich eindringlich an. «Gian und Roman waren eineiige Zwillinge.»

Ihr Blick war nach innen gerichtet, ihre Stimme wurde sanfter, klang plötzlich jünger.

«Sie wurden sechs Wochen zu früh geboren, ein Kaiserschnitt. Gian kam als erster. Roman konnten sie erst vier Minuten später rausnehmen, er hatte sich ganz oben in meinem Bauch verbarrikadiert.»

Sie lächelte, ein Lächeln voller Schmerz: «So interpretiere ich es wenigstens. Jedenfalls …, sie haben mir gesagt, dass er während diesen vier Minuten zu wenig Sauerstoff erhalten habe. Im Alter von drei Jahren haben die beiden die ersten Worte gesprochen. Das ist spät, aber bei Zwillingen kommt das schon mal vor …»

Frau Cavegn zögerte, rührte in ihrem Tee und räusperte sich dann.

«Gian und Roman haben sich schon immer sehr nahegestanden. Vielleicht hatten sie zu wenig Gelegenheit, mit anderen Kindern zu spielen. Ich hatte keine Zeit für Spielgruppen oder solche Dinge. Das gab es damals auch noch gar nicht. Und Nachbarn mit kleinen Kindern hatten wir auch nicht.»

Ihre Augen glitzerten vor Tränen.

«Entschuldigung …, die Erinnerungen …»

Sie kramte nach einem Taschentuch und schneuzte sich.

«Irgendwann habe ich realisiert, dass die beiden nicht einfach diese typische Babysprache hatten, sondern, dass sie eine eigene Sprache benutzten. Eine Sprache, die niemand außer ihnen verstehen konnte. Mit fünf Jahren begann Gian dann endlich mit den ersten Worten in deutscher Sprache. Ich war extrem erleichtert.»

«Ich hatte keine Ahnung …», murmelte ich.

«Roman…» Ihre Augen waren jetzt voller Tränen, und sie musste sich die Nase schneuzen, bevor sie weitersprechen konnte.

«Er hat diesen Schritt nie gemacht. Bis heute nicht. Die einzige Möglichkeit, mit ihm zu sprechen, ist mit Gians Hilfe als Übersetzer.»

Die Bedeutung ihrer Worte erfasste mich mit voller Wucht. Meine Gedanken rasten und stolperten.

Sie kramte in ihrer großen Tasche herum und reichte mir ein zerknittertes Foto. Es war ein kleinformatiges Foto, bereits vergilbt von den Jahren.

Zögernd nahm ich es in die Hand und betrachtete es: ein Kinderzimmer, darin ein Kajütenbett mit zusammengeknüllten Duvets, ein Bündel Kleider am Boden und zwei schmale Buben, die sich umarmt hielten, die Köpfe einander zugeneigt, so dass sich ihre Stirnen beinahe berührten. Sie hatten die Augen geschlossen und standen wie in ein leises Zwiegespräch versunken.

Ich starrte gebannt auf diese Szene.

Was ich sah oder besser, was ich erahnte, war innigste Nähe und Liebe, wie ich sie bei Gian nie erlebt und ihm auch nie zugetraut hatte.

Der Anblick brannte sich in meine Netzhaut.

Ein sanfter Druck auf meinen Arm ließ mich aufblicken.

«Ich muss mal zur Toilette, Frau Beck.»

Ich starrte wieder auf das Foto und realisierte mit einem Mal, wie wütend ich auf meinen Freund war.

Es wäre vieles einfacher gewesen, wenn ich das gewusst hätte.

Darum ging er jedes Wochenende nach Hause.

Darum gab es in seinem Leben, neben seiner geliebten Zahlenwelt und seiner Familie, keinen Platz für eine Frau, für Kinder.

Darum reagierte er so heftig, wenn sich jemand über Behinderte oder Benachteiligte lustig machte …

Verdammt nochmal, warum hat er mir das nie gesagt, der blöde Kerl!

***

Und dann war mir, als würde mich jemand kräftig ins Gesicht schlagen. Mir wurde siedendheiß, mein Körper reagierte noch vor meinem müden Kopf.

Gian, der jedes Wochenende nach Hause ging …, in all diesen Jahren …, jedesjedesjedes Wochenende … Roman, der auf seinen Bruder wartete …, sich nach dem Menschen sehnte, der als einziger seine Worte verstehen konnte …

Was man auch immer von meinem Freund halten mochte, aber etwas war er immer gewesen und zwar zu hundert Prozent: Er war loyal. Ja, aus meiner Sicht war er geradezu krankhaft loyal gewesen.

Gian hätte seinen Bruder nicht alleingelassen. Niemals!

Aber dann …

Ich presste die Faust vor meinen Mund.

Gian hatte sich nicht umgebracht. Er hatte sich nicht umgebracht!

Dann – dann waren wir also alle von einer falschen Vorstellung ausgegangen, die Wahrheit musste ganz anders aussehen: Was auch immer in jener Nacht in Neuenburg passiert war, Gian war nicht freiwillig gesprungen.

Aber das hieße ja …

In diesem Moment spürte ich eine Hand auf meiner Schulter und zuckte vor Schreck zusammen. Gians Mutter setzte sich wieder neben mich und nahm mir vorsichtig das Foto aus der Hand.

«Sie waren damals neun Jahre alt. Gian ist der auf der linken Seite. Roman ist extrem lärmempfindlich. Das Knattern eines Motorrads kann ihn auch heute noch in Angst und Schrecken versetzen. Ein Ausflug nach Chur ist ein fürchterlicher Stress für ihn: das Kreischen von Bremsen, überall Musik, Schreien, Baulärm. Der reinste Terror. Die Heilpädagogen haben festgestellt, dass er das absolute Gehör hat. Und wir haben eine Zeitlang gehofft, er könnte einen Beruf als Klavierstimmer lernen … Auf seine Art ist er sehr intelligent.»

Ich hatte genug gehört, musste das alles erst einmal verdauen. Als ob sie es gespürt hätte, kam Frau Cavegn endlich zu ihrem eigentlichen Anliegen. Sie bat mich, Gians Büro im Bundesamt für Statistik zu räumen.

«Sie haben angerufen und mir gesagt, dass sie seinen Arbeitsplatz wieder benötigen», sagte sie mit vor Wut erstickter Stimme. «Ich will, dass alles, wirklich alles, was Gian gehört hat oder von ihm gemacht oder geschrieben wurde, aus diesem Gebäude entfernt wird.»

Sie reichte mir einen Schlüssel.

«Bitte gehen Sie auch in seine Wohnung im Tscharnergut. Gian würde sich wünschen, dass seine Sammlung zu einem guten Zweck verkauft wird.»

Ich zuckte zusammen, nickte aber automatisch, obwohl sich alles in mir sträubte.

Gians Sammlung! Es gab nichts, was ihn mit mehr Stolz und Freude erfüllt hatte! Wie sollte ich es über mich bringen, all diese Schätze einzupacken und zu verscherbeln?

5

Kurz nach sieben Uhr rief ich Philipp zu Hause an und fragte, ob ich bei ihm vorbeikommen könne. Eine halbe Stunde später klingelte ich völlig durchnässt an seiner Wohnungstüre. Ein Schneeregen hatte eingesetzt, und ich war auf der kurzen Velofahrt bis auf die Unterwäsche nass geworden und durchfroren.

Philipps Wohnung an der Länggasse war kleiner und lärmiger als meine. Das war wohl der Grund, dass wir uns bisher selten bei ihm getroffen hatten. Außerdem war seine Wohnungseinrichtung weder geschmackvoll noch komfortabel (seine eigene Aussage!). Er hatte sie an einem einzigen Nachmittag gekauft, als er – zurück von seinem langen Aufenthalt in Kanada – dringend eine Bleibe brauchte. Ich hatte den Eindruck, dass er in diesen Räumen nur wohnte, nicht aber lebte. Außerdem war ich erstaunt über die Art seiner Möbel. Auch wenn ich nur einen halben Tag Zeit gehabt hätte, wäre ich niemals mit solch unbequemen und kalten Glas- und Chromdingern nach Hause gekommen, die in seiner Wohnung herumstanden.

Philipp öffnete mir die Türe mit einem schrägen Lächeln. Er trug schwarze Jeans und ein ziemlich zerknittertes Jeanshemd in Hellblau, das ich liebte, weil es die dunklen Augen und seinen leicht olivfarbenen Hautton betonte. Unter seinen Urahnen befand sich auch eine Frau aus dem Stamm der Cree. Und bei ihm hatten die indianischen Gene einen Salto gemacht und voll zugeschlagen, denn weder seine Großeltern noch sein Vater hatten offenbar indianische Züge. Normalerweise kleidete sich Philipp sehr gepflegt, ganz im Gegensatz zu mir. Das zerknitterte Hemd, die Haare, die endlich wieder mal geschnitten werden sollten, die Stoppeln im Gesicht widerspiegelten seinen Allgemeinzustand. Zwei der fünf Assistenzstellen in seiner Abteilung waren seit mehr als einem halben Jahr vakant.

Ich betrachtete verstohlen die dunklen Schatten unter seinen Augen. Vielleicht hatte sein Zustand auch mit dem bevorstehenden Besuch bei seinen Eltern zu tun. Seitdem Philipp vor drei Wochen eine Einladung zum Geburtstagsfest seines Vaters erhalten hatte, schwankte er zwischen Hoffnung und Skepsis. Er hatte seit Jahren kein Wort mehr mit seinen Eltern gewechselt. Die Einladung war möglicherweise ein Zeichen, dass die Lavals ihrem Sohn endlich verziehen hatten, dass er nicht die Berufslaufbahn eingeschlagen hatte, die sie für die einzig Richtige hielten. Wie sein Großvater und sein Vater hätte er ein international bekannter Chirurg werden sollen. Philipp hatte seine chirurgische Assistenzzeit abgebrochen, nachdem er den Tod einer Patientin verschuldet hatte – und dies vertuscht wurde. Er nahm sich eine Auszeit in Quebec, auf den Spuren seiner Vorfahren, und wechselte danach zur Geriatrie. Nun, da ich ihn besser kannte, war ich überzeugt, dass er in der Betreuung alter Menschen seine Berufung gefunden hatte. Seine Kollegen waren voll des Lobes über seine fachliche Kompetenz, und seine Patienten liebten ihn. Eigentlich liebten ihn vor allem die Patientinnen, weil er mit allen, ob dement oder nicht, schäkerte und Witze machte.

***

Nachdem Philipp mich von oben bis unten betrachtet hatte, drehte er sich wortlos um, ging ins Badezimmer und ließ mir ein Bad mit viel Schaum ein. Ich schälte mir mit klammen Fingern die Kleider vom Leib. Rasch glitt ich in das heiße Wasser, seufzte auf in einer Mischung aus Wohligkeit und Schmerz. Philipp stopfte meine Kleider in den Tumbler, brachte zwei Gläser Rotwein, und wir stießen an. Ein australischer Cabernet-Sauvignon mit Charakter und Rundungen.

Ich schloss einen Moment meine Augen und spürte Philipps Blick schwer auf mir. Der Schaum verhüllte meine Blöße, nur rosa Schultern und Kopf schauten heraus.

«Darf ich?», fragte Philipp mit leiser Stimme.

Ich öffnete die Augen. Er hatte sich auf den Rand der Badewanne gesetzt. In der Hand hielt er einen großen Naturschwamm.

«Mmh.»

Er begann meinen Rücken sanft zu rubbeln. Es war göttlich. Ich stöhnte so laut, dass wir beide lachen mussten.

Philipp widmete sich in den nächsten Minuten meinem Körper, den ich ihm willenlos überließ. Dann kletterte ich aus der Badewanne und schmiegte meinen warmen, tropfnassen Körper an ihn, so dass sein Hemd und seine Jeans nass wurden. Er protestierte lauthals und versuchte mich, auf Armlänge von sich wegzuhalten, aber ich hielt ihn fest und lachte.

Wir küssten und streichelten uns, und dann befreite ich ihn langsam aus seinen nassen Kleidern. Auf dem Weg zum Bett hinterließen wir feuchte Fußspuren auf dem hellen Teppich.

Manchmal macht mich guter Sex melancholisch, manchmal weltumfassend, manchmal einfach nur dankbar, und diesmal machte er mich lebendig und fröhlich.

Danach lagen wir Hand in Hand nebeneinander im Bett, und ich erzählte ihm endlich von meiner Freundschaft mit

Gian, von seinem Tod und von dem, was ich von Gians Mutter erfahren hatte.

«Und Gian hat dir in all den Jahren nie ein Wort davon gesagt, dass er einen Zwillingsbruder hat? Dass er deshalb jedes Wochenende nach Hause gefahren ist?»

«Das ist verrückt, nicht? Wir haben uns deswegen sogar gestritten. Es gab eine Zeit, da wollte ich ihn um jeden Preis dazu bringen, wenigstens ein einziges Mal ein Wochenende in Bern zu bleiben.»

«Und jetzt?»

«Die Sammlung auflösen? Das wird eine Heidenarbeit ..., und ich habe Angst davor. Aber ich kann doch nicht nein sagen.»

«Ich könnte dir helfen mit der Wohnung», schlug er vor und fasste gleichzeitig meine Hand etwas fester.

«Du hast doch selbst genug am Hals im Moment. Wenn du schon mal einen freien Tag hast, möche ich den lieber mit dir genießen. Wir könnten wieder mal eine lange Wanderung machen oder ins Kino gehen.»

«Und was ist mit dem Selbstmord? Da klammert sich seine Mutter doch an einen Grashalm, meinst du nicht?» fragte Philipp.

«Nicht Grashalm, Strohhalm heißt das.»

Philipp sprach perfekt deutsch, obwohl er einen Teil seiner Kindheit in Kanada verbracht hatte. Manchmal vergriff er sich aber bei Redewendungen. Wenn ich ihn dann korrigierte, machte er ein ganz merkwürdiges Gesicht, wie ein kleiner Junge, der gescholten wird. Ich liebte diesen Ausdruck.

«Es ist verständlich, dass sie als Mutter nicht an diesen Selbstmord glauben will – nicht glauben kann. Aber ...», ich zögerte und fuhr dann mit fester Stimme fort: «Aber ich glaube, dass sie Recht hat.»

«Kein Selbstmord! Aber …» Philipp schüttelte meine Hand ab. Wir setzten uns beide auf und sahen uns in die Augen.

«Aber das würde heißen … Mord?», führte er den Gedanken zu Ende. Seine Stimme war voller Skepsis. Dann begann Philipp, sich mit übertrieben heftigen Bewegungen seine Unterwäsche anzuziehen. Unsere Kuschelphase war definitiv zu Ende.

«Unfall ist jedenfalls nicht wahrscheinlich.»

«Wenn es Mord war, dann hätte die Rechtsmedizin Spuren gefunden», widersprach Philipp.

«Wie soll man denn nach so einem Sturz Spuren finden?»

Meine Stimme klang grell, und ich versuchte mich zu beruhigen.

Philipp schüttelte den Kopf, man sah ihm sein Unbehagen an.

«Vielleicht findet man doch noch einen Abschiedsbrief. Das würde es allen leichter machen», meinte er schließlich.

«Nein», entgegnete ich heftig.

«Doch», entgegnete er ruhig. Dann stieg er aus dem Bett, kleidete sich an und ging in die Küche. Während ich weiter nachdenklich an die Decke starrte, hörte ich ihn Geschirr waschen und aufräumen. Schließlich stieg ich ebenfalls in meine Kleider, die trocken und hübsch warm waren, und verabschiedete mich.

«Du gehst nach Hause?»

«Der Regen hat aufgehört.»

«Kommst du am Donnerstag zum Abendessen?»

«Gerne.»

Unser Abschied fiel merkwürdig kühl und distanziert aus. Wir schwankten immer wieder zwischen großer Nähe und totaler Unverbindlichkeit. In diesem Moment bedauerte ich das.

Zu Hause im Bett dachte ich über Gian nach; über seinen Zwillingsbruder, der ihm so nahegestanden hatte und den ich nicht kannte. Sah er Gian wohl ähnlich? Ich schüttelte den Kopf – selbstverständlich musste er ihm ähnlich sehen, die beiden waren eineiige Zwillinge. Ob er Gian auch von seinem Wesen her ähnelte? Und was ging nun in ihm vor?

Das Blatt hatte sich gewendet – ich war nun überzeugt, dass mein Freund nicht freiwillig gestorben war. Ein Grashalm? Jedenfalls schlief ich diese Nacht das erste Mal wieder tief und ungestört.

6

«Warum wohnte dieser Gian ausgerechnet im ‹Tscharni›?»

«Sag nicht ‹dieser Gian›.»

«Ich versuche hier eine Unterhaltung in Gang zu bringen. Ich habe keine Lust, stundenlang schweigend neben einem Trauerkloß zu hocken.»

Es war Mittwochmorgen, halb zehn Uhr. Helga und ich saßen im Bus Nr. 14 und waren unterwegs nach Bümpliz zu Gians Wohnung. Ich zweifelte bereits, ob es eine gute Idee gewesen war, sie mitzunehmen.

Uns gegenüber saß eine alte Frau, die eindeutig nach Urin stank und viel zu warm angezogen war. Ihre toupierten Haare hatten einen psychedelischen, violett-pinken Farbton. Sie hatte einen Kinderwagen dabei, und als ich neugierig in das altmodische Modell spähte, begegnete mein Blick den leuchtend grünen Augen einer fetten Katze. Ich stieß Helga unauffällig an, und dann lächelten wir uns zu.

Im Abteil rechts von uns hatte sich ein Mann in unserem Alter breitgemacht, der in den fünf Minuten seit Busabfahrt bereits zwei Halbliterdosen Bier geleert hatte. Er war schon ziemlich betrunken und wollte diesen Zustand offensichtlich festigen. Ihm gegenüber war eine schwarze Frau mit einem kleinem Kind auf dem Schoß. Von Zeit zu Zeit erhob sich der Angetrunkene mühsam von seinem Sitz und testete im schwankenden Bus seine Standfestigkeit; dazu plagörte er laut herum. Der Mann war groß und schwer, so dass alle Mitfahrenden um das Wohl von Frau und Kind fürchten mussten. Ich spürte, dass Helga ebenso angespannt war wie ich. Am Loryplatz erhob sich der Typ, um auszusteigen, aber als der Bus bremste, verlor er das Gleichgewicht; und sein massiger Oberkörper neigte sich mit nervtötender Langsamkeit in Richtung der schwarzen Frau.

Helga war blitzschnell auf den Beinen, packte den Säufer am Oberarm, richtete ihn auf und beförderte ihn mit Schwung durch die geöffneten Türen aus dem Bus.

«Bravo!», rief ein junger Mann, der das Ganze beobachtet hatte.

Die Türen schlossen sich, und der Typ wummerte voller Wut dagegen: «Aufmachen, ihr Sauhunde! Mein Bier, verdammte Scheiße!»

Seine Aldi-Tüte mit weiteren Bierdosen lag noch auf dem Sitz. Der Buschauffeur gab entschlossen Gas, und alle atmeten erleichtert auf.

«Hast du nicht mal gesagt, dass Gian mit dir studiert hat?»

«Ja, das stimmt. Ich habe neben Psychologie noch Mathematikkurse belegt. Und Gian hatte Mathematik im Hauptfach.»

«Und dann hat er keine Stelle gefunden?»

«Wie kommst du denn auf diese Idee? Wegen der Wohnung im ‹Tscharni›? Im Gegenteil: Gian konnte nach dem Studium aus einer Handvoll Stellen auswählen. Lebensversicherungen, Banken, Universitäten … Er hat aber erstmal eine Weiterbildung in biologischer Statistik und Gesundheitsforschung gemacht und ist danach zum Bundesamt für Statistik gegangen. Er ist dort seit vielen Jahren für die Todesursachenstatistik und das Krebsregister zuständig.»

«Und die wollten ihm dann wegen einer Reorganisation die Arbeit wegnehmen?»

«Mmmh. Gian war einer der besten Mathematiker in der Bundesverwaltung. Und sie wollten ihn zum Manager und Fundraiser umschulen.»

Als wir an der Haltestelle Tscharnergut aus dem Bus stiegen, machte der Regen gerade eine kleine Pause. Der Himmel war aber immer noch voller dunkler Wolken. Mit raschen Schritten gingen wir einen Fußweg entlang, der über die großzügigen Rasenflächen zwischen den Wohnblöcken hindurchführte.

Dass Gian sich eine Wohnung im «Tscharni» ausgesucht hatte, war alleine schon Grund genug, dass ihn die Hiesigen für seltsam hielten. Warum wohnte jemand, der eigentlich genug Geld hatte, im 18. Stock eines Hochhauses in Bümpliz anstatt in einem Jugendstilhaus im Kirchenfeld? Auch heute noch schauen die meisten Berner mit scheelen Augen auf dieses «Ghetto» am Rand der Stadt.

Ich war mehrmals bei Gian zu Besuch gewesen, und aus der Nähe sah die Sache etwas anders aus. Das Ghetto bot luftige, sonnige Wohnungen mit einmaligem Weitblick. Die Siedlung war so angelegt, dass keines der zwanzigstöckigen Gebäude Schatten auf einen Nachbarbau warf. Deshalb war so viel Grünraum zwischen den Häusern. Für Gian war das Leben im Hochhaus perfekt gewesen. Er fühle sich da vollkommen frei, hatte er mir einmal gesagt.

Die Wohnung selbst ... Nun sie war speziell, um es vorsichtig auszudrücken. Gians Wohnungstüre war die Pforte zu einer phantastischen Welt, einer Welt, in der ein kleiner, liebenswürdiger und schlauer Reporter in Knickerbocker sich eins ums andere Mal aufmachte, die Menschheit zu retten.

Und nun sollte ich diese Wohnung räumen.

«Also weshalb hat sich Gian ausgerechnet dieses Quartier ausgesucht?», kam Helga auf ihre Frage zurück, als wir vor

Gians Haus standen. Sie hatte ihren Kopf in den Nacken gelegt, den Blick steil nach oben zum zwanzigsten Stock.

«Er hat gerne hier gewohnt. Und du wirst sehen, es ist gar nicht so übel, wenn man mal drin ist.»

«Ich hasse Hochhäuser. Warum hast du eigentlich nicht Philipp gefragt? Oder habt ihr immer noch Krach miteinander?»

«Wir haben keinen Krach miteinander – wir arbeiten an unserer Beziehung.»

«Und ich bin der Dalai Lama. Welcher Stock ist es?»

«Der 18.»

«Merde alors!»

***

«Wow, das ist unglaublich!»

Helga drehte sich im Kreis, die Arme seitwärts ausgestreckt, strahlend vor Entzücken. Sie sah aus wie eine Dreijährige, die eben ein Zimmer voller Schoggi-Osterhasen entdeckt hat.

«Warum hast du mir das nicht gesagt, Lou?»

Wir standen in Gians Wohnzimmer. Es war groß, etwa fünf auf sechs Meter, sonnig, auf dem hellen Riemenboden stand ein einziges Möbelstück: ein bequemer Ledersessel. Was Helga begeisterte, waren die Wände und die Decke des Raums.

«Ich habe dir doch gesagt, dass Gian Hergé verehrte.»

«Aber davon hast du nichts gesagt», erwiderte sie, während sie mit den Händen auf die Flugzeugmodelle deutete, die über uns aufgehängt waren.

Da waren mehrere Dutzend Propellermaschinen, Wasserflugzeuge, Doppeldecker und einige größere Düsenflugzeuge.

Ich zeigte auf die Flugzeuge, die weiter hinten beim Fenster waren.

«Das dort sind alle Flugzeuge aus dem Band *Die schwarze Insel.*

«Warte mal ..., das ist die Geschichte in Schottland, mit dem Affen auf der Insel.»

«Genau. Schau, das ist die Propellermaschine, mit der die Verbrecherbande von Doktor Müller unterwegs war. Die haben Tim angeschossen, ganz zu Beginn der Geschichte. Eine Heinkel 70. Dieses Modell wurde Anfang der dreißiger Jahre für die Lufthansa gebaut und als Postflugzeug und später auch als Bomber eingesetzt. Und das hier», ich wies auf ein großes Wasserflugzeug mit Propellern oberhalb der Flügel, «damit fliegen Tim und die Schultzes aus Syldavien zurück in ihre Heimat. Es ist eine LeO, ein französisches Modell, wenn ich mich richtig erinnere.»

«Kennst du etwa alle diese Flugzeugtypen auswendig?», fragte mich Helga.

Als mir Gian seine Hergé-Sammlung das erste Mal gezeigt hatte – sie war damals natürlich noch viel kleiner gewesen –, hatte ich nur gelacht und sie als eine weitere von Gians Schrullen abgetan. Aber dann hatte mich seine Begeisterung immer mehr angesteckt, und ich hatte es genossen, in diese Parallelwelt abzutauchen, in der die Helden, einzig geschützt von Lederkappe, Schal und Fliegerbrille, die Nase im Wind, mit ihren kleinen Flugzeugen Ozeane, Alpen und Wüsten überqueren.

«Ich habe mir nur diejenigen gemerkt, die besonders schöne Namen haben oder komisch aussehen», beantwortete ich Helgas Frage. «Schau, der Doppeldecker da, das ist ein de Havilland Tiger Moth. Dieser Flieger wurde in den dreißiger Jahren von Geoffrey de Havilland für die Royal Air Force entwickelt und wird heute noch als Schulungsmaschine benutzt. Da gibt es doch diese Szene im Band *Die schwarze Insel*, als Schultze und Schulze unabsichtlich in einen Flugwettbewerb geraten. Einer der Schultzes fällt dabei raus, der Doppeldecker macht einen Looping und fängt ihn wieder auf: Da sind die beiden mit einer Tiger Moth unterwegs.»

Ich wusste nicht weshalb, aber ich war mit einem Mal lächerlich stolz auf Gians Schätze. Und Helga spielte wunderbar mit. Sie war schlichtweg begeistert.

«Das sind alles originalgetreue Nachbildungen von echten Flugzeugen, die ab den dreißiger bis in die frühen sechziger Jahre geflogen wurden. Hergé ist berühmt dafür, dass er jedes technische Detail so genau wie möglich abgebildet hat.»

«Aber das da nicht!», rief Helga und zeigte auf ein Wasserflugzeug, das unterhalb des Flugkörpers eine Art riesige Zigarre angehängt hatte. «Das ist reine Erfindung!»

Ich lachte. «Aber nein! Das Modell hat es tatsächlich gegeben. Das ist ein amerikanischer U-Boot-Jäger aus dem zweiten Weltkrieg, eine Curtiss Seahawk. Als Hergé *Kohle an Bord* entwarf, versuchte er gerade, Zugang zum amerikanischen Markt zu bekommen. Es ist deshalb nicht erstaunlich, dass Tim und Haddock von einem amerikanischen Flugzeugträger und ebendieser Seahawk aus einer brenzligen Situation gerettet werden.»

Helga warf einen Blick in die angrenzende Küche, wo eine große, elegante Düsenmaschine über dem Esstisch hing. Eine Lockheed Constellation. Das Flugzeug mit dem Tim und Haddock nach New Delhi fliegen, um Tims Freund Tschang im Himalaya zu suchen.

«Aber das sind ja Unmengen von Modellen!»

«Gian besaß alle Flugzeuge, mit denen Tim je geflogen ist. Und glaub mir, das sind unglaublich viele.»

In der Küche hing noch eine zweite Düsenmaschine, etwas kleiner und wuchtiger als die Constellation.

«Das da ist übrigens die DC 3, mit der Tschang im Himalaya abgestürzt ist», erklärte ich Helga.

«Ach, dieses Poster hätte ich gerne!»

Helga zeigte auf ein Poster im Weltformat, das über dem Küchenschrank hing, mit der berühmten Mondrakete auf schwarzem Grund. Das Bild war von einer schlichten grafischen Klarheit, die unglaublich schön wirkte.

«Das war das Plakat zur großen Ausstellung im Centre Georges Pompidou, 1999.»

«Und Gian war dort?»

«Selbstverständlich. Er hat jede Hergé-Ausstellung besucht. Das waren die einzigen Reisen, die Gian gemacht hat. 1997 war er sogar in Nepal. Er hat einen Vortrag gehalten. Es ging um den Band *Tim in Tibet* im Kontext der soziokulturellen und ökonomischen Stellung der Sherpas im 20. Jahrhundert.»

Helga musterte mich aufmerksam.

«Du hast Gian wirklich sehr gemocht, nicht?»

Mit einem Kloß im Hals nickte ich.

***

Langsam ging ich von Zimmer zu Zimmer, vorgeblich, um mir einen Überblick zu verschaffen, aber eigentlich war es reine Verzögerungstaktik. Ich hatte keine Ahnung, wie ich vorgehen sollte. Und zu welchem guten Zweck sollte ich diese Sammlung überhaupt verkaufen?

An den Wänden hingen handgezeichnete Entwürfe von Heftseiten, die er zu hohen Preisen ersteigert hatte, und alte Kinoplakate mit arabischen und asiatischen Schriftzeichen.

Ein Zimmer war einzig den Alben gewidmet. Er hatte selbstverständlich von jeder Geschichte mehrere Ausgaben in verschiedenen Sprachen, aber auch alte Ausgaben, Raritäten, wie mir Gian erklärt hatte. Er hatte sich darauf spezialisiert, die Änderungen zu dokumentieren, die im Verlauf der Zeit an den Alben vorgenommen worden waren, um politisch korrekte Geschichten veröffentlichen zu können. Besonders viel musste Hergé im Laufe der Jahrzehnte an seiner zweiten Geschichte, *Tim im Kongo*, herumflicken. Dieses Album entstand in einer Zeit, als der Kongo noch eine Kolonie von Belgien, Hergés Heimatland, war.

Tim benimmt sich in dieser Geschichte nicht gerade sympathisch. Er ist auf naive Art herablassend und überheblich zu den Afrikanern und outet sich als regelrechter Großwildschlächter, der auf alles schießt, was sich bewegt. Hergé selbst bezeichnete diesen Band als Jugendsünde. Als der Kolonialstatus von Kongo für Belgien in den fünfziger Jahren immer belastender wurde, war die Geschichte für die Verleger definitiv nicht mehr akzeptabel.

Nach jahrzehntelangem Bann wurde das Album als erstes wieder in einer Zeitschrift in Zaire, wie der Kongo von 1971 bis 1997 hieß, abgedruckt. Ironischerweise störten sich die Zairer viel weniger als die Europäer an Tims kolonialistischer Überheblichkeit. Nach der Wiederauflage in Zaire in den siebziger Jahren beauftragt der Verlag Hergé, die Geschichte zu überarbeiten, damit sie auch in Europa wieder akzeptabel sei. Alle Passagen betreffend den Kolonialstatus Kongo und Belgien wurden gestrichen: ein böser Großwildjäger, der vorher schwarz gewesen war, mutierte zum weißen Emilio Magenspeck; Tims großer, als «Kolonialausrüstung» beschrifteter Koffer wurde zur schlichten «Tropenausrüstung», und das Nashorn, das Tim mit einer in dessen Rücken gebohrten Dynamitstange explodieren ließ, kam nun mit dem Schrecken davon, nachdem sich versehentlich ein Schuss aus Tims Gewehr gelöst hatte.

Im Albenzimmer auf einem Beistelltisch aus schwarzem Lack stand Gians großer Stolz: ein maßstabsgetreues Modell der Mondrakete, mit der Tim bereits im März 1953, also 16 Jahre vor Neil Armstrong, seine ersten Schritte auf dem Mond gemacht hatte.

Hergé hatte dieses Modell in Anlehnung an die von den Nazis entwickelte V-2 bauen lassen. Nach der Kapitulation Deutschlands hatten die Amerikaner den deutschen Erbauer der V-2, Wernher von Braun, in die USA bringen lassen, damit er an ihrem gerade beginnenden Raumfahrtprogramm mitarbeiten würde. Von Braun spielte dann auch eine entscheidende Rolle bei der Entwicklung der Rakete, die die Amis 1969 auf den Mond brachte.

Gian hatte einmal behauptet, dass Hergés Rakete so konstruiert gewesen sei, dass Tim und seine Freunde tatsächlich auf den Mond hätten fliegen können.

Helga hatte es sich in der Zwischenzeit auf dem Ledersessel bequem gemacht und las im Band *Die Juwelen der Sängerin.*

Ich seufzte. Wo sollte ich nur beginnen? Wie sollte ich vorgehen? Wenn ich Gians Mutter nur diesen Wunsch hätte abschlagen können. Ich wollte das nicht tun. Ich wollte nicht da sein und mir überlegen, wie viel Gians Schätze einbringen würden.

Andererseits würde ich vielleicht in seiner Wohnung irgendetwas finden, das mir weiterhalf zu verstehen, warum Gian sterben musste. Ich hatte keine Ahnung, was dieses «irgendetwas» sein könnte, wie groß, wie schwer, aus welchem Material. Wenn sein Tod etwas mit seiner Arbeit beim Bundesamt für

Statistik zu tun hatte, war es eher unwahrscheinlich, dass ich hier etwas finden würde.

Bedrückt ging ich durch die Zimmer, blätterte ziellos in verschiedenen Alben, betrachtete die Figurensammlung, lächelte über eine Schultze-und-Schulze-Szene und nahm vorsichtig die Mondrakete in die Hand. Alles war perfekt erhalten, ich würde sicherlich gute Auktionspreise erzielen können. Wenigstens konnte ich mich bei meiner Arbeit auf seine Hergé-Dokumentation stützen. Wenn ich Glück hatte, waren alle wertvollen Exponate bereits darin beschrieben. Morgen würde ich seinen Arbeitsplatz im Bundesamt für Statistik räumen. Als allererstes würde ich die Datei mit seiner Dokumentation suchen und eine Kopie speichern.

Seit Gians Tod waren erst wenige Tage vergangen und dennoch wirkten die bereits verstaubten Flugzeuge an diesem Tag wie traurige Überbleibsel einer längst vergangenen Zeit. Ein Erstarren in der Zeit. Warum sich Gian wohl ausgerechnet für die Person von Tim begeistert hatte? Gians Sehnsucht nach einer besseren, gerechteren Welt, in der die Dinge mit mutigem Einsatz wieder ins Lot gebracht werden konnten, mochte eine Rolle gespielt haben.

Im Schlafzimmer hing eine gerahmte Originalzeichnung. Es war das Schlussbild aus *Tim in Amerika.* Der junge Held steht alleine auf der Reling eines Passagierschiffes, das eben Chicago verlassen hat, und schaut zurück auf die Skyline der Großstadt. Ich betrachtete das Bild lange, weil es mich irgendwie berührte.

«Was machst du da?», fragte Helga. «Kann ich dir helfen?»

«Ich weiß auch nicht genau ..., diese Zeichnung ..., ich meine, darin Gian zu erkennen, weiß aber nicht weshalb.» Ich schüttelte nachdenklich den Kopf.

Aber Helga hatte sich schon wieder in ihre Geschichte vertieft.

Ich starrte weiter auf die Zeichnung. Die Skyline der Großstadt versprach Freiheit, das Schiff selbst war im Begriff aufzubrechen, und Tim sah einsam aus, aber auch völlig losgelöst von allen Verpflichtungen. War es etwa das? Tim, der Reporter, war völlig frei und ungebunden. Er war frei zu kommen und zu gehen. Wenn man sich mal achtet, fällt auf, dass Tim in seinen Abenteuern konstant unterwegs ist: Er steigt aus dem Linienflugzeug, geht aufs Schiff, im nächsten Hafen wechselt er auf ein Automobil, wieder auf ein Sportflugzeug, stürzt ab und geht weiter zu Fuß, bis er am nächsten Bahnhof einen Zug nehmen kann. Er kann reisen, wohin er will, wie lange er will und wann er will. Es gibt keine Familie, keine Angehörigen, auf die er Rücksicht nehmen müsste. Er ist völlig alleine.

War das Gians Traum? Ungebunden zu sein, frei zu sein? Frei von seinem Zwillingsbruder, der das Nest nie verlassen hatte?

Andererseits war Tim nie erwachsen geworden, hatte sich niemals verliebt … Vielleicht war er trotz seiner Abenteuer einsam gewesen? Wie Gian auch? Ach Gott, was nützte dieses Grübeln?

Später bat ich Helga, mir beim Zählen aller Flugzeuge, Schiffe und Automobile zu helfen. Wir kamen auf 114 Modelle! Wir fotografierten, zählten und listeten auf, bis wir kurz nach acht Uhr Schluss machten.

***

Hungrig schleppten wir uns in die nächste Pizzeria und hatten Glück. Es war eines dieser Restaurants, in denen die Kellner nur so herumwuseln und es abgeht wie in einem Bienenstock.

Trotz der vielen Gäste konnten wir sofort bestellen und hatten nach einer knappen Viertelstunde eine heiße knusprige Pizza vor uns. In stillem Einverständnis schoben wir uns die bereits geschnittenen Pizzastücke mit der Hand in den Mund.

Plötzlich lächelte Helga: «Du machst das immer noch!»

«Was?»

«Deine Finger abschlecken, jeden einzeln.»

Ich zuckte verlegen mit den Achseln.

«Kannst du dich jetzt besser daran erinnern, was Gian dir erzählen wollte?», fragte sie mich, als ihr Teller leer war.

Ich schüttelte zweifelnd den Kopf: «Ich bin mir nicht sicher. Es scheint mir sehr verworren, und das war gar nicht seine Art. Er hat sich immer präzise ausgedrückt.»

«Was ist dir denn in Erinnerung geblieben?»

«Wenn ich ihm nur richtig zugehört hätte!»

«Das Thema hatten wir doch schon.»

«Ja, ja.»

Helga nickte mir auffordernd zu.

Ich seufzte und gab nach. Sie würde sowieso keine Ruhe geben.

«Er sagte was von einer ‹Reise der Toten›. Und das kommt mir komisch vor, weil er sich nie in Bildern ausgedrückt hat. Es muss wohl etwas mit der Todesursachenstatistik zu tun haben, für die er verantwortlich war. Keine Ahnung, was das bedeuten soll.»

«Reise der Toten?»

Helgas Blick war aufmerksam. Manchmal hatte ich den Eindruck, sie lausche mit ihrem gesamten Körper, nicht nur mit ihren Ohren, aber das sagte ich ihr natürlich nicht. Schließlich ist *sie* die Esoterikerin in unserem Bunde.

«Und sonst?»

«Ich glaube, er hat auch die Swiss National Cohort erwähnt und dann natürlich, dass sie ihm die Daten wegnehmen würden.»

«Wer wollte ihm die Daten wegnehmen? Und was soll das überhaupt heißen?»

«Das habe ich dir doch schon erzählt. Gian sagte, er werde befördert und dann dürfe er nicht mehr als Mathematiker arbeiten, sondern müsse Managementaufgaben übernehmen. Er sollte Verträge aushandeln, Geldgeber auftreiben und solche Dinge.»

«Und warum war das eigentlich so schlimm für ihn?»

«Du kanntest ihn nicht.»

«Warum eigentlich?»

«Warum was?»

«Weich mir nicht aus, Lou, du weißt genau, was ich meine. Wir sind schon so lange Freundinnen. Warum habe ich Gian nie kennengelernt?»

«Ihr hättet euch nicht verstanden.»

«Manchmal bin ich mir nicht sicher, ob du ein arrogantes Arschloch oder einfach ein Feigling bist.»

Ich zuckte ungerührt mit meinen Schultern und lächelte meine Freundin an: «Suchs dir aus. Ich geh jetzt jedenfalls nach Hause.»

Auf der Straße umarmte mich Helga. Dann nahm ich den Bus nach Hause. Ich war todmüde.

7

Ich hatte mich mit Gians ehemaliger Chefin am Donnerstag, 20. März, für neun Uhr im Bundesamt für Statistik, kurz BFS, verabredet. Ich kam eine Viertelstunde vor dem Termin am Bahnhof Neuenburg an und holte mir noch rasch einen doppelten Espresso am Buffet-Express. Der Kaffee war so heiß, dass ich mir die Finger am Pappbecher verbrannte, und so bitter, dass es mich schüttelte. Obwohl ich gut geschlafen hatte, fühlte ich mich immer noch erschöpft. Dazu kam meine instinktive Abneigung vor der Mission, die vor mir lag.

Das BFS befindet sich nur wenige Schritte vom Bahnhof Neuenburg entfernt. Das Gebäude ist 250 Meter lang, 20 Meter hoch und nur wenige Meter breit, wobei sich die Spitze nochmals stark verjüngt. Die schlichten klaren Linien des Gebäudes und die Materialien Glas und Holz lassen alles leicht und transparent wirken. Das Architektenteam hatte durchgesetzt, dass im Innern nur helles Holz, Glas und schwarzer mattierter Stahl vorhanden sein darf. Also wurden für das gesamte Bundesamt neue USM-Regale und -tische in schwarzer Farbe angeschafft. Auch die Feuerlöscher wurden trotz heftigen Widerstands des Sicherheitspersonals schwarz übermalt.

Im Oktober 1998 waren etwa 500 Mitarbeitende von Bern nach Neuenburg an ihren neuen Arbeitsplatz gezügelt – und erlebten dort einige Überraschungen: Die automatischen Sonnenstoren hatten eine eigenwillige Vorstellung ihrer Aufgabe und gingen ab Windstärke vier pausenlos hoch und runter.

Die Deckenlampen in den Büros schalteten sich nach wenigen Minuten automatisch ab, wenn man sich zu wenig bewegte. So gewöhnten sich die Mitarbeitenden an, alle paar Minuten wild mit den Armen herumzufuchteln, um nicht plötzlich im Dunkeln zu sitzen. Dieser Reflex war bei einigen Personen kaum rückgängig zu machen, als das Problem zwei Jahre später behoben wurde.

Bereits beim Einzug hatte es zu wenig Platz für alle Mitarbeitenden gehabt, und einige Abteilungen waren provisorisch ausgelagert worden. Also hatte man beschlossen, an das langgestreckte schmale Gebäude einen 15-stöckigen Turm anzuhängen, der Platz für 300 zusätzliche Arbeitsplätze bot.

Normalerweise freute ich mich auf einen Besuch im BFS, auf die angeregten Diskussionen mit den Statistikexperten und das Wiedersehen mit alten Bekannten aus der Welt der Zahlen. Zudem war der Bau wirklich außergewöhnlich, die Gestaltung der Caféteria grandios und die Aussicht aus dem Turm auf den Neuenburgersee spektakulär.

Aber selbst da arbeiten? Um keinen Preis.

Zu eng waren die Raumverhältnisse. Nur schon die Vorstellung, Tag für Tag in einem der gläsernen Kabäuschen sitzen zu müssen, ließ mich schaudern. Die Einzelbüros der «normalen» Mitarbeitenden maßen kaum mehr als drei auf drei Meter. Die Zweierbüros waren nur wenig größer. Das Ganze erinnerte fatal an Käfighaltung.

***

Heute war ich das erste Mal aus privaten Gründen da. Mit zögerlichen Schritten ging ich die Betonrampe hoch, die mich zum Haupteingang führte. Ich hatte Angst – Angst vor dem, was ich erfahren würde und tun musste. Am Portal erwartete mich Frau Maurer, Gians ehemalige Chefin, bereits und überreichte mir eine Plastikkarte, die mich als Besucherin auswies. Ich schätzte Maurer auf etwa 45 Jahre. Sie war elegant, aber langweilig gekleidet, sah unglücklich und abweisend aus. Ich wusste, dass Gian sie für ihre Fairness und Geradlinigkeit schätzte. Geschätzt hatte.

«Kommen Sie, ich bringe sie zu seinem ehemaligen Büro. Wir sind alle sehr betroffen von seinem Tod. Niemand hatte das vorausgeahnt.»

Gut gemacht, dachte ich voller Wut. Bedauern ausdrücken und gleichzeitig alle Schuld von sich weisen. Ich murmelte etwas, das als Zustimmung gedeutet werden konnte. Bei dem kurzen Telefonat am Vortag hatte ich erklärt, dass ich Gians Büro räumen würde, und gleichzeitig darum gebeten, mehr über Sinn und Zweck der Reorganisation zu erfahren, die Gian so belastet hatte. Ich hatte mich absichtlich vage ausgedrückt, aber angedeutet, dass Gians Mutter mich beauftragt hatte, mehr zu erfahren, und dass dies ein Teil der notwendigen Trauerarbeit war. Frau Maurer hatte das nicht hinterfragt. Ich war gespannt, was sie mir erzählen würde.

Während wir im Lift nach oben fuhren, fragte ich sie: «Sie zweifeln also nicht daran, dass es Selbstmord war?»

Sie schüttelte verärgert den Kopf und sah noch abweisender aus. Wir verließen den Lift im vierten Stock und gingen den scheinbar endlos langen, knapp zwei Meter breiten Gang entlang, der rechts durch ein schmales Fensterband Sicht auf die Stadt Neuenburg bot, links auf etwa dreißig Bürotüren, alle verschlossen. Die Büros waren wohl von den Architekten als transparente Arbeitsplätze gedacht gewesen. Die Wand zwischen dem Gang und den Büros bestand nämlich größtenteils aus Milchglasscheiben. Die Bürobenutzer hatten sich aber samt und sonders vor zudringlichen Blicken geschützt und die verschiedenartigsten Blockaden aufgebaut. Es gab Rollos in verschiedenen Farben und Formen, einen Wandteppich mit Rosenmuster, mehrere Kunst- und Filmposter und ganze Wände mit dickblättrigen und sehr staubigen Pflanzen zu bestaunen.

Wir näherten uns Gians Büro, und mein Herz begann schmerzhaft zu schlagen. Plötzlich blieb Frau Maurer so abrupt stehen, dass ich fast in sie hineingestolpert wäre.

«Hier ist es passiert. Schauen Sie da.»

Sie wies mit dem Arm auf eine Stelle direkt am Geländer, das den Gang zum offenen Innenhof abgrenzte. Nur eine dünne Glaswand und der filigrane schwarze Handlauf trennten uns vom Sturz in den Abgrund. Jemand hatte ein Sträußchen rote und weiße Nelken in einem Toni-Joghurtglas hingestellt. Und eine kleine rote Kerze. Ich wich unwillkürlich zurück. Aber Frau Maurer war gnadenlos, packte mich fest am Arm und bugsierte mich zum Geländer.

«Sehen Sie sich doch die Stelle an. Das Geländer ist hoch und stabil, da kann man nicht aus Versehen runterfallen. Unmöglich.»

Ich atmete tief durch und schaute nach unten. Der Boden schien mir unendlich weit entfernt. Man sah keinerlei Spuren des Unfalls. Meine Hände waren schweißnass. Was tat ich mir da eigentlich an?

Frau Maurer war zufrieden und ließ meinen Arm endlich los. Anstatt zu ihrem eigenen Büro führte sie mich dann direkt vor die Nummer 456, wo Gian gearbeitet hatte. Die Türe war geschlossen wie alle übrigen. Überall waren Leute am Arbeiten in diesen kleinen Räumen. Es mussten viele Leute sein. Aber man sah und hörte nichts von ihnen. Gians Chefin klopfte an die Türe und öffnete sie, ohne eine Reaktion abzuwarten.

Mein Blick schweifte automatisch zu Gians Arbeitstisch, und ich erschrak. Gians Sammlung von Tim-und-Struppi-Figuren, die er immer auf einem kleinen Büchergestell aufgereiht hatte, war nun mitten auf seinem Tisch aufgestellt. Kapitän Haddock, Professor Bienlein, Bianca Castafiore, Haddocks Butler Nestor, Schultze und Schulze, die Nervensäge Fridolin Kiesewetter, der Ober-Bösewicht Rastapopoulos, Tims chinesischer Freund Tschang und noch andere, deren Namen ich mir nie merken konnte. Alle standen sie in einem großen Kreis. Tim selbst stand als einziger genau in der Mitte des Kreises. Irgendwie wirkte es, als ob ihn alle anderen anklagen würden.

Sogar sein treuester Freund Struppi hatte ihn verlassen.

***

Ich seufzte. Meine Gefühle spielten mir wohl wieder mal einen Streich. Wenn ich herausfinden wollte, was Gian zugestoßen war, dann musste ich kühl und neutral an die Sache herangehen.

«Das ist Frau Beck. Sie wird hier aufräumen», sagte Gians Chefin in knappem Ton zu der Frau, die mit dem Rücken zu uns arbeitete und nur kurz aufgeblickt hatte.

«Frau Lambrosi wird Ihnen helfen, falls Sie irgendetwas benötigen. In einer halben Stunde wird dann Herr Deculon vom Personaldienst vorbeikommen. Er kann Ihnen alle Fragen zu der geplanten Reorganisation beantworten. Ich muss mich jetzt entschuldigen.»

Bevor ich etwas sagen konnte, war sie bereits weg. Zuerst erstaunt, dann erbost starrte ich auf die geschlossene Türe.

Frau Maurer hatte mich kaltblütig abserviert. Anscheinend fand sie es nicht nötig, mir auch nur fünf Minuten ihrer Zeit zu widmen. Sie hatte Gians Namen während unserer Unterhaltung nicht ein einziges Mal in den Mund genommen. Was war da eigentlich los? War ihr Gians Tod dermaßen gleichgültig? Oder wollte sie nicht mir mir sprechen, weil sie etwas zu verbergen hatte? Vielleicht hatten sie ihr von oben den Mund verboten?

Ich startete Gians Computer. Während ich wartete, betrachtete ich Frau Lambrosi verstohlen. Sie hatte eine fantastische Figur: lange, schlanke Gliedmaßen, wunderschön geformt, die Haut ihrer Arme war milchig weiß und makellos, ihr Haar fast schwarz. Dieser perfekte Körper steckte in einem wirklich sehr knappen Mini, dazu trug sie einen flauschigen, eng geschnittenen Pullover mit kurzen Puffärmeln. Schneewittchen als moderner Männertraum.

«Entschuldigen Sie, Frau Lambrosi», sprach ich sie an. «Wissen Sie, ob Gian die Figuren so auf seinem Tisch aufgestellt hat?»

Sie drehte sich zu mir um und entdeckte dann in meinem Gesicht das Erschrecken, das ihr Anblick wohl bei jedem Fremden hervorrief. Ich hatte, passend zum Körper, ein ebenso außergewöhnlich schönes Gesicht erwartet. Da waren zwar große Augen in samtenem Braun, die aber von dicken Brillengläsern völlig verzerrt waren. Eines der Augen verirrte sich alle paar Sekunden nach links oben, was mich sehr irritierte. Ihre Nase war zu lang, und das Gesicht hatte etwas Pferdeähnliches. Hätte sie nicht einen so schönen Körper gehabt, wäre das alles vielleicht gar nicht so schlimm gewesen. Es war der Kontrast, der schockierte.

Sie überspielte den peinlichen Moment, als ob nichts wäre.

«Die Polizei hat alles untersucht, aber sie haben nichts geändert am Tisch.»

Sie sprach Hochdeutsch mit einigen Fehlern und einem Tessiner Akzent. Sie hatte zwei Jahre mit «Gianni» das Büro geteilt. Sie machte nicht viele Worte, doch ich konnte spüren, dass sie ihn sehr gemocht hatte.

«Wissen Sie vielleicht, wie ich mich in Gians Computer einloggen kann?», fragte ich sie.

«Sì. Ich kenne seine Login.»

Daniela Lambrosi lächelte wehmütig: «Gianni hat Informatik zur Verzweiflung gebracht.»

«Womit?»

«Oh, viele Dinge. Seine Login … wir sollten alle dreißig Tage eine neue Passwort wählen. Datenschutz, Sie sehen. Gianni immer nur hat gewechselt. Ein Monat sein Password war Schulze, und ein Monat war Schultze.»

Ich lächelte ebenfalls. Das war typisch für Gian.

Ich loggte mich mit Schultze ein und scrollte dann durch Gians persönliches Verzeichnis. Verwirrt klickte ich mal hiermal dorthin.

Das Verzeichnis war vollkommen leer.

***

Es gab keine Mails, keine Dateien, keine Programme, nicht einmal eine Ordnerstruktur. Rein gar nichts.

Es war, als ob Gian niemals da gearbeitet hätte.

«Ich finde keine Dateien in Gians persönlichem Verzeichnis.»

«Ach, entschuldigen Sie, das ich hätte sagen sollen. Frau Maurer hat uns informiert, Gianni hat alles seine Sachen gelöscht in dieser Nacht, Sie wissen …»

«Was? Das kann doch nicht sein!»

«Leider ist das Wahrheit.»

«Es gibt doch sicher ein Backup? Hat denn das niemand überprüft?»

Sie schüttelte entschieden den Kopf: «Nicht von persönlichen Files.»

«Aber warum hätte er alles löschen sollen?»

Sie zog nur die Augenbrauen hoch und starrte mich aus dem einen Auge an. Es war schwierig, ihren Gesichtsausdruck zu deuten, ich wusste ja nicht mal mit Sicherheit, ob sie mich in diesem Moment gerade anschaute oder ob sie irgendetwas rechts oben an der Decke betrachtete.

«Das kann doch nicht sein!», wiederholte ich verzweifelt. «Gian hätte doch niemals seine Hergé-Dokumentation gelöscht.»

Frau Lambrosi murmelte etwas, das wie eine Entschuldigung klang, und wandte sich wieder ihrem Bildschirm zu.

Ich war wie vor den Kopf geschlagen. Es war unvorstellbar, dass Gian die Dokumentation über seine Hergé-Sammlung gelöscht haben sollte! Irgendjemand anders musste seine Daten gelöscht haben. Aber wer? Und warum?

Mein Freund hatte mit dieser Arbeit schon als Jugendlicher begonnen. In dieser verschworenen Gemeinschaft von Hergé-Fans war er hoch angesehen für dieses Werk, war auch immer wieder zu Vorträgen eingeladen worden. Ich hatte ihn öfter geneckt, dass er in seinem Büro im BFS an diesem Dokument arbeitete. Aus irgendeinem Grund, den ich nicht nachvollziehen konnte, wollte er zu Hause keinen Computer haben. So wie ich ihn kannte, hatte das weniger mit Angst vor Strahlung zu tun als mit seinem Wunsch, in seinen eigenen vier Wänden die Epoche von Tim und Struppi wieder aufleben zu lassen.

Er hatte zu Hause ein Radio und ein altmodisches Telefon mit Wahlscheibe, aber keinen Fernseher, keinen Computer, kein Handy, überhaupt keine elektronischen Gadgets.

Ich suchte auf und neben seinem Schreibtisch nach elektronischen Speichermedien. Ich kroch sogar unter den Schreibtisch, um sicher zu sein, nichts übersehen zu haben. Aber da war nichts.

Ich spürte Wut.

Alles gelöscht. Gians Arbeit ausgelöscht, zerstört, vernichtet.

Und dann dachte ich das erste Mal darüber nach, dass sich irgendwo in diesem großen Gebäude jemand befand, wahrscheinlich ein Mann, wahrscheinlich ein äußerst kräftiger Mann, der Gian über dieses Geländer gewuchtet hatte …

Aber warum? Warum nur?

Aus Hass? Gier? Oder Angst?

Schließlich packte ich das Wenige, das Gian gehört hatte, in eine Kartonschachtel. Ich brachte es nicht über mich, Tim und Co. einfach auf einen Haufen zu schmeißen, also wickelte ich jede Figur einzeln in Seidenpapier ein, das ich vorsorglich für zerbrechliche Exponate mitgebracht hatte, und legte sie sorgfältig nebeneinander in die Schachtel. Ich spürte Frau Lambrosis Blick auf mir ruhen. Eines der Augen beobachtete mich.

«Gab es eigentlich irgendein persönliches Gespräch oder eine Besprechung zu Gians Tod? Eine psychologische Betreuung oder so was?»

Frau Lambrosi schüttelte den Kopf.

«Nur die Polizei hat Fragen gestellt. Sonst … nein. Niemand will darüber sprechen. Niemand spricht mehr seine Name.»

Aus dem Auge, das auf mich gerichtet war, sprach ganz klar ein Vorwurf.

In diesem Moment klopfte es. Herr Decoulon von der Personalabteilung war gekommen.

***

Herr Decoulon war der verantwortliche Projektleiter «Personalentwicklung», wie er mich stolz informierte. Sein Alter war schwer zu schätzen. Er war mittelgroß und extrem schlank mit den ausgemergelten Gesichtszügen eines fanatischen Marathonläufers.

Auf dem Weg zu seinem Büro legte er ein solches Tempo vor, dass ich zwischendurch in Laufschritt fallen musste, um ihn nicht zu verlieren.

Nach einer kurzen Begrüßung, bei der er mir bedeutungsschwer in die Augen schaute (Regel Nummer eins für den Umgang mit dem Personal: «Nehmen Sie Kontakt mit ihrem Gegenüber auf.»), folgte ein halbstündiger Vortrag über Förderung und Werterhaltung der Human Ressources in der Bundesverwaltung. Er sprach über die Flexibilisierung der Arbeitswelt, die Bedeutung der Vervollständigung von Fähigkeiten, den notwendigen Wechsel vom Spezialisten zum Generalisten undsoweiterundsoweiter.

«Das Programm, das ich leiten darf, heißt ‹The Full Blossom› und wurde für General Alliance in Kalifornien entwickelt. Die volle Blüte, erblühen, verstehen Sie?»

Als ob ich kein Wort Englisch könnte.

«Ein sehr weibliches Bild, nicht?»

Er lächelte mich an, und ich verzog meinen Mund zu einer Art Lächeln. Ich wollte ihn möglichst bei Laune halten.

«Und Gian Cavegn?», fragte ich dann.

Das Verkaufslächeln verschwand aus seinem Gesicht.

«Eine tragische Sache. Vielleicht haben wir seinen besonderen psychischen Bedürfnissen zu wenig Beachtung geschenkt.»

Das klang, als ob Gian geisteskrank gewesen wäre. Decoulon wurde mir von Sekunde zu Sekunde unsympathischer.

«Wer hat Gians Namen ins Spiel gebracht? Wer hat ihn für diese Beförderung vorgeschlagen?»

«Darüber darf ich Ihnen leider keine Auskunft geben. Personalentscheide sind vertraulich», antwortete er, ohne zu zögern. Sicher hatte er sich vor dem Gespräch überlegt, dass ich diese Frage stellen würde.

«Aber ich kann Ihnen versichern, dass die Selektion der zu fördernden Mitarbeiter sehr sorgfältig vorgenommen und mit der zukünftigen Organisationsentwicklung abgestimmt wurde.»

Sein Mund lächelte mich vertrauensbildend an, seine Augen waren auf der Hut.

«Haben Sie eigentlich ein einziges Mal Gian Cavegn selbst danach gefragt, was er von dieser Idee hielt?»

Decoulon lehnte sich auf seinem Stuhl zurück und verschränkte die Arme vor der Brust. Sein tiefer Seufzer klang theatralisch.

«Wissen Sie, wie viele Personen in diesem Amt angestellt sind? Es sind genau 987 Stellen, die wir hier bewirtschaften müssen. Da müssen auch mal Entscheidungen getroffen werden, die nicht überall auf Begeisterung stoßen. Und Cavegn hatte neben seiner unbestrittenen fachlichen Kompetenz auch markante Schwachpunkte, nicht? Personalentwicklung heißt manchmal auch, jemanden zu seinem Glück zu zwingen.»

«Zu seinem Glück zwingen?», blaffte ich ihn an. «Ich weiß nicht, ob Gian jetzt glücklich ist, aber *ganz sicher* ist er tot.»

Decoulon schnappte nach Luft.

«Was wollen Sie damit andeuten?»

«Ich deute nichts an, ich stelle fest, Monsieur.»

Er hatte sich offensichtlich wieder ganz gefasst, betrachtete mich mit hochgezogenen Augenbrauen, neigte sich mir dann zu und sagte mit leiser Stimme: «Sie haben Probleme mit Ihrem Kommunikationsstil. Ich rate Ihnen zu einem Coaching.»

Nun hatte er es doch noch geschafft, und mir platzte der Kragen.

«Irgendjemand hier hatte die hirnrissige Idee, einen der besten Statistiker dieses Amtes von seiner Aufgabe wegzubefördern. Entweder wollte derjenige Gian Cavegn aus persönlichen Gründen schaden oder er wollte verhindern, dass er seine Analysen fortführen konnte, weil diese ihm gefährlich wurden.» Ich holte tief Luft: «Ich weiß nicht wer. Ich weiß nicht warum. Aber ich werde herausfinden, wer für seinen Tod verantwortlich ist. Und Sie …», ich drohte ihm ziemlich kindisch, indem ich mit ausgestrecktem Zeigefinger dicht vor seiner Nase herumwedelte, «werden wegen Beihilfe zu Mord drankommen.»

Sein Kopf ruckte nach hinten, als ob ich ihm einen Kinnhaken verpasst hätte.

«Das ist unerhört. Verlassen Sie sofort mein Büro!»

«Sie hören noch von mir.»

Decoulons Gesicht war tiefrot angelaufen.

«Ich gebe Ihnen einen guten Rat, Frau Beck: Wählen Sie Ihre Worte in Zukunft etwas vorsichtiger, oder unsere Rechtsabteilung wird Sie so fertigmachen, dass Sie sich nicht mal mehr an Ihren eigenen Namen erinnern können.»

«Sie haben doch eine Scheißangst vor meinen Fragen!»

«Ich rufe jetzt den Sicherheitsdienst.»

Ich hatte eh genug von diesem Mistkerl. Beim Verlassen seines Büros warf ich die Türe mit einem Knall zu, der die dünnen Trennwände zum Zittern brachte.

Nun spürte ich keine Angst mehr, sondern nur noch Wut. Gut so, dachte ich grimmig.

Mit entschlossenen Schritten ging ich zur Caféteria. Es war kurz vor zwölf, und ich hoffte, mit möglichst vielen Arbeitskollegen von Gian sprechen zu können. Es war mir klar, dass ein Haufen Hörensagen, von der Beziehung gefärbte Wahrnehmungen und durch Gians Tod beeinflusste Meinungen zusammenkommen würden. Aber vielleicht konnte ich diese falsch eingefärbten Puzzlestücke zusammenfügen und ein Bild entstehen lassen, aus dem man die Wahrheit zumindest erahnen konnte.

Ich ging langsam von einem Tisch zum nächsten und fragte jeden, ob er oder sie Gian gekannt habe. Viele der Angesprochenen schüttelten lediglich den Kopf und gingen weiter.

Andere gaben mir offen, ja fast vertrauensselig Auskunft.

Die meisten vermuteten, dass Gian am Stress zerbrochen war. Es fielen die immer gleichen Worte: Arbeitsstress, Überlastung, mörderischer Zeitdruck, Erschöpfung. Ich hatte den Eindruck, dass diese Leute hauptsächlich von sich selbst sprachen.

Es gab – wie erwartet – auch eine Handvoll Leute, die schon immer geahnt hatten, dass es mit Gian mal ein schlimmes Ende nehmen würde. Er sei ein komischer Kerl gewesen, ein Außenseiter, ein Sonderling. Anders zu sein, bedeutet anscheinend, gestört zu sein, und von da bis zum Selbstmord ist es nur ein kleiner Schritt, nicht wahr? So einfach, dachte ich zornig, nickte den Leuten aber weiterhin aufmunternd zu.

Eine Frau meinte, dass Gian ein zu guter Mensch gewesen sei, Beißhemmungen gehabt habe. Das führe zu Depressionen oder Krebs.

Es kamen immer mehr Leute zum Mittagessen. Der Raum vibrierte von Geplauder und Diskussionen.

Eine Serviceangestellte, die Tische abwischte, behauptete, dass sie schon immer geahnt habe, dass mit Cavegn etwas nicht stimme: «Vielleicht war er ja hinter Kindern her oder so was.»

Als die Frau meinen Gesichtsausdruck sah, erklärte sie mit schriller Stimme: «Ich habe ihn einmal beobachtet, wie er Kinderheftchen gelesen hat. Ein erwachsener Mann!»

Ein Mann in meinem Alter meinte, er habe Gian nicht gut gekannt, aber es sei offensichtlich gewesen, dass er irgendeine Persönlichkeitsstörung gehabt habe. Er habe sicherlich Beziehungsprobleme gehabt. Genaueres wisse er aber nicht.

Ein junger Mann am Nachbartisch, der mir schon vorher aufgefallen war, weil er sich keine zwei Sekunden ruhig halten konnte, meinte mit wütender Stimme, das sei doch alles Bullshit. Cavegn sei eben gerne alleine gewesen, das sei doch keine Krankheit.

Die besser informierten Kolleginnen und Kollegen wiesen auf die Reorganisation hin, deren Opfer Gian offensichtlich gewesen war. Gians absurde «Beförderung» war die erste Maßnahme, die nach einer sechsmonatigen Planungsphase von «Full Blossom» umgesetzt werden sollte. Niemand konnte sich einen Reim darauf machen, dass einer der besten Mathematiker des BFS fortan als Manager amten sollte. Aber es gab auch niemanden, der irgendeine persönliche Racheaktion dahinter vermutete oder das Wort Mobbing in den Mund nahm.

Um ein Uhr holte ich mir einen Salatteller. Ich setzte mich an einen Tisch, an dem ein Mitarbeiter der Sektion Gesundheit saß, den ich kannte. Sein Gegenüber stellte sich als Gabathuler, Beschäftigtenstatistik, vor: «Ich bin jetzt seit 17 Jahren in diesem Amt. 12 Jahre war alles ruhig, und dann ist es losgegangen. Seit 2001 hatten wir eine Reorganisation nach der anderen. Dies ist die fünfte!»

Ich musste ihn ungläubig angeschaut haben.

«Das ist die reine Wahrheit, junge Frau. Was wir nicht alles schon hatten! Als erstes versuchten sie es mit einer Matrixorganisation. Das war, glaube ich, einfach zu kompliziert, oder nein, einer der Vizedirektoren fühlte sich übergangen. Ich weiß es nicht mehr so genau …, jedenfalls versuchten sie es nach etwa zwei Jahren mit irgendetwas anderem. Einem asiatischen Modell.»

«‹Best Performance› hat es geheißen», ergänzte eine Frau.

«Genau. Wie versprochen verlor bei dieser zweiten Übung niemand das Gesicht, aber danach wusste auch keiner mehr, was eigentlich seine Aufgabe war.»

Gabathuler lachte, aber er sah nicht fröhlich aus dabei.

«Das haben sie dann bereits nach zwei Monaten und einer schweren Nervenkrise unseres damaligen Personalchefs wieder rückgängig gemacht. Ein halbes Jahr später mussten wir uns dann alle neu bewerben für unsere Stellen. Niemand könne sicher sein, wieder den gleichen Posten und dieselben Kompetenzen zu erhalten, hat es getönt. Konsequenzen hatte das gar keine, außer, dass alle gestresst waren und unsere Arbeit liegenblieb. Und so ging es weiter.»

Er nahm einen großen Schluck aus seiner Rivellaflasche.

«Was ich eigentlich sagen will: Wenn mir morgen einer mitteilen würde, ich sei neuerdings für die Reinigung zuständig, würde mich das auch nicht erstaunen. Was mich aber wütend macht, ist das viele Geld, das diesen Beraterheinis in den Arsch geschoben wird, damit sie uns das Leben schwermachen.»

Der Mann war laut geworden. Ich hörte ringsum bestätigendes Gemurmel und sah einige nickende Köpfe.

***

Wenige Minuten später löste sich die Gruppe auf. Ich ging ohne große Hoffnung zu einem weiteren Tisch, an dem vier Männer saßen, die sich ebenfalls daran machten, wieder an die Arbeit zu gehen.

«Fragen Sie mal den Fux Ädu. Der ist mit Cavegn gesurft oder gesegelt oder so was. Jedenfalls waren sie zusammen auf dem See.»

Der muskulöse Glatzkopf, der sich als Moser Küsu, leitender Informatiker, vorgestellt hatte, blickte mit einer zackigen Bewegung auf seine goldene Omega. Er hatte mir bereits genug seiner wertvollen Zeit geschenkt. Ich fragte ihn noch hastig, wo ich diesen Fux Ädu finden könne, während er mit raschen Schritten bereits Richtung Ausgang der Caféteria steuerte.

Windsurfen? Gian, der Ewigbleiche? Ich seufzte. Eine weitere dieser Fehlinformationen, von denen ich in den letzten Stunden genug gehört hatte? Ich fühlte mich völlig gerädert und entmutigt. Der Zug nach Bern war eben abgefahren, der nächste ging erst in einer halben Stunde. Ich blickte müde auf, als zwei großgewachsene Männer in dunkelgrauen Anzügen zielstrebig auf mich zueilten.

Da war Ärger im Anmarsch.

«Dürfen wir erfahren, was Sie hier treiben?», fragte mich der ältere der beiden mit gedämpfter Stimme, aus der man den unterdrückten Ärger heraushörte.

«Ich bin damit beauftragt, das Büro des verstorbenen Gian-Antonio Cavegn zu räumen. Darf ich fragen, wer Sie sind?»

«Ammann, Beauftragter für Personalrecht und Betriebsschutz. Mir wurde gemeldet, dass sie die Mitarbeitenden unseres Amtes befragen.»

«Und? Ist das etwa verboten?»

«Bitte verlassen Sie sofort das Gebäude. Sonst sehe ich mich veranlasst, weitere Maßnahmen zu treffen.»

Sie stellten sich links und rechts von mir auf, und ich befürchtete schon, ganz profan rausgeschmissen zu werden. Aber als ich anfing, meine Sachen einzupacken, und in Richtung Lift ging, entfernten sie sich mit dem Hinweis, dass sie meine weiteren Schritte genauestens überwachen würden.

Na und, dachte ich trotzig, dann überwacht halt genauestens.

Ich fuhr in den dritten Stock zu den Demografen. Lic. rer. pol. Adrian Fux, Büro 321, war im BFS für die Bevölkerungsprojektion zuständig, das heißt, er machte auf Basis der heutigen Bevölkerungsstruktur und der Entwicklung der Lebenserwartung eine Vorhersage, wie sich die Bevölkerung der Schweiz in den nächsten zehn, zwanzig oder dreißig Jahren entwickeln wird.

Wieder schritt ich einen dieser endlosen, schmalen Gänge entlang, an all den verschlossenen und verrammelten Büros vorbei, dann rechts um einen freistehenden Kubus herum, eine Art Chüngelistall, der als Sitzungsraum in Gebrauch war, dann nochmals nach rechts um eine Ecke. In diesem Moment stieß ich heftig mit einem Mann zusammen, der mit energischem Schwung aus der Gegenrichtung kam.

«Tschuldigung!»

Während ich mich an der Wand abstützte, um nicht zu fallen, war der andere weitergestürmt, und ich sah hinten im Gang nur noch einen blonden Schopf aufleuchten.

«Moment mal, sind Sie Herr Fux?», rief ich ihm nach.

«Ja-a», kam es in fröhlichem Singsang zurück, ein weißes Lächeln in einem braungebrannten Gesicht blitzte auf, und weg war er.

«Tja, da hatten Sie wohl Pech», meinte eine Stimme, die von weit oben zu kommen schien. Ich drehte mich schnell um. Neben mir stand ein etwa zwei Meter hoher Spargel von einem Mann, offensichtlich der Demograf aus 322.

«René Albrecht, zu Ihren Diensten», sagte er mit einer artigen kleinen Verbeugung.

«Ich bin Louisa Beck».

«Der Fux kommt und geht, wie es ihm gerade passt», sagte er, wobei sein Gesicht eine eigenartige Mischung aus Ärger und Faszination zeigte.

«Wo musste er denn hin?»

Der Riese drehte sich zum Fenster.

«Der Wind frischt auf, er ist wohl auf den See. Was wollten Sie denn von ihm?»

Sein Blick war mir zu neugierig.

«Nicht wichtig, ich komme ein andermal wieder.»

Ich nickte ihm zu und wollte gehen.

«Junge Dame! Warten Sie!»

Er blickte mich von hoch oben streng an: «Kommen Sie wieder, wenn es regnet.»

8

Ich ging zurück in Gians Büro, um mich von Daniela Lambrosi zu verabschieden. Munteres Klicken der Tastatur empfing mich. Sie blickte eine Sekunde auf, ohne ihr Schreiben zu unterbrechen, und sah mir wohl die Müdigkeit und Enttäuschung an, denn sie sprach meine Gedanken aus: «Es ist traurig, wie man über Gianni spricht, nicht?»

Ich ließ mich auf Gians Bürostuhl sinken und schloss die Augen für einen Moment. Ich war todmüde.

Irgendwann realisierte ich, dass sich etwas im Raum verändert hatte. Das Klicken der Tastatur fehlte. Ich schaute auf. Das eine Auge von Daniela betrachtete mich nachdenklich. Dann schien sie sich entschieden zu haben, denn sie richtete sich etwas auf und winkte mich näher.

Mit gedämpfter Stimme sagte sie: «Seine persönlichen Daten … und auch Projekte von Gianni … auf dem Projekt-Server, Unix-Server.»

«Warum flüstern Sie?», flüsterte ich

«Offizielle BFS keinen Projekt-Unix-Server hat. Nie hat gegeben.»

Nachdem sie sich entschlossen hatte, mir zu vertrauen, erzählte sie mir von dem «Untergrund-Server», wie sie ihn mit Wonne nannte, der von einigen wenigen (intelligenten) Kollegen benutzt wurde. Daniela Lambrosi war eine begeisterte Anhängerin von Linux und ebenso engagierte Verächterin von Windows. Irgendwann war ein Unix-Testprogramm abgebrochen worden, und dieser Server staubte dann einige Jahre vor sich hin, bis ihn jemand aus der Informatik, der ebenfalls der Open-Source-Gemeinde angehörte, entdeckte und heimlich eroberte. Der Server wurde anscheinend für Spielereien benutzt, aber auch für ernsthafte Projekte, die mit den offiziellen Tools nicht bearbeitet werden konnten.

Ich atmete tief durch.

«Wie komme ich in den Server rein?»

Daniela Lambrosi zeigte es mir.

«Und wie komme ich jetzt zu Gians Dateien?», fragte ich.

«Gar nicht.»

«Oh nein! Sind sie etwa auch alle gelöscht?»

«Das weiß ich nicht, aber Sie kommen nicht rein in System, wenn Sie kein Passwort haben.»

Und dann erklärte sie mir, dass das Hacken eines Windows-Systems kein Problem sei, aber da es sich um Linux handle, genauer um Ubuntu, habe man keine Chance reinzukommen.

«Oh nein!»

«Aber ich kann helfen!»

Ihr Gesicht strahlte, während sie mir berichtete, dass Gian ihr Username und Passwort gegeben hatte, damit sie in seinen Ferien das Backup durchführen konnte. Gian sei damit sehr gewissenhaft gewesen. Diese Dateien seien für ihn viel wichtiger gewesen als die Dokumente, die er im offiziellen BFS-System bearbeitet habe.

Sie stand auf, ging zu dem winzigen Büchergestell und nahm ein Tim-und-Struppi-Album heraus.

Es war *Tim und Struppi in Tibet*, Gians Lieblingsalbum, die deutsche Ausgabe.

Mit geheimnisvoller Miene schlug Daniela die Seite eins auf und zeigte dann auf das erste Bild der Geschichte.

«Hier», flüsterte sie.

«Ja?»

«Der erste Satz von Tim. Sie nehmen immer die Anfangsbuchstaben, groß und klein beachten, dazu Jahrzahl der Erscheinung.»

Ich packte das Album, setzte mich an Gians Computer, wechselte gemäß Lambrosis Anweisungen auf die Login-Maske von Ubuntu und schlug die erste Seite des Albums auf, dessen Urfassung 1960 erschienen war.

Da sah man Tim, wie er frohgemut mit Rucksack, Wanderstock und natürlich seinen Knickerbocker ausgerüstet in den Alpen herumwandert, daneben Struppi mit Leidensmiene. Tim sagt: «Wunderbare Ferien, nicht wahr, Struppi?»

Ich tippte also: WFnwS1960.

Und paff, da war es.

Ich starrte auf einen Desktop voller Notizen von Gian. Ich drehte mich zu Daniela um, den Daumen erhoben, und wir lächelten uns zufrieden zu.

Ich klickte «Places» an. Im Ordner «Cavegn-Home» fand ich alles, was ich zuvor vergeblich gesucht hatte: Mailordner mit Korrespondenz seit 2002, ein Ordner mit seinen Forschungsarbeiten zur Swiss National Cohort, ein Ordner mit einem Programm, das er zur Analyse der Krebsdaten entworfen hatte, ein Ordner mit persönlichen Informationen und – Gott sei Dank – einen Ordner «collection-herge».

Es gab für mich keine Zweifel mehr – Gian war getötet worden, und zwar wegen irgendetwas, das er herausgefunden hatte. Weshalb sonst hätte jemand all seine Dateien und Dokumente zu löschen versucht? Das war nicht Gian selbst gewesen, sonst hätte er die viel persönlicheren Unterlagen auf dem Unix-Server ebenfalls gelöscht.

Daniela Lambrosi half mir, die Dateien auf drei CD-ROMs zu kopieren.

«Das Ubuntu-System müssen Sie ebenfalls installieren auf Ihre Computer, damit Sie Dateien öffnen und lesen können. Ich habe alles auf diese CD kopiert.»

Ich dankte ihr und umarmte sie beim Abschied.

Als ich endlich aus dem Gebäude kam, atmete ich tief durch. Eine frische Brise vom See strich um mich herum. Mit großen Schritten ging ich den kurzen Weg zum Bahnhof und erwischte gerade noch den nächsten Zug nach Bern.

Auf dem Nachhauseweg grübelte ich vor mich hin. War es normal, dass ein Bundesamt den plötzlichen Todesfall eines Mitarbeiters dermaßen totschwieg? Weitermachte, als ob nichts gewesen wäre? Wo blieben da all die Konzepte zur betrieblichen Gesundheitsförderung, die psychologische Betreuung und die Care-Teams? Wollte man nicht darüber reden, weil man sich fürchtete? Oder war das die übliche Gleichgültigkeit einer großen Verwaltung?

Klar war jedenfalls, dass der Mörder versucht hatte, Gians Unterlagen zu löschen. Und nicht gewusst hatte, dass der Unix-Server existierte. Ich überlegte, ob ich Herrn Graber von der Kantonspolizei darüber informieren sollte. Aber würde er diese Geschichte mit dem «Untergrund»-Server nicht als zu abstrus abtun? Hatte er sich überhaupt die Mühe gemacht zu überprüfen, ob sich in der Nacht von Gians Tod noch jemand anderes im BFS aufgehalten hatte? Ich entschloss mich, es zu versuchen, und wählte auf meinem Handy die Nummer, die Graber mir angegeben hatte. Er sei zurzeit nicht im Haus, würde mich aber zurückrufen, hieß es.

***

Zu Hause setzte ich mich sofort an meinen Computer und machte mich daran, Ubuntu auf meinem Rechner zu installieren.

Von meinen Erfahrungen mit Windows war ich es gewohnt, dass sich ein solches Vorhaben über mehrere Tage und ernsthafte Nervenkrisen hinziehen konnte und danach weder Drucker noch sich in der Nähe befindende Kühlschränke funktionierten. Diesmal dauerte das Ganze keine zehn Minuten, und danach funktionierte alles ohne auch nur das kleinste Problem. Erstaunlich!

Gedankenverloren saß ich da und scrollte durch die verschiedenen Dateien. Wie sollte ich in diesem Wust von Informationen etwas finden? Wo sollte ich beginnen? Vor den E-Mails schreckte ich zurück. Gians persönliche Korrespondenz … Welches Recht hatte ich, darin herumzuschnüffeln?

Ich suchte zunächst nach Informationen zu der im BFS geplanten Reorganisation. Hatte er sich vielleicht dazu geäußert, gab es einen Briefwechsel oder hatte er sich persönliche Notizen dazu gemacht? Irgendjemand hatte Gian böswillig schaden wollen mit dieser verdammten «Beförderung». Jemand, der nicht wollte, dass er weiter seine Daten analysieren konnte. Aber warum? Vielleicht war es auch viel einfacher: Jemand wollte ihm schaden, weil er neidisch war auf Gian oder ihn aus irgendeinem Grund hasste.

Ich suchte nach «Reorganisation» oder «Reorg*» oder «Organisation» oder «Org*». Nichts. Unter dem Stichwort BFS fand ich nur Forschungsliteratur, die das BFS publiziert hatte. Nach einer guten Stunde war ich überzeugt, dass sich Gian keine Notizen zu personellen oder organisatorischen Angelegenheiten des BFS gemacht hatte. Das erstaunte mich nicht besonders.

Meine Nackenmuskeln schmerzten, und ich hatte das Gefühl, meine Schultern würden an den Ohren kleben. Ich ging ein paar Schritte durchs Zimmer, versuchte mich zu entspannen und die verkrampften Muskeln zu lockern. Neun Monate war es nun her, dass ich im Archivraum des Walmont niedergeschlagen worden war und ein leichtes Schleudertrauma erlitten hatte. Würde ich diese verdammten Schmerzen im Nackenbereich gar nicht mehr loswerden? Die Kopfschmerzen kamen nun seltener, immerhin das. Aber mein Nacken war eindeutig lädiert, die Beweglichkeit eingeschränkt. Was am schlimmsten war: Ich konnte den Kopf nicht mehr richtig heben. Der Spezialist hatte bei der Abschlussbesprechung gemeint, das sei ja keine so wichtige Bewegung! Dieser Idiot, dieser Trottel!

Ich spürte immer noch das Bedürfnis, den Kerl zu schütteln, bis er selbst erleben konnte, was ein «leichtes» Schleudertrauma ist. Kopf heben ist keine wichtige Bewegung! Und das bei meiner Körpergröße! Und wie soll ich bitte schön den Vogelzug beobachten, wenn ich den Kopf nicht in den Nacken legen kann? Im Liegen etwa?

Ich ging in die Küche und machte mir ein dick mit Mayonnaise und Senf bestrichenes Wurstbrot. Das Mampfen beruhigte mich etwas.

Danach setzte ich mich wieder an den Computer. Vielleicht sollte ich mich zunächst gründlich in den Dateien umsehen und Gians Ordnungssystem kennenlernen. Ich klickte hier und da in die einzelnen Ordner, las die Titel der Dateien und machte mir Notizen. Wie ich gedacht hatte, gab es eine Unmenge Dateien zu seiner Hergé-Sammlung. Aber auch zu seinen Forschungsarbeiten. Er hatte viele Analysen mit dem Statistikprogramm R gemacht, ein Open-Source-Programm, das in der Bundesverwaltung wohl nicht zugelassen war.

Eigentlich ist es der pure Wahnsinn, dass die öffentliche Hand noch immer mehrheitlich auf Microsoft-Produkte setzt und Milliarden für Lizenzgebühren ausgibt. Dabei gäbe es ein stabileres, weniger virenanfälliges Programmsystem, das durch eine weltweite Community von Spezialisten kostenfrei zur Verfügung gestellt wird. Einzige Bedingung zur Nutzung: Wenn man die Programme weiterentwickelt, muss man diese Erweiterungen wieder allen Nutzern gebührenfrei zur Verfügung stellen.

Eine halbe Stunde später fühlte ich mich total erschöpft. Es würde unglaublich schwierig sein, in diesem ganzen Datenwust etwas zu finden. Meine Augen brannten, und mein Magen schmerzte. Ich sehnte mich nach einem Gläschen Grappa, ließ es aber bleiben. Stattdessen machte ich mir eine warme Bettflasche, setzte mich wieder an den Arbeitstisch und packte mir die Flasche auf den Bauch.

Ich fand ein mit «Gantrisch» beschriftetes Verzeichnis und erinnerte mich plötzlich daran, dass Gian bei seinem letzten Anruf diese Region erwähnt hatte. Etwas, das ihm wichtig gewesen war, nein, genauer: etwas, das ihn beunruhigt hatte. Die Region Gantrisch ist ein Berggebiet im Südwesten von Bern, zwischen Schwarzenburg, Thun und Fribourg gelegen. Ich öffnete den Ordner und stöhnte. Gian war Einzelgänger durch und durch, und das konnte man auch an seinem Ablagesystem ablesen. Die Dateien hatten Namensbezeichnungen, die nur für ihn irgendeinen Sinn ergaben. Die meisten Dateien basierten auf dem Statistikprogramm R. Ich machte mir Notizen zum Inhalt.

Die statistischen Daten stammten teils aus der Todesursachenstatistik, teils aus der sogenannten Swiss National Cohort (SNC). Die SNC wurde von einer Gruppe von Spezialisten der

Institute für Sozial- und Präventivmedizin der Universitäten Zürich, Basel, Bern, Lausanne und Genf entwickelt. Es handelt sich dabei um eine Verknüpfung der individuellen Records der Sterbefälle mit denjenigen der Volkszählungen der Schweizerischen Wohnbevölkerung von 1990 und 2000. Stellen Sie sich vor, Sie müssten mehr als 14 Millionen Einträge zu Personen mit über einer Million Einträgen zu Todesfällen miteinander verlinken, wobei es keinen gemeinsamen Identifikator gibt, also weder Namen noch beispielsweise eine eindeutige Versicherungsnummer.

Das Problem wird mit einem sogenannten probabilistischen Linking gelöst. Dabei werden verschiedenen Eigenschaften von Personen wie zum Beispiel Geschlecht, Geburtsdatum, Muttersprache oder Wohnort mit einem Gewichtungsfaktor versehen. Das Geburtsdatum einer Person ist beispielsweise eine sichere Sache, die sich nicht verändert. Das Geschlecht ändern nur die allerwenigsten Menschen, hingegen ist weder der Zivilstand noch die Adresse einer Person ein stabiles Merkmal. Das probabilistische Linking überprüft nun die Eigenschaften von zwei möglicherweise zusammengehörigen Paaren von Einträgen und gibt an, wie hoch die Wahrscheinlichkeit der Passung ist. Stimmen alle Angaben miteinander überein, ist die Sache klar. Ist aber nur eine teilweise Übereinstimmung vorhanden, muss berechnet werden, mit welcher Wahrscheinlichkeit die Paare zusammenpassen. Wenn beispielsweise das Geburtsdatum, das Geschlecht, der Wohnort, die Religionszugehörigkeit und die Muttersprache übereinstimmen, besteht eine Wahrscheinlichkeit von 98 Prozent, dass es sich um die gleiche Person handelt.

Mit der SNC hat man nun für jeden Verstorbenen seit 1991 genaue Angaben über seinen Wohnort, seinen Beruf, seine Herkunft. Mit diesem Datensatz hatte man beispielsweise aufzeigen können, dass Schweizerinnen und Schweizer unter 65 Jahren, die zur Zeit der Volkszählung 2000 gerade arbeitslos waren, in den folgenden fünf Jahren ein dreimal größeres Risiko hatten zu sterben als arbeitstätige Gleichaltrige.

Gian hatte sich bis ganz kurz vor seinem Tod noch mit dieser Swiss National Cohort befasst und verschiedene Analysen gemacht. Davon hatte er ja auch in seinem Anruf erzählt. Etwas hatte ihn stark beunruhigt.

Irgendwann starrte ich einfach nur noch auf meine Kritzeleien, die vor meinen Augen verschwammen, bis ich nichts mehr sah. Dann schloss ich die Augen und ruhte mich einen Moment aus.

Stunden später erwachte ich wieder. Ich war am Tisch eingeschlafen, den Kopf verdreht auf meine rechte Hand gelegt. Alles tat mir weh, und ich war durchgefroren. Mit steifen Gliedern schleppte ich mich ins Bett, zog die Schuhe und Hosen aus und ließ mich in einen traumlosen tiefen Schlaf fallen.

***

Ich erwachte kurz nach acht Uhr und fühlte mich erstaunlich frisch und voller Tatendurst. Ich duschte, frühstückte in Rekordzeit und setzte mich wieder an meinen Computer. Aus unerfindlichen Gründen hatte ich befürchtet, Gians Dateien, die ich auf so seltsame Weise erhalten hatte, könnten über Nacht wieder verschwunden sein. Erleichtert scrollte ich durch das Ubuntu-Verzeichnis. Dann loggte ich mich auf meinen FTP-Server ein und kopierte die Daten an einen sicheren Ort. Danach fühlte ich mich eindeutig wohler.

Zurück zum Gantrisch-Ordner. Einen Moment fragte ich mich, ob ich dieser Spur als erstes nachging, weil mir die

Region persönlich viel bedeutete. Ich hatte viele glückliche Momente zwischen Guggisberg, Ottenleuenbad und Wasserscheide erlebt. Besonders die schroffen Kalkberge im Süden des Gebiets sind ein Anblick, der mir die Seele öffnet. Es ist eine Landschaft der Kontraste sowohl der Formen wie auch der Farben: nackte Felsen über sanftgeschwungenen Hügelketten; weite Hochmoore und 200 Meter tiefe Canyons; Blumen, die man sonst nirgends sieht, in ihrer ganzen Farbenpracht kontrastierend mit dem schwarzen Tannenwald dahinter. Am allermeisten liebe ich die steppenähnliche Hochebene zwischen Ottenleuen und Süftenen. Bei schönem Wetter ist die Luft dort seidig, das Licht klar wie nirgends und die Weite des Blicks atemberaubend. Im dichten Novembernebel ist es einsam und verwunschen. Ich liebe es!

Ich wandte mich wieder dem Bildschirm zu. Erst jetzt fiel mir auf, dass sich in dem Ordner auch eine Worddatei befand. Ich musste gestern wirklich sehr müde gewesen sein! Es handelte sich um eines dieser für Gian typischen Kurzprotokolle über Telefonate und Mailverkehr, die er mit einer Ärztin namens Mene Herzlieb geführt hatte.

Die erste E-Mail war vom 8. August des vergangenen Jahres: *Sehr verehrter Herr Cavegn* und so weiter. Ich durchflog die weitschweifige Einleitung: … *hatte ich anlässlich der Weiterbildung XY in Z die Ehre, Ihre Bekanntschaft zu machen* … *benötige ich Ihren fachlichen Rat in einer diffizilen Angelegenheit* … *vertrauliche Behandlung vorausgesetzt, tati tata.*

Endlich kam Mene Herzlieb auf den Punkt: … *habe ich besorgniserregend viele Patienten mit verschiedenen Carcinoma im Ambulatorium gesehen. Weitere Befragungen nach ebenfalls erkrankten Verwandten ergaben eine überaus hohe Rate in den*

Orten Luegisland, Schwarzgrund, Allenmatten und Schwarzmoos (Gemeindegebiete Guggisberg und Rüschegg).

Im Folgenden ging sie auf die Art der Erkrankungen ein. Dann folgte noch ein Abschnitt über ihre Anfrage beim Kantonsarztamt:

... habe ich mehrere Male kontaktiert und um eine Untersuchung gebeten. Diese ergab keinerlei erhöhte Werte in der Sterblickeitsrate dieser Region ... wende ich mich an Sie, da meine Besorgnis nicht zerstreut wurde.

Erleichtert ging ich wieder zu Gians trockenem, durchorganisiertem Protokollstil über. Es waren nicht viel mehr als Stichworte:

Dr. med. Mene Herzlieb, Spital Riggisberg
Mortalität und Inzidenz Tumorkrankheiten, Gemeinden Guggisberg und Rüschegg
Auffällige Häufung gemäß Herzlieb:
– Leukämie
– maligne Lymphome, besonders M. Hodgkins
– Lunge
– Brust
Todesfälle Jg. 1942–1995; Cluster?
Ursache unbekannt
Anfrage KAZA: Kellermann (2002), SMR, OR, n.s., nicht erhöht
Herzlieb schickt Liste mit Crude Rate, bittet um SMR (Kontakt unter 031 808 00 10)

Kellermann? Den hatte Gian am Telefon ebenfalls erwähnt. Aber ich wusste nicht mehr, in welchem Zusammenhang. KAZA war die Abkürzung für Kantonsarztamt des Kantons Bern. Wahrscheinlich hatte Gian den Kantonsarzt kontaktiert und war auf eine Publikation verwiesen worden: Kellermann (2002). Die würde ich sicher irgendwo in Gians Unterlagen finden. SMR war die altersstandardisierte Mortalitätsrate, also die Rate der Sterbenden pro 100 000 Einwohner, statistisch korrigiert für die Alters- und Geschlechtsverteilung, so dass zwei verschiedene Bevölkerungsgruppen miteinander verglichen werden konnten.

OR war die Abkürzung für Odds Ratio, das relative Risiko zu erkranken oder zu sterben. Das relative Risiko, an Lungenkrebs zu sterben, ist beispielsweise bei einem Raucher sieben Mal höher als bei einem Nichtraucher. Und n. s. war die Abkürzung für nicht signifikant, also statistisch gesehen war kein bedeutsamer Unterschied erkennbar.

Das bedeutete wohl, dass sich Kellermann die Mühe gemacht hatte, das Risiko von Krebserkrankungen in der Gantrischregion mit dem Schweizerischen Durchschnitt zu vergleichen, und zum Ergebnis gekommen war, dass diese gemäß seiner statistischen Analyse nicht erhöht war.

Entwarnung? Frau Herzlieb hatte offensichtlich nicht daran geglaubt und schickte Gian Angaben zu den einzelnen Todesfällen, von denen sie erfahren hatte, mit der Bitte, dass er die altersstandardisierte Mortalitätsrate nochmals berechnen solle.

Ich wählte die in der Notiz angegebene Telefonnummer von Frau Herzlieb. Nach einigem unpassend fröhlichem Düdelidü im Hintergrund meldete sich eine Telefonistin der Zentrale Spital Riggisberg. Ich fragte nach Frau Doktor Herzlieb.

«Tut mir leid, ich kann Sie nicht mit Frau Herzlieb verbinden. Sie arbeitet schon seit Monaten nicht mehr bei uns im Spital. Leider.»

«Wissen Sie, wo ich sie erreichen kann?»

«Wahrscheinlich ist sie nach Deutschland zurückgegangen. Ich glaube, sie kommt aus dem Osten … wie heißt das schon wieder?»

Einen Moment war es ruhig, dann sagte sie: «Ach ja, die neuen Bundesländer, nicht?»

«Können Sie das nicht etwas genauer sagen?»

«Moment.»

Ich hörte längeres Stimmengewirr im Hintergrund.

«Anscheinend hat sie die Praxis vom alten Schuler übernommen», teilte sie mir schließlich mit hörbar erstauntem Tonfall mit.

«Schuler?»

Mit einer Stimme, die deutlich machte, dass jemand, der den alten Schuler nicht kannte, zu den geistig Minderbemittelten gehörte, gab sie mir besonders langsam und besonders laut eine Adresse in Guggisberg und die entsprechende Telefonnummer durch. Dort erwischte ich aber nur den Telefonbeantworter, der mich auf die Praxisöffnungszeiten oder im Notfall ans Spital Riggisberg verwies, *herzlichen Dank.*

Ich war erstaunt. Obwohl es inzwischen fast eine Normalität ist, dass jeder zweite Spitalarzt seine Ausbildung im Ausland absolviert hat, sind gerade die Hausärzte doch noch fast ausschließlich Einheimische. Das liegt auch daran, dass es seit Jahren einen Zulassungsstopp für neue Praxen gibt. Nur mit der Bewilligung des Kantonsarztamtes darf ein Arzt eine neue Praxis eröffnen. Und diese Bewilligung erhält man nur dann, wenn man bereit ist, in eine abgelegene Bergregion zu gehen, wo es im Umkreis einer Autostunde keinen Kollegen gibt. Deshalb sind bereits bestehende Praxen, die wegen Pensionierung freiwerden, äußerst begehrt. Es gibt dafür einen regelrechten Schwarzmarkt. Ich habe gehört, dass pensionierte Ärzte bis zu 200 000 Franken dafür bekommen, einem jüngeren Kollegen ihre Zahlstellennummer zu überlassen, die es erst möglich macht, mit den Krankenversicherungen abzurechnen.

Ich wandte mich wieder Gians Notizen zu, druckte die insgesamt fünf Seiten lange Worddatei aus und begann zu lesen. Mene Herzlieb und Gian hatten sich mehrere Male geschrieben und Informationen ausgetauscht. Dann hatte Gian mit seiner Recherche und Datenanalyse begonnen. Ich machte mir ausführlich eigene Notizen. Auch heute noch – wie schon im Studium – reichten mir Gians knappe Stichworte nicht aus, ich musste sie auf dem Weg zum Begreifen mit Kritzeleien, Fragezeichen und Verbindungslinien ergänzen. Zwei Stunden später, in denen ich den Krebsatlas der Schweiz, die Bevölkerungszahlen der Region und eine Wanderkarte studiert hatte, verstand ich, dass Gian diese Geschichte sowohl fasziniert wie auch verstört hatte.

Herzlieb hatte vor Ort in den Gemeinden Guggisberg und Rüschegg recherchiert. Sie hatte ihre Patienten befragt, hatte aber auch Besuche in verschiedenen Siedlungen und Weilern der Region gemacht. Gian hatte auf ihre Anfrage hin versucht, das Ganze systematisch zu erfassen.

Erkenntnis Nr. 1: Gemäß den Beobachtungen von Herzlieb gab es eine massive Häufung von tumorbedingten Todesfällen und eine erhöhte Inzidenz von Tumorkrankheiten, das heißt Rate an Neuerkrankungen, in den Gemeinden.

Erkenntnis Nr. 2: Dieses Sterblichkeitsmuster hatte bereits vor etwa zwanzig Jahren begonnen. Was auch immer die Ursache war, sie lag weit in der Vergangenheit.

***

Man konnte aus den Aufzeichnungen von Gian schließen, dass die von Herzlieb beobachtete Krebsinzidenz- und Krebsmortalitätsrate tatsächlich stark erhöht waren. Das hieß, dass sowohl die Anzahl der Personen, die pro Jahr neu an einer Krebskrankheit erkrankten, wie auch die Anzahl der Personen, die daran gestorben waren, viel zu hoch war.

Ich hatte die von Gian berechneten, altersstandardisierten Raten mit denjenigen der Schweizer Bevölkerung verglichen. Auf 100 000 Einwohner sterben in 5 Jahren durchschnittlich etwa 70 Männer an Lungenkrebs. Für Guggisberg wären das umgerechnet für die beobachteten 30 Jahre 14 Männer. Herzlieb hatte aber 47 Fälle gezählt. Bei den anderen Krebsarten war es dasselbe: Überall lag die Rate um ein Mehrfaches über dem Wert, der anhand der Einwohnerzahl zu erwarten gewesen wäre.

Nachdenklich betrachtete ich die Werte. Es gab viele Möglichkeiten, wie ein solches Resultat zustandekommen konnte, ohne dass irgendetwas in der Gegend faul war. Da war zum Beispiel die Frage, wie die Leute, die an Krebs erkrankt waren, gelebt hatten. Lungenkrebs wird hauptsächlich durch jahrzehntelanges Rauchen verursacht. Vielleicht gab es in dieser Gemeinde besonders viele Raucher? Das wäre zum Beispiel dann der Fall, wenn in dieser Region Tabak angebaut würde.

Bei Brustkrebs ist das aber keine mögliche Erklärung. Es gibt praktisch keine Verhaltensweise, die einen Einfluss auf die Entstehung von Brustkrebs hat. Der einzige relevante Schutzfaktor, den man kennt, ist das Alter, in dem eine Frau ihr erstes Kind gebärt und stillt. Je jünger die Mutter ist, umso besser. Deshalb ist Brustkrebs in der Schweiz die einzige Krebserkrankung, die bei den Bessergestellten stärker verbreitet ist als in ärmeren Schichten: Je höher die Schulbildung, umso später bekommt eine Frau im allgemeinen Kinder. Dann kann es sein, dass die Sterbefälle importiert sind, wie das etwas zynisch bezeichnet wird. Nehmen wir an, in einer kleinen Gemeinde mit 500 Einwohnern wird ein großes Pflegeheim mit 150 Betten gebaut. Die Sterblichkeit dieser Gemeinde wird bald wie eine Rakete steigen, ohne dass die dort lebende Dorfbevölkerung deshalb evakuiert werden müsste.

Ich kannte die beiden Gemeinden wie auch das Gantrischgebiet recht gut. Das war kein Gebiet, in das in den letzten dreißig Jahren sehr viele Leute zugewandert waren. Die meisten, die da lebten, waren sesshaft, mit dem Boden verbunden.

Gab es vielleicht eine genetische Erklärung? Waren vor allem bestimmte Familien betroffen, die alle über ein, zwei Ecken miteinander verwandt waren? Und hatten diese vielleicht eine genetische Veranlagung zu diesen Erkrankungen? Warum hatte Kellermann vom Kantonsarztamt bei seiner Untersuchung keine stark erhöhte Krebsinzidenz festgestellt? Hatte er etwas falsch gemacht? Oder einfach eine viel zu große Region gewählt, so dass sich kein auffälliges Ergebnis zeigte? Vielleicht hatte er dieses brisante Ergebnis einfach unterdrückt? Aber warum?

Ich seufzte. Alles reine Spekulation. Ich ging nochmals die Worddatei durch. Die letzte E-Mail – Herzlieb war in der Zwischenzeit bei *Lieber Herr Cavegn* angelangt – stammte vom Dezember letzten Jahres, dann hatte sie sich nicht mehr gemeldet. Gian hatte sie noch mehrmals zu kontaktieren versucht, aber keine Antwort mehr erhalten.

Aus welchem Grund hatte sie nicht mehr geantwortet? War das Problem gelöst? Aber warum hatte Gian sich dann immer noch damit befasst? Und warum war ihm das so wichtig gewesen? Ich musste mit dieser Ärztin sprechen, und zwar so bald wie möglich.

In der Zwischenzeit war es zehn Uhr geworden, und ich versuchte es noch einmal in der Praxis von Frau Herzlieb. Eine ältere Sprechstundenhilfe gab mir einen Termin für Montagnachmittag um 15 Uhr.

Ich lächelte. Vielleicht konnte ich die Fahrt nach Guggisberg mit einer Velotour verbinden. Ich war schon zu lange nicht mehr mit dem Bike unterwegs gewesen, seitdem ich Philipp vor drei Monaten das erste und wohl auch letzte Mal zu einer Mountainbike-Tour überredet hatte. Ich hatte die Schwierigkeit der Tour falsch eingeschätzt und ihn völlig überfordert. Bereits bei der allerersten Abfahrt hatte er sich bei einem panikartigen Absprung den Velosattel ins Steißbein geknallt und danach stundenlang verbissen sein Velo gestoßen oder sogar getragen. Bergauf wie bergab. Seither hatte ich das Thema Biken als gemeinsame Freizeitbeschäftigung geflissentlich gemieden.

Ich setzte mich wieder an meinen Rechner. Bevor ich mit Mene Herzlieb sprach, wollte ich möglichst genau verstehen, was Gian untersucht hatte. Ich öffnete die Datei des Programms R mit dem aktuellsten Datum. Auf den ersten Blick verstand ich nur Bahnhof. Die Syntax war mehrere Seiten lang, ein Programmbefehl nach dem anderen. Was in Gottes Namen hatte Gian da gemacht? Ich fühlte mich vollkommen überfordert. Ich würde niemals herausfinden, was passiert war. Nicht innert nützlicher Frist. Ich schloss die Datei wieder.

Wenn ich mich nur erinnern könnte, was Gian am Telefon gesagt hatte. Etwas war ihm sehr merkwürdig vorgekommen, aber was? Ich hatte Gian nicht zugehört – ich hatte das letzte Mal, als Gian mit mir sprach, nicht zugehört. Es bebte tief in meinem Innern, und ein Tsunami an Schuld, den ich in der Zwischenzeit zur Genüge kannte, rollte an, bereit, Herz und Verstand unter sich zu begraben. Ich holte tief Atem und blockte das Ding auf halbem Weg ab, indem ich mich in die Frage verbiss, welches statistische Modell Gian verwendet hatte. Ich hatte einfach keine Zeit, im Elend rumzusumpfen, keine Zeit, mich mit Alkohol zu betäuben und mir selbst leid zu tun.

Ich öffnete einen anderen Ordner, der mit *Todesursachenstatistik Gantrisch* beschriftet war. Darin fand ich eine Datei mit den Daten und eine Datei mit dem Analysenmodell. Glücklicherweise war Gians Syntax wie immer strikt logisch aufgebaut und auf das Notwendigste reduziert. Keine Umwege, keine Schnörkel. Diesmal verstand ich den Aufbau sofort. Er begann mit der Auswahl der relevanten Fälle. Geschlecht, Jahrgang, Wohnort nach Gemeinden … so weit war alles klar. Weiter!

In diesem Moment klingelte das Telefon. Hastig nahm ich den Hörer ab und meldete mich.

«Lou, was ist denn los?», fragte Helga. «Brennts bei dir?»

«Ich habe keine Zeit.»

«Nur ganz rasch. Ich wollte dich fragen …»

«Nicht jetzt!», herrschte ich sie an, «ruf mich später an.»

Helgas Stimme wurde um etwa zwanzig Grad kühler: «Wann darf ich die gnädige Frau denn belästigen?»

Sie war superwütend, aber ich hatte wirklich keine Zeit, mich darum zu kümmern.

«Heute Abend oder nein besser morgen am Nachmittag.»

«Oder noch besser in einem halben Jahr? Leck mich doch, Lou Beck.»

Und damit knallte sie den Hörer auf.

Damit hatte ich wohl eine Freundin weniger. Kein Problem, bei den Mengen an Freunden, die ich hatte, haha.

Der Unterschied zwischen einer Freundin und keiner Freundin ist wie der Unterschied zwischen einem Rettungsring und keinem Rettungsring, wenn man auf hoher See über Bord geht.

Sollte ich sie zurückrufen und mich entschuldigen? Ich wählte ihre Nummer im Walmont. Eine Kollegin von Helga nahm ab und gab mir nach kurzem Zögern bekannt, Helga habe keine Zeit, ans Telefon zu kommen. Scheiße.

***

Zum Mittagessen hatte ich mit Philipp abgemacht. Ich hatte keine Lust, mich im Walmont zu zeigen und mir Kondolationen zum Tod meiner Mutter anzuhören, deshalb hatte ich die Kantine der ehemaligen Hasler AG, heute ascom, im Mattenhofquartier vorgeschlagen. Das Essen dort ist ausgezeichnet und preisgünstig. Außerdem gleicht das System zur Abfertigung der vielen hundert Gäste einer perfekt inszenierten Choreografie. Ich erzählte Philipp von der deutschen Ärztin Mene Herzlieb und ihrer Anfrage bei Gian. Philipp war sehr müde, aber er gab sich alle Mühe zu verstehen, worum es ging. Nach Lammkoteletts à la provençale mit Kartoffelauflauf gingen wir nach nebenan, in ein kleines Haus, das als Caféteria benutzt wird. Ich bestellte ausnahmsweise einen Capuccino, weil er da hübsch mit Schokopulver verziert wird. Philipp bestellte einen doppelten Espresso und schnappte sich die *NZZ*.

Ich löffelte vorsichtig den Schaum ab und nahm dann einen Schluck.

«Frau Herzlieb arbeitet anscheinend nicht mehr im Spital Riggisberg.»

«So?», Philipp schaute von der *NZZ* auf. «Du hast einen Milchschnauz.»

Interessiert schaute er zu, wie ich den Schaum mit meinem Handrücken abputzte und dann, als ich sah, dass meine Hand nun braune Schokospuren hatte, diese ableckte. Ich hatte keine Serviette, außerdem musste ich Philipp ab und zu mit meinen schlechten Manieren schockieren. Jedenfalls versuchte ich es. Er verzog keine Miene.

«Sie hat jetzt eine Hausarztpraxis in Guggisberg», fuhr ich fort.

«Ach? Da hat sie aber Glück gehabt.» Philipp legte die Zeitung weg.

«Kommt darauf an, ob die Guggisberger sie akzeptieren.»

«Immerhin spricht sie ihre Sprache. Mehr oder weniger, jedenfalls.»

Ich musste grinsen. Der Dialekt im Gantrischgebiet und Fribourger Land war für Philipp noch schwerer zu verstehen als für mich als Baslerin.

«Vor ein paar Tagen habe ich übrigens einen Leserbrief in der Ärztezeitung gelesen», fuhr Philipp plötzlich redselig fort. «Von einem Psychiater aus Olten. Er beklagt sich darüber, dass wir seit einigen Jahren in den psychiatrischen Kliniken eine Kehrtwende in der therapeutischen Orientierung haben. Schluss mit humanistischer, kognitiver oder verhaltensorientierter Psychotherapie und Rückkehr zur ausschließlich biologisch-medikamentösen Behandlung. Und warum?»

«Es bringt mehr Geld?»

«Nein – wegen der Sprache. Für eine psychotherapeutische Behandlung musst du dich gut verständigen können. Es geht nicht, weil sie die deutsche Sprache nicht beherrschen.»

«Wir haben eben immer mehr Patienten aus dem Ausland.»

«Nicht die Patienten, die Ärzte beherrschen die Sprache nicht.»

«Was? Das kann doch nicht sein?»

«Psychiatrie ist am unteren Ende der Lohn- und Statushierarchie der Ärzte. Noch weiter unten als Geriatrie. Und in den Kliniken sind die Arbeitsbedingungen nicht gerade toll. Also müssen sie nehmen, was sie bekommen können. Auch Leute aus Osteuropa, die weder deutsch noch französisch sprechen.»

«Das kann ich fast nicht glauben.»

«Schau nur mal das Walmont an. Letzte Woche habe ich einer Pflegerin ziemlich lange erklärt, wie sie vorgehen muss, um eine Frau mit einem schlimmen Dekubitus zu behandeln. Sie hat mich die ganze Zeit nur fragend angeguckt, aber ich habe trotzdem nicht geschnallt, was los ist.»

«Und?»

«Als sie wieder weg war, hat mir die alte Frau zugeflüstert, dass das Fräulein doch kein Wort Deutsch könne. Ich müsse englisch mit ihr sprechen.»

Ich musste lachen, schüttelte aber gleichzeitig den Kopf.

«Die Amerikaner haben seit kurzem Rekrutierungszentren in Deutschland und der Schweiz, um ausgebildete Ärzte in die USA zu locken, Green Card und Superlohn inklusive. Wir holen uns die Leute aus Osteuropa, und die dort schnappen sich wiederum die Besten aus Nordafrika. Und irgendwo gibt es dann gar kein medizinisches Personal mehr. Das nennt man Globalisierung.»

9

Philipp eilte zurück ins Walmont zur Nachmittagsvisite, und ich machte mich auf den Heimweg, kehrte aber plötzlich um Richtung Bahnhof. Es hatte in Strömen zu regnen begonnen. Ich nahm mir den Ratschlag des höflichen Riesen zu Herzen und beschloss, auf gut Glück nach Neuenburg zu fahren und Fux zu überraschen. Jede Information aus dem Innern des BFS war wertvoll für mich.

Am Empfang erklärte ich der Securitas-Frau mit bemüht beiläufiger Stimme, ich hätte einen Termin mit Fux von der Demografie, Büro 321, dritter Stock im Turm, ich wisse den Weg. Sie scheuchte mich mit gelangweiltem Gesicht durch das Portal.

Im dritten Stock waren wie gehabt alle Türen geschlossen. Ich klopfte bei Nummer 321. Ein großer, breitschultriger Mann öffnete. Er sah aus wie ein Sportler – nicht wie ein Fußballer, sondern eher wie ein englischer Sportsman, irgendwie vornehm, sehr gepflegt, teuer gekleidet, darunter Muskeln, aber nichts Grobschlächtiges. Die leicht gelockten, blonden Haare gaben ihm etwas Jungenhaftes. Er hatte regelmäßige Gesichtszüge mit einem kräftigen Kinn und war für die Jahreszeit erstaunlich braungebrannt. Fux erinnerte mich ein wenig an den jungen J. F. Kennedy. Er starrte mich eine Sekunde lang verdutzt an, aber bevor ich etwas erklären konnte, hatte er sich an unsere erste flüchtige Begegnung erinnert.

«Ach, hallo! Da sind Sie ja wieder! Ich entschuldige mich in aller Form, dass ich das letzte Mal vor Ihnen davongerannt bin.»

Er lachte und betrachtete mich dann ungeniert von Kopf bis Fuß: «Dabei gibt es keinen Grund, vor Ihnen davonzulaufen. Im Gegenteil!»

Ich lächelte etwas gezwungen zurück. War der Typ unverschämt oder charmant?

Ich stellte mich vor, und wir schüttelten uns die Hände. Er hatte kräftige, breite Hände, die überraschenderweise voller Schwielen waren wie bei einem Bauer oder Schwerarbeiter.

Fux' Büro war mehr oder weniger leer. So viel ich sehen konnte, hatte er nur ein einziges Buch, ein statistisches Jahrbuch des BFS. Auf dem Arbeitstisch lag außerdem noch ein Aktenordner. Das einzige Persönliche war ein kostbar gerahmter, alter Stich mit einem Segelschiff, das schwer angeschlagen im Sturm lag. Wir setzten uns an einen winzigen Besprechungstisch.

«Ich bin ein amtlicher Hellseher», sagte er auf meine Frage nach seiner Funktion im BFS und ließ sein perfektes Colgate-Gebiss aufblitzen. «Ich erstelle eine Vorhersage, wie sich unsere Bevölkerung in den nächsten dreißig Jahren entwickelt. Wie viele Frauen im Kanton Bern werden im Jahr 2030 hundert Jahre alt sein? Wie hoch ist der Anteil an ausländischen Fünfjährigen im Jahr 2010?»

Während er von seiner Arbeit erzählte, funkelten seine Augen vor Begeisterung. Das war jemand, der seine Arbeit liebte.

«Einer der Informatiker hat mir erzählt, dass Sie mit Gian-Antonio Cavegn befreundet waren. Ich bin eine alte Freundin von Gian und möchte besser verstehen, warum …», ich musste neu ansetzen, «warum er gestorben ist.»

«Befreundet?» Fux' Ausdruck hatte sich bei diesem Themenwechsel schlagartig verdüstert. «Ich weiß nicht …, konnte man mit Cavegn überhaupt befreundet sein?»

Ich zuckte zusammen und gab ein unverständliches Murmeln zur Antwort. Ich korrigierte innerlich meine Meinung: Fux war nicht charmant, sondern ein unsensibler Trampel.

«Ich habe ihn ein paar Mal auf meinen Kat mitgenommen. Er hatte natürlich keine Ahnung von der Sache, aber er stellte sich nicht blöd an. Und er war verdammt mutig. Ein Kamerad fürs Abenteuer!»

Sein Gesicht hatte sich wieder belebt, er sah aus, als ob er im nächsten Moment davonrennen könnte, auf zu Wind und Abenteuer.

«Was auch immer die anderen heute von Cavegn sagen: Er war ein flotter Kerl ... Einmal, da hatten wir mindestens Windstärke sechs ...»

«Moment! Was heißt Kat? Wohin mitgenommen?», unterbrach ich hastig.

«Entschuldigen Sie, wenn mich das Feuer packt, dann kann ich mich nicht mehr bremsen.»

Er lachte verlegen und strich sich eine Haarsträhne aus dem Gesicht. Hinter seiner Maske aus Männlichkeit und Überlegenheit blitzte kurz ein kleiner verletzlicher Junge auf.

Seine Augen waren von einem derart leuchtenden Blau, dass ich mich fragte, ob er gefärbte Kontaktlinsen trug. Und dieses Blond? Auch gefärbt? War er etwa schwul? Und wenn? Ging mich das was an? Jedenfalls war er viel zu schön.

Zu schön für was, Lou?

«Ich habe unten in Cudrefin einen Katamaran liegen. Habe ich mir vor zwei Jahren bauen lassen. Rennmaterial, ultraleicht, schnittig. Hat mich nicht mal siebzig Lappen gekostet.»

Fux sah mir herausfordernd in die Augen. Er erwartete offensichtlich, dass ich ihn dafür bewunderte, dass er so lässig

70 000 Franken für sein Hobby ausgeben konnte. Ich tat ihm den Gefallen nicht.

«Ein Katamaran … Das ist doch so eine Mischung aus Surfbrett und Segelboot, nicht?», gab ich die Herausforderung zurück.

Damit hatte ich ihm seine Überheblichkeit aus dem hübschen Gesicht gewischt. Aber dann warf Fux den Kopf zurück und lachte aus vollem Hals.

«Gut pariert, Madame!»

Seine türkisblauen Leuchten erfassten mich mit voller Stärke, und ich fühlte mich, als ob ich gescannt würde.

«Sie mögen mich nicht besonders, stimmts?», fragte er.

Ich fühlte mich ertappt. Sicher wurde ich rot. Ach, du Scheiße.

«Ich kenne Sie doch gar nicht», murmelte ich.

«Machen Sie sich nichts draus. Das geht den meisten Frauen so.»

Meinte er das als Witz? Er zuckte mit den Achseln und fuhr in sachlichem Ton fort: «Aber das ist ja nicht Ihr Problem. Also, ja, ich lernte Cavegn in den letzten Monaten besser kennen als die meisten. Wir verbrachten viel Zeit auf dem See und haben danach öfters noch zusammen gegessen.»

«Und?»

Er zuckte mit den Schultern und schien zu zögern. «Viel erzählt hat er mir nicht. Aber es ging ihm nicht gut. Die letzten Monate wirkte er beunruhigt und nervös. Sogar beim Segeln.»

«Was hat er Ihnen genau gesagt?»

Er lehnte sich in seinem Stuhl zurück, verschränkte die muskulösen Arme vor der Brust und streckte die langen Beine aus. Offensichtlich überlegte er gerade, was er mir sagen sollte.

«Es ist sehr wichtig für mich.»

Er starrte mich an, aber ich hatte den Eindruck, dass er durch mich hindurchstarrte.

«Das waren sehr vertrauliche Dinge. Wir haben in den letzten Monaten beide eine üble Zeit durchgemacht ...»

Sein Blick schweifte zu der Wand, zu dem gerahmten Bild.

«Leben Sie in einer festen Beziehung?», fragte er mich nach einer langen Pause, den Blick immer noch auf das Segelboot gerichtet.

«Ja. Aber ...»

«Sie haben auch schwierige Beziehungen hinter sich. So was sehe ich auf den ersten Blick. Sie sind vorsichtig, zurückhaltend. Nur nichts riskieren, nicht?»

Ich dachte flüchtig an Philipp und daran, wie wir uns zurzeit schwertaten. Manchmal fragte ich mich, ob wir einen Fehler gemacht hatten, als wir das erste Mal miteinander geschlafen hatten.

Zum Glück fuhr Fux fort, ohne eine Antwort zu erwarten: «Ich stürze mich immer voll ins Risiko, das ist mein Fehler. Und ich ziehe immer und immer wieder die falschen Frauen an. Das hat sicher etwas mit mir selbst zu tun, ich weiß. Damit, was die Frauen in mir sehen, was sie sich von mir erhoffen. Zum Beispiel Sie: Was erwarten Sie von einem Mann, der so aussieht wie ich?»

Ich schwieg verlegen. Ich hatte keine Ahnung, was ich sagen sollte.

«Entschuldigen Sie! Ich finde Sie einfach enorm sympathisch. Ich habe das Gefühl, wir kennen uns schon seit dem Kindergarten. Dabei weiß ich überhaupt nichts von Ihnen. Was machen Sie eigentlich beruflich? Und woher kennen Sie Cavegn?»

Wir sprachen über unsere Studienzeit, über die Möglichkeiten, in diesem Feld zu arbeiten, über gemeinsame Bekannte bei der Swiss Statistical Society und beim BFS. Eine Stunde später schaute ich erschrocken auf die Uhr. Wenn ich noch rechtzeitig zum Abendessen mit Philipp in Bern sein wollte, musste ich sofort aufbrechen. Die Zeit war wie im Flug vergangen. Fux hatte sich als guter Zuhörer entpuppt, wir hatten über alles Mögliche geplaudert. Nur nicht darüber, was Gian Fux anvertraut hatte.

«Können wir uns ein andermal sehen?», fragte er mich beim Abschied.

«Gerne. Wann und wo?»

«Kurz und bündig, das gefällt mir an Ihnen», sagte er mit einem warmen Lächeln. «Nächste Woche ist alles schon verplant. Sie könnten natürlich zu mir nach Hause kommen. Ich habe ein Haus oberhalb von Boudry, etwas abgelegen, aber mit einer wunderbaren Sicht auf den Neuenburgersee und …», er lächelte mich schief an bei diesen Worten, «ich kann uns etwas Feines kochen.»

«Ääh …»

«Schon verstanden, das ist Ihnen zu intim. Mmh, dann wird es schwierig. Außer …, haben Sie Lust mit mir segeln zu gehen? Dann hätten wir genügend Zeit und wären sicher ungestört.»

Ich zögerte mit der Antwort.

«Ich glaube nicht, dass das eine gute Idee ist.»

«Haben Sie etwa Angst, ich würde Sie ersäufen?», meinte er mit spöttischem Unterton.

In meinem Innern spürte ich ein leises Flattern. Fux strahlte diese männliche Verwegenheit aus, die mich faszinierte, seit ich mit 13 Jahren meinen ersten Piratenfilm mit Errol Flynn gesehen hatte.

«Ich bin nicht sehr bootstauglich, und außerdem wird mir sofort hundeelend, wenn es Wellen hat.»

«Die übliche Ausrede.»

Ich schüttelte verneinend den Kopf, aber er ließ mich nicht zu Wort kommen.

«Wenn es Ihnen lieber ist, können wir uns auch am Sonntagnachmittag in Bern treffen. Wie wäre es mit dem Dählhölzli-Restaurant? Da ist es völlig ungefährlich für Sie.»

Er meinte das Selbstbedienungsrestaurant im Berner Tierpark Dählhölzli. Das war weder ruhig noch gemütlich. Warum wollte er ausgerechnet dorthin?

«Also gut», gab ich zur Antwort.

«Eine Bedingung habe ich allerdings», sagte Fux.

Ich blickte ihn wartend an.

«Ich darf Sie einladen, und Sie sagen endlich ‹du› zu mir. Ich heiße Adrian.»

«Ich bin Louisa.»

***

Als Philipp mir an diesem Abend seine Wohnungstüre öffnete, sah er entspannt und zufrieden aus – im Gegensatz zu mir. Er trug ein königsblaues Hemd mit Nehru-Kragen aus Rohseide, von denen er mindestens ein halbes Dutzend in verschiedenen Farben besaß, und dazu eine hellblaue Jeans. Er duftete leicht nach Sandelholz und Zwiebeln.

Wir setzten uns an den winzigen Esstisch aus Glas, den ich schrecklich ungemütlich fand. Philipp hatte sich große Mühe gegeben und servierte eine selbstgemachte Lasagne. Ich seufzte voller Wohlbehagen und erzählte ihm von meinem zweiten Besuch im BFS und von Fux.

«Du weißt also im Grunde nicht mehr als vorher?», fragte er mich.

«Na ja, ich weiß jetzt, dass Gian schon seit Monaten beunruhigt war. Nur weshalb? Wichtiger scheint mir aber, dass jemand alle seine Daten vom offiziellen Server gelöscht hat. Jemand, der nicht wusste, dass Gian den Unix-Server benutzte. Das ist doch verdächtig.»

«Und wenn er selbst die Daten gelöscht hat? Das ist doch am Naheliegendsten.»

«Und weshalb sollte er das tun?»

«Vielleicht war das seine Art Rache?»

«Rache an wem?»

«Am System? Am BFS, das ihm die Arbeit wegnehmen wollte? Also hat er vor seinem Tod seine ganze Arbeit gelöscht.»

«Du setzt voraus, dass er sich umgebracht hat. Aber ich kann das einfach nicht mehr glauben. Zu viele Dinge sprechen gegen einen Selbstmord. Und außerdem: Weshalb hat er dann die riesige Datenmenge auf dem Unix-Server nicht angerührt?»

«Das bestätigt doch gerade meine These. Er wollte sich am Arbeitgeber rächen.»

Der Gedanke an Gians Tod verschnürte mir den Magen.

Ich legte die Gabel neben den Teller. Philipp fühlte meinen Stimmungsumschwung und fasste tröstend nach meiner Hand.

«Ich weiß immer noch nicht, warum ausgerechnet Gian für diese ‹Beförderung› ausgewählt worden war. Seine Kollegen finden das auch sehr merkwürdig.»

«Kannst du das Ganze nicht einfach ruhen lassen?», fragte er mich. «Ich weiß, dass das schwierig ist …, aber dein Freund ist nun mal tot. Damit musst du dich abfinden.»

«Aber er wollte nicht sterben!»

Philipp blickte mich forschend an.

Einen langen Moment schwiegen wir, dann entzog ich ihm meine Hand und schüttelte entschieden den Kopf.

«Ich kann das nicht.»

Philipp seufzte. Dann schaufelte er sich die letzten Bissen seiner Lasagne in den Mund, rückte den Stuhl vom Tisch weg und kippte ihn auf die Hinterbeine.

«Wer profitiert von seinem Tod? Hast du dir das schon mal überlegt?», fragte er in nüchternem Ton.

Ich schüttelte den Kopf. Ich ließ mir nochmals die Begegnungen im BFS durch den Kopf gehen, alle die verschiedenen Mutmaßungen und Erklärungen, und ich sah die Tim-und-Struppi-Figürchen vor mir. Der Kreis, die Anklage.

In dem Moment machte es Klick. Ich wusste plötzlich mit absoluter Gewissheit, dass ich mein normales Leben nicht wieder aufnehmen konnte. Nicht, solange ich nicht wusste, was meinem Freund zugestoßen war. Wenn ich mit klarem Kopf weiterleben wollte, dann musste ich die Wahrheit herausfinden. Ich musste es tun – nicht für Gian, sondern für mich.

Ich würde mit Mene Herzlieb sprechen, ich würde beharrlich bleiben, ich würde nochmals Gians Wohnung unter die Lupe nehmen, ich würde Gians Analysen zu den Sterbefällen im Gantrisch genau studieren und wo nötig weiterführen. Ich brauchte Zeit für das alles. Ich musste Urlaub nehmen.

Nach dieser Entscheidung schien eine schwere Last von mir abzufallen. Prompt begann mein Magen zu knurren. Philipp lächelte zufrieden, als ich die Gabel wieder in die Hand nahm und mir einen großen Bissen Lasagne ins Maul schaufelte.

«Ich freue mich, dass es dir besser geht», sagte er, und die Lichter in seinen Augen tanzten, «und ich hoffe, es kommt bald wieder eine Zeit, wo ich mehr bin als deine Servicestelle.»

Ich runzelte die Stirn.

«Wie meinst du das?»

«Ach, komm schon. Du weißt doch genau, was ich meine. Aber heute will ich nicht streiten. Als Zeichen deines guten Willens bitte ich dich, endlich meine kleinen Freunde zu begrüßen.»

***

Philipp hatte ein kleines Aquarium in seinem Wohnzimmer stehen und sich bisher vergeblich um mein Interesse dafür bemüht. Meine Begeisterung für Aquarien ist denkbar klein. Ehrlich gesagt kann ich nichts damit anfangen. An diesem Abend ließ ich mich erweichen und schaute mir die Viecher an.

«Wo sind denn die Fische?», fragte ich.

«Komm näher. Von dort siehst du doch gar nichts. Ich habe keine Fische, nur Garnelen. Schau, da unter dem Blatt hockt eine. Das ist ein Weibchen.»

Ich erkannte einen roten Fleck und nickte unbestimmt.

«Schau mal genauer hin. Oben am Rücken ist ein weißer Fleck. Das heißt, dass sie schwanger ist.»

Ich trat ganz nahe heran und starrte das kleine Wesen an. Es sah eigentlich ganz manierlich aus, knallrot, mit langen Fühlern und unzähligen Füßchen, die ohne Unterlass in Bewegung waren.

«Was macht sie denn da mit den Füßchen?»

«Sie sucht zwischen den Steinen nach Mikroorganismen. Das ist auch der Grund, warum Garnelen einfach zu halten sind. Sie putzen alles sauber und halten das Wasserklima stabil.»

Das Aquarium war klein, aber voller Pflanzen, zwischen denen ich eine riesige farbig-schillernde Muschel ausmachen konnte und einen samtschwarz schimmernden, glatt polierten Stein, der eine merkwürdige Form hatte.

«Was ist denn das?», fragte ich.

«Das ist von einem Inuit-Künstler. Ein stilisierter Lachs im Sprung.»

Philipp hatte das Aquarium ganz offensichtlich mit viel Liebe eingerichtet.

«Hier kommt eines der Männchen, schau!»

Ich guckte in die Ecke, in die Philipp zeigte, und sah ein etwa ein Zentimeter langes, durchsichtiges Wesen, das mit winzigen, aber energischen Paddelbewegungen schräg durch das Aquarium schwebte.

«Am Anfang hatte ich vier Weibchen und fünf Männchen. In der Zwischenzeit sind es wohl über vierzig.»

Er lachte: «Ich bin richtig stolz auf diese kleinen Kerle. Verrückt, nicht?»

«Nun ja ...», gab ich etwas unsicher zurück.

«Ich weiß, ich weiß, Garnelen! Die meisten Leute würden sie nur züchten, um sie essen zu können.»

Er hob seine Schultern: «Ich liebe es einfach, dass ich so etwas wie eine kleine Welt einrichten konnte. Und dass diese jetzt bewohnt wird. Machmal gestalte ich alles neu, damit die Garnelen wieder etwas zu entdecken haben.»

«Gibt das Ganze viel zu tun?», fragte ich.

«Eigentlich nicht. Alle zwei Wochen mache ich einen Wasserwechsel. Die Scheiben muss ich auch putzen, damit sich keine Algen festsetzen. Ab und zu lasse ich den pH-Wert kontrollieren, das ist alles.»

Er lächelte mich an und sah meine fragend hochgezogenen Augenbrauen.

«Wenn das Wasser zu hart ist, haben die Babys Mühe.»

Die Babys?

Ein schwabbliges, graubraunes, winziges Ding schwebte vor meiner Nase nach oben und klebte sich dann an einem filigranen Blättchen fest.

«Was war denn das?»

«Eine Schnecke. Die hat man einfach, ob man will oder nicht. Ab und zu mache ich den Gurkentrick. Gurkenstückchen rein, alle Schnecken stürzen sich darauf und dann kannst du sie dir schnappen.»

Ich beobachtete zwei dieser Wabbeldinger, wie sie übereinander drüberschleimten und dabei heftig zuckten. Ich war mir nicht sicher, ob sie Sex hatten oder sich gegenseitig auffraßen.

Schnell schaute ich weg.

«Ich glaube, die Garnelen fühlen sich wohl hier drin. Ich habe ihnen viele Pflanzen und Wurzelstöcke gegeben. Sie verstecken sich gerne ein bisschen. Und es hat schon dreimal Junge gegeben.»

Philipp würde einen wunderbaren Vater abgeben, dachte ich in diesem Moment.

«Warum lachst du?»

«Ach …, ich wundere mich nur über die Mühe, die du dir gibst.»

«Lachst du mich deswegen aus?», fragte er mit ängstlichem Unterton.

«Ich lache über mich selbst.»

«Jetzt verstehe ich gar nichts mehr.»

***

«Meinst du, du schaffst es, morgen zu meinen Eltern mitzukommen?», fragte mich Philipp, als wir bereits im Bett lagen.

Sein gespielt beiläufiger Tonfall ließ mich erahnen, dass ihm diese Frage schon seit Stunden auf der Zunge gelegen hatte.

Noch immer rätselte Philipp, was der Grund für die Einladung seiner Eltern war. Das Einladungsschreiben selbst war förmlich verfasst und bot keinerlei Erklärungen für das Motiv dieser plötzlichen Kehrtwende in der Familienpolitik. Wir hatten allerlei Überlegungen angestellt, was dahinterstecken könnte. Philipp vermutete, dass seine Mutter dieses Essen als Vorwand benutzen würde, um endlich wieder mal ihren Sohn sehen, mit ihm sprechen zu können.

Als ich widersprach und meinte, das könne sie doch jederzeit tun, seine Adresse sei schließlich im Telefonbuch, und es existiere eine Zugverbindung von Murten nach Bern, sagte Philipp nur, ich würde seine Eltern nicht kennen.

Er hatte mich gebeten mitzukommen, als sein Schutz und Geleit. Ich fand das eine lustige Idee und sagte zu. Je näher der Termin nun kam, desto mulmiger wurde mir allerdings.

Es gab wohl nichts, was ich weniger gern getan hätte an diesem Samstag. Außerdem brannten mir Gians Analysen unter den Nägeln. Ich musste so bald wie möglich verstehen, was er herausgefunden hatte und ob er dadurch für jemanden zu einem solch bedrohlichen Gegner geworden war, dass dieser ihn umgebracht hatte.

«Keine Sorge, ich komme mit, versprochen ist versprochen. Ich habe sogar extra Kleidung zum Wechseln mitgebracht. Ein Ausflug wird mich ein wenig ablenken», sagte ich und hatte damit nicht unrecht.

Wenn auch nicht so, wie ich mir das erhofft hatte.

10

Wir erwachten kurz vor neun Uhr und frühstückten in aller Ruhe. Philipps Eltern erwarteten uns erst um halb zwölf in Murten. Später ging ich unter die Dusche und benutzte ausnahmsweise sogar den Fön. Während ich mich fertig machte, duschte Philipp. Als er wieder aus dem Badezimmer kam, musterte ich ihn einen Moment lang verblüfft, unterließ aber jeden Kommentar. Er hatte sich ein völlig ausgeleiertes, langärmliges T-Shirt angezogen, auf dem der Schriftzug der McGill University aufgedruckt war. Dazu trug er ausgebleichte Jeans und rote Clogs. Ich hatte ihn noch nie so nachlässig gekleidet gesehen. Im Gegensatz zu ihm war ich sogar etwas overdressed mit einer weißen Rohseidenbluse, die ich am Vortag noch zu glätten versucht hatte, und einer weiten, schwarzen Hose. Wir musterten uns – beide etwas überrascht –, dann ergriff Philipp eine Plastiktüte aus dem Denner, und wir machten uns auf den Weg zu seinem Auto. Sein Renault R4, dem man die Jahre und den Kilometerstand ansah, war ganz in der Nähe in der Mittelstraße parkiert. Zwei Töffli-Buben kamen uns entgegen, die Integralhelme sinnvollerweise am Lenker aufgehängt. Erstaunlicherweise gibt es heute wieder junge Burschen, die Ciao und Puch fahren. Mindestens zehn Jahre lang waren in Bern nur noch über Sechzigjährige, denen man den Fahrausweis entzogen hatte, auf diesen langsamen Lärm- und Stinkdingern unterwegs gewesen.

Philipp, der normalerweise ruhig und überlegt fuhr, machte hektische Überholmanöver und beschimpfte unschuldige Passanten. Wir sprachen nicht viel, waren beide in Gedanken versunken. Ich fragte ihn, was in der Einkaufstüte sei.

«Eine Flasche Wein», gab er zur Antwort. «Mein Vater interessiert sich ausschließlich für drei Dinge auf dieser Welt: Chirurgie, Chirurgie und Chirurgie. Da ist es schwierig, ihm ein passendes Geburtstagsgeschenk zu machen.»

Für den Rest der Fahrt schwiegen wir wieder.

***

Das Anwesen lag hoch über dem Murtensee. Wenn ich nicht so nervös gewesen wäre, hätte mich der Weitblick über die silbern glänzende Wasserfläche zutiefst beglückt. Windböen zeichneten ein riffeliges Muster auf das ansonsten spiegelglatte Wasser. Das Haus selbst war – wie ich erwartet hatte – groß und protzig. Den Park hatte man zu Tode gepflegt: nichts als giftgrüner Rasen und zu Quadern vergewaltigte Hecken. Da würde kein einziger Singvogel irgendetwas Interessantes finden.

Mittendrin zwei Fahnenstangen: die Flagge des Kantons Bern und ein etwas kleineres Tuch in tiefem Blau mit drei fetten, goldfarbenen Ratten, die versetzt untereinander angeordnet waren.

«Was ist das für eine Flagge mit Ratten darauf?»

«Ratten!», Philipp verzog seinen Mund zu einem gepressten Lächeln, «das ist das Familienwappen der Lavals von Akadien. Drei Biber. Ich habe dir doch erzählt, dass wir mit Biberfellen reich geworden sind.»

Philipp starrte über den See und die Weinberge. Ich konnte seine Anspannung spüren. Weshalb nahmen wir beide, zwei erwachsene, unabhängige Menschen, so etwas auf uns? Sonntagsessen bei den Schwiegereltern in spe? Nicht, dass ich eine Sekunde ans Heiraten dachte, aber dieser unliebsame Pflichtbesuch zwang mir solche Assoziationen regelrecht auf.

Als könnte er meine Gedanken lesen, sagte Philipp: «Nun, es werden ja noch andere Leute zu Vaters Geburtstagsessen eingeladen worden sein. Vielleicht ist jemand da, mit dem man sich vernünftig unterhalten kann.»

Und dann wiederholte er zum x-ten Male seine Anweisungen für diesen heiklen Besuch. Erstens: Philipp würde mich als eine Arbeitskollegin vorstellen, um mich vor aufdringlichen Fragen seines Vaters zu schützen. Zweitens: Wir würden hauptsächlich mit den anderen Gästen sprechen und alle Versuche des Vaters, die Unterhaltung zu dominieren, energisch durchbrechen. Drittens und besonders wichtig: Wir würden uns nicht provozieren lassen. Und viertens: Wir würden uns nicht mit seinen Eltern streiten. Das dumpfe Böllern eines weit entfernten Schusses ließ mich zusammenzucken. Weitere Schüsse wurden abgefeuert, in regelmäßigen Abständen etwa alle zehn Sekunden. Ich sah Philipp fragend an.

«Damit versuchen sie, die Vögel von den Reben fernzuhalten. Ich bin mit diesem Geräusch aufgewachsen.»

«Aber derzeit gibt es doch noch gar keine Trauben.»

«Vielleicht machen sie es wegen der Zugvögel», meinte Philipp in abwesendem Ton.

«Fremdes Pack? Unnütze Fresser?», versuchte ich ihn zu provozieren.

Philipp ging nicht darauf ein, sondern schaute mich nur stirnrunzelnd an. Trotz des warmen Sonnenscheins fröstelte ich.

«Die Viecher sehen trotzdem aus wie Ratten.» Ein neuer Versuch.

«Gehen wir rein und bringen die Sache hinter uns», war seine ganze Reaktion.

Wir gingen zögerlich auf das Haus zu, das weder eine Hausnummer trug noch sonst irgendwie angeschrieben war. Philipp drückte auf die Klingel. In derselben Sekunde wurde auch schon die Türe aufgerissen.

Mit zusammengebissenen Zähnen lächelte ich Philipps Mutter an.

***

«Dein Vater ist im Weinkeller.»

Mit diesen Worten begrüßte Claire Laval ihren Sohn, den sie seit mehr als vier Jahren nicht gesehen hatte.

Wir zogen unsere Jacken aus, Philipp übergab die Weinflasche und machte sich auf den Weg in den Keller. Madame Laval führte mich derweil in ihre perfekt aufgeräumte «Siemens-weiß-was-Frauen-wünschen»-Küche. Während ich Interesse für die Vor- und Nachteile des Glaskeramikkochens mit Induktion heuchelte, stellte sich heraus, dass außer Philipp und mir keine weiteren Gäste erwartet wurden. Das Geburtstagsessen würde im kleinen Kreis stattfinden.

Scheiße.

«Was ist ihre Funktion im Walmont?», fragte sie mich, während sie einen Braten mit einer köstlich duftenden Brühe übergoss.

«Ich leite dort die Forschungsabteilung. Mein Fachgebiet ist Epidemiologie, aber ich mache fast alles, was mit Statistik, Forschungsmethoden und Gesundheitswissenschaft zu tun hat.»

Ich machte mich darauf gefasst, dass sie mich fragen würde, was Epidemiologie ist, und setzte bereits zu einer Erklärung an.

«Sind Sie Philipps neue Freundin?», fragte sie stattdessen.

«Philipp und ich sind gute Freunde», gab ich zur Antwort. Aber das leichte Anheben ihrer Augenbrauen zeigte mir deutlich, dass diese Frau sich nicht so leicht täuschen ließ.

Claire Laval nahm einen Temperaturmesser hervor, rammte ihn gezielt in den Braten und nickte zufrieden.

***

Eine halbe Stunde später waren wir erst beim Aperitif angelangt, und mein starres Dauerlächeln, hinter dem ich meinen aufsteigenden Zorn zu verbergen versuchte, bereitete mir schon üble Kopfschmerzen. Etwa alle zehn Sekunden erinnerte ich mich daran, dass ich da war, um Philipp den Rücken zu stärken, und nicht, um mich selbst zu bemitleiden.

Wir saßen draußen im Park in einer hübschen Gartenlaube mit Blick auf den Mont Vully. Philipps Vater, Louis Emmanuel Laval, der berühmte Chirurg, Rotarier und Gründungsmitglied der Laval Family Research Foundation, war laut und jovial bis zur Unhöflichkeit. Er unterbrach jeden meiner Konversationsversuche, indem er mir Komplimente entgegendröhnte, die so überheblich wie unterschwellig verletzend waren.

Ich erkannte zum Glück keinerlei Ähnlichkeiten zwischen Vater und Sohn. Wo Louis fleischig und mächtig wirkte, war Philipp schmal und geschmeidig. Philipp und ich versuchten tapfer, eine Art Unterhaltung in Gang zu bringen, aber das war verdammt schwierig. Louis hörte uns nie richtig zu und hatte seinen Sohn bereits zweimal grob abgeklemmt, als dieser etwas von seiner Arbeit als Geriater im Walmont erzählen wollte. Claire gab ganz die beflissene Gastgeberin, die es sich nicht gönnte, mehr als ein, zwei Minütchen bei uns am Tisch zu sitzen. Aus dieser flüchtigen Position heraus gab sie knappe Kommentare zum Gepolter ihres Mannes ab, die von einer solchen Häme waren, dass man zunächst glaubte, sich verhört zu haben.

Es war anstrengend. Vor lauter Nervosität schwitzte und fror ich gleichzeitig.

Die offensichtlich erwarteten Lobesworte für den besonders edlen Weißwein und die Delikatessen gingen mir bereits nach einer Minute aus; die Amuse-Bouches waren winzig klein und trotzdem hinterhältig instabil; ich musste meine ganze Konzentration dafür einsetzen, weder das Tischtuch noch meine Bluse zu bekleckern. Philipp hatte ein mir fremdes Gesicht aufgesetzt. Ich hatte ihn noch nie so starr, so kalt gesehen, obwohl er seiner Mutter gerade lächelnd ein Kompliment machte. Endlich gab es eine kleine Atempause, als Louis einen Telefonanruf beantworten musste und Claire uns auf eine Hausbesichtigung schickte, damit sie in aller Ruhe den Esstisch für den Hauptgang decken könne.

Philipp führte mich also im Haus herum, in dem er einige Jahre seiner Kindheit verbracht hatte. Ich hatte kühle, zeitlose Eleganz erwartet, Klassiker von Theo Jakob oder Knoll International. Aber da war weder Kühle noch Eleganz, sondern nur dumpfe, altmodische Muffigkeit. Die Möbel waren aus dunklem Holz, die Sofas, hochlehnigen Stühle und Sessel mit rehbraunem Brokat überzogen, die schweren moosgrünen Vorhänge zugezogen. In jedem Zimmer waren Waffen ausgestellt: von Hellebarden, Schwertern und Säbeln über historische Pistolen, einem Maschinengewehr und einer Granate aus dem Ersten Weltkrieg bis zu einer richtig großen Kanone mit drei Eisenkugeln daneben.

Einschüchterung auf hohem Niveau, dachte ich.

Philipp sah in dieser Umgebung verloren aus. Er lächelte mich unsicher an und sagte dann: «Als Bub hatte ich mir immer gewünscht, ein einziges Mal auf diese blöde Kanone klettern zu dürfen. Aber sie haben das Zimmer nur aufgeschlossen, wenn wir Besuch hatten.»

Ich sah mich rasch um, und dann gab ich dem eisernen Ungetüm einen heftigen Tritt. Es gab ein unerwartet hallendes Geräusch, wir zuckten beide erschrocken zusammen, sahen uns dann in die Augen und begannen leise zu lachen. Philipp nahm meine Hand und küsste sie zärtlich.

«Tut mir leid, dass ich dich da reingezogen habe», sagte er, «aber ich bin trotzdem froh, dass du da bist.»

Als wir zurück ins Esszimmer kamen, war der Tisch gedeckt wie für einen Empfang von Louis XIV. Wenn ich nicht so nervös gewesen wäre, hätte ich laut herausgelacht. Mein Gott, was für ein Theater! Und zu welchem Zweck? Bisher hatten die Eltern jedenfalls keinerlei Versuch unternommen, den Streit zu schlichten oder die Familie wiederzuvereinen. Während des Hauptgangs führten Vater und Sohn ein gepflegtes Gespräch über die verschiedenen Weine, die aufgetischt wurden. Sie erörterten Öchslegrade, Säure, Tanningehalt, Eichenspäne oder Eichenfasslagerung. Claire und ich schwiegen, und ich entspannte mich ein wenig. Das Essen war ausgezeichnet.

***

Eine Ewigkeit später hatten wir alle Gänge hinter uns. Übrig blieb ein Berg Teller, Platten, Saucieren, kleine Schüsselchen, insgesamt 16 Gläser (ich habe sie gezählt!) und ein Kaffeeservice. Vater Laval fingerte mit etwas unsicheren Bewegungen eine Zigarre aus einem Kästchen und bot Philipp – und nur

Philipp – ebenfalls eine an. Das Betasten der Zigarre, das Köpfen, Anzünden, Saugen und Rauchen schien ein Männerritual der Familie Laval zu sein.

Philipp war damit beschäftigt, seine Zigarre anzuzünden, und blickte nicht auf.

Claire Laval begann den Tisch abzuräumen, und ich erhob mich nach kurzem Zögern, da ich es ungerecht fand, ihr nach der ganzen Kocherei auch noch das Abräumen und Abwaschen zu überlassen. Vater und Sohn Laval machten keine Anstalten, sich an der Haushaltsarbeit zu beteiligen.

Die ganze Küche war voll mit dreckigen Pfannen, Bratenformen und Geschirr.

«Mit einem Geschirrspüler wird es nie richtig sauber, finden Sie nicht auch?», fragte sie mich. Ich starrte sie einen Moment an, aber sie meinte es offensichtlich völlig ernst. Sie wollte den gesamten Berg Geschirr von Hand abwaschen und bestimmt auch noch abtrocknen und polieren.

Zögernd drehte ich den Wasserhahn auf und griff nach einer fettverschmierten Bratpfanne. Vom Nebenzimmer hörte ich die beiden Männer zufrieden plaudern.

In diesem Moment sprang mich ohne jede Vorwarnung ein Gefühl an, das ich für immer an einem namenlosen Ort verscharrt geglaubt hatte: Es war meine eiskalte, maßlose «Du-bist-ein-Mädchen!»-Wut. Sie grub ihre Krallen tief in meinen Rücken, nahm mir den Atem, während mein Herz raste. Ich keuchte laut auf und klammerte mich mit der freien Hand am Spülbeckenrand fest, bis meine Finger weiß wurden. Seit ich mit 17 Jahren von zu Hause ausgezogen war, hatte ich diese Wut nicht mehr verspürt.

Ich musste raus hier. Sofort.

***

Ich ließ die Pfanne ins Spülbecken fallen und ging ohne ein weiteres Wort an Philipps Mutter vorbei, aus der Küche, durch den langen Korridor und aus dem Haus. Ohne zu überlegen, hastete ich durch den Park, angetrieben einzig von dem Bedürfnis, so rasch wie möglich von da wegzukommen. Als ich dann vor Philipps verschlossenem Renault stand, dämmerte mir erst, dass der nächste Bahnhof mehr als eine Stunde Fußmarsch entfernt war. Und dass ich Philipp eigentlich versprochen hatte, ihn nicht im Stich zu lassen.

Scheiße, scheiße, scheiße.

Keinen Fuß würde ich mehr in dieses Haus setzen, so viel war sicher. Eine ganze Weile stand ich einfach beim Auto und konnte mich nicht entschließen, was ich als nächstes tun sollte. Schließlich ging ich widerstrebend durch den Park zurück, auf einem schmalen Steinweg um das Haus herum bis auf Höhe des Esszimmers und spähte vorsichtig hinein. Das Fenster war leicht geöffnet, und ich hörte Stimmen, die vor Wut vibrierten. Philipp und Louis.

Ich seufzte.

Heilige Familie. Hort und Keimzelle der Gesellschaft.

Ich ging vorsichtig einige Schritte näher, damit ich besser hören konnte. Philipps Stimme bebte vor Wut: «Ich akzeptiere das nicht. Niemals. Wie kannst du es wagen?»

«Und du? Du bist ein Versager, ein Waschlappen! Du hast keinen Mut, keinen Mumm.» Louis lachte voller Hohn: «Ein Altenpfleger! Dein Großvater würde sich im Grab umdrehen».

Philipps Antwort war leise aber schneidend: «Ein gutes Stichwort, Vater. Im Grab! Stell dir vor, auch Großvater war froh, dass ihm jemand beistand, als er sterben musste. Sterben müssen wir nämlich alle: auch du!»

«Das hättest du wohl gerne.»

Philipp wurde wieder laut: «Du bist nicht unsterblich!»

Louis' Antwort war so voller Hass, dass mir der Schweiß ausbrach.

«Mach dir nur keine Hoffnungen. Du wirst nichts erben, wenn es so weit ist. Rein gar nichts.»

«Das ist mir egal.»

«Nur über meine Leiche erhältst du auch nur einen Franken von unserem Geld.»

«Das ist mir scheißegal, Vater!»

«Wir geben alles aus, Claire und ich. Du wirst keinen einzigen Rappen erhalten.»

Philipp brüllte: «Bist du taub? Das – ist – mir – scheißegal!»

Eine Weile war es still im Zimmer.

«Wenn nötig verschenken wir das Geld. Und das Haus auch!»

«Leck mich am Arsch, Vater. Und lass mich endlich in Ruhe! Mein Leben geht dich nichts an. Rein gar nichts!»

Eine Türe knallte heftig ins Schloss, und einen Moment später hörte ich auch die schwere Haustüre zuschlagen. Eilig rannte ich wieder um das Haus herum und Philipp hinterher, der mit heftig schlenkernden Armen auf sein Auto zumarschierte.

***

«Warte! Warte, verdammt nochmal!», schrie ich.

Philipp blieb stehen und starrte mich an, als ob er mich nicht kennen würde. Dann ohne jedes Lächeln: «Ach, ja. Steig ein. Ich will nach Hause.»

Er startete das Auto, gab Gas und fuhr wie ein Berserker die schmale Straße runter Richtung See. Viel zu schnell für die engen, unübersichtlichen Kurven. Mir brach der Schweiß aus, und mein Herz begann zu rasen. So wollte ich nicht sterben.

«Stopp, Philipp. Halt an!»

Er reagierte nicht. Bei der nächsten Kurve scherten die Hinterräder aus, und wir rutschten einen Moment lang quer zur Fahrbahn. Ich schrie auf. Dann packte ich seinen Arm und schrie ihm direkt ins Ohr, er solle sofort anhalten. Endlich reagierte er und hielt so abrupt an, dass ich schmerzhaft in die Sicherheitsgurte gedrückt wurde. Philipp hatte den Motor abgewürgt.

Ich machte mit hastigen Bewegungen den Gurt los und öffnete die Autotüre.

«Was machst du da?», herrschte er mich an.

«Ich gehe zu Fuß.»

«Spinnst du eigentlich?», schrie er mich an.

Ich ging mit großen Schritten um das Auto herum, öffnete die Fahrertüre, griff nach dem Schlüssel und riss ihn heraus. Meine Aktion kam für Philipp überraschend, so dass er zu spät reagierte. Ich ging rasch und entschlossen davon. Hinter mir hörte ich, wie die Autotüre zugeschlagen wurde. Philipp rannte mir hinterher und packte mich grob an der linken Schulter.

Ich hob den rechten Arm, bereit zum Wurf. Wir standen direkt vor einem Weinberg, der etwa fünfzig Meter steil den Hang hinunterreichte.

«Wenn du dich nicht sofort beruhigst, schmeiße ich den Schlüssel runter.»

Philipp versuchte meinen Arm zu packen, aber ich schüttelte ihn ab. «Ich tue es! Ich will nicht, dass du dich hier umbringst, Philipp.»

Wir starrten uns eine lange Zeit an. Ich konnte seinen Augen ansehen, dass er mir am liebsten den Hals umgedreht hätte. Aber in jenem Moment, die Füße fest auf dem Boden, auf diesem Sträßchen in den Reben oberhalb von Murten, spürte ich in mir die Kraft und den Willen standzuhalten.

«Mein Auto steht mitten auf der Straße», blaffte er mich an.

«Scheißauto», gab ich zurück.

Er starrte auf seine Füße. Nach einer Weile sah ich, dass sich seine geballten Fäuste öffneten. Er nahm einen tiefen Atemzug. Dann sah er mir in die Augen, und ich kannte endlich sein Gesicht wieder.

«Okay, lass uns von hier verschwinden.»

Ich gab ihm den Schlüssel zurück, seine Hand zitterte. Die Heimfahrt verbrachten wir schweigend.

***

Mangels besserer Ideen fuhren wir zurück in die Länggasse. In seiner Wohnung tigerte Philipp unruhig hin und her, während ich Kaffee kochte. Und dann erzählte er endlich, was eigentlich passiert war.

Seine Eltern hatten die gloriose Idee gehabt, ihren Sohn wieder auf die «richtige Bahn» zu bringen. Zu diesem Zweck hatten sie eine neue Stiftung gegründet. Die Laval Surgery Foundation for Elderly People (LSFEP) würde sich der Weiterentwicklung der Alterschirurgie widmen. Das war ohne Zweifel ein lobenswertes Vorhaben. Und es war natürlich toll, dass diese Stiftung mit einem Startkapital von 8,5 Millionen Franken im Walmont angesiedelt werden sollte.

Da gab es nur einen einzigen klitzekleinen Haken: Die Leitung der neuen Abteilung sollte ein gewisser Philipp Laval übernehmen, der – und auch das war eine Conditio sine qua non – damit den Titel eines Oberarztes der Chirurgie erhalten würde.

Falls diese zwei Bedingungen erfüllt würden, konnte das Walmont eine der bestdotierten medizinischen Stiftungen an Land ziehen. Falls nicht, würde die Familie Laval eine Situierung der LSFEP in Boston in Erwägung ziehen.

Die Stiftung war bereits gegründet, das Geld deponiert, das Ganze notariell beglaubigt und ein entsprechendes Schreiben diese Woche an den Direktor des Walmont, Roland Merian, gesandt worden. Und all das, ohne Philipp auch nur mit einem Wort zu informieren oder gar seine Meinung dazu einzuholen.

«Und deine Mutter macht da einfach mit?», fragte ich Philipp, der in der Zwischenzeit erneut wie ein Tiger im Käfig auf- und abging.

«Es war *ihre* Idee. Sie dachte, damit könne sie mich wieder auf die chirurgische Laufbahn bringen, und ich wäre zufrieden, da ich ja weiterhin mit alten Menschen arbeiten kann.»

«Aber warum haben sie dich vorher nicht gefragt?»

«Sie haben mich noch nie gefragt, was ich wollte. Meine Eltern sind sich immer einig gewesen, was für mich das Richtige ist.»

Er gab einem Sessel, der ihm im Weg stand, einen wütenden Tritt, fasste sich dann fluchend an seinen rechten Fuß und ließ sich auf den Sessel plumpsen, um sich den schmerzenden Zeh zu reiben.

«Am meisten ärgere ich mich darüber, dass sie tatsächlich meinen, sie könnten mich derart manipulieren, und ich würde das sogar noch erfreut begrüßen.»

Philipp hatte sich etwas beruhigt und sah nun eher frustriert als wütend aus.

«Ich kenne kein Paar, das sich so sehr selbst genügt. Sie gehen völlig auf in der Geschichte der Lavals. Eine Geschichte von Pionieren, die sich hochgearbeitet haben. Aber mit einem adeligen Hintergrund. Das ist vor allem für meine Mutter wichtig. Jede Generation war angesehener, wohlhabender und mächtiger als die vorhergehende. Ich habe nie ihren Ansprüchen genügt. In ihren Augen bin ich ein totaler Versager.»

Ich wollte Philipp etwas Tröstendes sagen. Aber wie immer in solchen Situationen fand ich keine passenden Worte.

«Ich habe auch äußerlich keinerlei Ähnlichkeiten mit ihnen. Es gab Gerüchte, ich sei adoptiert.»

«Ach ja?», fragte ich allzu offensichtlich erfreut über diese Möglichkeit, denn Philipp grinste mich schief an.

«Ich wusste schon immer, dass das nicht stimmen konnte. Niemals hätten sie ein Kind adoptiert. Sie brauchten jemanden, der die Tradition fortführen würde. Jemanden mit den Laval-Genen. Sie wollten einen Erben, kein Kind.»

Philipp erhob sich und humpelte langsam zum Kühlschrank, holte sich eine Flasche Bier.

«Wie ist das nur möglich, dass sie sich nie dafür interessiert haben, was ich mir wünsche, was mir wichtig ist?»

Ich murmelte etwas, das ich selbst nicht verstand.

Philipp öffnete die Flasche, warf den Deckel auf den Boden und trank die halbe Flasche in einem Zug.

Ich beobachtete ihn nachdenklich. Er hatte gedacht, er habe sich von seinen Eltern befreit. Er hatte seit Jahren keinen Kontakt mehr mit ihnen. Er hatte sein eigenes Leben, seine eigene Arbeit, seine eigenen Freunde. Und dann war die Einladung gekommen, und er hatte gehofft, sein Vater und seine Mutter würden ihn endlich so akzeptieren wie er war, als Mensch und als Arzt mit eigenen Ansichten und mit dem Recht, seinen Lebensweg selbst zu bestimmen. Er war bitter enttäuscht.

Ich seufzte. Ich hatte in den Augen dieser beiden Menschen keine Zuneigung und keine Liebe gesehen, keinen einzigen Funken.

«Wie ist das möglich, Lou?», wiederholte er seine Frage.

«Sie lieben dich nicht, Philipp. Sie haben dich wohl nie geliebt.»

Philipp, der gerade zum Trinken ansetzte, ließ die Flasche langsam sinken und starrte mich sprachlos an. Dann knallte er die Flasche mit solcher Wucht auf den Tisch, dass der Schaum überlief.

«Wie kannst du so was sagen?», schrie er mich an. Dann drehte er sich um, verschwand mit großen Schritten in seinem Schlafzimmer und knallte die Türe hinter sich zu.

Ich hatte ihn zutiefst verletzt. Großartiges Finale eines großartigen Tages. Bravo, Lou Beck. Ich packte meine Siebensachen, verabschiedete mich von den Garnelen und verließ leise die Wohnung.

***

Zu Hause ging ich als erstes in den Keller und holte mir eine sauteure Flasche Weißwein, eine Petite Arvine von Marie-Thérèse Chappaz aus dem Wallis. Dazu machte ich mir Brote, dick bestrichen mit Paté. Ein wenig getröstet und leicht betrunken setzte ich mich an meinen Rechner und klickte mich durch Gians Dateien. Nach einer halben Stunde machte sich erneut Hoffnungslosigkeit breit. Ich fand nichts, was mich weiterbrachte. Gian hatte so viele Analysen gemacht, aber hatte das überhaupt irgendetwas mit seinem Tod zu tun? Vielleicht war er aus einem ganz anderen Grund getötet worden? Hatte er zum Beispiel einen Einbrecher überrascht?

Vielleicht hatte Philipp ja auch Recht, und Gians Tod hatte rein gar nichts mit Mene Herzlieb und den Toten im Gantrisch zu tun. Es war jedenfalls typisch für mich, dass ich mich in irgendwelchen sinnlosen Recherchen vergrub, tagelang am

Computer saß und stumpfsinnig durch Statistikprogramme scrollte, anstatt mich meiner Trauer und meinen Schuldgefühlen zu stellen.

Man sollte über seine Gefühle sprechen …, aber gerade das brachte ich nicht fertig.

Die Flasche Petite Arvine war leer. Ich holte mir eine zweite Flasche. Diesmal Rotwein, auch aus dem Wallis. Ein Humagne Rouge. Ich saufe, aber mit Stil, dachte ich mit einer gewissen Befriedigung.

***

Ich erwachte am späten Sonntagmorgen mit heftigen Kopfschmerzen und Leichenfäule im Mund. Ich fühlte mich kaputt, dick und hässlich. Neben meinem Bett standen zwei leere Flaschen, bei deren Anblick mir übel wurde. Von Stil keine Rede.

Vorsichtig wälzte ich mich aus dem Bett und patschte in eine eklige, klebrige Pfütze, die sich mitten in meinem Schlafzimmer ausbreitete. Etwas war ausgelaufen. Ich fluchte laut vor mich hin. Der ganze Raum stank nach Alkohol. Ich riss hastig das Fenster und die Fensterläden auf und ließ Luft und Licht herein. Dann räumte ich auf und duschte lange. Dann Schmerztabletten und Kaffee. Langsam fühlte ich mich wieder wie ein Mensch.

Am Sonntag ist in Bern totale Leichenstarre angesagt. Außer ein paar schlecht informierten Touristen hocken alle zu Hause. Es war saukalt, als ich aus dem Haus trat. Eine eisige Bise blies mir entgegen, so dass ich mit meinem Velo kaum vorwärts kam. Beim ersten Anstieg schmerzten mich meine Oberschenkel, und der Kopf begann wieder zu stechen. Die wenigen Autos fuhren alle wie Arschlöcher, und ich wurde um ein Haar angefahren. Dann hechtete auch noch ein schwarz getarnter Fußgänger an einer dunklen Stelle über die Straße. Ich fluchte ihn an, er fluchte zurück. Endlich kam ich beim Hirschengraben an, bog in die Maulbeerstraße ein und stellte mein Fahrrad beim städtischen Hallenbad ab.

Die Sauna am Hirschengraben war nüchtern gestaltet. Sie hatte kein Chichi, und niemand lief mit teurem Velours-Bademantel oder Goldschmuck rum. Es gab keine Bar mit Cüplis und überteuertem Orangensaft, keine Poster mit Palmenstrand, nicht mal Zeitschriften gab es. Dafür: zwei finnische Saunas, ein Dampfbad sowie ein Kaltwasserbecken im Zentrum des weiß gekachelten Aufenthaltsraums.

Da waren vom Alter gekrümmte Frauen, Matronen mit mächtigen Schenkeln und lautem Lachen, gestählte Yogameisterinnen, graziöse asiatische Frauen, übermüdete Mütter und kichernde Mädchen. Sie alle genossen gleichermaßen diese Zeit nur für sich. Weit weg von taxierenden Männerblicken zeigten diese Frauen mit Würde ihre Körper, denen man die Spuren von Mutterschaft, Alter und Chrampferei ansah.

Ich verstaute meine Ware in einem Metallgestell und ging unter die Dusche. Zwei alte Frauen schrubbten sich gegenseitig mit harten Bürsten ab, die dickere war krebsrot. Sie schrubbten und plauderten. Ich seifte mich von oben bis unten ein, duschte den Schaum ab und ging dann mit festen Schritten in die neunzig Grad heiße Hölle.

***

Als ich die Sauna zwei Stunden später wieder verließ, fühlte ich mich wie neu geboren. Bis zu meinem Treffen mit Fux blieb nicht mehr viel Zeit. Es war bereits zehn Minuten vor zwei Uhr, als ich die Monbijoustraße runtersauste. Ich würde wohl zu spät im Dählhölzli ankommen. Dass Fux ausgerechnet diesen Treffpunkt vorgeschlagen hatte, fand ich seltsam. Das Adrianos, das Jack's, das Schwellenmätteli, gut. Aber das Selbstbedienungsrestaurant des Dählhölzli mit seinen ketchupverschmierten Tischen und von Kinderwagen plattgewalzten Pommes Frites? Das war definitiv nicht der passende Ort, um sich mit Armani oder Lacoste in Szene zu setzen.

Ein paar Minuten später geschah, was ich insgeheim schon befürchtet hatte. Ich verfuhr mich in den Quartiersträßchen des Sandrainquartiers. Für mich ist das eine Art Bermuda-Dreieck von Bern. Ich glaube, es ist immer genau dieselbe Ecke, an der ich falsch abbiege. Einmal vom Weg abgekommen ist man verloren, umzingelt von Sackgassen, die alle im Nichts enden. Hektisch suchte ich den Ausweg und quetschte mich schließlich auf einem etwa zwanzig Zentimeter breiten Fußweg zwischen Hecken durch. Ich hatte Glück: Unter mir sah ich die Schönau-Turnhalle. Ich raste die steile Straße runter zur Aare, an der Turnhalle vorbei und über den Schönausteg. Ich war gespannt, was Fux mir über Gian erzählen konnte, und froh um die Ablenkung. Ich wollte nicht über Philipp, seine Eltern, dieses ganze Gefühlschaos nachdenken.

Ich kam definitiv zu spät. Hastig schloss ich mein Fahrrad ab und lief zum Restaurant. Ich war nervös und verschwitzt. Meine Haare waren unter dem Velohelm sicher platt gedrückt. Na, toll. Ich öffnete den Raum zum ersten Säli, das normalerweise gerammelt voll ist mit Familien. Heute sah ich nur zwei besetzte Tische. Ich ließ den Blick suchend weiterschweifen und sah erstaunt, dass das zweite Säli, der Raucherraum, platschvoll war. Dort waren kleine, große, weinende und zufrieden Pommes Frites mampfende Kinder, Väter bewaffnet mit Velöli und Kinderhelmen, schwangere Mütter mit Kleinkindern auf dem Arm. Warum um alles in der Welt drängten sich die alle ins Raucherstübli?

Die Antwort bekam ich bei meinem nächsten Schritt: Etwas rechts von mir ertönte plötzlich ein tiefes Grollen, bei dem sich die Härchen an meinem Arm aufstellten.

«Keine Angst, sie tun nichts, wenn man sie nicht ärgert», sagte eine junge Frau mit piepsiger Stimme, der es erschreckenderweise an jeglicher Autorität mangelte.

Trotz dieser Beteuerung grollte es weiter, und ich senkte meinen Blick nach unten. Da lagen zwei riesige, massige Hunde mit dunkelbraun geflammtem Fell, jeder etwa achtzig Kilo schwer. Sie beobachteten misstrauisch jede meiner Bewegungen, die Ohren nach hinten gelegt, die Zähne leicht entblößt. Einer der beiden erhob sich trotz seiner Massigkeit geschmeidig. Seine Schulterhöhe maß fast einen Meter. Nun sah ich auch, dass er nicht angeleint war. Er gähnte und fletschte dabei seine Zähne. Ich machte hastig einen großen Schritt rückwärts.

«Setz dich, Miria», sagte die Frau in bittendem Ton zu dem Ungetüm.

«Hallo Louisa. Ich bin hier», ertönte es vom zweiten besetzten Tisch. Adrian Fux winkte mir fröhlich zu. Mit langsamen, steifen Bewegungen ging ich an den beiden Riesenhunden vorbei.

Adrian, ganz der Gentleman, erhob sich gewandt.

«Das sind Fila Brasileiro!», begrüßte er mich mit leuchtenden Augen. «Prächtige Wachhunde, besser du kommst ihnen nicht zu nahe.»

Wir schüttelten uns die Hände, und Adrian holte mir einen Kaffee. Die Hunde hatten sich wieder hingelegt und sabberten vor sich hin. Ich suchte nach einem unverfänglichen Gesprächseinstieg, während ich in meiner Tasse rührte, obwohl es eigentlich nichts zu rühren gab. Adrian beobachtete mich, und es schien mir, als unterdrücke er ein amüsiertes Grinsen.

«Wie gefällt es dir eigentlich im Bundesamt für Statistik?», fragte ich ihn schließlich, um irgendeinen Anfang zu machen.

«Das wird dich erstaunen: Rings um mich höre ich immer alle klönen. Aber für mich ist es einfach perfekt! Ich kann wissenschaftlich arbeiten. Und ich habe eine Menge Möglichkeiten weiterzukommen. Aber das Wichtigste ist natürlich der See.»

Ich hatte keine Lust, mir nochmals einen Vortrag übers Segeln anzuhören, deshalb wechselte ich das Thema: «Hast du gewusst, das Gian-Antonio für eine Beförderung vorgesehen war?»

«Eine ausgezeichnete Chance für ihn.»

Ich blickte ihn erstaunt an. Er war der erste, der diese Beförderung positiv sah.

«Schau mich nicht so an. Ich weiß, dass die anderen nicht dieser Meinung sind. Aber ich bin sicher: Cavegn hätte davon profitiert. Er war doch total fixiert auf seine mathematische Welt. Und in sozialen Situationen unbeholfen wie ein Kleinkind.»

«Moment mal, Adrian.» Seine Worte machten mich wütend.

«Irgendwann kommt der Moment, wo man aus seiner Spielecke raus und sich der Erwachsenenwelt stellen muss.»

«Das ist doch ein Witz!», schnauzte ich ihn an. «Einer der besten Statistiker der Schweiz soll seine Projekte an irgendwelche inkompetenten Stümper abgeben, damit er Zeit hat, Verkäuferlis zu spielen?»

Ein Grollen erklang vom Tisch nebenan. Dann hörte ich das Klickern von Hundepfoten auf hartem Boden. Vorsichtig drehte ich den Kopf. Die Hunde hatten sich beide erhoben und starrten in unsere Richtung. Sie sahen nervös aus.

Fux senkte seine Stimme: «Der Mensch muss sich vervollkommnen, vorwärtsgehen. Du gibst doch zu, dass Cavegn eine Riesenschwäche hatte. Als Vorgesetzer würde ich das auch nicht tolerieren».

«So viel ich seine Vorgesetzte verstanden habe, war sie mit seiner Arbeit mehr als zufrieden.»

«Sie hat dann aber auch dem Antrag zugestimmt, dass Cavegn am Förderprogramm teilnehmen soll.»

«Weshalb weißt du das eigentlich so genau?»

«Cavegn hat es mir erzählt. Das Ganze hat ihm natürlich heftig zugesetzt. Ich habe versucht, ihn aufzumuntern. Nicht sehr erfolgreich, muss ich zugeben.»

«Weißt du, wer Gian für dieses Programm vorgeschlagen hat?»

Er schüttelte den Kopf. Er schaute mich merkwürdig an. Als ob er Mitleid mit mir hätte. Aber warum?

«Wenn du es unbedingt wissen willst, solltest du Decoulon fragen. Er ist der zuständige Projektleiter des Personaldienstes. Aber ich nehme an, er muss das erst mit dem internen Rechtsdienst abklären ..., nun da Cavegn tot ist.»

Ich schwieg entmutigt mit dem Gefühl, bei meiner Suche keinen Millimeter voranzukommen. Und wenn ich nun noch irgendwelche Rechtsgutachten abwarten musste ...

«Findest du etwa nicht, dass man seine Schwachpunkte angehen soll? Die Bundesverwaltung ist schließlich keine Behindertenwerkstatt», unterbrach Fux meine Gedanken.

«Zitat Blocher? Bist du Mitglied bei der SVP?»

«Du zum Beispiel hast diesen Hang, dich gegen jede Autorität aufzulehnen, das sieht man sofort. Ich bin sicher, dass dich das immer wieder daran hindert, vorwärtszukommen. Du wirst nie Karriere zu machen.»

Ich starrte ihn sprachlos an.

«Weißt du eigentlich, wie arrogant du klingst? Du kennst mich doch überhaupt nicht!», sagte ich mit unangenehm hoher Stimme, als ich wieder Luft bekam.

«Ach, gibs doch zu. So was erkenne ich auf den ersten Blick. Du hast ein Problem, dich Autoritäten zu unterwerfen, obwohl es der Natur des Menschen entspricht. Besonders der Natur der Frauen, übrigens. Du bist misstrauisch und hast Angst, dass dein Vertrauen missbraucht werden könnte.»

Das behagte mir alles ganz und gar nicht. Ich wollte das Gespräch gerade energisch in eine andere Richtung lenken, da fuhr Fux fort: «Du hast doch einen Freund, nicht? Verheiratet sein wäre jedenfalls nicht dein Ding, da bin ich ganz sicher.»

«Das geht dich nicht das Geringste an, Adrian.»

«Beruhige dich. Nur ein Gespräch unter Erwachsenen. Ich will dich ja nicht vergewaltigen.»

Ich schüttelte den Kopf und starrte dann wütend aus dem Fenster. Der Typ war dermaßen neben den Schuhen!

«Verletzt dich das? Habt ihr gerade eine Krise?»

Sein leises Lachen ließ mich ihn anblicken.

«Er wollte zu viel Nähe von dir, und du hast ihn zurückgewiesen. Das hältst du einfach nicht aus, dass ein Mann sich zu stark an dich bindet. Das macht dir Angst, stimmts?»

«Hör endlich auf mit diesem Scheiß, oder ich gehe!»

«Und ich wette, dein Vater hat dich als Kind im Stich gelassen. Sind deine Eltern geschieden?»

«Du Arschloch! Leck mich doch!», brachte ich mit vor Wut gepresster Stimme hervor. Ich packte meinen Rucksack. Dabei stieß ich ein volles Wasserglas um. Ich sprang hastig auf, um nicht nass zu werden, worauf mein Stuhl mit einem lauten Knallen umfiel. Da ertönte von den beiden Hunden her ein Knurren, das mich mitten in der Bewegung innehalten ließ. Sie hatten sich geduckt, den Kopf gesenkt, die Haare auf den kräftigen Schultern aufgestellt, die Ohren flach angelegt und das mächtige Gebiss entblößt. Sie zitterten vor Spannung. Und sie waren bereit zum Angriff.

Ein Bild wie aus der Hölle. Ich erstarrte und hielt den Atem an. Die Frau piepste irgendwas. Sie würde wohl auch dann noch piepsen, wenn mein Blut und meine Gedärme an die Wände spritzten. Jemand fasste mich am Arm und zog mich dann langsam und behutsam weg von den Tieren.

«Beweg dich nicht. Sieh nicht hin», flüsterte Adrian mir ins Ohr. In Zeitlupe bewegten wir uns rückwärts und setzten uns wieder hin. Meine Beine zitterten, und ich keuchte viel zu laut. Der Schweiß war mir ausgebrochen. Hunde riechen Angst. Wieder hörte ich das Klickern der Hundepfoten, wagte aber nicht aufzuschauen.

Wie war ich nur in diesen Alptraum geraten? Und das an einem so harmlosen Ort, wo Oma und Opa den ersten großen Ausflug mit ihren Enkeln machten und sie mit Pommes, Lutschern und Eis verwöhnten.

Nach einer Ewigkeit wurde das Knurren leiser und verstummte dann ganz. Aus den Augenwinkeln sah ich einen der Hunde gähnen und dabei sein schreckliches Gebiss entblößen. Die Frau leinte die beiden Kampfmaschinen hastig an und verließ dann den Raum unter gemurmelten Beschwörungen, dass ihre Hunde niemandem etwas tun würden.

Das war wohl der Witz des Tages!

Ich entspannte mich etwas und versuchte dann Adrians Hand abzuschütteln.

«Ich muss gehen.»

Adrian ließ mein Handgelenk nicht los und hinderte mich daran aufzustehen.

«Entschuldige, Lou. Es tut mir leid. Wirklich», sagte er mit leiser Stimme, «das geht mich doch überhaupt nichts an.»

Ich versuchte erneut, meine Hand zu befreien. Er streichelte mit seinem Daumen sanft über mein Handgelenk und ließ dann los.

«Ich mache immer wieder dieselben Fehler, es ist zum Verzweifeln.»

Erstaunt blickte ich Fux ins Gesicht. Da war nichts mehr von seiner Arroganz. Er wirkte echt betroffen und voll schmerzlicher Unsicherheit. Ich konnte diesen Mann nicht verstehen. Er wirkte wie ein oberflächlicher Schönling, hatte aber ein erschreckend gutes Gespür für andere Menschen. Und er war brutal direkt. Obwohl ich dieses Gespräch gesucht hatte, wollte ich nun nichts lieber als weit weg sein.

«Gib mir nochmals eine Chance, Lou», sagte er mit leiser bittender Stimme. «Wir gehen nach draußen, spazieren, wie alle anderen Paare der Aare entlang, und ich erzähle dir, was ich von Gian Cavegn weiß.»

Wieder war da ein Misston in seinen Worten … *wie alle anderen Paare.* Wir waren definitiv kein Paar.

Ich stimmte ihm mit einem kurzen Nicken zu.

Während er beflissen das Geschirr wegräumte, wieder ganz der Gentleman, hatte ich Zeit, ihn genauer zu mustern. Fux war perfekt angezogen: mit einer hellbraunen Manchesterhose und dunkelblauem Strickpullover mit Rollkragen und ledernen Schulter- und Ellenbogenschützen. Als wir rausgingen, zog er sich einen eleganten, schwarzen Mantel im Marinestil mit matt schimmernden Goldknöpfen über und dazu eine Art

Seemannsmütze, die bei jedem anderen lächerlich gewirkt hätte. Ein auf edel getrimmter Seemann. Allein seinen Pullover schätzte ich auf über 400 Franken. Ich fühlte mich schäbig in meiner alten Windjacke.

Wir spazierten also der Aare entlang. Der Weg führte flussaufwärts während einigen hundert Metern an Anlagen des Dählhölzli-Tierparks vorbei, so dass wir die vorwitzigen Sprünge der jungen Gemsen und die stolze Kopfhaltung der Steinböcke bewundern konnten. Aber zuerst kam die Anlage der Wasservögel, in der Zootiere und wilde Vögel, etwa Graureiher und Kormorane, zusammenlebten. Wir schlenderten langsam und schweigend mit Blick auf den Fluß und die Tiere. Nach einer Weile konnte ich wieder freier atmen, fühlte mich besänftigt. Irgendwann fiel mir auf, dass ich Fux trotz seiner Körpergröße nicht hinterhereilen musste, da er seine Schrittlänge angepasst hatte. Er ging neben mir her, wirkte von seinen Bewegungen her gleichzeitig entspannt und doch voller Aufmerksamkeit für mich und unsere Umgebung.

Auf dem breiten Holzsteg auf der Höhe des Ottergeheges kam uns ein hübscher Berner Sennenhund entgegen. Ich blieb stehen, ließ ihn an meiner Hand schnuppern und streichelte ihm dann den Kopf und die seidenweichen Ohren. Er wedelte freundlich, und ich fühlte mich merkwürdig getröstet, während ich in seine zutraulichen braunen Augen blickte.

«Du liebst Tiere, nicht?»

«Wie jeder, der Kälbchen süß findet, aber gleichzeitig gerne Züri Gschnätzlets isst», antwortete ich in einem patzigen Ton, den ich schon lange nicht mehr bei mir gehört hatte.

«Ach, komm schon! Ein bisschen etwas Persönliches kannst du mir schon erzählen, ohne dass ich dich gleich fressen werde.

Ich glaube, du bist ein Mensch, der die Natur intensiv erlebt und liebt. Nicht nur jemand, der kleine Kätzchen süß findet. Stimmts?»

Ich rief mich innerlich zur Ruhe. Ich bin eine erwachsene, freie und starke Frau. Und ich befinde mich auf einem Spazierweg an der Aare; das war in etwa so gefährlich und abenteuerlich wie eine Fahrt im Gurtenbähnli.

Was sollte mir schon passieren? Ich gab mir einen Ruck und antwortete mit normaler Stimme: «Doch, da hast du Recht. Ich bin gerne in der Natur. Ich brauche das, um mich ganz zu fühlen.»

Ich schaute einem Entenpaar nach, das in weitem Bogen über die Aare flog und dann in unserer Nähe im Wasser landete.

«Und Vogelbeobachtung ist meine spezielle Leidenschaft», gab ich zu. «Und wie stehts mit dir?»

«Mir geht es genauso. Aber vor allem liebe ich das Wasser und den Wind.»

«Was bedeutet das Segeln für dich?», fragte ich ihn und war selbst erstaunt, dass ich Fux diese Frage stellte.

Ich blickte auf, und unsere Augen trafen sich. Ich war berührt von dem Gefühl, dass in diesem Moment nichts existierte außer uns beiden. Das hatte nichts mit Romantik zu tun, eher mit Fux' unglaublicher Präsenz und Konzentration.

«Wenn ich mit dem Kat unterwegs bin und der Wind auffrischt, dann hebt das Boot irgendwann ab. Man wird dann unglaublich schnell, weil das Boot kaum mehr Widerstand im Wasser hat. Das geht nur, wenn man Wind, Wasser und Boot vollkommen beherrscht. Ich fühle mich dann – wie soll ich sagen? – ich fühle mich einen Moment lang … lebendig. Alles ist extrem intensiv, die Kälte, der Schmerz …».

Er lachte verlegen.

«Dabei bin ich doch auch in diesen besten Momenten …», er setzte ein ironisches Grinsen auf und zeichnete imaginäre Gänsefüßchen in die Luft, «nur ein Sandkorn im großen Gefüge des Kosmos.»

Er hatte durchaus charmante und anziehende Seiten. Das musste man ihm lassen.

«Vielleicht hast dus schon bemerkt: Übermäßige Bescheidenheit gehört nicht unbedingt zu meinen Schwächen.»

Wider Willen musste ich lächeln.

«Die Liebe zum Segeln habe ich von meiner Großmutter geerbt. Ich fürchte, sie war die einzige Frau meines Lebens, die ich wirklich verstanden habe. Aber wir wollten ja über Cavegn sprechen», kam er endlich auf das Thema, das mich interessierte. «Was willst du wissen, Lou?»

«Alles. Ich meine, alles, was mir hilft zu verstehen …», ich räusperte mich, «warum Gian sterben musste.»

Ich hatte einen kurzen Moment nicht aufgepasst und wurde bei meinem nächsten Schritt fast von zwei kleinen Mädchen auf Trottinetts angefahren, die in hohem Tempo auf dem Steg herumkurvten. Ich musste ausweichen, stolperte dabei über Fux' Bein und wäre hart gefallen, wenn er mich nicht aufgefangen hätte. In den Sekunden, in denen er mich fest an sich presste, spürte ich seine körperliche Kraft und Anspannung von Kopf bis Fuß. Und vor allem dazwischen.

Ich hielt den Atem an.

Eine ältere, ziemlich beleibte Frau folgte den Mädchen mit vor Anstrengung gerötetem Gesicht. Sie entschuldigte sich bei uns und brüllte dann den Kindern nach, sie sollen *Gopfridstutz* endlich warten.

Ich musste lächeln.

«Möchtest du Kinder?», fragte mich Fux.

Ich zuckte mit den Schultern.

«Also ich nicht! Ich glaube, es gibt verschiedene Typen von Menschen. Das Elterntier zum Beispiel. Das sind die mit dem unglaublichen Beschützerinstinkt und diesem aufdringlichen Gehabe. Du weißt schon: Huch, mein Alexander-Ludwig kann ja schon ‹Kaka› sagen, dabei ist er erst 71,3 Wochen alt!»

Ich musste lachen.

«Ich bin eindeutig kein Vatertier. Ich bin der Abenteurer. Eine aussterbende Gattung. Weißt du, wie für mich die ideale Beziehung aussieht?»

Irgendwie gelang es Fux immer wieder, mich neugierig zu machen, auch wenn ich mit ihm nicht über Persönliches sprechen wollte.

«Wir sehen uns jeden Monat ein Wochenende. Ein schönes, langes Wochenende mit gutem Essen, Champagner und jeder Menge Sex. Und dann geht jeder wieder zu sich nach Hause. So könnten wir doch alt werden miteinander? Was meinst du?»

Miteinander? Wir?

«Können wir jetzt über Gian sprechen, bitte», sagte ich in strengem Ton.

«Sicher. Lass mich überlegen … Ich habe Cavegn an einer internen Weiterbildung kennengelernt. Es ging um die neuen EU-Richtlinien, die wir in Zukunft umsetzen müssen. Er war damals mit vielen Punkten nicht einverstanden, und ich auch nicht. So haben wir uns getroffen und zusammen eine Aktennotiz zu Handen der Direktion verfasst. Das ist jetzt auch schon zwei Jahre her … Danach haben wir uns ab und zu per Zufall getroffen und gegrüßt. Das war bis letzten Sommer. Irgendwann im August war er zufällig mit mir im Lift, als mir eine Kollegin mitteilte, dass sie wegen Rückenschmerzen nicht mit zum Segeln gehen könne. Ich ließ mich darüber aus, dass das sehr schade sei. Es herrschten perfekte Verhältnisse, ein kräftiger, stetiger Wind und wenig Wellen.»

Fux zwinkerte mir zu: «Wie heute übrigens auch. Nur das Wasser ist natürlich kälter. Aber wenn du dich getraut hättest, hätten wir perfekte Bedingungen gehabt.»

Ich gab ihm keine Antwort.

«Tja, also ..., jedenfalls hat mich Cavegn da gefragt, ob nicht er anstelle der Kollegin mitkommen könne. Ich habe natürlich ja gesagt.»

Er lächelte bei dieser Erinnerung.

«So hat es angefangen. Wir sind dann viel zusammen gesegelt. Ich habe ja bereits erzählt, dass sich Cavegn gar nicht schlecht angestellt hat auf dem Boot. Und ihm hats Spaß gemacht.»

«Und hast du ihn dabei näher kennengelernt?»

Fux blieb stehen und schaute mir in die Augen.

«Und du? Hast du ihn gekannt? Ich meine, hast du ihn wirklich gekannt? Gewusst, was er fühlt und denkt?»

Ich war noch nie gut darin, ausweichende Antworten zu geben. Ich wäre eine katastrophale Politikerin.

«Ich glaube, ja. Ich kenne ihn nun schon so lange. Seit dem Studium, weißt du. Nicht, dass er viel über seine Gefühle gesprochen hätte, aber ich kannte ihn gut genug, um wahrzunehmen, ob er glücklich, traurig, zufrieden oder nervös war. Um zu verstehen, was ihm wichtig war im Leben.»

Fux blickte mich immer noch an. Eine Sekunde lang hatte ich den Eindruck, dass ein zorniger Schatten über seinen Augen lag, aber dann lächelte er. Ich hatte mich wohl geirrt.

«Dich hätte ich gerne als Freundin», sagte er und hob dann sofort seine Hände mit nach vorne gedrehten Handflächen: «Entschuldige, solche Dinge sollte ich nicht sagen.»

Ich spürte plötzlich, wie angespannt ich war, und versuchte, tiefer zu atmen. Dieser Mann machte mich unglaublich nervös.

«Wie ging es weiter?»

«Da gibt es nicht mehr viel zu erzählen. Wir trafen uns etwa alle zwei Wochen für einen Segeltrip und gingen danach meist noch essen. In der letzten Zeit hat er mehr von sich erzählt. Vor allem von den Problemen, die er im BFS hatte. Die Reorganisation machte ihm schwer zu schaffen.»

Fux machte eine Kunstpause und wandte sich ab, um die Steinböcke zu betrachten. Plötzlich war ich die Sache leid. Dieses Treffen war ein Reinfall. Ich würde nichts erfahren.

«Da! Schau mal, da!»

Fux zeigte aufgeregt auf einen Felsen auf halber Höhe des Steinbockgeheges: «Ein Eisvogel!»

Ich fuhr herum und starrte gespannt auf den Punkt, auf den seine Hand zeigte. «Du hast Recht! Ein Eisvogel!»

Ich lachte und schüttelte den Kopf. Was für ein Wunder! Wie oft hatte ich diesen Vogel schon sehen wollen und war dafür an alle möglichen Orte gereist. Ich hatte immer Pech gehabt. Und da: Mitten in der Stadt hockte ein Exemplar, direkt am Spazierweg.

«Das ist ja ein Hammer», rief ich begeistert, «schau nur, wie schön sein Gefieder leuchtet.»

Es war wirklich ein wunderschöner Vogel. Die starken Farben, Türkisblau und Orange, wirkten exotisch. Ich blieb andächtig stehen und begriff deshalb zunächst nicht, was Fux tat. Erst die aufgeregten Rufe einiger Spaziergänger ließen mich aufblicken. Fux war gerade dabei, über den etwa drei Meter hohen Zaun in das Gehege reinzuklettern. Einige der Steinbockweibchen flüchteten hektisch in den hinteren Teil, aber das größte Männchen kam mit flinker Sicherheit fast senkrecht den Fels hinunter, direkt auf Fux zu.

«Spinnst du? Komm sofort raus, Adrian!», rief ich ihm zu.

Fux war ins Gehege runtergesprungen und stand nun geduckt dem Steinbock gegenüber. Dieser senkte den Kopf, hob sich dann auf die Hinterbeine und startete einen Angriff auf den Eindringling. Fux wich elegant aus und kletterte leichtfüßig einen Felsen hoch. In der Zwischenzeit waren eine Menge Leute zusammengelaufen, schnatterten aufgeregt und bestaunten die Vorstellung. Fux bückte sich rasch an der Stelle, wo noch vor wenigen Sekunden der Eisvogel gehockt hatte, packte etwas in seine Manteltasche und machte sich rasch auf den Rückweg. Diesmal erwischte ihn der Bock und stieß ihn mit den Hörnern in den Bauch. Fux packte ihn an den Hörnern, wurde aber mit einer raschen Bewegung weggeschleudert und landete auf den Knien im Dreck. Neben mir kreischte eine Frau. Fux war glücklicherweise nahe am Zaun gelandet. Mit einem Satz war er bereits wieder auf halber Höhe und landete einige Sekunden später neben mir. Seine Augen leuchteten vor Begeisterung. Er griff in die Manteltasche und überreichte mir mit Grandezza eine wunderschöne, türkis schillernde Feder. Die Zuschauer lachten, eine Frau klatschte Beifall, ein alter Mann versuchte, Fux zu verhaften, ich wurde puterrot, und der Steinbock machte die tollsten Sprünge, die ich je gesehen hatte. Ein einziges Spektakel.

Fux befreite sich mit einigem Gerangel aus dem Griff des selbsternannten Ordnungshüters, und dann rannten wir beide kichernd davon.

«Du spinnst wirklich», rief ich ihm keuchend zu, als wir hundert Meter zurückgelegt hatten, aber ich musste gleichzeitig lachen.

«Jederzeit zu Diensten, meine Holde!»

Er grinste frech und verbeugte sich vor mir. Sein Grinsen traf etwas in meinem Innersten. Eine Erinnerung an meine Teenagerzeit blitzte auf – ein braungebrannter, sehniger Jungenkörper, der mit Lust und Untergang lockte. Ich schnappte nach Luft und wandte mich rasch ab, damit er meinen Gesichtsausdruck nicht sehen konnte.

Ich wollte weg.

«Warte!», rief mir Fux hinterher.

Ich wandte mich halb um, bereit weiterzugehen.

«Was?», fragte ich in unhöflichem Ton.

«Cavegn war in letzter Zeit wirklich nicht ganz er selbst.»

«Was soll denn das heißen?»

«Irgendetwas hat ihn sehr beschäftigt. Bedrückt. Er war sehr unkonzentriert, hat beim Segeln Fehler gemacht. Das war gar nicht typisch für ihn.»

«Das ist mir viel zu vage. Ich bin sicher, dass jeder Mal solche Phasen hat. Das genügt doch nicht als Erklärung dafür, dass jemand nicht mehr weiterleben will. Ich jedenfalls habe andauernd solche Phasen.»

«Hast du Depressionen?»

«Gibt es jemanden im Bundesamt, der ihm schaden wollte?»

«Ihm schaden? Nein», er schüttelte entschieden den Kopf, «das glaube ich nicht. Jedenfalls weiß ich nichts davon.»

«Gian war beunruhigt wegen etwas, das mit seiner Todesursachenstatistik zusammenhing. Er hat davon gesprochen, dass sie ‹die Toten auf die Reise schicken›.»

«Die Toten auf die Reise schicken? Was soll denn das heißen?»

«Das weiß ich auch nicht. Wenn ich ihn richtig verstanden habe, dann hat er gemeint, dass etwas mit den Daten im Gantrischgebiet nicht stimmte. Hat er dir davon erzählt?»

Fux schüttelte den Kopf.

«Hatte er mit jemandem Streit? Vielleicht auch wegen etwas Belanglosem?», fragte ich weiter.

Fux lachte. «Wegen etwas Belanglosem? Was ist schon belanglos in einem Bundesamt für Statistik? Ich habe schon regelrechte Grabenkriege erlebt wegen der Frage der korrekten Analyse von …»

Seine Worte waren immer leiser geworden. Er sah abwesend aus. Irgendetwas war ihm eingefallen.

«… von gewichteten Daten zum Beispiel», fuhr er lahm weiter.

«Hatte Gian mit jemandem Streit wegen was auch immer?», fragte ich nochmals.

Fux schüttelte den Kopf, aber ich hätte wetten mögen, dass er sich gerade an irgendetwas erinnert hatte.

«Ich glaube nicht, dass dich diese Überlegungen weiterbringen, Louisa», sagte er nach einer Weile entschlossen.

Dann schaute er auf seine Uhr: «Ich muss jetzt weiter.»

«Falls dir doch noch etwas in den Sinn kommt …»

«Ja, ja.»

Wir drehten um und gingen zurück. Fux hatte begonnen, gedankenverloren an einer verschorften Wunde an seinem Handgelenk herumzukratzen. Er kratzte, bis es zu bluten begann. Dann nahm er die Hand an den Mund und saugte das Blut weg. Mit einer schnellen Bewegung des Kopfes erhaschte er meinen aufdringlichen Blick. Ich errötete unwillkürlich und spürte erneut und sehr unwillig, wie sehr ich mich von ihm angezogen fühlte. Wir legten den Rest des Weges schweigend zurück, aber es war ein Schweigen voller Spannung und voll von Unausgesprochenem. Vor dem Restaurant verabschiedete ich mich, so rasch es ging.

***

Spät am Abend rief ich Philipp an. Er hatte sich beruhigt und hörte sich einigermaßen gefasst an. Er dankte mir, dass ich ihn am Samstag begleitet hatte. Nach merklichem Zögern entschuldigte er sich auch für seine heftige Reaktion mir gegenüber. Ich spürte, dass er immer noch verletzt war. Aber er versuchte sich aufzurappeln.

«Ich muss jetzt dringend mit Merian sprechen, damit er wenigstens weiß, was ich von dieser Stiftungsgeschichte halte.»

Philipp fragte sich, wie er am besten vorgehen solle, und ich lud ihn für Montagabend zum Essen ein, um in Ruhe über alles zu sprechen. Wir bewegten uns wie auf Zehenspitzen, um dem anderen ja nicht zu nahe zu treten. Das Erlebnis «Sonntagsessen bei Muttern» hatte uns beide aus der Bahn geworfen, auch wenn es an einem Samstag stattgefunden hatte.

«Ich habe am Dienstag meinen ersten freien Tag seit ewigen Zeiten. Was ist? Hast du Lust, mit mir etwas zu unternehmen?», fragte er. «Wir könnten wandern, wenn das Wetter gut ist, oder einen Ausflug nach Zürich machen. Du wolltest mir doch die Masoala-Halle zeigen.»

Zurzeit hatte ich andere Sorgen, als Ausflüge zu machen oder Tropenhäuser zu besuchen. Aber dann kam mir eine Idee, und ich schlug einen Wandertag vor. Philipp reagierte erfreut.

«Jetzt, da du meine Familie kennengelernt hast, steht ja einer Verlobung nichts mehr im Wege», versuchte er zuletzt einen Witz zu machen.

Ich seufzte erleichtert auf.

11

Montagmorgen. Zwei Wochen waren vergangen, seit Gian zu Tode gestürzt war. Bisher hatte ich kaum etwas in Erfahrung gebracht, und irgendwann würde ich wieder arbeiten müssen.

Ich wählte die Nummer der Forschungsabteilung des Walmont und konnte Tscharyas Stimme anhören, wie erleichtert sie war, dass ich mich bei ihr meldete.

«Wann kommst du endlich wieder zur Arbeit? Hier stapelt sich alles.»

«Was stapelt sich?»

«Alles Mögliche! Warte mal ... eine Anfrage wegen einer Peer Review. Du musst bis zum 21. Mai antworten. Dann eine Reklamation von der Personalabteilung, weil anscheinend die Personalbeurteilungsbögen nicht vollständig ausgefüllt waren, Termin war letzter Freitag. Eine Terminumfrage wegen des Qualitätszirkels und eine Anfrage des neuen Kommunikationsfritzen wegen der Todesrate bei Hirninfarkt. Er braucht die Daten bis Ende dieser Woche.»

«Nichts Wichtiges also.»

«Komm schon, Lou. Beweg deinen Arsch her. Ich fühle mich alleine hier.»

«Tut mir leid, Tscharya. Ehrlich. Du musst die nächsten zwei Wochen ohne mich auskommen.»

«Was? Scheiße, das kannst du mir nicht antun, Lou.»

«Du schaffst das schon. Ich nehme Ferien.»

«Warum?»

«Es hat mit dem Tod meines Freundes zu tun.»

«Kann ich dir irgendwie helfen? Musst du seine Wohnung räumen?»

«Wenn du mir im Walmont den Rücken freihältst, ist das bereits eine riesige Hilfe.»

Einige Sekunden war es still in der Leitung.

«Kein Problem», sagte sie dann in entschlossenem Ton.

Ich glaubte ihr.

Als ich im letzten Herbst die neue Sekretariatsstelle in unserer Forschungsabteilung ausgeschrieben hatte, ließ ich die Bewerber ein kleines wissenschaftliches Problem lösen: Zusammen mit ihren Unterlagen mussten sie dazu eine Skizze einreichen. Eine einzige Bewerbung zeigte einen Lösungsweg auf, der ebenso logisch wie pragmatisch war.

Es war die Bewerbung einer Frau Mûdjib ur-Rahmân, wohnhaft in Belp, Jahrgang 1985. Ich entschloss mich, sie einzuladen, und überlegte, ob ich ihren Namen je richtig aussprechen würde und wie ich damit umgehen sollte, wenn diese Frau darauf bestehen würde, bei der Arbeit einen Schleier zu tragen. Vorsichtshalber fragte ich noch bei Mireille, einer alten Schulkollegin, die an der Uni Bern Arabistik unterrichtete, wie man den Namen aussprach und die verschiedenen Schleierformen korrekt bezeichnete. Ich machte mir einen Spickzettel: Tschador, Burka (hoffentlich nicht!), Litham, Milfa. Mireille meinte nur, ich solle mir keine Gedanken machen, schließlich seien anständige Schweizer Frauen noch vor wenigen Jahrzehnten auch nie ohne Kopfbedeckung aus dem Haus gegangen. Und unsere Nonnen? Was eigentlich mit denen sei?

In der Nacht vor dem Bewerbungsgespräch hatte es geregnet, und gegen Morgen war die Temperatur das erste Mal unter null gefallen. Ergebnis: eine hauchdünne Eisfläche und unzählige Unfälle. Ich entschloss mich trotzdem, mit dem Velo zu fahren. Einige hundert Meter vor dem Walmont glitt eine alte Frau vor meinen Augen aus und blieb schreiend am Boden liegen. Ich konnte nicht feststellen, was ihr fehlte, aber sie hatte definitiv heftige Schmerzen. Ich rief die Ambulanz und wartete, bis sie eintraf; deshalb kam ich einige Minuten zu spät.

Sabine an der Pforte informierte mich mit einem amüsierten Gesichtsausdruck, dass sie die Kandidatin bereits vor zehn Minuten in das reservierte Sitzungszimmer geschickt habe. Mit schlechtem Gewissen rannte ich den Gang runter, murmelte nervös ihren Namen vor mich hin und öffnete dann die Türe.

Am Tisch saß eine junge Frau, sehr groß, sehr dünn, mit dem hellsten Teint, den ich je gesehen hatte, und zahllosen Sommersprossen auf Nase und Stirne. Sie hatte die Haare giftgrün gefärbt und zu kleinen Stacheln gegelt, die rings um ihren Kopf abstanden. Perplex blieb ich mitten im Raum stehen und starrte sie an. Sie starrte mit einem Blick zurück, aus dem Wut und Trotz sprach.

«Frau Mûdjib ur-Rahmân?», frage ich ungläubig und unterdrückte meinen Reflex, nach einer weiteren Frau zu suchen, die eher zu meinen Erwartungen – Kopftuch, gesenkter Blick, rundschultrig, dicke Hornbrille – gepasst hätte.

«Ja, das bin ich. Haben Sie etwa ein Problem damit?», ging sie gleich zum Angriff über, aber ihre Stimme zitterte leicht dabei. Die ganze Situation hatte etwas Absurdes, aber das Absurdeste war mein erster Gedanke, eine Assoziation, die mir auch heute noch zuvorderst auf der Zungenspitze liegt, wenn ich Tscharya sehe – und die ich nie aussprechen werde: Da vor mir saß – sehr aufrecht, sehr streitlustig und sehr verletzlich – Pippi Langstrumpf.

Tscharya hatte sich seit ihrem ersten Arbeitstag rasch im Spital eingelebt, kannte erstaunlich viele Leute und managte unsere Abteilung selbstsicher und engagiert. Von Zeit zu Zeit flammte ihre alte Wut auf, die ich aber in der Zwischenzeit als Zeichen ihrer Verletzlichkeit zu deuten gelernt hatte. Nach und nach hatte sie mir von ihrer Familie und ihrem Leben erzählt.

Elvira Baumann, ihre Mutter, stammte aus Kandersteg, zog in den siebziger Jahren nach Thun, um als Logopädin zu arbeiten. Dort lernte sie wenig später ihren zukünftigen Mann Mohammed Mûdjib ur-Rahmân kennen, der aus Bangladesh stammte und in einem indischen Restaurant in Thun arbeitete. Sie heirateten 1972, und Mohammed erhielt den Schweizer Pass. Lange Jahre hatten sie ohne Erfolg versucht, ein Kind zu bekommen, obwohl beide medizinisch gesehen kein Problem hatten. Sie entschlossen sich schließlich zu einer Adoption.

Tscharyas Vater war stolz auf seine Herkunft und auch darauf, sich aus eigener Kraft eine Existenz in der Schweiz aufgebaut zu haben. Aber Tscharya war fast daran zerbrochen. Sie war Schweizer Bürgerin, in Bern aufgewachsen, sprach, dachte und träumte Berndeutsch, hatte hinter ihrer Punkverkleidung tadellose Manieren, war intelligent und interessiert. Das Einzige, was sie von ihren Freundinnen und Freunden unterschied, war ihr Name.

Bis sie die Stelle im Walmont bekam, hatte sie 87 Bewerbungen geschrieben. Trotz ihrer glänzenden Schul- und Lehrabschlussnoten wurde sie nicht ein einziges Mal zu einem Vorstellungsgespräch eingeladen. So viel zur Chancengleichheit in der Schweiz.

***

Ich beendete das Telefongespräch mit Tscharya und setzte mich mit dem Gefühl, nun endlich etwas erreichen zu müssen, nochmals eine halbe Stunde an meinen Computer auf der Suche nach Informationen über krebserregende Stoffe. Schon bald landete ich bei der International Agency for Research on Cancer (IARC), einer Unterorganisation der WHO mit Sitz in Lyon. Da gab es eine Flut von Monografien über alle möglichen krebserregenden Stoffe, die nur darauf warteten, uns fertigzumachen: von Nikotin, Asbest und Betelnuss über Haarfärbemittel und Kinderspielzeug bis zu bestimmten Medikamenten. Als die chemischen Formeln vor meinen Augen zu tanzen begannen, stellte ich den Rechner ab. Ich musste mit jemandem sprechen, der sich mit diesem ganzen Zeug auskannte. Alleine kam ich da nicht weiter. Aber zunächst würde ich nun Frau Herzlieb einen Besuch abstatten.

Kurz nach zehn Uhr verließ ich mit Bikeklamotten, Regenausrüstung und Klickpedal-Schuhen das Haus und warf beim Vorbeigehen noch einen Blick in den Briefkasten. Unter einem Modeprospekt lag ein Couvert, A5, schweres Material, eierschalenfarbig.

Der Absender war eine bekannte Galerie in der Berner Altstadt. Neugierig riss ich das Ding auf. Es war eine persönliche Einladung für Frau Louisa Beck zur Vernissage am Dienstag, 26. März, 19 Uhr, mit anschließendem Apéro. Das war ja morgen! *Ausgestellt werden die Werke von Paul Sommer. Veranstaltung unter dem Patronat von Greenpeace,* stand da noch klein angefügt.

Sicher hatte Helga mich deswegen angerufen: Paul durfte endlich wieder mal eine ganze Galerie «bespielen», wie man so sagte. Unter dem Patronat von Greenpeace? Das fand ich merkwürdig. Ich würde hingehen und versuchen, mich mit Helga zu versöhnen.

Ich hörte die Kirchenglocke schlagen: halb zwölf. Ich musste mich beeilen, wenn ich die Bahn nach Schwarzenburg noch erwischen wollte.

Eine halbe Stunde später stieg ich aus dem Zug, zog mir Mütze und Handschuhe an, setzte mich auf mein Bike und fuhr los in Richtung Riffenmatt. Das Wetter war alles andere als berauschend, grau und kühl, trotzdem war ich voller Vorfreude. Ich hatte mir eine Straßentour zusammengestellt, da der Boden matschig und nass war und ich nicht verdreckt in der Praxis ankommen wollte. In Riffenmatt wählte ich die längere Route durch den Wald, um nach Ottenleuenbad zu kommen. Eine Zeitlang war ich da regelmäßig mit einer Freundin, die einen Renault Twingo besaß, durchgefahren. Wir hatten die Strecke scherzhaft «Little Canada» genannt, da man – für Schweizer Verhältnisse – ungewöhnlich lange durch einen unberührten Wald fuhr, ohne auch nur auf eine einzige Hütte, ein Chalet oder einen Bauernhof zu treffen. Die Straße hatte riesige Schlaglöcher, und wir fuhren zum Spaß mit vollem Tempo durch die Pfützen, so dass das Wasser bis übers Dach des Twingos spritzte. Außerdem amüsierten wir uns königlich über die Warmduscher mit ihren SUVs oder Offroadern, die auf dieser Strecke mit maximal dreißig Stundenkilometer fuhren, damit ihre 70 000-fränkigen Wagen nicht dreckig wurden.

Leider konnte ich die spektakuläre Aussicht auf die Gantrischkette an diesem Tag nicht genießen, der Hochnebel hing nur etwa hundert Meter über mir. Also beschloss ich, nicht bis nach Ottenleuenbad zu fahren, und sauste stattdessen die extrem kurvige Straße nach Zollhaus runter. Dabei folgte ich der kalten Sense, die im Talboden mit der warmen Sense zusammenfließt und von da an nur noch Sense heißt. Es gibt übrigens auch noch die Muscherensense, die Hengstsense und die Gantrischsense. Meine Tour führte mich ins Fribourgische und wieder zurück auf Berner Boden. In der großen Beiz im Dorfzentrum von Riffenmatt trank ich eine heiße Schokolade, um mich wieder aufzuwärmen. Von dort aus war es nur noch einen guten Kilometer bis Guggisberg. Zehn Minuten vor meinem Termin mit Frau Herzlieb kam ich in der Bühlenstraße an.

***

Mene Herzlieb war eine große, schmale Frau, Ende vierzig, mit ebenmäßigem Gesicht und einer Müdigkeit in den Augen, die weit über ihre Jahre hinausging. Erst beim zweiten Hinschauen fiel mir ihre außergewöhnliche Schönheit auf. Ihre Gesichtsform, die hohe gewölbte Stirn, die ausdrucksvollen Augen mit den kräftigen Brauen und die schweren dunklen Haare, die sie zu einem lockeren Knoten gebunden hatte, erinnerten mich an Porträts von Frauen aus dem 19. Jahrhundert.

«Wie kann ich Ihnen helfen, Frau Beck?», fragte sie mit einer tiefen Stimme.

Ich schilderte ihr meine Symptome, die Spannungen in der Nackengegend, die Kopfschmerzen und das Kribbeln in den Daumen, wenn ich die Arme über den Kopf hob. Sie wollte mehr wissen. Stellte die richtigen Fragen, hörte mir zu. Dann untersuchte sie mich, und ich war überrascht. Diese Frau hatte die behutsamsten Hände, die ich je gespürt hatte. Schmetterlingsflügel. Allein ihre Untersuchung schien meine Schmerzen zu lindern.

Eine Heilerin, dachte ich, das findet man selten in diesem Beruf.

Frau Herzlieb gab mir Schmerzmittel und eine kleine Flasche mit einem handbeschrifteten Etikett, auf dem lediglich «Nicht einnehmen» stand. Darin war eine dunkelbraune Brühe, die die Durchblutung anregen sollte.

«Zweimal täglich einreiben. Das sind hauptsächlich Kräuter, rein organisch», meinte die Ärztin auf meinen fragenden Blick hin.

«Und nebensächlich?»

«Extrakt aus Eselsurin – Eselpisse.»

Sie lachte. Ein tiefes Blau blitzte aus ihren Augen auf, und ich begriff, dass sie einen Witz gemacht hatte.

Wir erhoben uns. Ich bedauerte es, dass ich nun die harmonische Stimmung stören musste. Mir fiel auch keine elegante Überleitung ein, also sagte ich ohne jede Vorwarnung: «Ich bin eine Freundin von Gian-Antonio Cavegn.»

Mene Herzlieb erstarrte mitten in der Bewegung. Ihr ganzer Körper versteifte sich.

«Herr Cavegn? Vom Bundesamt für Statistik?»

«Er ist vor kurzem gestorben. Wussten Sie das?»

Sie schrak sichtlich zusammen und erbleichte.

«Haben Sie ihn gut gekannt?», fragte ich sie.

Sie schaute mich mit leerem Blick an und wiegte langsam den Kopf hin und her. Dann sagte sie mit zögernder Stimme: «Ich durfte vor zwei Jahren an einer Weiterbildung teilnehmen, die Herr Cavegn geleitet hat. Grundwissen in Biostatistik und Forschungsmethodik … Leider hatte ich keine Gelegenheit, den Fortsetzungskurs zu besuchen.»

Als sie meinen forschenden Blick bemerkte, wandte sie sich hastig ab und ging zum Lavabo, um sich die Hände zu waschen. Ein berufliches Ritual – und eine Möglichkeit, ihre Gefühle vor mir zu verbergen.

Als sie sich mir wieder zuwandte, hatte sie sich gefasst.

«Es tut mir sehr leid, dass Herr Cavegn verstorben ist. Ein begabter und engagierter Mensch. Was ist geschehen?»

«Die Polizei geht von einem Unfall oder Selbstmord aus.»

Als gute Zuhörerin fiel ihr mein unterschwelliger Vorbehalt auf, und sie fragte: «Und Sie glauben das nicht?»

Ich zuckte mit meinen Schultern. «Er war mein Freund, mein bester Freund ..., vielleicht will ich das Offensichtliche einfach nicht wahrhaben.»

Frau Herzlieb öffnete den Mund, um etwas zu sagen, und entschied sich dann doch dagegen. Plötzlich hatte sie es eilig. Sie schaute mit gespielter Dringlichkeit auf ihre Uhr und öffnete die Türe des Untersuchungszimmers.

«Ich habe noch Fragen, Frau Herzlieb.»

«Sie müssen mich entschuldigen, ich habe Patienten.»

Das Wartezimmer war leer.

«Ich habe die E-Mails gesehen, die Sie Gian gesandt haben. Ich möchte gerne mehr über diese Krebsgeschichte wissen.»

Das Gesicht der Ärztin errötete vor Zorn und verschloss sich dann. Steile Falten zogen sich zwischen den Augenbrauen hoch, die Augenfarbe wechselte zu einem dunklen Grau.

Vorhang runter. Schluss der Vorstellung.

Sie streckte sich, und die Größe, zu der sie sich aufrichtete, ließ ihre Schmalheit vergessen. Ich trat automatisch einen Schritt zurück.

«Sie hatten keinerlei Recht, diese Korrespondenz zu lesen», sagte sie mit schneidender Stimme, «es handelt sich um eine vertrauliche Angelegenheit. Ich wünsche, dass Sie meine Praxis auf der Stelle verlassen.»

«Sie können mich nicht einfach so rauswerfen.»

Das stimmte natürlich nicht – sie konnte es, und sie tat es auch.

***

Ich ging zu meinem Bike und überlegte, was ich nun tun sollte. Nach Bern zurückfahren? Herzlieb an einem anderen Tag nochmals zur Rede stellen? Ihr drohen? Aber womit?

Während ich noch herumstand und halbherzig meine Karte studierte, um mir eine geeignete Route zur Heimfahrt herauszusuchen, trat die Herzlieb aus der Haustüre. Sie hatte mich nicht gesehen und ging mit zügigen Schritten in Richtung Hauptstraße, während sie sichtlich erregt in ihr Handy sprach. Sprach sie mit einem Patienten? Ich glaubte es eher nicht. Meine Neugierde siegte, und ich folgte ihr mit einigem Abstand. Verlieren konnte ich sie kaum in diesem Dorf, außer sie würde in ein Auto steigen.

Sie ging nicht weit. In der Längenbergstraße blieb sie vor einem modernen zweistöckigen Haus stehen, holte einen Schlüssel aus ihrer Manteltasche und verschwand. Laut Briefkasten wohnten da zwei Parteien: Fam. Zbinden und M. Herzlieb. Ich setzte mich auf das Mäuerchen eines Nachbarhauses und wartete mit gezückter Wanderkarte, falls mich jemand beobachtete.

Wenige Minuten später war Familie Zbinden ebenfalls im Anmarsch. Eine etwa vierzigjährige Frau mit kurzen blonden Haaren hielt mit ihrer Vespa vor dem Haus. Sie trug weder Helm noch Mantel – die hatte sie wohl in der Hast nicht anziehen können –, rannte fast im Laufschritt auf das Haus zu und knallte die Türe hinter sich ins Schloß.

Ich wartete einige Minuten, bevor ich klingelte. Es dauerte ziemlich lange, bis sich die Türe öffnete. Die Ärztin starrte mich empört an, hatte aber zu gute Manieren, um mich anzuschreien.

«Was erlauben Sie sich? Sind Sie mir gefolgt?»

«Wenn Sie nicht mit mir sprechen wollen, werde ich ihre Korrespondenz mit Gian Cavegn an die Polizei weiterleiten», sagte ich mit aufgesetzter Entschlossenheit und fühlte mich mies dabei.

«Ich glaube nicht, dass sich die Polizei für illegal beschaffte Krankengeschichten interessiert, Frau Beck.»

«Kommissar Graber von der Kantonspolizei Neuenburg interessiert sich ganz sicher dafür. Er untersucht den Tod von Gian Cavegn.»

«Das geht mich nichts an. Ich bitte Sie, jetzt zu gehen».

«Ist es Ihnen gleichgültig, dass Gian Cavegn ermordet wurde? Dass er vielleicht wegen Ihren Krebstoten sterben musste?»

Frau Herzlieb versuchte die Türe zu schließen, aber ich presste schnell einen Fuß in die Öffnung.

«Und überhaupt: Was ist hier eigentlich los? Als Ärztin kann es Ihnen doch nicht egal sein, dass die Leute hier wie die Fliegen an Krebs verrecken?», schrie ich in den dunklen Spalt.

Die Türe öffnete sich wieder ein wenig.

«Ich versichere Ihnen, dass es sich um einen Irrtum handelt. Das Kantonsarztamt hat eine sorgfältige Überprüfung der Sterblichkeit vorgenommen. Es gibt keinen Grund …»

Weiter kam sie nicht.

Die Türe öffnete sich plötzlich weit, und vor mir stand die blonde Frau.

«Was machst du da, Mene?», herrschte sie die Ärztin wütend an, «du hast mir versprochen, nicht mehr darüber zu sprechen.»

Sie wandte sich mir zu, starrte mich an, als ob ich eine Stinkwanze wäre.

«Wer ist das überhaupt?»

Frau Herzliebs Stimme war mühsam beherrscht: «Ich habe dir doch eben von Frau Beck erzählt, Lili. Lass uns jetzt in Ruhe …»

Die Türe wurde wieder etwas zugeschoben, und ich hörte das Gespräch nur noch gedämpft. Lilis hohe Stimme konnte ich deutlicher verstehen.

«Nein, verdammt nochmal. Ich will nichts mehr davon hören. Du hast es mir versprochen! Diese Toten gehen dich nichts an, rein gar nichts.»

Mene Herzliebs Antwort verstand ich nicht, ihrem Tonfall nach war sie aber verletzt.

Lili antwortete diesmal ruhiger, beschwichtigend: «Die Leute hier sind schon immer früh gestorben. Schon lange bevor du gekommen bist.»

In diesem Moment fuhr ein etwa 15-jähriger Bursche auf das Haus zu, stellte sein Fahrrad ab und starrte mich neugierig an. Er hatte die blonden Haare seiner Mutter. Er drückte die Türe auf.

«Wer ist das?», fragte er seine Mutter, ohne mich zu grüßen.

Nicht sehr gut erzogen, dachte ich.

«Niemand», antwortete seine Mutter, und ich wunderte mich nicht mehr über die Erziehung des Sohnes.

«Komm rein und zieh die Schuhe aus. Jetzt! Sofort!»

Mit verwundertem Blick verschwand er im Haus.

«Und jetzt will ich, dass du diese Frau loswirst, Mene. Sie hat kein Recht, dir Fragen zu stellen. Ist sie überhaupt Ärztin?»

Mene Herzlieb versuchte, ihre Freundin zum Schweigen zu bringen und sie ins Haus zu ziehen. Das machte diese aber nur noch wütender.

«Willst du etwa deine Praxis verlieren? Wenn du nicht aufpasst, musst du wieder im Spital arbeiten. Denkst du überhaupt einmal an mich oder an die Kinder?»

«Halt doch endlich deinen Mund, Lili.»

«Ach, die Frau Doktor weiß es mal wieder besser», gab die jüngere Frau höhnisch zurück. «Aber ich bin von hier. Ich kenne dieses Dorf, die Leute, und ich sage dir …»

Den Rest verstand ich nicht mehr, weil Mene Herzlieb es endlich geschafft hatte, ihre Freundin ins Haus zu ziehen und die Türe zuzudrücken.

Ich wartete. Ich hatte keinen Plan. Ich wusste einfach, dass ich nun nicht gehen konnte. Langsam begann ich zu frieren. Eine kalte halbe Stunde später öffnete sich endlich die Türe wieder, und Mene Herzlieb trat nach draußen.

Sie kam auf mich zu, die Arme tief in ihren Manteltaschen vergraben, die Schultern noch mehr hochgezogen. Sie sah aus wie ein Boxer, der auf den nächsten Schlag wartet.

«Ich habe mir schon gedacht, dass Sie nicht einfach weggehen würden. Nicht jetzt – nachdem Sie gehört haben, was Lili …»

Sie sprach nicht zu Ende. Sie hatte sich auf die Lippe gebissen, aber ich konnte nicht erkennen, ob aus Ärger oder Angst. Äußerlich wirkte sie wieder ganz beherrscht.

«Wir werden in der Praxis sprechen, kommen Sie.»

***

Fünf Minuten später waren wir wieder in ihrer Praxis. Sie ging in das eine Behandlungszimmer, zog die dicken Vorhänge zu und machte dann Licht. Wir setzten uns. Herzlieb schaute eine ganze Weile schweigend auf ihren leeren Arbeitstisch. Sie schien ihre Gedanken zu ordnen. Dann blickte sie auf und begann in ruhigem Ton zu sprechen.

«Schon während meiner Zeit im Spital hatte ich den Eindruck, dass es hier in der Gegend zu viele Krebskranke gibt. Zunächst bin ich davon ausgegangen, dass es mit dem Rauchen oder dem Alkoholkonsum zu tun haben muss. Aber hier wohnen viele Bauern, und die rauchen eigentlich eher selten …, weshalb weiß ich auch nicht.»

Sie hob kurz ihre wunderschönen Augenbrauen. Ich schüttelte leicht den Kopf. Ich wollte mich in diesem Moment auf keine nebensächlichen Spekulationen einlassen.

«Jedenfalls …, als ich dann die Praxis vom Schuler weiterführen durfte, verging beträchtliche Zeit, bis die Einheimischen Vertrauen zu mir fassten. Geholfen hat sicher, dass man für den nächsten Allgemeinpraktiker bis nach Schwarzenburg fahren muss. Das sind immerhin fast zwanzig Autominuten von hier. Da geht man dann halt doch noch lieber zum ‹Schwob›. Sogar wenn dieser ‹Schwob› eine Frau ist.»

Sie lachte kurz, dann wurde sie wieder ernst.

«Lilian ist eine wunderbare Frau.»

Sie schaute mich streng an und wartete auf einen Widerspruch. Ich sagte nichts.

«Sie haben sie von ihrer schlechtesten Seite kennengelernt, aber das war nur ihre Angst.»

Sie holte tief Atem und sprach ruhiger weiter. «Ich habe endlich ein Zuhause gefunden. Das klingt wohl etwas merkwürdig, aber es ist das erste Mal in meinem Leben, dass ich mich zu Hause fühle. Lilian hat zwei Kinder: Luca ist 15 und Stefanie 12. Wir sind eine Familie.»

Bei der letzten Bemerkung hatte ihre Stimme einen unüberhörbar trotzigen Unterton, und ich fragte mich, was Luca über seine «neue Familie» dachte.

«Ich habe hier sogar meinen Traum verwirklichen können. Ich halte zwei Esel: Rosa und Olga.»

Sie hielt einen Moment inne. Ich unterbrach sie nicht, wollte, dass sie diese Geschichte in ihrem eigenen Tempo erzählte.

«Haben Sie überhaupt eine Ahnung, wie schwierig es an einem solchen Ort ist, als Fremde akzeptiert zu werden? Zunächst war meine Praxis leer. Fünf ganze Wochen lang! Ich hätte fast aufgegeben. Dann ist die erste Mutter gekommen. Drei Kinder, und alle drei mit Magendarmgrippe. Das jüngste war erst drei Monate alt und ernsthaft dehydriert. Die Frau war völlig erschöpft. Der nächste Kinderarzt hat seine Praxis in Köniz. Warum hat es in dieser Gegend eigentlich mehr Spitäler als Kinderärzte?»

Ich zuckte mit den Schultern: «Jedem Tälchen sein Spitälchen, sagt man hier. Der Kanton Bern hatte in den siebziger Jahren mehr Krankenhäuser als ganz Schweden, haben Sie das gewusst?»

Die Ärztin schüttelte ungläubig den Kopf.

Dann fuhr sie fort: «Als ich Mitglied im Kirchenchor wurde, ist es einfacher geworden. Wer singt, kann so böse nicht sein … Und dann hat es sich herumgesprochen, dass ich den Fritz von seinem Zipperlein geheilt habe und das Ruthli wieder mit ihrem Hund spazieren gehen kann, seit sie bei mir war.»

Frau Herzlieb sah mir offen in die Augen: «Ich bin glücklich hier. Mit meiner Familie und mit meiner Arbeit. Das will ich nicht verlieren.»

Wann kommt sie wohl endlich auf den Punkt, dachte ich.

«Jedenfalls waren dann nach etwa einem Jahr alle Patienten vom alten Schuler wieder bei mir in der Praxis. Und dann wurde es mir unheimlich. In einer so kleinen Gemeinde mehr als zwanzig Patienten mit Krebs. Nicht nur Alte, auch Kinder.»

«Und dann?»

«Ich habe gewartet», antwortete sie.

«Mehr als einen Monat habe ich einfach gewartet. Es ging mir nicht in den Kopf, dass ausgerechnet in dem Moment, in dem ich hier meine Praxis bekomme, eine Epidemie losgegangen sein soll. Unter meinem Vorgänger war ja anscheinend alles noch in Ordnung. Jedenfalls fand ich in seinen Unterlagen keinen Hinweis auf ein Problem.»

Sie machte eine Pause. Sie wirkte müde und kraftlos.

«Was sind das für Leute, die krank wurden oder starben?», fragte ich sie.

Sie zuckte ratlos mit den Schultern.

«Sie haben eigentlich nichts gemeinsam als ihren Wohnort. Einige sind Bauern, aber es hat auch eine pensionierte Lehrerin, die im Luegisland wohnt. Dann die Frau des Abwarts vom Block 7, eine Portugiesin. Sie ist vor einem Monat gestorben.»

Ihr Blick verlor sich wieder. Ich räusperte mich laut. Ich hatte keine Zeit.

«So viel ich gehört habe, sind einige der italienischen Gastarbeiter erkrankt. Die haben im Luegisland in den Blöcken 18 und 20 gewohnt. Sind dann aber anscheinend zurück nach Italien, als sie krank wurden.»

«Das sind alles Gerüchte.»

«Nein, das sind nicht alles Gerüchte!» Doktor Herzlieb wurde wütend, eine belebende Abwechslung.

«Alleine in meiner Praxis habe ich zurzeit 14 Krebspatienten in Behandlung, 5 mit Lungenkrebs, 4 Frauen mit Brustkrebs und 5 mit verschiedenen Formen von hämatologischen Erkrankungen. 11 davon wohnen im Luegisland.»

Ihre Stimme war nun präzise, ihre Aussprache überdeutlich. Ich hob abwehrend meine Hände und murmelte eine Entschuldigung.

«Schon gut! Ich bin es nur müde, andauernd als hysterisch betrachtet zu werden. Ich habe verdammt nochmal genug Erfahrung als Ärztin, um zu erkennen, dass da was nicht stimmen kann.»

«Die Siedlung scheint das gemeinsame Merkmal zu sein. Aber was ist mit den Bauern?»

«Die wohnen direkt daneben. Alle Fälle, von denen ich gehört habe, wohnen auf einer Fläche von etwa …», sie zögerte und nahm dann eine zerfledderte Karte aus der Schublade ihres Schreibtisches. «Die brauche ich schon lange nicht mehr, aber am Anfang, als ich die Praxis übernahm, habe ich stundenlang darüber gebrütet, um für Hausbesuche ja niemanden nach dem Weg fragen zu müssen.»

Wir lächelten uns an, und ich hoffte, dass uns diese Geschichte nicht zu Feindinnen werden ließ.

«Sehen Sie, das ist das betroffene Gebiet: hier vor allem, das ist die Luegisland-Siedlung, aber da wohnen natürlich auch am meisten Leute. Dann hier dieser Weiler, vor allem mit Bauernhöfen. Da sind drei Leute erkrankt. Dann etwas weiter südlich gab es noch mindestens zwei Fälle: eine Frau, die mit 45 Jahren starb, und dann der alte Keller, ein ehemaliger Wegmacher der Gemeinde.»

Ihre Augen schweiften über die Karte. Dann stieß sie mit ihrem Finger auf einen Punkt, den sie mit gelbem Leuchtstift markiert hatte.

«Hier! Das ist der Bauernhof der Familie Weltlin. Mutter und Vater, zwei Kinder und eine Großmutter. Einer der wenigen Großbauern in der Gegend.»

«Und?»

«Die Großmutter ist vor einem halben Jahr gestorben: Lungenkrebs. Sie hat nie im Leben geraucht. Die Mutter ist seit zwei Jahren in Behandlung wegen Leukämie. Der Vater ist gesund. Bis jetzt. Das siebenjährige Mädchen, Lila heißt sie, und der Vierjährige …»

Sie verstummte.

«Sie haben ebenfalls beide Leukämie», beendete sie schließlich den Satz.

«Schauen Sie mich nicht so an», fuhr sie rasch fort, «das ist heute kein Todesurteil mehr. Im Gegenteil: Die Behandlung hat sehr gut angeschlagen, sie haben alle drei gute Chancen auf eine vollständige Genesung.»

«Könnte das nicht genetische Ursachen haben?», fragte ich nach einer Weile.

«Das habe ich zunächst auch gedacht. Wegen dieser Familie bin ich überhaupt auf das ganze Problem gestoßen.»

«Weshalb?»

«Die Mutter hatte mit 17 Jahren nach einer missglückten Abtreibung eine Hysterektomie. Sie ist steril. Beide Kinder sind adoptiert.»

***

Herzlieb machte auf der Karte für alle Erkrankungsfälle, die ihr bekannt waren, einen roten Punkt beim Wohnort. Dann schauten wir uns das Ergebnis gemeinsam an.

«Haben Sie eine Ahnung, ob einige dieser Leute erst vor kurzem hergezogen sind?», fragte ich sie.

«Ich bin immer davon ausgegangen, dass alle – außer mir natürlich – mindestens seit dem Dreißigjährigen Krieg hier leben.»

Sie lächelte mich an, und ich fand sie sehr sympathisch.

«Aber genau weiß ich es nicht.»

Ich starrte wieder auf die Karte. Mein Blick ging weiter südlich. Da kam das Wasser her. Der Bühlbach. Und er führte zu dem Bauernhof der Weltlins und dann nach einem sanften Rechtsbogen in Richtung der Siedlung.

«Und dann bin ich zur Gemeinde gegangen. Aber die haben mich abgewimmelt.»

«Begründung?»

«Wir wollen doch die Bevölkerung nicht in Panik versetzen. Außerdem sei dieses Phänomen bekannt. Man habe das bereits untersucht und nichts Alarmierendes gefunden. Ich bin dem nachgegangen, aber da gab es nichts. Nur einen Antrag um ein Forschungsgesuch bei dieser Schweizer Forschungsstiftung, der aber abgewiesen wurde.»

«Dem Nationalfonds?»

Sie nickte.

«Wann war das?»

«1994 oder 1995, wenn ich mich richtig erinnere. Diese Auskünfte haben mich nicht befriedigt. Also habe ich mir einen Termin beim Kantonsarztamt geben lassen. Da haben sie mich dann ernst genommen. Es gab bereits in den achtziger Jahren mal eine Untersuchung durch das Kantonsarztamt. Anscheinend hat damals ein Oberarzt des Spitals Riggisberg Alarm geschlagen. Auf meine Intervention haben sie nochmals eine Analyse der Daten der Todesursachenstatistik vorgenommen. Ergebnis damals wie heute: nichts.»

«Was, nichts?»

«Keine signifikante Erhöhung der Inzidenz an Krebsfällen in meinen Gemeinden.»

Im Kopf berechnete ich eine grobe Inzidenzrate aufgrund der Fallzahlen, die Herzlieb mir genannt hatte.

«Das verstehe ich nicht».

«Das Ganze ließ mir keine Ruhe. Und da habe ich mich an Ihren Freund, Gian Cavegn, gewandt.»

Ich starrte sie gespannt an.

«Er ist wie Sie, er lässt auch nicht locker», sie lächelte. Dann fiel das Lächeln von ihrem Gesicht ab. «Er war wie Sie – tut mir leid.»

Tränen traten mir in die Augen.

Ganz leicht legte Mene Herzlieb ihre Hand auf meine Schulter. Ein Traumbild wischte durch meinen Geist: ein großer dunkler Vogel, der mich in seinen Schwingen barg.

Mene Herzlieb drückte meine Schulter und zog ihre Hand zurück.

«Was ist dann geschehen?», fragte ich.

«Herr Cavegn hat sich die Mühe genommen rauszufinden, was los ist. Zuerst hat er ebenfalls die Todesursachenstatistik geprüft und nichts gefunden. Und dann hat er mit gesagt, er würde noch etwas anderes versuchen. Mit einer anderen Datenquelle.»

«Und?»

«Nichts und. Als ich das nächste Mal mit ihm sprechen wollte, sagte man mir im Bundesamt, dass Herr Cavegn nicht mehr für diese Daten zuständig sei.»

«Diese Scheißkerle! Irgendjemand hatte da die Hände im Spiel. Solche Zufälle gibt es nicht.»

«Das kann ich nicht beurteilen. Ich habe keine Ahnung.»

Wir schwiegen beide. Draußen war es bereits am Eindunkeln. Mein Bike hatte keine Lichter, und ich musste noch ein schönes Stück fahren bis nach Schwarzenburg.

«Können wir ein andermal weitersprechen?», fragte ich sie.

«Es gibt nichts mehr zu besprechen», sagte sie rasch, «ich habe alles getan, was man erwarten könnte. Sogar mehr als das.»

Das klang mir zu einstudiert. Zum ersten Mal hatte ich das Gefühl, sie sei nicht ehrlich zu mir. Irgendetwas verschwieg sie. Nichts Angenehmes, so viel war sicher.

***

Ich kam einige Minuten zu spät nach Hause, und Philipp wartete bereits vor der verschlossenen Türe. Er sah ebenso verfroren wie verärgert aus. Vom Bahnhof nach Hause war ich so schnell gefahren, wie es im Berner Abendverkehr möglich war, übertrieb nun aber meine Kurzatmigkeit, um zu zeigen, wie sehr ich mich beeilt hatte. Philipp ignorierte mein Keuchen und eilte zum nächsten Heizkörper, um sich demonstrativ seine Hände aufzuwärmen. Ich war froh, dass ich wenigstens ein gutes Nachtessen zubereiten konnte. Auf dem Nachhauseweg war ich noch extra im Loeb-Delicatessa gewesen, um meine Lieblingssorte Risottoreis einzukaufen. Ob ich das ganz beiläufig erwähnen sollte?

Was soll das eigentlich, rügte ich mich selbst, reg dich ab.

Risotto kochen hatte für mich etwas Beruhigendes, Zufriedenstellendes. Ich liebte diesen Zwang zur Geduld, das langsame Vorgehen, die Rührerei. Es ist eigentlich ganz einfach: Den Reis mit einem Weißwein ablöschen, der genug Säure hat, immer wieder kleine Mengen heiße (!) Bouillon dazugießen – und das Wichtigste: immer in einer Acht rühren. Das Ergebnis gab mir recht, und unsere Stimmung verbesserte sich entscheidend.

Nach dem Essen öffnete ich eine Flasche schweren Barolo. Wir setzten uns in die Stube. Philipp machte es sich im besten Stuhl bequem, die Füße auf dem gegenüberliegenden Sofa, und packte China Miévilles *Perdido Street Station* aus.

Verstohlen beobachtete ich ihn. Eigentlich hatten wir ausgemacht, heute Abend über das Problem mit seinen Eltern zu sprechen. Aber er hatte sich offensichtlich in seine Fantasywelt zurückgezogen. Wollte er nicht mehr mit mir über dieses Thema sprechen? Irgendwann ließ er das Buch sinken und starrte an die Wand.

«Woran denkst du, Philipp?», fragte ich.

Überrascht blickte er auf. Wenigstens hatte er nicht über unsere Beziehung nachgedacht, das sah ich seinem Gesicht an. Er schien sich gerade zu fragen, wer zum Teufel ich eigentlich war.

«Merian hat mich angerufen. Er will mich am Donnerstag sprechen.»

«Weshalb?», fragte ich. Ich wusste genau weshalb, war aber unsicher, wie ich es ansprechen sollte. Wegen deinen großzügigen Eltern? Wegen deinen verdammten Eltern? Wegen dieser verfluchten Stiftung?

«Wegen dieser verfluchten Stiftung», antwortete er.

Ich wartete schweigend, was noch kommen würde.

«Ich habe kein gutes Gefühl dabei, Lou. Merian hat sich … merkwürdig ausgedrückt. Er war extrem förmlich, als ob jemand mithören würde. Und er hat mir mitgeteilt, dass Gabriele Brianni an der Besprechung teilnehmen wird.»

«Brianni? Die neue Finanzchefin? Warum denn das?»

«Es geht um Geld, Lou. Um einen gigantischen Hügel Geld.»

Es war nicht der Moment für sprachliche Finessen, so ließ ich den «Hügel» stehen.

«Aber es geht auch um Menschen. Es geht um dich!», entgegnete ich.

«Ich glaube nicht, dass das zurzeit bei Merian im Vordergrund steht.»

«Warte doch zuerst das Gespräch ab. Merian ist ein alter Fuchs. Ihm fällt vielleicht ein, wie wir das Geld nutzen können, ohne dass er dich dafür verkaufen muss.»

Ich lächelte, um meinen letzten Satz ironisch abzuschwächen.

Aber Philipps Gesichtsausdruck gab mir zu verstehen, dass er in dieser Angelegenheit weder Humor noch Ironie verstand.

Er seufzte tief.

«Gibst du mir noch einen Schluck?», fragte er und hob sein leeres Glas.

Ich schenkte ihm nach und strich ihm dann über den Arm. Philipp lehnte seinen Kopf an meine Schulter, und ich drückte ihn tröstend an mich.

So blieben wir eine ganze Weile, bis sich Philipp löste.

«Danke, Lou. Ich bin froh, dass ich hier bei dir bin.»

Kurz vor elf gingen wir ins Bett und schliefen zusammen. Kein 1. August-Feuerwerk mit Raketen, aber ein gemeinsames Vergnügen mit Wunderkerzen-Höhepunkt. Zufrieden und wieder hoffnungsvoller schmiegte ich mich an ihn und schlief sofort ein.

***

Zu Beginn unserer Beziehung hatten wir uns schwer getan mit Sex. Wir wollten beide unsere Freundschaft nicht leichtfertig aufs Spiel setzen. Philipp näherte sich mir unglaublich höflich und zurückhaltend. Ich hatte den Eindruck, dass er durch ein vermintes Feld schlich. Die ganze Zeit fragte er: «Magst du das?» «Oder lieber das?» «Ist das vielleicht zu fest?» «Tue ich dir weh?»

Der arme Philipp. Leider bin ich, was meine sexuellen Wünsche angeht, mit Stummheit geschlagen. Nein, ich glaube nicht, dass meine Eltern daran schuld sind. Ist wohl einfach irgendein Gen von mir.

Jedenfalls tanzten wir einige Nächte lang vorsichtig um das goldene Kalb, bis mir irgendwann der Kragen platzte. Von einer Sekunde auf die andere hatte ich eine unbezähmbare Lust, Philipp in seine Schulter zu beißen, seinen Rücken zu zerkratzen und meine rohen Kräfte an ihm auszuleben.

Ich tat es, und Philipps Reaktion kam unmittelbar. Das Ganze artete in eine heftige Rangelei aus. Danach tat mir alles weh, Philipp klagte über seinen blutigen Rücken, und wir grinsten uns glücklich an.

Seither war Sex für uns nicht die wichtigste Sache unserer Beziehung geworden, aber etwas, das Spaß machte und uns zwei-, dreimal zu einer fast mystischen Nähe brachte, die ich liebte und mich zugleich entsetzlich dünnhäutig machte.

12

Irgendwann in der Nacht erwachte ich, weil mein rechter Fuß eingeschlafen war und sich anfühlte, als ob er amputiert werden müsste. Alles tat mir weh und ich lag unbequem – eingeklemmt von Philipp, der mich umklammert hielt wie einen Rettungsring auf hoher See. Mir war viel zu heiß, aber es war unmöglich, die Decke zu wenden, ohne ihn zu wecken. Dazu schnaufte er mir auch noch ins Ohr.

Entnervt befreite ich mich aus seinen schlafschweren Gliedmaßen und rollte mich benommen aus dem Bett. Es war erst halb vier, und im Zimmer war es saukalt. Ich humpelte langsam aus dem Schlafzimmer und stampfte dann mit dem gefühllosen Fuß so lange auf den Boden, bis ein Ameisenkribbeln die Wiederbelebung ankündigte. Dann kam der Schmerz, und ich versuchte, mein Gejaule möglichst leise zu halten.

Ich zog mir ein kariertes Flanellhemd, das mir bis zu den Knien reichte, über den Pyjama. Das Ding war ein Überbleibsel einer kurzen Romanze mit einem fast 1,90 Meter großen Handballer.

Wo sollte ich nun hin? Ich fühlte mich fremd in meiner eigenen Wohnung. Schließlich schlich ich mich ins Wohnzimmer, setzte mich aufs Sofa und starrte auf die menschenleere Straße. Das Licht der Straßenlampe war von dichten Nebelschwaden gedämpft, der Asphalt glänzte. Eine kalte, nasse Nacht. Ich sehnte mich nach dem Sommer. Zuoberst im Nachbarhaus war ein Fenster beleuchtet, ein großer Schatten bewegte sich hinter dem Vorhang. Frau Gfeller, die – ihrer Rückenschmerzen wegen – wieder einmal die ganze Nacht herumwanderte.

Regen setzte ein. Die dicken Tropfen hämmerten in eintönigem Rhythmus gegen die Fensterscheibe. Ich fror. Wenn ich mich ganz klein zusammenrollte, konnte ich auch meine Füße in das Flanellhemd einwickeln.

Ich will in mein Bett, dachte ich mit plötzlich aufwallendem Zorn.

Um halb sieben ging endlich der Wecker, und ein paar Minuten später erschien Philipp mit verstrubbelten Haaren und schlaftrunkenen Augen.

«Was machst du denn hier draußen?», fragte er mich erstaunt.

«Ich konnte nicht schlafen».

«Das ist kein Grund, mich anzublaffen».

Ich unterdrückte eine Antwort und ging in die Küche, um das Frühstück zuzubereiten. Kaffee, das war jetzt das Wichtigste. Mechanisch schraubte ich den Espressokocher auf, leerte den Kaffeesatz in den Kompostkübel, spülte die Teile sauber, füllte den Kocher neu, drehte die Herdplatte an und setzte den Kocher auf. Dann stellte ich Butter, Honig, Brot und Milch auf den Tisch. Zwei Tassen, Teller, Besteck. Irgendwann würde ich mir Geschirr kaufen, das zusammenpasste.

Philipp setzte sich an den Tisch, nachdem er die Zeitung aus dem Briefkasten geholt hatte. Er benahm sich, als ob er bei mir zu Hause wäre. Ich goss schweigend Kaffee ein und fluchte, als ich ein wenig danebenleerte.

«Was ist eigentlich los mit dir? Bist du wütend auf mich?»

«Ich habe nicht geschlafen. Das ist doch wohl nicht so schwer zu verstehen, oder?»

Philipp schüttelte irritiert den Kopf. Ich schnappte mir den hinteren Teil der Zeitung und begann zu lesen.

«Da stimmt doch was nicht. Bin ich dir etwa lästig, Lou?»

«Du weißt, dass ich dich gerne hab.»

«Und?»

«Nichts und, verdammt nochmal. Kann ich jetzt meine Zeitung lesen oder spielen wir hier ‹Heißer Stuhl›?»

«Ich gehe dir auf den Wecker? Du brauchst mehr Freiheit? Das willst du mir doch beibringen, nicht?»

Ich zuckte mit den Schultern und starrte auf den Gary-Larson-Hunde-Cartoon, den ich nicht verstand. Wieder mal ein Übersetzungsfehler? Oder ein kulturelles Missverständnis?

«Und wie war das mit dem Schlafen heute Nacht?», verbiss er sich in das Thema.

Genervt blickte ich wieder auf. «Was willst du eigentlich wissen, Philipp?»

«Verdammt, Lou, red nicht um den heißen Teig. Ich hasse das.»

Unsere Augen trafen sich das erste Mal an diesem Morgen.

«Wenn du es unbedingt wissen willst …», weiter kam ich nicht.

«Verdammt, verdammt, verdammt!» Philipp war aufgesprungen und starrte mich mit weit aufgerissenen Augen an: «Ich wusste es!»

Dann marschierte er aus der Küche. Seufzend faltete ich die Zeitung zusammen. Ich fand ihn im Schlafzimmer, wo er mit hängenden Schultern auf einer Bettseite saß. Ich setzte mich neben ihn, ohne ihn zu berühren.

«Ich kann nicht im selben Bett mit dir schlafen, Philipp. Ich halte diese Enge nicht aus.»

«Aber gerade das liebe ich doch! Dir nahe zu sein, deine Wärme zu spüren, deine Haut zu riechen, deinen Atem zu hören … ich brauche das!»

Philipps ganzer Körper drückte eine Sehnsucht aus, die mir den Hals zuschnürte.

«Tut mir leid. Ich kann nicht», sagte ich leise.

«Aber warum denn nicht? Ich sehne mich nach deiner Nähe. Ich möchte verschmelzen mit dem Menschen, den ich liebe.»

Allein die Vorstellung schüttelte mich.

«Was du suchst, ist ein Muttertier. Und das bin ich nicht.»

«Aber …», Philipp starrte mich entsetzt an. «Du kannst nicht so kalt sein! Das glaube ich dir nicht. Mit dir fühle ich mich endlich ganz! Als ob ich meine fehlende Hälfte gefunden hätte.»

«Ich bin nicht deine andere Hälfte. Vergiss das!», entgegnete ich scharf.

Philipps Gesicht verhärtete sich.

«Du liebst mich nicht, Lou. Du liebst überhaupt niemanden!»

«Das stimmt nicht!»

«Du weißt gar nicht, was Liebe ist.»

Philipps Worte trafen mich im Innersten. Sie waren wie ein Nachhall von Gians verstörter Stimme und von den Anschuldigungen seiner Mutter. Ein bitterer Geschmack breitete sich in meinem Mund aus.

«Hau ab!»

«Lou …» Philipp sah mich bittend an, die Hände leicht erhoben.

Ich schüttelte den Kopf.

«Es tut mir leid. Ich war wütend und verletzt. Es stimmt nicht, was ich gesagt habe.»

«Ich weiß nicht, was los ist, Philipp», sagte ich mit bemüht ruhiger Stimme. «Bis du angefangen hast, bei mir einzuziehen, ist alles so gut gelaufen zwischen uns.»

«Ich bin nie bei dir eingezogen. Du hast mir ja nicht mal den Schlüssel zu deiner Wohnung gegeben», unterbrach mich

Philipp wieder mit scharfer Stimme, «du meinst wohl, bevor wir uns näher kennengelernt haben?»

Es entstand ein langes, unangenehmes Schweigen.

Ich wollte es gar nicht sagen, aber die Worte kamen wie von selbst: «Und: Wars das jetzt?»

Wir sahen uns lange in die Augen, forschend, unglücklich. Dann kamen wir wohl zum gleichen Schluss, denn unsere Hände fanden sich wie von selbst. Das klingt kitschig, aber so war es.

***

Danach sprachen Philipp und ich das erste Mal richtig über unsere Beziehung, was uns daran gefiel und was nicht.

«Das ist der Unterschied zwischen uns. Ich möchte ganz alleine ein Ganzes sein, nicht nur eine Hälfte, die ihre andere Hälfte irgendwo auf der Welt sucht. Ein Ganzes wie …», ich zuckte mit den Schultern «… wie eine Kugel, die andere Kugeln trifft und sich mit ihnen zusammenkoppelt, aber auch wieder trennen kann, ohne dabei ihre eigene Gestalt zu verlieren.»

«Für mich ist das ein Bild für Unabhängigkeit und Freiheit. Nicht für Liebe», entgegnete Philipp. «Wenn man in einer Beziehung lebt, wenn man wirklich miteinander lebt, dann formt der eine den anderen. Das ist einfach so. Man trägt Verantwortung für den anderen.»

«Ich habe doch in erster Linie eine Verantwortung mir selbst gegenüber. Und wenn es mir nicht gut geht in einer Beziehung, wenn sie mir schadet, mich verformt …»

Philipp wollte mich unterbrechen, als ich bewusst diesen Begriff verwendete, aber ich hob meine Hand und fuhr fort:

«… mich verformt, dann gehe ich. Ich bin frei. Gott sei Dank bin ich als Frau heute so frei, dass ich dies tun kann.»

«Und wie soll man auf diese Weise zusammen Kinder aufziehen?»

Ich sah ihn erstaunt an. Wir hatten noch nie von Kindern gesprochen.

«Ich will keine Kinder.»

«Du hast ja nur Angst, von mir abhängig zu werden, falls wir zusammen Kinder haben», sagte Philipp, seine Stimme war ganz sachlich dabei.

«Alleinerziehende Frauen haben in der Schweiz ein Armutsrisiko von 75 Prozent. Das ist sieben Mal höher als bei einer alleinstehenden Frau.»

«Ich rede von Liebe und von Kindern – und du denkst bereits an die Scheidung! Bist du eigentlich ein Mensch oder eine Rechenmaschine?»

«Ich bin Realistin, und du bist ein hoffnungsloser Romantiker.»

«Nein. Ich glaube an die Liebe – und du offensichtlich nicht.»

Wider Willen musste ich lächeln.

«Eine Rechenmaschine und ein Romantiker: Ob das gut gehen kann?»

«Immerhin wusste ich ja schon von Anfang an, dass du spinnst», sagte Philipp.

«Was soll denn das jetzt wieder heißen?»

«Gehen wir jetzt zusammen auf unsere Wanderung oder nicht?», fragte Philipp.

***

Als wir um halb zwölf aus dem Postauto ausstiegen, erstreckte sich ein königsblauer Himmel über uns. Kein Wölkchen weit und breit, und die Sonne entdeckte zusehends ihre Kraft. Der erste richtig schöne Tag seit Monaten! Ich sog die kalte würzige Luft tief in meine Lungen hinein.

Philipp und ich hatten den Zug nach Schwarzenburg und danach das Postauto bis zur Wasserscheide genommen und waren nun unterwegs Richtung Süftenen. Er sah mich strahlend an. Ich versuchte ein Lächeln. War das nun der Neuanfang unserer Beziehung oder der Anfang vom Ende?

«Wunderbar! Ich freue mich so, dass wir uns mal wieder einen ganzen Tag zusammen gönnen. Nur wir zwei und diese wunderbare Gegend.»

Ich lächelte etwas steif zurück.

«Wunderbare Idee von dir! Schau mal, wie nahe die Berge aussehen. Ist das der Ochsen?», fragte er mich.

«Das ist das Stockhorn.»

«Und die Sonne scheint! Endlich! Ein wunderbarer Tag heute.»

Wie oft würde er heute noch *wunderbar* sagen, fragte ich mich und verwünschte mich sofort für meine Gereiztheit.

«Das tut dir gut, Lou, dass du dir mal eine Pause gönnst. Du grübelst jetzt schon so lange. Lass die Schatten einen Moment hinter dir und schau dich um – der Frühling ist wunderbar!»

Ich fühlte mich unbehaglich und hoffte, Philipp würde den wahren Zweck dieser Wanderung nicht erahnen.

Der Weg bis zur Süftenen war ein reiner Genuss. Es duftete intensiv nach Kräutern und warmem Holz, die Luft war seidenglatt und schwirrte von geschäftigen Vögeln und Insekten. Wir ließen unsere Blicke in die Ferne schweifen und tankten uns voll mit Farben und Licht.

Da ich mich in der Gegend besser auskannte, gab ich die Fremdenführerin: «Dort weit hinten, der dunkle Spitz, das ist der Vanille Noir.»

«Warst du mal dort?»

«Ja. Es gab jede Menge Steinböcke, aber es war auch echt gefährlich. Der Aufstieg ist steil, und überall hast du nur loses Gestein, alles rutscht.»

«Ich möchte mal auf den Ochsen. Ich habe gehört, dass es da sogar ein Gipfelbuch gibt.»

«Vorsicht: Die letzten Meter zum Gipfel sind ziemlich ausgesetzt.»

Philipp knuffte mich freundschaftlich in die Schulter. Wir wussten beide, dass er trotz wenig Erfahrung außerordentlich gut und sicher kletterte.

Ich atmete erleichtert auf. Vielleicht würde dieser Ausflug doch noch gut ausgehen.

Als wir bei der Süftenen angekommen waren, zog es Philipp mit aller Macht weiter Richtung Westen mit Sicht auf die Gantrischkette. Der Blick in diese Richtung war spektakulär, die Berge mal schroffe Felskanten, mal liebliche Abhänge. Das Licht spielte mit den Farben und umschmeichelte das Panorama.

Einen Moment dachte ich mit Sehnsucht an den Aufstieg zum Morgetengrad. Die Aussicht dort oben war grandios, und oft konnte man Gämsen beobachten oder sogar ein Steinadlerpaar, das in der Nähe nistete.

«Warum gehen wir nicht nach Ottenleuebad?», fragte Philipp. «Da gibt es ein Restaurant mit großer Terrasse und Blick auf die Berge. Wir könnten Meringues essen. Mit einem Berg Schlagrahm drauf!»

Philipp freute sich wie ein Kind.

Ich hatte alle Mühe, ihn von den Bergen wegzubekommen und davon zu überzeugen, dass es auch in Richtung Allenmatten und Schwarzmoos schöne Wege gab. Um ihn abzulenken, hielt ich ihm ohne Punkt und Komma einen Vortrag über den Gäggersteg. Der Sturm Lothar, der am 26. Dezember 1999 mit über 200 Stundenkilometer durch Europa gefegt war, hatte am Gägger den Wald bis auf den letzten Baumstamm umgelegt. Man hatte sich entschieden, das Sturmholz so liegen zu lassen, wie es gefallen war, und zu beobachten, was nun passieren würde. In den folgenden Jahren hatte sich zwischen und unter den entwurzelten, umgeworfenen, der Länge nach gespaltenen und zerborstenen Riesen eine faszinierende Vielfalt neuen Lebens entwickelt; ein Urwald, den man nun von einem Steg in luftiger Höhe besichtigen kann.

Irritiert folgte mir Philipp schließlich nach Norden, und nach etwa einer halben Stunde betraten wir den dichten, schattigen Wald. Ich bemühte mich um eine lockere Konversation, machte Philipp auf allerlei Pilze und auf das schöne Moos aufmerksam, aber sein Unmut wuchs mit jedem Meter, den wir uns von der schroffen Bergkette und dem weiten Himmel darüber entfernten. Nach einer Viertelstunde begannen wir zu frösteln und mussten unsere Pullover anziehen. Der Weg war voller großer Pfützen und teilweise unangenehm glitschig. Philipp rutschte auf einer Wurzel aus und verschmierte sein rechtes Hosenbein mit Schlamm.

«Immerhin bekommen wir hier gratis eine Bio-Schlammpackung», machte er einen tapferen Versuch, sich aufzumuntern.

Endlich öffnete sich der Wald, und zwischen den letzten Tannen blitzte etwas Graues auf. Eine Minute später blickten wir auf eine derart hässliche Wohnsiedlung hinunter, dass es mir kurz den Atem verschlug. Das musste wohl Luegisland sein. Was am Stadtrand gerade noch knapp als fantasielose Agglo-Sozialbauten durchgegangen wäre, wirkte auf dem Land wie ein Vergehen, eine schwärende Wunde, die auch die Zeit nicht zu heilen vermochte.

Es waren zwölf graue Blöcke, jeder zwischen vier und sechs Stockwerke hoch und wahrscheinlich in den sechziger Jahren gebaut worden. Dem Aussehen nach hatte man seither auch nichts mehr daran verändert.

«Das ist ja grässlich», empörte sich Philipp. «Was ist denn das?»

Ich gab keine Antwort, meine Gedanken überschlugen sich. Da musste ich nun hin, unauffällig Proben von Boden und Wasser nehmen und wenn möglich genauso unauffällig – sozusagen im Vorbeigehen – die Bewohner nach ihrem Gesundheitszustand befragen.

Was mir noch vor wenigen Stunden als durchaus machbar erschienen war, entpuppte sich von nahem als «Mission impossible».

Ich schlug den schmalen Feldweg ein, der zu der Siedlung führte.

«He, was wollen wir denn da unten in diesem Schattenloch?», protestierte Philipp.

«Hinter der Siedlung kommen wir auf den Wanderweg nach Rüschegg-Heubach», gab ich zur Antwort, und Philipp murrte zwar, folgte mir aber.

Wir mussten ein kleines Buchenwäldchen passieren. Als wir heraustraten, sahen wir erst, dass sich vor der Siedlung in einer Senke ein hübscher Teich befand. Mehrere Leute saßen auf den Bänkli am Rand des Teichs, ihre Gesichter der lange ersehnten Sonne zugewandt. Auf einem Holzsteg hatten sich ein paar Jugendliche hingelümmelt, ließen die Beine ins Wasser baumeln und tranken Bier aus Dosen. Sie hatten einen Ghettoblaster dabei. Erstaunlicherweise dröhnte aber nicht Eminem oder Ähnliches über den Teich; stattdessen hörte ich eine Gitarre, deren Klang mir bekannt vorkam.

Ach ja, Mark Knopflers Fender Strat. Dire Straits mit «Walk of Life».

Philipp machte mich auf ein Entenpaar aufmerksam, das in unserer Nähe nistete. Das war ja gar nicht so übel, dachte ich erleichtert. Als er gerade in die andere Richtung schaute, nutzte ich die Gelegenheit und nahm hastig eine Bodenprobe.

«Was machst du da, Lou?»

Ich schaute auf in sein Gesicht, das sich innert Sekunden von verwirrt zu wütend und schließlich verletzt wandelte. Und sagte nichts.

Philipps Verstand war scharf und schnell, und er durchschaute mein Manöver sofort. Sein Gesicht wurde ganz weiß. Ohne ein weiteres Wort drehte er sich auf dem Absatz um und ging davon.

Tja, ein Liebster weniger … Aber das machte ja nichts, bei den Mengen an Liebhabern, die ich hatte …

Kurz darauf rannte ich Philipp hinterher, der bereits im Buchenwäldchen verschwunden war. Außer Atem holte ich ihn ein und griff nach seinem Arm.

«Warte», keuchte ich.

Philipp schüttelte meine Hand ab und starrte mich wütend an. Ich brauchte einige Sekunden, um wieder zu Atem zu kommen.

«Es tut mir leid. Das war blöd von mir. Nicht, was ich gemacht habe, sondern dass ich dir nichts davon gesagt habe.»

«Du hast mich verarscht. Und ich bin voll drauf reingefallen, ich Trottel.»

«Es tut mir wirklich sehr leid. Das war nicht fair.»

«Was machen wir also in Wirklichkeit hier? Ein gemeinsamer Sonntagsspaziergang ist es ja offensichtlich nicht.»

Philipps Stimme war schneidend. Ich schluckte. So wütend hatte ich ihn noch nie erlebt. Dann erklärte ich ihm meine Suche nach den Kranken und nach möglichen Krankheitsursachen. Boden, Wasser, Luft.

«Also los, gehen wir suchen», sagte er schließlich grimmig, riss seinen Arm aus meiner Umklammerung und stürmte mit großen Schritten voran zurück in Richtung Teich. Mir wurde ganz flau im Magen.

Philipp steuerte ohne jedes Zögern auf die andere Seite des Teichs zu, wo eine ältere Frau saß, einen kleinen Mischlingshund zu ihren Füßen.

«Also, nimm schon deine Wasserprobe, damit wir weiterkommen», herrschte er mich viel zu laut an, als wir beim Teich angekommen waren. Die Jugendlichen auf dem Steg guckten schon neugierig zu uns herüber. Scheiße! Ich gab vor, mir die Hände zu waschen, und füllte mein Glasröhrchen.

«Und jetzt zu den Leuten», sagte Philipp und steuerte auf die ältere Frau zu.

«Warte», zischte ich ihm zu, aber es nützte nichts.

«Guten Tag», begrüßte er die Frau. Und fuhr dann ohne jede Einleitung in ziemlich unfreundlichem Ton fort: «Ich bin Arzt. Ich möchte gerne wissen, ob sie hier wohnen, seit wann sie hier wohnen und ob sie oder ihre Familienangehörigen an Krebs erkrankt sind.»

Vor Scham wäre ich am liebsten im Erdboden versunken.

***

Zu Hause hatte ich mir eine komplizierte Geschichte zurechtgelegt, wie man die Leute unauffällig und unaufdringlich in Richtung meiner Fragen bringen konnte, ohne sie zu brüskieren. Philipp versaute mir alles. Wir würden geteert und gefedert werden! Aber anstatt Philipp zum Teufel zu jagen, wie ich es erwartet hatte, gab die Frau nach kurzem Zögern bereitwillig Antwort auf alle Fragen. Ich traute meinen Ohren nicht!

Ja, sie wohne im Luegisland, genauer in der Nummer 3, und zwar seit mehr als zwanzig Jahren. Ja, ihr Mann sei an Lungenkrebs gestorben. Er habe ja auch geraucht wie ein Schlot. Sie selbst sei so weit gesund, außer diesem Schwindel, der sie immer wieder plage.

Philipp setzte sich neben sie auf das Bänkli, und sie sprachen mehr als eine halbe Stunde über ihren Gesundheitszustand und was sie gegen den Schwindel tun könne. Der kleine Hund hatte Probleme mit seiner Hüfte, und auch dafür wusste Philipp ein Medikament. Die beiden trennten sich in bestem Einvernehmen, und ich folgte Philipp staunend in die Siedlung. Wir gingen im Block Nummer 3 von Türe zu Türe, und Philipp stellte immer dieselben Fragen auf die immer gleiche, völlig undiplomatische Art. Nach etwa einer Stunde hatte ich mich daran gewöhnt und zuckte nicht mehr jedes Mal zusammen.

Mittlerweile hatte sich auch Philipps Ärger verflüchtigt, und er widmete sich unserer Recherche mit echtem Interesse.

Glücklicherweise stießen wir auf viele Leute, die uns in erstaunlich sachlichem Ton über ihre eigene Krankheit oder diejenige von nahen Angehörigen oder auch Nachbarn berichteten. Dann gab es natürlich auch diejenigen, die uns die Türe sofort vor der Nase zuknallten, sobald wir unser Sprüchlein aufgesagt hatten. Einige nahmen sich noch die Zeit, uns vor dem Zuknallen ausgesuchte Beschimpfungen an den Kopf zu werfen – auf die Details will ich lieber nicht eingehen. Eine letzte Gruppe schließlich verdächtigte sofort bestimmte

Nachbarn, die uns angeblich auf sie gehetzt hätten. Sie wollten wissen, wer was gesagt habe. Philipp berief sich heroisch auf das Arztgeheimnis.

Eine alte Frau hielt uns einen ausufernden Vortrag darüber, dass nur die Leute von Block 4 krank würden und zwar, weil das alles Italiener, Spanier und so seien.

Was die Nationalität damit zu tun habe, wollte Philipp wissen.

Die würden nicht anständig leben und komisches Zeug essen, meinte sie. Ich unterdrückte meinen Reflex, sie darauf aufmerksam zu machen, dass die Mittelmeerküche eindeutig gesünder sei als die traditionelle Schweizer Küche.

Es gab noch weitere Schweizer, die mehr oder weniger politisch korrekt die Meinung äußerten, dass die Krebserkrankungen mit den vielen Ausländern im Luegisland zu tun habe.

«Geht es um eine Sammelklage?», fragte mich eine Frau misstrauisch.

«Nein. Ich bin keine Anwältin oder so was. Uns interessiert nur, ob es hier ein gesundheitliches Problem gibt oder nicht.»

«Ach nein! Wir sind hier auf dem Land, okay. Wir haben hier kein Parkleitsystem und auch keine blaue Zone, okay. Aber das heißt noch lange nicht, dass wir blöd sind. Wir haben hier auch *Erin Brockovich* gesehen. Und Julia Roberts war auch keine Anwältin, stimmts?»

«Ja aber …»

Die Türe knallte zu.

Schließlich stießen wir auf einen etwa dreißigjährigen Mann in dunkelgrauem Overall, der auf einem Kinderspielplatz zwischen den Blöcken herumliegenden Abfall aufsammelte. Sein Gesicht war rund, sein Lächeln offen und gleichzeitig naiv. Philipp und ich wechselten einen verstohlenen Blick, und ich nickte leicht. Der Mann war offensichtlich geistig etwas zurückgeblieben, aber warum sollten wir ihn nicht auch befragen. Immerhin hatte er uns freundlich gegrüßt.

Während Philipp ihm unser Anliegen erklärte, runzelte er die Stirne und bewegte seine Lippen in einem Monolog, den nur er hören konnte.

«Es heißt, das habe mit den Werken zu tun», gab er schließlich zur Antwort. Wir wechselten wieder einen Blick, diesmal erstaunt.

«Welche Werke?»

«Na, die Emtewe bei Heubach.»

Philipp schaute mich fragend an, und ich nickte. Ich war schon mehrmals durch diesen Ort gekommen. Und ich erinnerte mich daran, dass ich außerhalb des Dorfes einen Industriekomplex mit großem Parkplatz gesehen hatte.

«Und was machen die da?»

«Das weiß ich nicht.»

«Und es heißt, dass diese Werke was mit den Krankheiten zu tun haben?»

«Es heißt so ...»

Wir warteten, ob noch etwas kommen würde. Der Mann hatte einen großen Reisigbesen genommen und angefangen, den Platz zu wischen. Er machte das mit großer Sorgfalt.

«Unheimlich ist es schon», meinte er nach einer Weile.

«Was ist unheimlich?», fragte Philipp in sanftem Ton.

«Dass das passiert ist. Drei Mal ist es passiert.»

«Was ist drei Mal passiert?»

«Also ... das mit dem Teich eben.»

«Was ist mit dem Teich?», fragte Philipp geduldig, während ich fast aus der Haut fuhr.

«Das scheint mir einfach nicht normal.»

Wir schauten ihn abwartend an.

«Das war, als ich noch klein war. Von einer Stunde zur anderen sind plötzlich alle Viecher … also das waren eine ganze Menge.»

Er stützte sich vorsichtig auf seinen Besen, und ein Lächeln ließ sein ganzes Gesicht erstrahlen. «Da hatte es nämlich früher sogar Grasfrösche, Libellen, Geburtshelferkröten und … Gelbaugenkröten? Heißen die so?»

Ich schüttelte leicht den Kopf – ich hatte keine Ahnung.

«Also ja, es waren jedenfalls eine Menge Viecher da drin … und dann ist es eben passiert: Die sind plötzlich an der Oberfläche getrieben, haben nur noch gezuckt.»

Sein Gesicht hatte sich zu einer Grimasse verzogen. Er sah aus, als ob er gleich weinen würde. «Das waren Fische und Frösche und sogar Lurche. Ich wollte die Frösche rausnehmen. Das hat aber nichts genutzt. Sie sind alle gestorben. Alle!»

Er hob in einer Geste seine Arme, die seine damalige Hilflosigkeit deutlich ausdrückte.

Dann sagte er nochmal mit wieder fester Stimme: «Alle verreckt.»

Er ging hinüber zu einer Rutschbahn und rüttelte an dem eisernen Gestell. Zufrieden mit der Festigkeit des Materials wandte er sich wieder Philipp zu: «Drei Mal ist es passiert. Nach dem dritten Mal durften wir nicht mehr im Teich baden. Mein Vater hat mich geschlagen.»

«Das tut mir leid», sagte Philipp, «ich heiße übrigens Philipp. Und Sie?»

«Ich bin der Fredu.»

Sein Gesicht bekam plötzlich etwas Verschlagenes, und er sagte: «Wir sind trotzdem reingegangen. In der Nacht. Viele Male. Auch die Mädchen.»

Er lachte. Schöne Erinnerungen, die mich schaudern ließen.

Wir bedankten uns und gingen nachdenklich weiter.

«Meinst du, das stimmt?», fragte ich Philipp.

«Immerhin eine erste Spur. Jetzt fragen wir eben alle anderen, was sie davon halten.»

Aber niemand konnte oder wollte uns sagen, was in dieser Emtewe produziert wurde. Immerhin klärte uns ein älterer Mann in verärgertem Ton darüber auf, dass die Firma Mahler-Tschumi-Werke hieße, kurz MTW. Die einen wussten nicht, was die MTW produzierte, die anderen, die teilweise selbst in den Werken – wie sie sie alle nannten – arbeiteten oder einen Angehörigen hatten, der dort arbeitete, weigerten sich strikt, uns irgendetwas zu sagen.

Ein Mann um die vierzig brachte die allgemeine Stimmung auf den Punkt: «Die Leute hier sind arm, aber nicht blöd. Wir kennen uns, und wir helfen einander. Und das ist mehr als man von den Leuten in der Stadt sagen könnte.»

Wenigstens gab uns eine ältere Dame, eine pensionierte Lehrerin, den Tipp, einen gewissen Reichenbach anzufragen. Der habe Informationen zu der ganzen Sache gesammelt. Ihr Mann, der am Fernseher saß, aber anscheinend jedes Wort unseres Gesprächs mitbekommen hatte, kam in den Flur, um uns seine Meinung zu sagen. Reichenbach sei ein «Schtürmisiech», der sich seit mehr als zwanzig Jahren mit dieser Sache beschäftige, ein Linker, der sein Leben lang nichts gearbeitet habe, aber den anderen die Arbeit neide … und so fort.

«Dieser Spinner wollte das ganze Gebiet hier räumen lassen.»

«Und warum?»

«Der sieht überall nur Schweinereien. Völlig durchgedreht ist der, Mitglied in der Arbeiterpartei und so.»

«Sie meinen, er übertreibt?»

«Übertreiben, ha! Der spinnt einfach. Was geht Sie das Ganze überhaupt an?», wollte er noch wissen.

Wir antworteten ausweichend und gingen weiter mit seinen misstrauischen Blicken im Rücken.

Im Verlauf der folgenden halben Stunde erlahmte Philipps Eifer immer mehr, und seine Wut kam wieder an die Oberfläche. Zwei Türen weiter, die uns vor der Nase zugeschlagen worden waren, fasste er mich plötzlich grob an der Schulter.

«Ich gehe jetzt nach Hause. Alleine.»

«Warte, Philipp, ich …»

«Nein. Ich habe keine Lust auf deine Erklärungen oder Entschuldigungen, Lou. Nicht jetzt. Ich …»

Er straffte sich entschlossen und schaute mir in die Augen.

«Ich will für mich sein … eine Weile.»

Ich blickte ihm niedergeschlagen nach. Als Philipp um die Ecke verschwunden war, stützte ich mich erschöpft an der Wand vor mir ab und starrte eine Weile auf das schmutzige Grau der Betonmauer, bis ich weiter hinten hörte, dass eine Türe geöffnet wurde und jemand auf den Gang trat. Rasch richtete ich mich auf und verließ den Block. Ich wollte weg von dieser Siedlung, wusste aber nicht wohin.

Meine Füße übernahmen die Entscheidung. Es ging Richtung Guggisberg.

13

Nach einer Stunde landete ich im «Falken», ging zum Tresen und bestellte ein Bier. Unauffällig schaute ich mich um. Aber die einzige Person, die mir bekannt vorkam, war eine alte Frau mit spärlichen, über den Schädel geklebten Haaren. Sie saß am selben Platz wie das letzte Mal, als ich da eingekehrt war. Und das war zwei Jahre her.

«Geben Sie einen Ballon Roten aus?», begrüßte sie mich, als ich mich an ihren Tisch setzte.

Ich nickte und holte ein Glas Hauswein für sie.

«Ich heiße übrigens Louisa», stellte ich mich vor, während ich ihr das Glas reichte.

«Ich werde Els genannt, die alte Els, wenn Sie es genau wissen wollen.»

«Sind Sie aus der Gegend?», fragte ich, weil mir nichts Besseres einfiel.

«Ich bin aus Riffenmatt. Habe aber lange in Bern gelebt.»

«Kennen Sie die Werke?»

«Wer nicht?»

«Haben Sie dort gearbeitet?»

«Oh, nein, ich nicht. Ich bin gelernte Stoffverkäuferin. Lehre bei der Tuch AG in Wimmis, 37 Jahre lang beim Globus in Bern.»

Sie hatte ihr Glas bereits ausgetrunken.

«Soll ich Ihnen noch ein Gläschen holen?»

«Ein Halbeli vom Burgunder, bitteschön. Dann können wir etwas plaudern.»

Ich tätigte die Investition und schenkte ihr ein.

«Sie fragen nämlich die Richtige», begann sie nach einem genießerischen Schmatzen, «ich bin mit dem Röbeli in die gleiche Klasse gegangen.»

Als sie meinen verständnislosen Blick sah, ergänzte sie: «Robert Tschumi. Sein Großvater hat die Fabrik gegründet. War immer ein Familienbetrieb. Bis heute. Die jüngste Generation, tja …»

«Erzählen Sie mir mehr.»

«Eine interessante Familie. Reich, aber rechtschaffen und anständig. Nicht so wie diese Saubanker mit ihren Boni. Die Tschumis haben viel in Gang gebracht hier in unserer Gegend. Auch für die Frauen. Es gab schon sehr früh Teilzeitstellen, und sie haben eine Krippe aufgemacht. Anfangs achtziger Jahre hatten sie eine Frau ganz oben in der Direktion. Das war damals eine Seltenheit – ist es ja heute noch! Und die Werke zahlen die besten Löhne weitherum. Und dann all die Kurse, die sie den Mitarbeitern anbieten. Wie man sich gesund ernähren kann, wie man mit dem Rauchen aufhört und solche Sachen.»

Sie ließ ihr Glas kreisen, hob es gegen die Deckenlampe und bewunderte die tiefrote Farbe.

«Aber glücklich waren die Tschumis nie. Die Männer haben sich alle vertan bei der Wahl ihrer Frauen. Carl Tschumi, Roberts Vater, hat damals eine richtige Megäre geheiratet. Eine Welsche, Catherine hat sie geheißen. War das ein Weib! Elegant, stolz und mutig, aber als Frau und Mutter eine Katastrophe. Ich glaube, sie hatte irgendein Nervenleiden – heute würde man das wohl anders nennen, jedenfalls konnte sie nie zu ihren Kindern schauen. Aber in der Welt herumreisen, das dann schon. Sie hat alle möglichen Sportarten gemacht. Carl Tschumi war ebenfalls sehr sportlich.

Das war die Zeit, in der die Frauen in langen, weißen Röcken Tennis gespielt haben. Und die Herren trugen weiße Hosen.»

«Und Robert?»

«Der war wirklich gut in der Schule. Gute Noten und alles. Aber seine Mutter, die Catherine – nicht ein einziges Mal ist die gekommen, wenn wir Theateraufführung hatten oder so. Mit seinen Ehefrauen hatte der Robert auch kein Glück. Von seiner ersten Frau hat er sich bereits nach etwa fünf oder sechs Jahren scheiden lassen. Von der zweiten Frau lebt er schon seit langem getrennt. Immerhin hat er mit den Kindern ein gutes Verhältnis. Nur will keines die Firma übernehmen. Das macht ihn sicher ganz fertig. Er hat immer viel dafür getan, dass die Werke ein Familienbetrieb bleiben.»

«Wie heißen die Kinder, und wo arbeiten sie?»

«Sie sind aber wirklich neugierig. Also, warten Sie mal … Eduard Tschumi ist jetzt wohl Mitte dreißig. Der ist ein hohes Tier bei der Migros und arbeitet in St. Gallen. Aimée Tschumi ist zwei Jahre jünger. Die studiert noch irgendwas. Ich glaube, nicht mal sie selbst weiß was. So viel ich weiß, wechselt sie jedes Semester das Fach. Und der Jüngste, Fabio, ist freischaffender Journalist und seit Jahren in Südamerika. Er lebt vom Geld seines Vaters, wenn ich mich nicht irre.»

«Und Roberts Frau?»

«Eve-Marie? Die hat ein Haus am Zürichsee. Stammt ursprünglich von dort und war wohl froh, als sie wieder verschwinden konnte. Das war mal eine arrogante Kuh. Entschuldigen Sie! Aber mir hat der Röbeli leidgetan. Seine erste Frau, die Vroni, hat sich nach der Geburt völlig verändert. Vorher war sie eine fröhliche, lebhafte Frau und danach nur noch ein Schatten ihrer selbst. Die beiden haben sich ewigs gestritten. Vor allem wegen dem Kind. Zwei Jahre nach der Scheidung kam Robert dann mit dieser Zürcher Schnepfe an, bei der ich schon auf den ersten Blick wusste, dass das nicht gutgehen kann. Die hat sein Geld mit beiden Händen rausgeschmissen. Sie ist hier mit einer Limousine rumgekreuzt, natürlich mit Chauffeur. Das ist nicht gut angekommen bei den Leuten. Der Röbeli ist dafür immer mit seinem alten Militärfahrrad in die Fabrik gefahren. Das hat sie genervt!»

Die alte Els lachte amüsiert.

«Eigentlich interessiert mich mehr, was Sie über die Produktion der MTW wissen. Zum Beispiel, was sie früher hergestellt haben. Und ob es mal einen Unfall gab.»

«Was denn für einen Unfall?»

«Zum Beispiel, ob es eine Explosion gab. Ob das Wasser verschmutzt wurde oder so was.»

«Nein. Das wüsste ich. Da ist nichts passiert. Jedenfalls nicht, seit ich hier in der Gegend die Klatschgeschichten mitverfolge. Und das ist immerhin seit fünfzig Jahren der Fall».

Sie kicherte.

«Was passiert denn jetzt mit den Werken?»

«Das weiß niemand so genau. Es wird gemunkelt, der Robert möchte verkaufen. Aber ich weiß nicht …»

Lautes Gehupe unterbrach uns.

«Eine Hochzeit?», fragte ich Els.

«Schön wärs. Nein, die versammeln sich da für eine Demonstration.»

«Worum geht es denn?»

«So viel ich gehört habe, wollen ein paar Leute gegen die Schließung demonstrieren. Es ist schwierig, hier oben Arbeit zu finden, vor allem für die Jungen.»

Ich schüttelte den Kopf: «Aber wenn die Werke verkauft werden, muss das ja nicht heißen, dass die Produktion eingestellt wird.»

Els zuckte mit den Schultern. Ein knirschendes Krachen von draußen ließ uns zusammenzucken. Nun hörte man lautes Fluchen und Lachen. Ein aufgemotzter Kleinwagen mit dunkel getönten Scheiben war in die Sitzbank vor der Gemeindeverwaltung reingekracht. Ein junger Mann begutachtete gerade den Schaden an der rechten Vordertüre seines Autos und fluchte lauthals. Sein Gesicht war tiefrot vor Wut.

Els seufzte laut: «So ein Idiot! Das ist Kevin Althaus. Führt sich auf wie ein Formel-1-Fahrer und kann immer noch nicht korrekt parkieren. Schade um den GTI! Den hat er zu seinem Lehrabschluss vom Vater geschenkt bekommen. Die Stelle ist er wohl jetzt auch los, wenn die MTW geschlossen werden.»

In diesem Moment kam eine große Gruppe von älteren Männern in den Falken. Rote Gesichter, schwere, schwielige Hände. Sie stellten sich alle an die Bar und bestellten Bier oder Kafi Schnaps.

Und dann ging es los.

«Das lassen wir uns nicht gefallen. Jetzt reichts!»

«Du kannst mir glauben, da steckt Greenpeace dahinter!»

«Anscheinend haben heute eine Frau und ein Italiener im Luegeli rumgeschnüffelt. Haben überall rumgefragt. Ob jemand an Krebs gestorben ist und so.»

Schlagartig wurde mir heiß, und ich machte mich so klein wie möglich.

«Das hat mir Lisa auch erzählt. Ein Knirps von einer Frau. Aber das war kein Italiener, sondern ein Typ, der wie ein Indianer ausgesehen hat. Sind zu Fuß gekommen.»

«Ein Indianer? Was wollen denn jetzt auch noch die Indianer bei uns?»

Ich musste ein nervöses Kichern unterdrücken. Aus dem Hintergrund hörte ich eine tiefe Stimme, die mir bekannt vorkam: «Das ist doch alles Mist! Die sind von hier. Aus der Stadt. Die Frau ist von so einem Bundesamt. Sie hat mich auch gefragt, ob ich was weiß wegen den Krankheiten hier oben. Eigentlich war sie ganz nett.»

Mist, dachte ich. Mit dem hatte ich vor weniger als einer Stunde noch gesprochen. Ich duckte mich unwillkürlich.

«So eine Saumore. Die hat dich ausgequetscht, und du hast es nicht mal gemerkt.»

«Nein, das stimmt nicht. Sie war ganz anständig, und der Mann auch. Ein Arzt.»

«Das sind sicher die, die uns auch das Rauchen in den Beizen verbieten wollen.»

«In den Beizen? Fritz, von wo kommst du eigentlich?»

«Vom Guggershörnli wie du auch, oder?»

«Du hast ja keine Ahnung. Das Neueste ist, dass wir im Wankdorf-Stadion nicht mehr rauchen dürfen. Im Wankdorf! Nächstens dürfen wir dann beim Holzen auch nicht mehr rauchen. Wegen dem Waldsterben!»

Lautes Gejohle.

Dann wieder ernst: «Um was geht es denen eigentlich?»

«Das kann ich dir genau sagen: Wir hier auf dem Land sollen ausbluten, weil die ‹Gschaleten› in der Stadt nicht mehr wissen, wie blöd sie das Geld ausgeben sollen. Mit all diesen Krippen und ...»

Seine Schimpferei wurde unsanft unterbrochen.

«Ach, hör auf, Rüedu, das haben wir schon tausendmal gehört. Das heißt heute Kindertagesstätten, Kitas. Und die sind eine gute Sache. Alicia gibt ihre Kleine jetzt auch.»

«Lisa meint, es hat was mit dem Krebs zu tun. Der Stamm Fredu ist ja jetzt auch gestorben, und der war noch nicht so alt.»

«Als ob die in der Stadt nicht auch sterben würden, verdammte Scheiße.»

«Warum kümmern die sich nicht um ihren eigenen Mist. Mit all dem Dreck und den Fixern dort.»

«Und die Sprayer! Diese Schmierereien! Hast du schon mal die Reithalle gesehen! Was das alles kostet!»

«Darum geht es doch gerade! Wenn die bei uns die Werke schließen, haben sie wieder ein paar Arbeitsplätze mehr unten in der Stadt. Und von was sollen wir hier leben, kannst du mir das sagen?»

«Vom Bauern jedenfalls nicht. Hast du den Milchpreis gesehen?»

«Wenn die nochmals hier auftauchen, werden sie es jedenfalls bereuen.»

Unwillkürlich starrte ich zu der Gruppe hinüber. Der Sprecher ballte seine riesigen Hände zu Fäusten. Zustimmendes ‹Holeien› ertönte rundherum, und ich fühlte mich unwohl wie selten in meinem Leben.

Die alte Els beobachtete mich mit einem listigen Funkeln in den Augen.

«Wenn ich Sie wäre, würde ich jetzt verschwinden. Sie können hinten raus. Neben dem WC den Gang weiter nach hinten», sagte sie mit gedämpfter Stimme.

Ich starrte sie erstaunt an.

«Gehen Sie schon.»

***

Ich versuchte, mich davonzuschleichen, ohne aufzufallen, und bewegte mich betont lässig, während ich innerlich zitterte. Die wenigen Meter bis zur Toilette kamen mir endlos vor. Die Türe dahinter war unverschlossen – Gott segne die alte Els!

Als ich das Gebäude verlassen hatte, drückte ich mich an die Wand und blickte vorsichtig um die Ecke auf die Gruppe junger Männer, die sich um den beschädigten GTI versammelt hatte. Die Stimmung war erregt. Einer der Typen hatte ein Sturmgewehr umgehängt.

Heil dir Helvetia! Irgendwann nächstens werde ich auswandern, ich schwöre es.

Nervös beobachtete ich die Jugendlichen und überlegte, wie ich am besten wegkam – da schrak ich heftig zusammen.

Neben dem rotgesichtigen Kevin, der eben sein Auto ruiniert und seine Stelle verloren hatte, stand ein Typ, der heftig auf ihn einredete. Es war Luca, der Sohn von Mene Herzliebs Freundin. Luca, der wahrscheinlich ganz genau wusste, wer ich war, was ich wollte und wie ich aussah. Nun musste ich weg, und zwar rasch.

Und dann hatte ich Glück. Es kamen noch zwei Autos, heftiges Händeklatschen, noch ein Typ mit einem Sturmgewehr, dann setzten sich alle in ihre Autos und fuhren davon.

Ich wartete noch einige Minuten im schützenden Schatten des Hauses. Dann ging ich hinüber zur Haltestelle. Verdammtes Pech! Das nächste Postauto würde erst in einer Stunde fahren. Ich hatte auf keinen Fall vor, so lange dazubleiben. Da ging ich lieber zu Fuß los. Ich konnte ja an der nächsten Station zusteigen. Ein fernes Hupen ließ mich zusammenzucken, und am liebsten wäre ich losgerannt. Ich zwang mich zu unauffälliger Eile und nahm bei der ersten Gelegenheit einen Wanderweg abseits der Straße.

Erst als ich einige Kilometer vom Dorfplatz weg war, begann ich, wieder freier zu atmen. Diese verdammten Guggisberger. Die hatten keine Ahnung, waren totale Hinterwäldler und überhaupt. Solche Typen sollten doch nicht mit Gewehren rumlaufen dürfen. Und dann die Alten!

Andererseits ..., nachdenklich kaute ich auf meiner Unterlippe rum, andererseits reagieren die Menschen wohl überall auf der Welt äußerst aggressiv, wenn man ihnen die Arbeit wegnimmt. Und als Arbeitsloser in der Schweiz bist du doch der totale Versager. Ein Nichts.

Die Schließung der Werke? War da was dran?

Mein Weg führte mich auf einer schmalen Straße durch den unteren Stapfenwald. Diese Strecke hatte auf mich immer schon einen speziellen Reiz ausgeübt. Der Wald war sehr dicht und gab nur vereinzelt den Blick frei auf moosige Lichtungen von wenigen Metern Durchmesser. Einmal hatte ich da ein ganzes Rudel Rehe angetroffen. Es ging leicht abwärts, und ich beschleunigte meinen Schritt und atmete freier, froh um jeden Meter, den ich mich von Guggisberg entfernte.

Im Nachhinein fragt man sich immer, ob man nicht hätte anders reagieren können. Ob man sich nicht mit irgendeiner Heldentat hätte retten können.

Die Realität sieht ganz anders aus.

***

Als die Männer plötzlich vor mir aus dem Wald sprangen und mit einem dichten Halbkreis die schmale Straße blockierten, erstarrte ich zu totaler Bewegungsunfähigkeit. Ich stand da und glotzte die Typen an, vollkommen perplex.

Sie waren zu siebt. Ich erkannte Kevin und Luca. Und einen der Kerle mit Sturmgewehr. Ein anderer, der etwas älter aussah, machte mit einem breiten Grinsen im Gesicht einen Schritt auf mich zu: «Jetzt wollen wir der Schnalle aus der Stadt mal zeigen, wie das bei uns läuft.»

Die anderen kamen nun ebenfalls näher.

«Der wird es noch leid tun, dass sie bei uns rumgeschnüffelt hat.»

Der Kleinste von allen wurde von zwei Kollegen nach vorne gezerrt.

«Hej, die ist genau richtig für dich.»

Lautes Grölen.

Der Kleine wand sich und versuchte, zurück in die zweite Reihe zu gelangen.

Ich musste da weg. Rasch.

Ich schaute mich um. Rechts von mir war der Wald zu dicht und steil, aber wenn es mir gelingen würde …

Ein harter Stoß in den Rücken ließ mich straucheln.

«Du bleibst schön hier», tönte eine tiefe Stimme hinter mir. Ich drehte mich rasch um.

Der Typ, der sich von hinten angeschlichen hatte, war gut einen Kopf größer als ich und sicher zwanzig Kilo schwerer. Angst machte mich bleischwer. In einem Lichtstrahl, der durch den dunklen Tannenwald fiel, sah ich sein Gesicht, seinen Ausdruck in aller Deutlichkeit. Da ging es nicht nur darum, mir Angst einzujagen oder mich zu verprügeln. Mein Herz raste, mein Hirn war voll mit lautlosem Nein-Nein-Nein-Nein.

Er versuchte, mich zu packen, und ich wich rasch aus, stolperte dabei aber erneut. Diesmal fiel ich zu Boden und schürfte mir dabei meinen Ellenbogen auf.

Die Männer lachten und kamen näher. Mein Herz polterte heftig, ich konnte keinen klaren Gedanken mehr fassen.

Exakt in dem Moment hörte ich das Brummen eines Motors, eine Kupplung wurde runtergeschaltet, und schon tauchte ein weißer Lieferwagen auf.

«Scheiße, da kommt einer!»

«Der Minger Tinu! Abhauen!»

Blitzschnell verschwanden meine Angreifer im dichten Wald. Ich sank auf meine Knie, immer noch mitten auf der Straße, als der Lieferwagen anhielt.

«Was war denn da los?», fragte mich der Fahrer. «Hat man Ihnen etwas getan?»

Ich brachte kein Wort heraus, schüttelte nur den Kopf.

Der Mann war sehr freundlich, sammelte meine Habseligkeiten ein, die ich fallengelassen hatte, und ließ mich in seinem Lieferwagen bis Schwarzenburg mitfahren.

Als ich dort am Bahnhof ausstieg, war ich immer noch völlig benommen. Wie in Trance. Ich konnte kaum fassen, was gerade passiert war. Fast passiert wäre. Ich glaube nicht, dass ich je in meinem Leben so nahe an einer Vergewaltigung vorbeigeschrammt war.

Ich stieg in den Zug nach Bern, und auf halber Strecke kamen die Gefühle dann doch noch, und zwar mit voller Wucht. Ich begann unkontrolliert zu zittern, ja, meine Beine schlotterten regelrecht, und ich musste sie zwischen Bank und Wand einkeilen, damit es nicht auffiel. Und dann begann ich zu lachen. Ein irres, abgehacktes Lachen, das nicht mehr aufhören wollte.

Es hatte etwas Absurdes gehabt, dieses plötzliche Auftauchen und Verschwinden der Burschen. Wie Figuren in einem Kasperlitheater. Hopp und da – hopp und weg. Ich lachte wieder und wischte mir die Tränen aus den Augen. Den ganzen Weg nach Hause schlotterte und lachte ich gleichzeitig vor mich her.

***

Zu Hause beruhigte ich mich allmählich, das Zittern blieb mir allerdings noch lange erhalten. Ich machte mir einen Tee, wickelte eine Wolldecke fest um meine Beine und dachte nach.

Das waren keine Männer gewesen. Picklige Knaben, hochaufgeschossen ja, aber immer noch Kinder. Sie hatten gekichert. Außer derjenige, der mir so nahe gekommen war. Das war wohl der Anführer. Er hatte die Energie, die Entschlossenheit gehabt. Aber warum hatten sie mir überhaupt aufgelauert? Ich hatte nicht das Gefühl, dass diese Figuren spontan auf eine solche Idee gekommen waren.

Irgendjemand hatte sie aufgehetzt, vielleicht sogar bezahlt dafür. Irgendjemand, der verzweifelt genug war, zu solchen Mitteln zu greifen. Es musste für ihn extrem wichtig sein, dass ich nicht mehr weiter rumschnüffelte. Dass ich meine Fragerei bleibenließ.

Und das hieß, dass Philipp und ich auf etwas gestoßen waren. Ich würde ihn warnen müssen. Mein Magen zog sich schmerzhaft zusammen.

Ich hatte keine Lust, Philipp zu erzählen, was passiert war.

Fast – passiert war.

Ich wickelte mich fester in meine Decke. Darüber wollte ich nicht nachdenken. Nur das Warum war wichtig. Das andere – musste ich so schnell wie möglich vergessen.

Hopp – Kasperlifiguren da. Und hopp – Kasperlifiguren weg.

Das Ganze war ein absurder Alptraum, hatte nichts mit meiner Realität, mit meinem Leben zu tun.

Ich schaute auf die Uhr. Kurz nach sieben. Pauls Vernissage hatte bereits begonnen. Ich zwang mich aufzustehen und mich umzuziehen.

Vergessen, ablenken. Nichts war passiert.

14

Die Vernissage war in vollem Gange, als ich die Galerie betrat. Schon von weitem dröhnte mir Musik entgegen. Buddha Bar, laut und fetzig. Ich drängte mich durch verschwitzte Anzüge und Cocktailkleider und atmete auf, als ich die Wand erreichte und mit niemandem mehr in direktem Körperkontakt war.

Mein Gott, was für ein Trubel!

Paul war nirgends zu sehen, und Helga auch nicht. Als sich hinter mir eine Lücke auftat, trat ich einen Schritt von der Wand weg, um das Bild direkt neben mir zu betrachten. Es war etwa 90 auf 120 Zentimeter groß. Wie immer bei Paul. Das Sujet war mir ebenfalls vertraut, Ligurien, Meer, eine einsame Bucht, einige Pinien. Aber da war ein komischer Glanz, und die Farben stimmten nicht. Zu hart. Das Ganze wirkte überrealistisch, anders kann ich es nicht bezeichnen. Bedrohlich – trotz der ruhigen Szenerie.

Und dann war da noch eine schwarze Lache am Strand, darin lag eine Möwe, offensichtlich verschmiert mit dem schwarzen Zeug und mausetot.

«Zuerst habe ich nur das Farbspektrum geändert. Dann habe ich gemerkt, dass sich das Ganze bei den Umweltfans besser verkauft, wenn die Möwe dazukommt, damit auch dem letzten Trottel klar wird, worum es geht.»

Paul hatte sich dicht neben mich gestellt und schrie mir direkt ins Ohr. Seine Wangen waren gerötet vor Aufregung und vielleicht auch vom Wein. Seine Augen blitzten voller Übermut.

Ich lächelte ihn etwas unsicher an.

«Das Ganze hat letzten Sommer mit unserer Reise in die Toscana begonnen. Ich bin fast durchgedreht, als ich feststellen musste, dass sich das Licht geändert hat. Die Farben dieser Gegend – ich habe sie verdammt nochmal geliebt!»

Ich konnte mich gut an die Episode erinnern. Letzten Sommer hatten Helga und Paul drei Wochen Ferien in der Toscana geplant. Als sie angekommen waren, hatte Paul schockiert festgestellt, dass sich das Lichtspektrum und damit die Farben verändert hatten. Er hatte behauptet, dass dies mit der Umweltverschmutzung und der zunehmenden Wärme zu tun habe. Das berühmte Licht der Toscana, die Farben, die Paul für seine Landschaftsbilder benötigte und liebte, war weg. Für ihn als Maler eine Katastrophe. Er wollte sofort wieder abreisen, und so waren sie nach drei Tagen bereits wieder zu Hause.

«Die Klimaerwärmung interessiert einen doch nur theoretisch, bis man das erste Mal ganz konkret etwas davon spürt», sagte Paul mit lauter, empörter Stimme, und neugierige Blicke richteten sich auf uns.

«Nachdem wir wieder zu Hause waren, habe ich aus purer Frustration versucht, diese Katastrophe zu malen. Und sieh dir jetzt das an!»

Er machte eine Geste in Richtung der Leute. Ich sah mich in der Galerie um. Die vielen Leute drängelten und schoben sich durch die engen Räume. Vor dem Tisch mit Champagner und Rotwein war das Gedränge wie immer bei solchen Anlässen am größten. Zwei großgewachsene, junge Männer, einer dunkelhäutig, einer mit einer langen blonden Mähne, boten Antipasti an. Alles wirkte enorm chic und teuer. Die einzige

Ausnahme waren eine Handvoll Greenpeace-Geldeintreiber in ihren orangen Overalls, die sich hastig einen Berg Antipasti reinschaufelten. Einige Meter weiter hinten stand der oberste städtische Kunstförderer und sprach mit einem großen, ziemlich beleibten Herrn mit silbergrauen Haaren, die ihm in allen Richtungen vom Kopf abstanden. Der Lärmpegel war zu hoch, um irgendetwas zu verstehen. Paul hatte meinen Blick gesehen.

«Das ist DiStefano von *artinsight*. Der wird nachher zu meiner sogenannten neuen Phase eine Rede halten.»

Paul schaffte es, gleichzeitig stolz und verächtlich dreinzuschauen.

«Ich habe hier 23 Bilder hängen. Die habe ich allesamt in den letzten drei Monaten hingeschmiert. 16 davon sind schon verkauft.»

Soviel ich wusste, waren das mehr Bilder, als er in den letzten fünf Jahren insgesamt verkauft hatte.

In diesem Moment sah ich Helga in der Menge auftauchen. Sie schüttelte Hände, verteilte Wangenküsse und strahlte. Als sie mich erblickte, stellte sie das Strahlen ab und begrüßte mich mit einem kühlen: «Ach, du bist doch noch gekommen? Genügt der Wein deinen Ansprüchen?»

«Dir auch einen guten Abend, Helga», sagte ich.

«Mein Gott, hat das Leute!», meinte sie und wirkte eher gestresst als erfreut.

«Ein finanzieller Erfolg. Paul wird heute alle Bilder verkaufen. Wahnsinn!»

Helga schüttelte den Kopf: «Ich finde das Ganze übertrieben …, das hat er doch gar nicht nötig.»

«Ach komm, sei nicht so ernst. Du siehst doch, dass es Paul freut, endlich wieder mal begehrt zu sein, Bilder zu verkaufen, im Mittelpunkt zu stehen. Und Künstler mussten immer schon Kompromisse eingehen, um überleben zu können.»

«Das ist kein Kompromiss – das ist eine Verarschung», sagte Helga.

Ich musste grinsen. Irgendwie war das typisch für Paul. Er war der zynischste Mensch, den ich kannte. Für einige Sekunden tauchte der Künstler aus der Menge auf, in der einen Hand eine Champagnerflute, mit der anderen eine teuer gekleidete Fünfzigjährige steuernd, die einen Kopf größer war als er. Mit ihren knallroten, kurz geschnittenen Haaren wandelte sie als eine Art Leuchtturm durch die Menge.

«Was passiert, wenn Paul zu einem Servela-Promi mutiert?»

«Das wird er nicht, Helga, mach dir keine Sorgen.»

«Ich finde es einfach falsch, dass er sich verkauft.»

«Er verkauft nicht sich, er verkauft seine Bilder.»

«Das ist es ja gerade! Das da …», sie machte eine weit ausholende Armbewegung, die die ganze Galerie umfasste, «das ist nicht Paul. Das ist nicht seine Kunst.»

«Das stimmt. Aber er hat einen Weg gefunden, mit schnell hingeschmiertem Zeug, Geld zu machen. Bist du etwa neidisch auf seinen Erfolg?»

«Und wie geht es dir mit Philipp?», wechselte sie das Thema. «Warum ist er nicht mitgekommen. Habt ihr euch getrennt?»

Helga wie ich sie kannte und liebte – diplomatisch und subtil.

«Ganz im Gegenteil. Wir reden dieser Tage über Kinder und Verlobung.»

«Ha, ha. Guter Witz, Lou.»

Helga hob ihr Glas und wir stießen an.

«Auf die Kunst!», sagte Helga.

«Und das Geld!», sagte ich.

Ein Schweigen trat ein, während wir die Vernissage-Besucher beobachteten.

«Es tut mir leid, dass ich dich neulich so abgeputzt habe», wagte ich mich schließlich vor.

«Schon gut. Eigentlich sollte ich mich so was von dir ja gewohnt sein.»

Das war nicht gerade das, was ich hören wollte, aber immerhin hatten wir wieder eine Art Friedensabkommen. Immer noch strömten Besucher in die Galerie. Helga und ich wurden immer weiter nach hinten gedrückt, bis wir uns vor einem Gemälde wiederfanden, das ich in seiner plumpen Direktheit besonders scheußlich fand.

Ich dachte an mein Lieblingsbild von Paul, das ich vor vier Jahren gekauft hatte und das seither in meinem Schlafzimmer hing. Ein dunkler Wald, davor ein Kornfeld, alles noch von grauen Nachtschatten verhüllt. Darüber lag ein flüchtiger Glanz, eine Ahnung von Licht und Farbe, das Wissen, dass bald die Sonne aufgehen würde.

Paul war – jedenfalls in meinen Augen – ein Meister des Lichts, der Differenziertheit, des feinen Spiels mit Farben, mit Licht und Schatten. Das war natürlich nicht so spektakulär verstörend wie ölverschmierte Möwen an einem paradiesischen Strand. Das Bild, vor dem Helga und ich standen, war verkauft wie fast alle Bilder der «neuen Phase». Sie gingen wirklich weg wie warme Semmel. Eine schön gerahmte Prise Weltuntergang für läppische zehn Riesen über dem de-Sede-Sofa und du bist voll dabei.

«Das ist widerlich! In was für einer Zeit leben wir eigentlich?», fragte ich Helga erbost.

«Gerade vorhin warst du doch noch begeistert von Pauls Erfolg!», gab sie zufrieden grinsend zurück. «Weißt du was? Seit

Gians Tod entwickelst du dich langsam aber sicher zu einem moralinsauren Miesepeter!»

«Miesepeter?»

«Wie willst du das denn anders nennen? Die Gesellschaft ist kaputt … es gibt keine guten Menschen mehr auf dieser Welt … die Schlechtigkeit hat gesiegt … alles ist verloren, oh weh, oh weh, und so weiter.» Dazu raufte sie sich die Haare wie ein altes Klageweib aus einem Stummfilm der zwanziger Jahre.

Ich musste lachen.

«Lache, während die Welt zugrunde geht.»

«Nietzsche?»

«Nero.»

«Wers glaubt …»

«Das ist dieser Tage Pauls Lieblingszitat.»

Die Musik wurde leiser gestellt und das Licht gedimmt.

«Ach, jetzt kommt die Rede», sagte Helga. «Komm wir drängeln uns nach vorne. Keiner ist so charmant hochnäsig wie Davide DiStefano. Aber er versteht was von Malerei und sollte es eigentlich besser wissen. Mal schauen, wie er sich aus diesem Dilemma herauswindet.»

«Gibts was zu trinken während der Rede?»

«Wehe, wenn du hier nur säufst und kein Bild kaufst …»

***

Ich beschränkte mich brav auf ein Glas Weißwein, trank danach Mineralwasser, ließ eine wirklich charmant vorgetragene, aber mir vollkommen unverständliche Ansprache dieses DiStefano über mich ergehen und beobachtete das Geschehen.

«Und deine wirkliche Kunst?», fragte ich Paul später in einem ruhigen Moment.

Paul sah sich unauffällig um und flüsterte mir dann zu: «Ich male weiter meine Sachen, aber das darf niemand wissen. Schließlich bin ich jetzt das Kunstflaggschiff von Greenpeace.»

«Du spinnst, Paul, aber das ist ja nichts Neues.»

«Ich habe vor vielen Jahren im Massif des Maures in Südfrankreich einen Kastanienhain gesehen, seit Jahrzehnten verlassen, voll trauriger Schönheit. Sobald diese Ausstellung vorbei ist, will ich mit diesem Bild beginnen. Das Licht ...»

Er brach abrupt ab, als sich ein Mann um die fünfzig in der offensichtlich zurzeit angesagten Kunstuniform – schwarze Hornbrille, schwarzes seidenglänzendes T-Shirt, ultraenge Hochwasserhose, (künstlich?) abgewetzte rote Turnschuhe, die meiner wenig maßgeblichen Meinung nach nicht zum Rest passten – zu uns gesellte und Paul mit irgendwelchen Fachbegriffen volllaberte. Paul nickte verständig, machte an passenden Stellen einige «hms», zwinkerte mir zu und führte den potenziellen Kunden unauffällig in Richtung eines großformatigen Bildes mit einem Kadaver, der aussah wie ein sich verflüssigender Esel. Oder waren das Quallen? Fraßen Quallen tote Esel?

Ich suchte nach Helga und fand sie im Gespräch mit zwei Arbeitskolleginnen aus dem Walmont. Als sich diese verabschiedet hatten, suchten wir uns eine ruhige Ecke. Im Vorbeigehen schnappte sich Helga noch zwei Gläser Rotwein, was ich nun eindeutig als Friedenszeichen interpretieren durfte. Wir fanden ein verwaistes Sofa und ließen uns erschöpft daraufplumpsen. Ich streifte unauffällig meine unbequemen Schuhe ab. Helga wollte wissen, ob ich in der Zwischenzeit mehr über den Tod von Gian rausgefunden hätte. Ich erzählte ihr das Wichtigste. Am Schluss kam ich auch auf mein Treffen mit Adrian Fux im Dählhölzli zu sprechen.

«Scheint ein interessanter Typ zu sein», meinte sie.
«Jedenfalls wird es nicht langweilig mit ihm.»
«Weiß er wirklich etwas über Gian, oder macht er sich nur wichtig?», fragte Helga.
«Warum sollte er das tun?»
«Vielleicht findet er dich attraktiv?», meinte Helga.
«Nein, das glaube ich nicht», sagte ich zu rasch.
Helga begann zu grinsen, während sie aufmerksam meinen Gesichtsausdruck beobachtete.
«Also doch!»
«Da ist nichts. Er verwirrt mich mit seiner Art, das ist alles.»
In diesem Moment unterbrach uns Paul, der völlig erledigt aussah.
«Gehen wir. Ich brauch jetzt ein Bier irgendwo in einer Beiz, wo die Leute so reden, dass man sie versteht.»

15

Wir machten dann noch eine Beizentour durch die Berner Altstadt. Es war laut und lustig, und der Stapfenwald war weit weg.

Am nächsten Morgen erwachte ich nicht gerade überraschend sehr spät und mit schwerem Kopf. Ich fühlte mich orientierungslos und wusste weder, wie ich an diesen Punkt gekommen war, noch, wohin mein Weg führen sollte. Ich brauchte Ruhe. Etwas, das mich aufmuntern würde. Aber was? Ich dachte ernsthaft darüber nach, aber es wollte mir partout nichts einfallen. Jedenfalls nichts, was sich realisieren ließe.

Also, mal Kaffee kochen und dann eine Liste machen. Listen machen beruhigt meine Nerven. Und manchmal weckt diese Tätigkeit in mir die Hoffnung, die Zukunft sei machbar; meine Ideen, meine Handlungen hätten irgendeinen Einfluss darauf, was passieren würde.

Der Kaffee verscheuchte den letzten Druck in meinem Kopf. Ich holte einen A4-Block und machte mich an die Arbeit.

1. Nicht einschüchtern lassen!
2. Philipp warnen
3. Weiterfahren mit der Recherche in Gians Daten
4. Informationen einholen: Kantonsarztamt, Umweltgifte, Wasserschutz, MTW, Krebserkrankungen, Mene Herzlieb
5. Das Unanangenehme zuerst!

Das Unangenehme zuerst – ich holte tief Atem und rief Philipp an.

«Ich habe jetzt keine Zeit», sagte er als Begrüßung.

«Ich auch nicht», gab ich zurück.

«Warum rufst du dann an?»

«Weil ich dich warnen muss.»

Ach je, das klang viel ernster, als ich es eigentlich hatte sagen wollen.

Ich seufzte und fuhr fort: «Geh in der nächsten Zeit nicht mehr ins Gantrischgebiet. Sie suchen da nach einem Indianer, der ihnen die Arbeitsplätze klauen will, damit die Junkies in der Stadt wieder mehr Geld haben, um sich einen Schuss zu setzen.»

«Ist dir gestern etwas zugestoßen, nachdem ich weg war?», fragte er nach kurzem Nachdenken – und mit hörbarer Besorgnis.

«Nicht wirklich. Nur – sei vorsichtig.»

Ein «Ich habe dich gern» lag mir auf der Zunge, aber ich brachte es einfach nicht raus. Philipp hatte nichts mehr gesagt. Er war wohl immer noch zutiefst verärgert.

Um meinen Kopf durchzulüften, ging ich runter zum Briefkasten. Zeitung, Rechnungen und ein Couvert mit feinem schwarzem Rahmen. Hastig drehte ich es, um den Absender lesen zu können: Familie Cavegn.

Ich riss den Umschlag auf. Die Beerdigung hatte letzten Donnerstag im engsten Kreis der Familie stattgefunden. Auf der Karte war Gians Name, sein Geburts- und Sterbedatum, ein Zitat aus der Bibel und eine Postkonto-Nummer für Spenden an das Schweizerische Rote Kreuz.

Ich hatte noch nie so etwas Unpersönliches gesehen. Da war nichts, rein gar nichts von Gian. Außer seinem Namen. Ich habe noch kaum je eine Beerdigung erlebt, die mich in irgendeiner Weise getröstet hat. In aller Regel ist es eine

Aneinanderreihung von Unkenntnis über den Verstorbenen, Missverständnissen und grandiosen Heucheleien. Trotzdem fühlte ich mich verletzt, dass mich Gians Mutter nicht zur Beerdigung eingeladen hatte. Sie schottete sich offensichtlich total von der Umwelt ab.

Ich grübelte eine Weile, und dann rief ich beim Kantonsarztamt an. Ich versuchte herauszufinden, mit wem Mene Herzlieb damals gesprochen hatte und was dabei herausgekommen war. Die Sekretärin verband mich mit einem Herrn Bisti, der mir aber nicht weiterhelfen konnte. Herr Kellermann sei schon einige Jahre pensioniert. Bisti gab mir wiederum die Nummer von Frau Frischknecht, die in der nächsten Viertelstunde von einer Sitzung zurücksein würde.

Genau 15 Minuten später versuchte ich es erneut. Frau Frischknecht stellte sich als Leiterin der Sektion NÜK vor. Auf meine Nachfrage hin erklärte sie freundlich, dass das die Sektion «Nicht übertragbare Krankheiten» sei. Nachdem ich ihr den Grund meines Anrufs erklärt hatte – Beobachtung Herzlieb, Nachfrage wegen Todesursachenstatistik, Analyse Kellermann (2002) –, stellte sie mir jede Menge Fragen. Frischknecht wollte wissen, wer ich sei («Psychologin?»), wer mein Arbeitgeber sei (Privatspital?»), was der Anlass meiner Fragen sei («private Gründe?») und wie ich überhaupt zu diesen Informationen über Patienten gekommen sei («von einer Quelle im Bundesamt für Statistik?»).

Und mit jeder meiner Antworten wurde ihre Stimme um einige Grade kühler. Dann blockte sie alle weiteren Fragen vollständig ab, was ich irgendwie verstehen konnte. Es machte mich trotzdem wütend.

«Frau Beckmann», gab sie mir schließlich zur Auskunft, «ich kann Ihnen versichern, dass diese Vermutungen bei uns sorgfältig geprüft wurden. Die Todesursachenstatistik zeigt keinerlei Erhöhung der Sterblichkeitsrate in dieser Region. Anscheinend ist in den letzten Jahrzehnten immer mal wieder dieses Gerücht der Krebsepidemie aufgetaucht – reine Hysterie.»

«Wer hat das überprüft und mit welcher Methodik?»

Statt meine Fragen zu beantworten, hielt sie mir einen kleinen Vortrag darüber, dass ich mir keine Sorgen machen müsse, wenn ich nicht rauchen, wenig Alkohol trinken und mich genügend bewegen würde. Das seien die Ursachen für Krebs, und diese weitverbreitete, irrationale Angst vor Umweltgiften sei nur ein Versuch, von seiner eigenen Verantwortung abzulenken.

Ich holte tief Atem, um sie nicht anzuschreien.

Ich wolle nur wissen, ob die Auswertungen, die sie für Frau Herzlieb gemacht hätten, irgendwo eingesehen werden könnten, versuchte ich es erneut.

Das sei nicht möglich, meinte sie.

Ich klatschte ihr das Öffentlichkeitsprinzip der Kantonsverwaltung um die Ohren, und sie revanchierte sich mit dem Datenschutz und der besonderen Sensibilität von Patientendaten. Ich drohte, ich würde mich wieder melden, und sie gab cool zurück, das Kantonsarztamt stünde selbstverständlich allen Bürgern zu Diensten.

Auch wenn sie noch so blöde Trottel sind. Aber das sagte sie nicht laut. Der Hörer wurde hörbar aufgeknallt – und das wars. K. o.-Sieg nach Punkten für den Gegner. Ich fühlte mich geschlagen und entmutigt.

Ich stand auf, um mich zu strecken. Meine Augen brannten vor Müdigkeit. Ich hatte zu wenig geschlafen. Der Gedanke an Philipp machte mich traurig.

Zu Beginn war alles so leicht gewesen – so einfach. War mir Unabhängigkeit wirklich wichtiger als Liebe? Oder eher: wichtiger als eine sogenannt eheähnliche Beziehung? Lieben konnte man auch seine Freunde, einen Apfelbaum, eine Beethoven-Suite.

Ach, wem willst du etwas vormachen, Lou?

Ich seufzte, setzte mich wieder an meinen Arbeitsplatz und wusste nicht recht wie weiter. Der Kreis der Tim-und-Struppi-Figuren auf Gians Tisch im BFS erschien vor meinem inneren Auge. Und plötzlich klärte sich mein Geist, als ob eine heftige Bise die Wolken fortgeblasen hätte.

Warum war mir das nicht früher eingefallen? Ich hatte wirklich zu viel getrunken in letzter Zeit. War da noch was übrig von meinen Hirnzellen?

Ich suchte die Nummer der Kantonspolizei von Neuchâtel heraus und verlangte Herrn Graber. Ich fragte ihn, ob sie Anhaltspunkte gefunden hätten, dass es sich um einen Mord handelte; ob sie nachgeprüft hätten, ob sich jemand zur fraglichen Zeit im BFS aufgehalten habe und ob Gian Cavegn vor seinem Tod in einen Streit mit einem Arbeitskollegen gewesen sei. Nicht ganz unerwartet war Graber eher erpicht zu erfahren, wieso ich dazu kam, diese Fragen zu stellen, als sie mir zu beantworten. Er, der bei seinem ersten Anruf ein perfektes Deutsch gesprochen hatte, antwortete mir nun stur in einem extraschnellen Französisch. Ich verstand der Spur nach, dass er mir nichts sagen dürfe – enquête en cours – laufende Ermittlung.

Immerhin war die Untersuchung von Gians Tod noch nicht abgeschlossen.

Sollte ich Gians Mutter anrufen? Vielleicht konnte sie mir mehr sagen? Bevor ich mich wieder anders besinnen konnte, griff ich zum Hörer und wählte die Nummer, die sie mir angegeben hatte. Sie tönte müde und sehr förmlich. Sie erkundigte sich nach meinem Wohbefinden und fragte nach der Trauerkarte. Ich bestätigte, dass ich sie erhalten hatte. Wir sprachen über das Wetter. Dann erzählte ich ihr, was ich unternommen hatte, um Gians Sammlung zu sichten und dass das Ganze noch etwas dauern würde. Sie nahm das kommentarlos zur Kenntnis. Schließlich fragte ich sie, ob sie mehr darüber wisse, was die Neuenburger Polizei genau untersuche.

«Nicht sehr viel. Sie sagen mir nur sehr wenig und auch das nur ungern», sagte sie.

«Haben sie versucht herauszufinden, ob sich noch eine andere Person im Gebäude aufgehalten hat, als Gian starb?», fragte ich sie.

«Ich weiß es nicht!», kam die wütende Antwort. «Sie wimmeln mich jedes Mal ab, indem sie auf die pathologische Untersuchung verweisen. Es gäbe keinen einzigen Hinweis auf Fremdeinwirkung. Ich habe den Eindruck, sie konzentrieren sich ausschließlich auf die Frage, ob es ein Unfall oder ein Selbstmord gewesen ist. Und auch das nur auf Sparflamme.»

Es entstand ein längeres Schweigen, während dem ich überlegte, wie viel ich ihr von den Dingen erzählen sollte, die ich in der Zwischenzeit herausgefunden hatte. Mit wieder sehr reservierter Stimme nahm sie mir die Entscheidung ab: Ich müsse sie jetzt entschuldigen. Sie habe noch einen ganzen Berg Wäsche zu bügeln.

***

Auf meiner Liste stand als nächster Punkt: Umweltgifte. Ich versuchte es bei Hans-Ruedi Kummer im Bundesamt für

Gesundheit. Hans-Ruedi war ein guter Freund und eine super Informationsquelle. Er war Epidemiologe, hatte in Berkeley studiert und war im Vorstand der Schweizerischen Gesellschaft für Biologische Mathematik und Epidemiologie. Außerdem war er enorm neugierig und wusste deshalb immer, wer was machte.

«Umweltgifte? Das ist nicht gerade mein Spezialgebiet, Lou, das weißt du doch. Aber wenn du jemanden sprechen musst, der sich mit Clusteranalysen auskennt, dann habe ich dir einen Supertipp! Wait a second, my dear!»

Ich hörte das Klicken seiner Tastatur. Die Sekunde dauerte ziemlich lange.

«Got you!», schallte es endlich triumphierend durch die Leitung.

«Ein Kollege vom Institut für Rechtsmedizin durfte diesen Winter ein Praktikum beim IARC machen. Im Hauptsitz in Lyon. Er wurde eingeladen, bei der Entwicklung des Cluster Detectors mitzuarbeiten. Würgler heißt er.»

«Warum schicken die jemanden an die International Agency for Research on Cancer?», fragte ich erstaunt.

«Ich bin nicht ganz sicher, aber ich glaube, es hängt damit zusammen, dass Würgler Mediziner und gleichzeitig ein hervorragender Informatiker ist. Jedenfalls jemand, der super programmieren kann. Er ist jetzt zuständig für irgendein Teilprojekt bei der Erarbeitung des Detectors. Ich habe gehört, dass dieser Würgler so was wie eine Schnüffelnase für mögliche Krankheitsursachen in der Umwelt ist.»

«Was ist das überhaupt dieser Cluster Detector?»

«Du wirst staunen. Das wird mal ein echter Durchbruch, Lou. Die Idee stammt von Phil Distelzweyg in Harvard. Wurde dann breit aufgenommen und wird jetzt auch von der WHO mitfinanziert. Als ein Element des Detectors soll eine gigantische Datenbank zum Zusammenhang von Umweltgiften und Erkrankungsraten in der Bevölkerung aufgebaut werden. Damit kann man dann kleinräumliche Analysen machen, zum Beispiel nach Quartieren in einer Stadt. Hast du wirklich noch nichts davon gehört?»

«Nein.»

«Eine fantastische Sache, falls sie es jemals schaffen, das Ding zum Laufen zu bringen. Du kannst dann die Daten eingeben mit Wohnort, Sterbeort und natürlich Art der Erkrankung, und dann gibt dir der Detector auf Basis der Referenzdaten Hinweise, ob es überhaupt einen Erkrankungscluster gibt, wo er räumlich zu finden ist – and the best – eine probabilistische Referenz auf die mögliche Ursache.»

«Hans-Ruedi, ich bin totmüde und du redest zu schnell.»

«Du bist schon zu lange in Bern, das färbt ab. Okay, nice and easy then. Der Cluster Detector entdeckt – wie sein Name sagt – Krankheitscluster, also ein erhöhtes Aufkommen von Krankheiten in einer definierten geografischen Region. Zusätzlich kann er aber noch Hinweise geben, welches Umweltgift für die Erkrankungen verantwortlich sein könnte. Hast du wirklich noch nichts davon gehört? Die Amis haben es in Kiew vorgestellt.»

In Kiew hatte letztes Jahr der Weltkongress der Epidemiologie stattgefunden.

«Du hockst schon viel zu lange in deiner Privatklinik. Willst du nicht endlich mal wieder ein bisschen Forschungsluft schnuppern?»

«Und meinst du, dieses Informatikgenie vom IRM ist bereit, mir zu helfen?»

«Sure! Er ist sicher ganz gierig darauf, mit Daten zu arbeiten und sein Programm zu testen.»

«Kennst du vielleicht auch noch jemanden, der sich mit Industriemüll und Wasserschutz auskennt?»

«Da müsste ich herumtelefonieren. Ist es wichtig?»

Ich erzählte Hans-Ruedi eine stark gekürzte Fassung der ganzen Geschichte.

«I am so sorry, Lou. Ich weiß, dass du Cavegn sehr gemocht hast. Ich gebe dir Bescheid, sobald ich was herausgefunden habe.»

Nach dem Gespräch fühlte ich mich bereits etwas gestärkt. Hans-Ruedi war für mich so etwas wie die Kavallerie.

15 Minuten später bekam ich eine E-Mail von Hans-Ruedi mit Kontaktperson und Telefonnummer eines Vorstehers des Amtes für Wasserschutz und Abfall, die Adresse eines privaten Labors, das meine Proben von Luegisland analysieren würde, und die E-Mail-Adresse von Würgler, dem Spezialisten im Institut für Rechtsmedizin.

Ich schrieb sofort an wuergler@irm.unibe.ch, gab aber nur an, ich sei interessiert an der Entwicklung des Cluster Detectors des IARC. Und ich hätte eine Frage wegen einer lokalen Erkrankungsrate.

Die Antwort kam keine Minute später.

Ich gebe Ihnen sehr gerne eine Einführung in die Logik und Arbeitsweise des Detectors. Geht es um eine konkrete Anfrage?

Ja. Es geht um einen möglichen Cluster im Gebiet Gantrisch, Kanton Bern.

Haben Sie Daten zum Auswerten?

Ja. Ich habe die Personalien inklusive Wohnort, Mortalitätsdaten BFS, Angaben aus der Volkszählung. Kann ich mal vorbeikommen?

Wann immer Sie wollen. Ich habe Zeit.

Wir verabredeten uns noch für den gleichen Abend.

Die Dinge kamen wieder ins Rollen.

Ich hatte Würgler Daten versprochen, die man in den Cluster Detector einspeisen konnte. Als musste ich bis heute Abend Daten haben. Und zwar vollständige und korrekte Daten über alle Todesfälle. Mit einer Mischung aus Panik und Euphorie setzte ich mich erneut an Gians neueste Dateien, die er mit dem Statistikprogramm R erstellt hatte. Irgendwo darin hoffte ich die fehlenden Angaben zu finden.

***

Zuerst preschte ich durch den Swiss-National-Cohort-Datensatz. Gian hatte mir schon viel von diesem neuen Datensatz erzählt, aber ich hatte nie damit gearbeitet. Obwohl ich einen neuen, besonders starken Rechner hatte, kam er an seine Kapazitätsgrenzen. 14 Millionen Personenrecords! Auch die einfachste Analyse dauerte unendlich lange. Also schaute ich mir die Datenstruktur einfach mal an und las parallel die Dokumentation dazu.

Eine halbe Stunde später verstand ich den Aufbau, aber das brachte mich nicht weiter. Danach öffnete ich die verschiedenen Analysedateien, die Gian geschrieben hatte. Ich las den jeweiligen Syntaxtitel und versuchte nachzuvollziehen, was Gian gemacht hatte.

Es war deprimierend. Ich hatte keine Zeit, mich wochenlang durch diesen Datenwust zu graben. Das Ganze war viel zu komplex …

Voller Frust klickte ich dahin und dorthin. Irgendwann öffnete ich eine Open-Office-Tabellenkalkulationsdatei. Und hatte plötzlich eine lange Namensliste vor mir. Name, Vorname, Geburtsdatum, Geschlecht, Todesursache, ICD-Code der Haupttodesursache, Wohnort Todesursachenstatistik,

Wohnort SNC, Abgleich wahr/falsch, Nationalität, Zivilstand, Beruf, Bildungsabschluss.

Die Liste der Verstorbenen aus dem Gantrischgebiet!

Ich stutzte. Wohnort BFS, Wohnort SNC, Abgleich wahr/falsch. Was sollte das?

Ich scrollte durch die Liste. Verglich die Angaben der einzelnen Personen. Und hielt den Atem an. Vor mir lag der Schlüssel: Gians Entdeckung, die ihn so aufgewühlt hatte!

Ungeduldig suchte ich die Nummer von Mene Herzlieb und rief sie in der Praxis an.

«Kannten Sie Herrn Peter Lüti, gestorben am 15. Februar 2004?», fragte ich sie.

«Ja.»

«War er Ihr Patient?»

«Ja.»

«Bitte geben Sie mir seine letzte gültige Wohnadresse.»

Sie gab mir die Information, und ich verglich sie mit den Angaben aus Gians Tabelle.

«Herr Lüti hat in der Schulstraße in Schwarzgrund gewohnt, als er starb?»

«Ja, das habe ich doch eben gesagt!»

«Schon lange?»

«Worauf wollen Sie eigentlich hinaus, Frau Beck?»

«Ist Herr Lüti kurz vor seinem Tod nach Thun gezogen?»

«Ganz sicher nicht.»

Ich erfragte zur Sicherheit noch die Angaben eines zweiten Patienten. Mit demselben Resultat.

Ich bedankte mich und legte, ohne die verwirrte Mene Herzlieb aufzuklären, den Hörer auf die Gabel.

Dann schlug ich meine Faust mit voller Wucht auf den Arbeitstisch.

Gian hatte vollkommen Recht gehabt: Sie haben die Toten auf die Reise geschickt! Irgendjemand hatte die Daten der Todesursachenstatistik bewusst und systematisch gefälscht!

***

Als Nächstes rief ich beim kantonalen Amt für Wasserschutz und Abfall an und verlangte den Leiter, einen Herrn Mathias Reichlin.

Das Glück war mir heute hold und hölder. Herr Reichlin war da, er hatte Zeit für mich, und er war auch bereit, meine Fragen zu beantworten, soweit er dies könne.

«Was meinen Sie mit: soweit Sie dies können? Sind die Standorte der Deponien etwa geheim?»

Reichlin lachte. Er schien überhaupt ein fröhlicher Mensch zu sein.

«Wo denken Sie hin? Jede der 1800 Deponien, die wir bis jetzt im Kanton Bern gefunden haben, ist in einer Karte verzeichnet. Dem Kataster der belasteten Standorte. Und dieser ist auf dem Internet.»

«Wieso gefunden? Sie müssen doch wohl nicht nach Deponien suchen, oder?»

«Doch, genau das ist unser Auftrag.»

«Aber haben Sie denn nicht selbst diese Deponien eingerichtet oder wenigstens bewilligt?»

«Oh nein, so lange gibt es uns noch nicht! Spätestens seit der Industrialisierung werden schädliche Abfälle irgendwo und irgendwie abgelagert. Man hat das Zeug zuerst einfach neben den Fabriken liegenlassen, später dann ins Wasser geschüttet, bis sich beispielsweise die Fischer dagegen wehrten, dass wieder mal die Fische auf dem Rücken den Fluss runterkamen.

Dann hat man eben begonnen, das Zeug irgendwo zu verbuddeln, aus den Augen aus dem Sinn, nicht? Und wir haben jetzt die Aufgabe, diese Buddeleien wiederzufinden und zu untersuchen, ob sie eine Gefahr für die Umwelt oder den Menschen darstellen.»

«Also suchen Sie im ganzen Kantonsgebiet nach Umweltgiften?»

«Der Bund verlangt, dass alle belasteten Standorte bekannt gemacht, dokumentiert und untersucht werden. Die Lage der großen oder der neuen Deponien ist selbstverständlich bekannt. Aber was ist mit all den kleinen und vielleicht auch illegalen Standorten, wo man früher private Abfälle, aber auch Sondermüll irgendwo den Hang runtergeschmissen hat?»

Er erklärte mir, dass wir im Kanton Bern Glück hätten, weil wenig industrielle Betriebe existierten. Bis die Altlasten-Verordnung des Bundes im August 1998 in Kraft getreten sei, habe doch jeder gemacht, was er wolle. Selbstverständlich habe es schon vorher Vorgaben gegeben, wer wo was in eine Deponie ablagern durfte. Es mussten Bewilligungen eingeholt werden. Aber an diese Vorgaben habe sich kaum einer gehalten, schließlich wurde das auch nie kontrolliert.

Ich fragte ihn nach den Wasserkontrollen durch den Kanton.

Für die Qualität des Trinkwassers sei das kantonale Laboratorium zuständig. Aber die kontrollierten nur auf biologische Parameter, also Bakterien und so. Sie hingegen würden alle Orte erfassen, die aufgrund von Abfällen belastet seien. Und dann würden rings um die Deponie der Boden und das Wasser auf Verschmutzung untersucht.

Wie denn das funktioniere, fragte ich ihn.

Zuerst einmal müsse man die Deponie finden. Dazu wurden die Gemeinden befragt, manchmal auch die ältesten Anwohner, oder man studierte alte Karten der Gegend. Dann, wenn man einen belasteten Standort gefunden hat, begann man mit der historischen Untersuchung der Deponie selbst, erklärte mir Reichlin bereitwillig. Die Unterlagen des Unternehmens – falls vorhanden – würden konsultiert, Zeitzeugen befragt, erneut die Gemeinden kontaktiert. Wenn dann bekannt sei, welche Stoffe abgelagert worden waren, mache man Probebohrungen zum Grundwasser im Abstand von etwa zwanzig bis dreißig Metern zur Deponie. Das Wasser würde auf die potenziell gefährlichen Stoffe untersucht, die in der Deponie gelagert seien. Die Gefährlichkeit der Stoffe hänge nicht nur von ihrer Toxizität ab, sondern mindestens ebenso von ihrer Mobilität. So seien beispielsweise Schwermetalle eigentlich sehr gefährlich, aber da sie sich kaum vom Ablagerungsort wegbewegen, sei die Gefahr für das Grundwasser gering. Die Untersuchungen seien natürlich nur dann erfolgreich, wenn man vorher wisse, nach welchen Stoffen man suchen müsse.

Das sei aber doch wohl nicht immer der Fall, meinte ich.

Reichlin widersprach nicht.

Manche Spezialisten versuchten neuerdings mit dem Gaschromatographen herauszufinden, welche Stoffe im Wasser seien, fuhr er fort. Aber das sei extrem aufwändig, deshalb teuer und führe eher selten zum Ziel. Dann habe man auch begonnen, mit speziellen Bakterien zu untersuchen, ob irgendetwas Schädliches im Grundwasser sei. Es handle sich um leuchtende Bakterien, deren Licht schwächer wird, wenn sie mit Schadstoffen in Kontakt kommen.

Ich fragte Reichlin, was er über Deponien im Gebiet Schwarzenburg, Gantrisch wisse.

Er musste nur kurz überlegen. Da gäbe es seines Wissens einige kleine Deponien mit Hausratsmüll, ein Problem mit einer chemischen Reinigung in Schwarzenburg und dann natürlich die große Deponie der Mahler-Tschumi-Werke beim Tannacker.

Ich wollte mehr über die Kiesgrube wissen, und Reichlin suchte klickend nach Informationen in seinem Dokumentationssystem.

Im Tannacker Süd seien hauptsächlich Farben und Lösungsmittel abgelagert. Die Deponie sei anfangs der achtziger Jahre stillgelegt worden. Das sei übrigens eine der ersten Deponien gewesen, die nach der neuen Verordnung untersucht worden seien. Das Prüfverfahren habe ergeben, dass keine Gefährdung der Umwelt vorliege und die Deponie nicht sanierungsbedürftig sei. Dann wollte Reichlin endlich doch noch wissen, weshalb mich das alles interessierte.

Ich gab ihm eine Kurzversion der Geschichte.

Er klang skeptisch, was ich gut nachvollziehen konnte.

«Wissen Sie, wir verstehen den Wasserschutz als Projekt zwischen Partnern. Am Schluss müssen alle am gleichen Strick ziehen, damit es funktioniert. Es gibt natürlich Firmen, die nur sehr unwillig die gesetzlichen Vorgaben erfüllen. Da müssen wir dann hartnäckig bleiben. Wieso fragen Sie nicht den Besitzer selbst? Ich kenne Herrn Tschumi. Er war lange Jahre Mitglied in der kantonalen Kommission für Abfallentsorgung. Ein gebildeter und korrekter Mann. Er wird Ihnen Ihre Fragen ganz bestimmt beantworten können. Außerdem besitzen die Tschumis einen außergewöhnlichen Familiensitz in Schwarzenburg. Er hat die Kommissionsmitglieder einmal eingeladen – sehr interessant! Ein Besuch lohnt sich.»

Herr Reichlin anerbot sich sogar, selbst mit Robert Tschumi Kontakt aufzunehmen. Er war sich sicher, dass mich Tschumi empfangen würde. Ich zweifelte daran. Aber verlieren konnte ich nichts dabei.

Zuletzt fragte ich den Experten noch nach den Kosten für die Sanierung von Deponien.

«Haben Sie die Berichte über Kölliken gelesen? Die Deponie dort wurde während Jahrzehnten von der Industrie, von der Stadt und vom Kanton Zürich benutzt. Dann hat der Aargau festgestellt, dass sie dort eine Riesensauerei hatten und dass das Grundwasser mit unzähligen hochgiftigen Stoffen belastet war. Tja, die haben bis jetzt gut 490 Millionen Franken für die Sanierung eingesetzt. Und sie sind noch lange nicht fertig damit.»

«490 Millionen?!»

«Jup. Bei diesen Größendimensionen wird das ganz schnell hochpolitisch. Da können wir vom Wasserschutz dann nur noch Vorschläge machen. Aber entschieden wird das auf einer anderen Ebene.»

Herr Reichlin gab sich so große Mühe, mir behilflich zu sein, dass ich mich langsam fragte, ob etwas anderes dahintersteckte als ein kürzlich besuchtes «Die Steuerzahler sind unsere Kunden und Arbeitgeber»-Seminar.

Ich war wirklich ein misstrauischer alter Miesepeter, wie Helga es gesagt hatte. Herr Reichlin war einfach ein netter Mensch. So was existiert schließlich – wenn auch selten genug.

Ich setzte mich wieder an den Rechner. Ich musste die Liste der Verstorbenen noch adaptieren, damit man sie für den Cluster Detector gebrauchen konnte. Bereits eine Stunde später rief mich Reichlin an, um mir zu melden, dass Robert Tschumi mich morgen Nachmittag um drei Uhr erwarten würde. Ob mir das passe?

Tschumi wollte mich also dringend sprechen. Das war eine Überraschung. Eine Überraschung, die mich eher unruhig machte, als dass sie mich erfreute.

***

Das Institut für Rechtsmedizin (IRM) befindet sich nicht weit vom Inselspital in der Bühlstraße 20. Das Gebäude ist mir schon oft aufgefallen: ein eindrücklicher, großzügiger Betonbau aus den dreißiger Jahren, der unter Denkmalschutz steht. Betreten hatte ich ihn noch nie. Aus Gründen der Ethik und des Personenschutzes ist das Innere des IRM für die Öffentlichkeit strikte gesperrt. Ein Arbeitskollege des Walmont hatte zwei Semester seiner Ausbildung da absolviert und mir erzählt, dass sie sich heutzutage mehr mit lebenden als mit toten Opfern befassten. Und dass sie neben den spektakulären Dingen, wie Simulationen von Schusswunden oder diagnostische Abklärungen bei Schwerverbrechern, auch ganz profane Aufgaben erledigten. Zum Beispiel die Beurteilung der Verkehrstauglichkeit von Autofahrern oder Tests auf Drogenmissbrauch anhand von Haaranalysen. Immer mehr würde das IRM zur Befundaufnahme bei häuslicher Gewalt hinzugezogen. Einmal konnte er dabei mithelfen, einen Mann zu überführen, der seine Freundin mitten ins Gesicht getreten hatte. Das Profil seines Turnschuhs konnte als Abdruck auf der Haut sichtbar gemacht und für das Gericht als Beweis festgehalten werden.

In Erinnerung an diese Geschichten ging ich mit einem etwas mulmigen Gefühl auf das Gebäude zu. Ich wurde bereits erwartet und war zunächst mal perplex: Der Kollege Würgler war eine Frau.

Eva Würgler war groß und dick und gekleidet wie ein Bauarbeiter: Schutzschuhe, die aussahen, als ob ein Lastwagen drüberfahren könnte, ohne Schaden anzurichten, eine braune Hose aus einem groben Stoff, ein graues, völlig ausgeleiertes T-Shirt, unter dem ein bleicher Bauch hervorwabbelte. Trotz des warmen Frühlingstags hatte sie eine wollene Strickmütze auf, darunter standen ihre halblangen, braunen Haare büschelweise in alle Himmelsrichtungen ab. Gekrönt wurde das Outfit von einer klobigen Hornbrille, die nicht auf retro-intellektuell machte, sondern einfach nur hässlich war.

Sie hatte ihre «Mein-Äußeres-ist-mir-egal»-Botschaft mit großer Sorgfalt inszeniert.

Hinter dieser Fassade war Frau Würgler schnell, intelligent und interessiert. Sie gab mir einen festen Händedruck, stellte sich als «Eva» vor und fragte mich als erstes, was ich von Clusteranalysen wisse.

«Ein Krankheitscluster ist eine Häufung von Fällen in Raum und Zeit, von der man davon ausgeht, dass sie nicht zufällig bedingt ist», antwortete ich.

«Wie aus dem Lehrbuch», Eva lächelte. «Was weißt du über die Unterschiede von wahren und scheinbaren Clustern, über die ganze ‹Chose› mit der Kausalität, mit hinreichenden und notwendigen Krankheitsursachen?», fragte sie weiter.

«Einiges.»

Ich nickte ihr auffordernd zu: «Aber bitte!», und sie hielt mir befriedigt einen kleinen Vortrag.

Von einem wahren Krankheitscluster sprach man dann, wenn man belegen konnte, dass die Personen alle wegen eines gemeinsamen spezifischen Grundes erkrankt waren, der einzigartig war im relevanten Raum und Zeitfenster. Alleine in den USA wurden pro Jahr zwischen 1000 und 2000 Cluster gemeldet, die von den Gesundheitsbehörden abgeklärt werden mussten. Üblicherweise meldeten sich Anwohner, die eine aus ihrer Sicht besorgniserregende Häufung einer Erkrankung in ihrem Dorf oder Stadtquartier beobachtet hatten. In den allermeisten Fällen handelte es sich allerdings um scheinbare Cluster. Das hieß, es war entweder reiner Zufall, dass im Dorf X gerade zwei Kinder an Leukämie erkrankt waren, oder aber es kamen mehrere, voneinander völlig unabhängige Faktoren zusammen, die eine Häufung der Krankheitsfälle verursachten.

Eva schaute mich fragend an, und ich nickte zum Zeichen, dass ich verstand.

Aber es gäbe auch immer wieder echte Cluster. Schon 1775 habe ein Percival Pott einen Cluster von Hodensackkrebs bei jungen Kaminfegern in England erkannt. Damals wurden Knaben nackt in die Kamine runtergelassen, damit sie diese reinigen konnten, ohne ihre Kleider zu ruinieren. Da sie sich nicht sorgfältig waschen konnten, sammelte sich der Ruß in den Hautfalten ihrer Hodensäcke. Heute weiß man, dass der Grund ihrer tödlichen Krankheit Benzpyren war, ein stark krebserregender Stoff und ein Bestandteil von Ruß.

Wichtig sei die Unterscheidung zwischen hinreichenden und notwendigen Krankheitsfaktoren. Wenn der Faktor hinreichend ist, genügt sein Vorhandensein alleine, dass die Krankheit hervorgerufen wird; wenn er notwendig ist, dann wird die Krankheit bei seinem Fehlen zwar nicht auftreten, es braucht aber noch zusätzliche Faktoren, damit die Krankheit ausbricht. Hinreichende Krankheitsursachen gäbe es nur ganz selten. Das Vorhandensein von drei Kopien des Chromosoms 21, anstatt der normalen zwei Kopien, sei ein hinreichender Grund für das Downsyndrom. Hingegen sei der Erreger Mycobacterium tuberculosis ein zwar notwendiger, aber kein hinreichender

Grund für den Ausbruch einer Tuberkulose. Dazu mussten zusätzliche Faktoren kommen wie Mangelernährung, schlechte hygienische Bedingungen und allzu knapper Lebensraum für allzu viele Menschen. Wenn man sich vorstellte, dass für einen Krankheitsausbruch immer drei Systeme miteinander agierten und sich wechselseitig beeinflussten, werde es klar, wie komplex das Ganze sei. Da sei einerseits der Krankheitserreger, zum Beispiel ein Bakterium oder ein Umweltgift, dann der betroffene Mensch mit all seinen persönlichen Eigenschaften wie genetische Veranlagung, Ernährungsverhalten oder das Rauchen und dann noch die Umwelt, in der dieser Mensch lebt. Zur Umwelt zählte man so verschiedene Dinger wie Qualität von Luft, Wasser, Nahrungsmitteln, Lebensstandard, Qualität und Zugänglichkeit des Gesundheitssystems, aber beispielsweise auch die sozialen Beziehungen und Freundschaften der Person. All diese Faktoren hätten einen Einfluss darauf, ob jemand erkrankt oder nicht.

Und deshalb sei dieses Projekt, an dem sie nebenamtlich mitarbeite – der sogenannte IARC Environmental Detector – auch so spannend.

Eva holte tief Luft und erklärte mir dann in kurzen Worten die Logik, den Programmieraufbau, die Datenbank im Hintergrund, die Anpassungen zur Helvetisierung, die neu von ihr integrierte Anbindung an das geografische Informationssystem, so dass man Karten darstellen konnte; die Möglichkeiten, Schwierigkeiten und Macken des Detectors – und das alles in einer knappen Viertelstunde.

Ich glaubte, etwa ein Viertel davon verstanden zu haben. Aber das reichte mir.

«Versuchen wir es! Hast du Zeit?», fragte ich sie.

«Was hast du für Datengrundlagen?»

«Todesursachen, Todeszeitpunkt, Adresse, Einwohnerzahl der Gemeinden und Ortschaften nach Geschlecht und Altersjahr.»

«Adresse mit Postleitzahl?»

«Ja.»

«Dann los», sie lächelte.

Wir begannen, die Daten einzugeben. Evas Finger flogen über die Tasten, während ihr Blick zwischen dem einem der beiden Flachbildschirme und dem anderen hin- und herhuschte. Während sie arbeitete, verwandelte sie sich in einen anderen Menschen. Das Klicken der Tastatur glich einem nervösen Staccato, sie schniefte im Zehnsekundentakt, wiegte den Kopf in einer vogelähnlichen Bewegung hin und her und tappte gleichzeitig ohne Unterlass mit ihren Füßen unter dem Tisch herum. Ein Mensch unter Strom.

Sobald sie sich wieder mir zuwandte, war sie vollkommen ruhig. Wie ein On-off-Schalter.

Wir kamen gut voran, und meine Spannung wuchs.

«Es kann sein, dass wir mehrere Iterationsprozesse durchlaufen müssen, bevor das Programm etwas findet», warnte Eva mich, «außerdem ist das Ganze ja noch in Entwicklung, noch nicht ausgereift.»

Sie schloss das Dateneingabefenster, hackte noch eine Weile zwischen verschiedenen Masken hin und her und öffnete dann ein weiteres Menu, das aussah wie früher das DOS-Fenster: schwarzer Grund, grün blinkende Zeichen.

«Es kann losgehen.»

Sie gab den Befehl «RUN» ein und knallte ihren Mittelfinger mit Schwung auf die Return-Taste.

Der Computer arbeitete, berechnete Modelle und verwarf sie wieder. Beim 24. Durchgang stoppte er und spuckte ein Ergebnis aus.

Eva runzelte die Stirne und starrte konzentriert auf die Zahlen.

«Das gibt kein klares Bild. Eine leichte Erhöhung der Inzidenz für die Gemeinde Guggisberg, keine klare Ursache. Versuchen wir es noch einmal.»

Wieder gab sie «RUN» ein. Der Rechner stoppte bei Durchgang 35. Dasselbe Resultat. Kein Cluster, der sich eindeutig vom Grundrauschen abhob. Kein signifikantes Resultat.

Enttäuscht starrten wir auf den Bildschirm.

«Machen wir eine Pause», schlug Eva vor. Als ob sie meine Niedergeschlagenheit gespürt hätte, begann sie, mich auf dem Weg zur Caféteria mit Anekdoten über ihr Institut abzulenken. Sie erzählte mir – mit hörbarem Stolz –, dass bei ihnen im IRM weltweit das allererste Mal eine DNA-Analyse extrahiert worden war, die in einem Gerichtsprozess verwendet werden konnte. Die Methode dazu hatten sie zusammen mit dem FBI anfangs der neunziger Jahre entwickelt.

Und dann natürlich der große Stolz des Instituts: die Virtopsy.

Ich versuchte einen wissenden Gesichtsausdruck aufzusetzen, aber Eva durchschaute mich sofort.

«Sag mal, schaust du eigentlich nie CSI?»

«Im Fernsehen?»

«Nein, in der Kristallkugel … also du bist wirklich ein komischer Vogel.»

Ich seufzte.

«Die vom CSI haben letztes Jahr unsere Virtopsy in einer Sendung gebracht. Vorher waren sie hier bei uns und haben sich eine Einführung geben lassen. Und dann haben diese Idioten in der Sendung nicht mal gesagt, dass das unser Baby ist. Dafür hat Professor Mellinger jetzt das Intro der Sendung für seine Vorlesungen geklaut.»

Eva lachte.

Und dann erklärte sie mir, dass Virtopsy die Bezeichnung für ein komplexes Zusammenspiel von 3D-Oberflächenscanner, Computertomografie und Magnetresonanz ist; eine Methode, die zu einer Art virtuellen Autopsie führt, ohne dass der Leichnam verletzt werden muss. Der Körper kann so virtuell in millimeterdünne Scheibchen geschnitten und für das Gerichtsverfahren dokumentiert werden. Die Methode sei extrem präzis, aber am wichtigsten daran sei eigentlich, dass die Hinterbliebenen nicht noch zusätzlich traumatisiert würden durch das Aufschneiden der geliebten Verstorbenen.

In der Caféteria saß ein älterer Herr mit zwei jungen Frauen zusammen und erklärte ihnen irgendeinen komplizierten Sachverhalt.

«Das ist unser Ballistikexperte», sagte Eva. «In seiner Freizeit sammelt er Waffen, denen man nicht ansieht, dass sie diesem Zweck dienen. Pfeffersprays als Lippenstifte getarnt, Kugelschreiber mit versteckter Klinge, Regenschirme, die schießen können und so was. Echt cool!»

Ich trank einen doppelten Espresso. Ein Verveine-Tee wäre sicher gesünder gewesen um halb acht abends. Und essen hätte ich auch wieder mal was Vernünftiges sollen. Eva leerte zwei Dosen Red Bull und verschlang ein Snickers.

Dann setzten wir uns erneut vor Evas Rechner.

«Vielleicht sollten wir das Gebiet einengen», schlug ich vor, «statt Gemeinden nur einzelne Orte oder Weiler. Geht das?»

«Sicher, vorausgesetzt, du hast die entsprechenden Bevölkerungszahlen. Hast du denn eine Vermutung, dass die Exposition nur sehr beschränkt ist?», fragte Eva.

«Nur so ein Gefühl.»

«Akte X?»

Eva grinste mich frech an. Dann definierte sie ein neues Modell, das geografisch viel feinmaschiger arbeitete. Wir suchten nach einem Cluster bei Luegisland, Schwarzgrund, Allenmatten und Schwarzmoos.

RUN, Iterationen, Ergebnis, Pling.

«Da haben wir was», sagte Eva mit gelangweilter Stimme, aber die Anspannung ihres Körpers verriet sie. «Schau mal da!»

Die Karte hatte nun einen kleineren Maßstab, und da war ein klares Muster. Ein großes hellgelbes Feld bei Luegisland, ein langgezogenes ebenfalls hellgelbes Feld bei Schwarzmoos.

Und ein sehr kleines, aber intensiv rotes Feld bei Biberau. Biberau? Davon hatte Mene Herzlieb nichts erwähnt.

«Drei! Es sind drei Cluster! Und zwei verschiedene Ursachen!» Evas Stimme vibrierte vor Begeisterung.

«Drei?»

«Deshalb konnten wir vorher kein klares Resultat bekommen.»

«Was bedeuten die Farben?», fragte ich.

Wieder huschte Evas Blick zwischen den zwei Bildschirmen hin und her, während sie klickte und murmelte.

«Für diese Fragestellung ist der Detector noch nicht ausgereift. Aber ich habe selbst ziemlich viel Erfahrung in räumlicher Epidemiologie. Du musst mir noch einen Moment Zeit geben.»

Sie öffnete weitere Dateien auf ihrem Rechner, holte zusätzlich zwei dicke Bücher, Monografien des IARC, hervor und wechselte mit erstaunlicher Geschwindigkeit zwischen ihren zwei Bildschirmen und den Büchern hin und her.

Moderne Alchemie, dachte ich.

«Also, die beiden hellgelben Flecke deuten mit einer gewissen Wahrscheinlichkeit auf VOC als Ursache hin. Das könnten zum Beispiel Lösungsmittel sein. Aber – wenn deine Angaben zu den Todesursachen wirklich stimmen –, dann wette ich darauf, dass es hier um Dioxine geht».

«Dioxine? Wie ...»

«Ich weiß, das klingt unwahrscheinlich. Gerade in dieser ländlichen Gegend. Aber das Muster stimmt genau überein: Dioxine fördern die Entstehung von Leukämie, Lungen- und Brustkrebs. Das ist selbstverständlich nichts als eine gut begründete Hypothese. Diese Zusammenhänge sind unglaublich komplex.»

«Und der kleine rote Fleck?»

«Das ist Arsen, da bin ich mir ziemlich sicher.»

«Was?»

«Ja, da staunst du was? Arsen und Spitzenhäubchen.»

«Aber wie kommt das dahin?»

«Keine Ahnung. Da musst du jemand anderen fragen.»

Ich starrte auf den kleinen Fleck auf der Karte und versuchte mir vorzustellen, wo das war.

«Kannst du den Maßstab der Karte vergrößern?»

«Sicher.»

Die Karte war nun im Maßstab 1 : 20 000, und man konnte erkennen, dass der rote Fleck sich einer Linie entlangzog. Eva erhöhte erneut den Vergrößerungsfaktor, und nun hatten wir eine Straßenkarte der Ortschaft Biberau vor uns.

«Es sind nur Leute betroffen, die an der Habermattenstraße gewohnt haben. Und zwar von Nummer 27 bis ...», sie scrollte nach rechts, «genau hier haben wirs: bis zur Nummer 59. Und bei den geraden Nummern von 32 bis 48.»

Eva starrte auf den Bildschirm.

«Ich habe keine Ahnung, was das sein soll. Ich habe noch nie einen flächenmäßig so genau umschriebenen Cluster gesehen. Arsen? Das ist wirklich merkwürdig.»

«Arsen ist hochgiftig. Diese Häuser haben sicherlich keine eigene Wasserversorgung. Also muss es etwas mit den Häusern selbst zu tun haben. Man kann Arsen auch inhalieren.»

«Über die Luft? Denkst du etwa an Napoleon?», fragte mich Eva.

Ich lachte etwas unsicher: «Napoleon? Es heißt, er sei mit Arsen vergiftet worden, aber das konnte man nie beweisen, oder?»

«Oh, doch», widersprach Eva, «er wurde tatsächlich ganz langsam vergiftet. Aber nicht, weil ihm jemand was in sein Essen getan hat, sondern weil er in einem Haus einquartiert wurde, das mit einer besonders kostbaren Tapete verziert war. Einer Tapete mit grünem Muster.»

«Grüne Farbe wurde früher mit Arsen hergestellt.»

«Genau. Und bei hoher Feuchtigkeit werden die giftigen Pigmente durch Schimmelpilze in flüchtige Verbindungen umgewandelt, die dann eingeatmet werden.»

Eva speicherte die Ergebnisse ihrer Analysen inklusive der Karten mit den Clustern auf einen USB-Sticker. Ich versprach ihr, mich wieder zu melden, wenn ich mehr wusste und verließ dann einigermaßen ratlos das IRM.

***

In der Zwischenzeit war es bereits Viertel vor neun. Ich war überdreht und hungrig und musste unbedingt mit jemandem sprechen. Ich wollte nicht alleine in meiner Wohnung Resten essen. Das IRM lag nicht weit von Helga und Pauls Haus im Länggassquartier.

Anscheinend hatte ich mich bei Helga wieder rehabilitiert, den sie begrüßte mich mit einem bemüht unfreundlichen: «Was willst denn du hier?»

«Ich brauche eine Freundin zum Reden – und falls du ein Glas Wein und etwas Kleines zu essen hättest …»

«Ha!»

Paul war nicht zu Hause. Helga und ich quetschten uns auf ihren winzigen Balkon, eingewickelt in schwere Decken. Von da aus hatte man einen guten Blick über das Geschehen rund um den Falkenplatz. Wir saßen da wie die zwei Alten aus der *Muppet Show*.

Es gab verschiedene Sorten Oliven, Steinhauer-Brot vom Bäcker am Breitschplatz – göttlich! – und Bündnerfleisch. Dazu eine Flasche Blauburgunder.

«Was führt zu Lungenkrebs?», fragte ich in den blauen Abendhimmel hinein.

«Rauchen.»

«Stell dir vor, das weiß ich auch. Aber sonst?»

«Du bist eher Anwärterin für eine Leberzirrhose, wenn ich ehrlich sein soll.»

«Das ist nicht komisch, Helga.»

«Ach komm schon, du hast keinen Humor mehr.»

«Diese Ärztin, die mit Gian in Kontakt war, hat unerklärlich viele Lungenkrebspatienten gehabt. Und es waren in der Mehrzahl keine Raucher.»

«Dieses Bodengas … Radium?»

«Radon. Ja, du hast Recht. Aber die Gegend hat keine Radonbelastung. Das habe ich bereits abgeklärt.»

«Eigentlich bist du doch die Expertin für solche Dinge, nicht?»

«Ich hatte heute einen interessanten Termin im Rechtsmedizinischen Institut.»

Helga blickte mich erschrocken an.

«Hatte Gian …», sie zögerte.

«Nein, es ging nicht um Gian. Sie haben da eine Expertin für Clusteranalysen.»

«Und was ist das genau?»

«Mit dieser Methode kannst du rausfinden, ob es eine Häufung einer bestimmten Erkrankung in einem sehr kleinen geografischen Gebiet gibt. Zum Beispiel in einem Stadtquartier. Es ist eine spezielle epidemiologische Methodik.»

«Und was hat sie rausgefunden?»

«Sie hat drei Cluster im Gantrischgebiet gefunden. Einer weist auf eine Vergiftung mit Arsen hin.»

«Arsen? Das gibts ja nicht!»

«Und die zwei anderen ... auf Dioxin.»

«Dioxin?» Helga kreischte fast. «Dioxin wie in Seveso? Oder in Vietnam? Agent Orange im Gantrisch?»

Ich schüttelte verärgert den Kopf.

«Ich weiß. Ich weiß es ja, verdammt nochmal! Mit dieser Vermutung mache ich mich vollständig lächerlich.»

Helga fuhr auf.

«Ich versuche nur, dir zu helfen, verdammt.»

«Tut mir leid. Ich weiß nicht, was heute mit mir los ist.»

Das war gelogen. Ich wusste ganz genau, was mit mir los war. Ich war genervt, verängstigt und außerdem würde ich nächstens meine Tage bekommen.

«Aber wenn es nun doch stimmt?», fuhr Helga nachdenklich fort, «wie soll so was in diese Gegend kommen?»

«Bisher habe ich erst einen Verdächtigen: die Mahler-Tschumi-Werke in Heubach. Aber meine Quelle ist ein mental retardierter Abwart, der von einem schrecklichen Fröschesterben traumatisiert ist. Morgen ziehe ich los und stelle den Besitzer der Werke, einen Herrn Tschumi, zur Rede. Und dann wissen wir hoffentlich mehr.»

«Viel Glück. Er ist sicher sehr erfreut über deinen Besuch.»

Ich brummte etwas Unverständliches und fuhr dann fort: «Übrigens: Gian hatte rausgefunden, dass die Adressen der Verstorbenen in der Todeskarte gefälscht wurden, damit es so aussieht, als ob sie in einem viel weiteren Umkreis gelebt hatten.»

«Das verstehe ich nicht.»

«Gian hat doch gesagt: ‹Sie schicken die Toten auf die Reise.› Habe ich dir doch erzählt.»

«Ja.»

«Er hat Recht gehabt. Irgendjemand hat systematisch die Wohnadressen der Toten gefälscht und sie fein säuberlich auf die ganze Region Schwarzenburg bis hin nach Thun und ins Gürbental verteilt.»

«Damit wird alles verwässert, nicht?»

«Genau. Deshalb konnte das Kantonsarztamt auch keine erhöhte Inzidenz feststellen.»

«Heilige Scheiße. Das gibts ja nicht … Und wer hat die Adressen gefälscht?»

«Das weiß ich noch nicht.»

«Ich finde, du solltest das der Polizei melden.»

«Zuerst will ich mit diesem Tschumi reden. Vielleicht gibt er ja zu, dass er was damit zu tun hat.»

Ich nahm einen letzten Schluck aus dem Weinglas und füllte mir dann großzügig nach. Helga war zu abgelenkt, um einen Kommentar dazu abzugeben.

«Arsen und Dioxin … das ist doch absoluter Blödsinn», kam sie nochmals auf das Thema zurück.

Ich seufzte. Ich fühlte mich nicht sehr wohl, was das morgige Gespräch anging.

«Haben denn die Erkrankten in derselben Firma gearbeitet? In dieser Mahlerfabrik?», fragte Helga.

«Nur ein Teil von ihnen. Die Ärztin hat das abgeklärt. Aber sie wohnen alle in der gleichen Region. Sehr ländlich.»

»Du suchst also nach einem durchgedrehten Giftmischer und einer geheimen Seveso-Mülldeponie irgendwo versteckt zwischen Bauernhäusern und Maisfeldern.»

«Du hast ja Recht. Lassen wir das.»

16

An diesem Donnerstagmorgen um acht Uhr dreißig hatte Philipp seine Besprechung mit Merian. Ich versuchte ihn vorher noch in seinem Büro zu erreichen, aber es nahm niemand ab. Ich drückte ihm kurz die Daumen und ging dann einkaufen. Ich benötigte dringend so ziemlich alles. Mein Haushalt war wieder mal kurz vor dem totalen Zusammenbruch.

Zum Glück haben wir im Quartier einen kleinen Lebensmittelladen. Da muss ich mich nicht mit vierzig Sorten Joghurt herumplagen und habe meinen Großeinkauf in zehn Minuten erledigt. Nach dem Einkauf gönnte ich mir einen doppelten Espresso im «Knut», meinem Lieblingscafé beim Könizer Schloss.

Um halb zwölf wankte ich mit zwei riesigen Papiersäcken beladen aus dem Café, wuchtete alles in meinen Veloanhänger Max – er heißt wirklich so – und wollte eben losfahren, als das Handy klingelte.

«Hallo Lou», tönte Helgas Stimme aufgeregt aus dem Hörer.

«Helga?»

«Ich sollte mich ja eigentlich nicht einmischen …»

«Was ist los?»

«Ich habe eben Tscharya getroffen. Und sie hat es von Berger.»

«Was ist los?»

«Schrei nicht, Lou. Also, Folgendes: Philipp ist um elf nicht zur Visite erschienen. Seine Sekretärin hat keine Ahnung, wo er ist. Und anscheinend hat ihn Berger im Park gesehen. Sitzt einfach dort, starrt vor sich hin und sagt kein Wort, wenn man ihn grüßt.»

«Oh nein!»

«Weißt du etwas?»

«Ja – aber … Danke, dass du mich angerufen hast. Ich komme.»

Ich fuhr, so schnell ich konnte, nach Hause, schleppte Max die Treppe rauf und schmiss Joghurt, Milch und Butter in den Kühlschrank. Dann raste ich weiter Richtung Walmont. Mich trieb die Sorge um Philipp, aber auch der Zeitdruck an. Um drei hatte ich meinen Termin mit Tschumi in Schwarzenburg.

Ich ignorierte alle Fahrverbote und fuhr direkt mit meinem Velo in den Park, kurvte vorsichtig um Rollstühle, kleine Kinder, Pflegerinnen, die gerade Zigarettenpause machten, und lächelte sie alle beschwichtigend an. Endlich fand ich Philipp. Er saß immer noch so da, wie ihn Berger anscheinend vor einer guten Stunde angetroffen hatte. Leise stellte ich mein Fahrrad ab und setzte mich neben ihn auf das Bänkli. Er war wie erstarrt. Ich legte vorsichtig meinen Arm um seine Schultern und wartete.

Ein Déjà-vu, dachte ich, nur mit umgekehrten Rollen. Letzten Sommer war ich nach einer Besprechung mit Merian ebenfalls am Boden zerstört davongelaufen. War dann aufs Dach des Walmont gegangen und hatte vor mich hin gestarrt. Philipp hatte mich dort gefunden, sich neben mich gesetzt und gewartet.

Ich versuchte, meinem Freund Licht und Wärme zu schicken. Und wartete.

Nach einer langen Zeit löste sich seine Erstarrung ein wenig. Er nahm einen tiefen, zittrigen Atemzug und reckte sich ein wenig.

«Lou.»

«Hmm».

Wir saßen noch einige Minuten schweigend da. Dann begann ich Philipp von Pauls Vernissage zu erzählen. Ein bisschen Ablenkung, die Probleme anderer Leute würden ihm sicher guttun und ihn beleben.

«Ich habe noch nie so ein Gedränge in einer Galerie erlebt. Und die Leute haben gekauft wie bei einem Halbpreistag in der Ikea. Und da waren auch einige hohe Tiere aus der Kunstszene. Ein toller Erfolg!»

Philipp hatte seinen Kopf etwas gehoben und hörte mir zu.

«Helga macht sich Sorgen um Paul», fuhr ich fort. «Ich glaube, sie befürchtet, dass er seine Seele verkauft hat.»

«Glaubst du das auch?»

Philipps Stimme war leise, aber er war wieder im Hier und Jetzt gelandet.

«Nein. Paul genießt nicht den Ruhm. Auch nicht das Geld, selbst wenn er es brauchen kann. Er genießt vor allem, dass er diese Scheißkerle, die ihn jahrelang als Künstler ignoriert haben, nach Strich und Faden ausnehmen und verarschen kann.»

«Und Helga?»

«Das ist einfach nicht ihre Art. Sie ist zu gradlinig, zu ehrlich. Deshalb ist sie auch eine begnadete Hebamme. Wenn ein Kind auf die Welt kommen soll – wenn es schwierig wird –, dann kommt man mit Andeutungen oder Botschaften zwischen den Zeilen nicht weiter, dann braucht es brutale Klarheit und Ehrlichkeit.»

«Dann ist sie nicht einverstanden damit, was Paul macht?»

«Das hat sie nicht gesagt. Aber ich glaube, es ist ihr nicht wirklich wohl bei diesem plötzlichen Erfolg. Vielleicht kommt es auch daher, dass sie sich mit der buddhistischen Lehre befasst. Ich glaube nicht, dass in dieser Religion Täuschung und Lügen hoch angesehen sind.»

«Sag Helga, sie soll sich zur Abwechslung mal mit der Religion der Navajo-Indianer befassen. Dort gibt es die Figur des Koyoten.»

Philipp war immer noch ganz weiß im Gesicht, aber er verzog den Mund zu einer Art Lächeln.

«Der Koyote ist eine der Urmythen der Navajos, eine für die Gesellschaft und den Menschen besonders wichtige Gestalt. Der Koyote ist listig, manchmal einfach witzig, manchmal auch verschlagen und bösartig.»

«Und was ist seine Bedeutung?»

«Er lehrt die Menschen, sich mit List und Täuschung durchzuschlagen, zu tricksen und zu gewinnen.»

Ich dachte über das Gesagte nach.

«Ich glaube, wir zwei, wir könnten beide etwas mehr Koyote vertragen», sagte ich, und Philipp lachte. Zwar leise und etwas zittrig, aber er hatte gelacht. Dann fragte er mich, ob ich mit ihm Mittagessen gehen würde.

Ich schaute auf die Uhr. In knapp zwei Stunden musste ich bei Tschumi sein. Ich erklärte ihm das Problem, und Philipp kramte in seinem Hosensack und hielt mir wortlos seinen Autoschlüssel hin.

Ich seufzte. Ich hasse es, alleine Auto zu fahren, aber wenn ich noch mit Philipp sprechen wollte, blieb mir nichts anderes übrig, als das Angebot anzunehmen. Wenigstens hatte er ein kleines, ziemlich ramponiertes Gefährt. Damit fühlte ich mich deutlich wohler, als wenn es irgendein nagelneuer Sportwagen gewesen wäre. Während wir Sandwiches kauten, berichtete er mir, was passiert war.

Merian hatte ihm erklärt, dass die geriatrische Abteilung im Walmont kurz vor dem Aus stünde. Seit der Einführung der Spitalfinanzierung über die Fallpauschalen, die sogenannten Diagnosis Related Groups, sei die Geriatrie unrentabel geworden. Und Philipp habe mit seinem Konzept der integrierten Behandlung nicht unbedingt etwas dafür getan, dass sich das änderte. Im Gegenteil. Seine Patienten sollten nicht 17 Tage im Walmont bleiben, wie dies heute mehrheitlich der Fall war, sondern maximal 10 Tage.

Der Verwaltungsrat habe eine Aussprache verlangt. Sie hätten einen Antrag auf dem Tisch, die geriatrische Abteilung auf Ende Jahr zu schließen. Merian habe das verhindern können mit dem Hinweis, dass in der Stiftungsurkunde der Zweck des Walmont explizit festgehalten sei: nämlich Frauen, Mütter und Alte zu pflegen. Dies habe Henriette de Diesbach Torny in ihrem Testament 1843 so festgehalten. Es sei aus juristischen Gründen nicht möglich, sich einfach über den Willen der Spitalgründerin hinwegzusetzen. Der Verwaltungsrat suche nun nach einem juristischen Winkelzug, um die stationäre Abteilung schließen zu können und nur noch eine minimale Sprechstunde für Alte beizubehalten, immer am Dienstag zwischen neun und zwölf Uhr, so in der Art.

«Oh, nein!»

Wir schauten uns einen Moment an. Die Konsequenzen wären weitreichend. Der Ausbau der geriatrischen Klinik war Philipps Werk. Er hatte sich mit Herz und Seele dafür eingesetzt. Und er war erfolgreich gewesen. Die Ärzte und auch andere Spitäler schickten besonders komplexe Fälle zur Abklärung ins Walmont. Sein integriertes Behandlungskonzept hatte letztes Jahr sogar einen internationalen Preis gewonnen.

«Merian will die Schließung nicht. Aber er will auch keine roten Zahlen.»

«Das kann ich verstehen.»

«Und da kommen nun meine Eltern ins Spiel.»

«Wie hoch ist nochmals die Summe?»

«8,5 Millionen.»

Ich pfiff laut.

«Ich kann Merian verstehen, dass er nicht darauf verzichten kann», sagte Philipp mit matter Stimme.

«Es muss doch irgendeinen Ausweg geben».

Philipp schaute mich an und schüttelte dann den Kopf.

«Sie haben mich wieder unter ihrer Peitsche. Ich fühle mich … ich fühle mich wie ein Scheiß-Nichts.» Philipps Stimme bebte vor ohnmächtiger Wut.

«Es muss einen Ausweg geben», beharrte ich. «Du bist schließlich ein freier Mensch. Du kannst gehen, wohin du willst.»

«Weggehen? Und alles aufgeben, was ich hier aufgebaut habe? Ich will aber nicht gehen. Nicht jetzt. Und nicht so.»

Seine Stimme wurde lauter, bekam wieder Energie.

«Dann musst du dich wehren. Oder cleverer sein als sie.»

Ich knuffte ihn in die Schulter: «Hey! Pack den Koyoten aus. Hast du dir eigentlich mal genau angeschaut, was deine Eltern in der Stiftungsurkunde geschrieben haben? Das ganze juristische Zeugs? Vielleicht gibt es irgendwas, das gar nicht rechtsgültig ist oder so?»

Seine Mundwinkel verzogen sich ganz leicht nach oben.

«Ich soll mich noch nicht geschlagen geben?»

«Die Falle ist noch nicht zugeschnappt, oder?»

«Noch ist nichts entschieden, das stimmt. Aber die Schlinge zieht sich zu. Mutter hat der kantonalen Gesundheitsdirektion eine Kopie des Briefes geschickt. Und die haben sich nun ebenfalls an Merian gewandt und wollen mit ihm darüber sprechen, dass ein Teil der Summe sehr gut für ihr Pilotprojekt im Bereich Case Management in der geriatrischen Chirurgie gebraucht werden könnte. Außerdem haben sie Merian damit gedroht, dass nicht alle Privatspitäler weiterhin einen Leistungsauftrag erhalten würden. Ohne Leistungsauftrag vom Kanton darf das Walmont seine Kosten nicht mehr über die Grundversicherung der Krankenkasse abrechnen. Das würde bedeuten, dass wir fast die Hälfte unserer Patienten verlieren.»

«Das wäre das Ende des Walmont.»

Philipp nickte.

«Ein Pilotprojekt allerdings würde von der Gesundheitsdirektion sicherlich sehr positiv aufgenommen bei der Frage, ob das Walmont weiterhin ein benötigter Partner in der Grundversorgung des Kantons Bern sei», fuhr er fort.

«Diese Aasgeier!»

«Moment mal! Noch lebe ich.»

Wir lachten. Schwarzer Humor ist hundertmal besser als verzweifeltes Brüten, finde ich.

«Was gibt es zu lachen?», fragte Tscharya, die gerade mit einem Glacébecher vorbeilief.

«Die Aasgeier müssen noch warten», antwortete Philipp.

«Verarscht ihr mich?»

«Sorry. Ich bin heute etwas neben den Sandalen», sagte Philipp, was auch nicht gerade erhellend war.

Tscharya schaute unsicher von Philipp zu mir und wieder zurück.

Dann sagte sie mit eindeutig vorwurfsvollem Ton: «Wann kommst du eigentlich wieder mal zur Arbeit?»

Mit schlechtem Gewissen vertröstete ich sie. Als ich mich von Philipp verabschiedete, hatte er sich wieder etwas aufgerappelt. Die Schlacht war noch nicht verloren.

***

Ich kam mit ruinierten Nerven und zwanzig Minuten Verspätung in Schwarzenburg an. Ich war mehrere Jahrhunderte hinter einem Traktor hergefahren, den ich nicht zu überholen gewagt hatte. Unendlich froh stellte ich den Motor ab, nachdem ich einen Parkplatz in der Nähe von Tschumis Haus gefunden hatte.

Ich musste tatsächlich nicht weit gehen. Direkt um die Ecke kündete eine hohe dicke Mauer einen großen Privatbesitz an. Das Anwesen war von einem kleinen Park umgeben. Irgendjemand hatte sich da mal viel Mühe gegeben. Das war aber lange her. Da waren mächtige alte Bäume, darunter eine Atlaszeder, mein Lieblingsbaum. Direkt vor dem Haus hatte jemand einen kleinen Kräutergarten angelegt, und daneben standen sicher ein Dutzend Apfel-, Birnen-, und Zwetschgenbäume. Aber die Obstbäume waren mehrere Jahre nicht zurückgeschnitten worden, Dornenhecke und Brennesseln hatten sich ausgebreitet, ein verrotteter Laubhaufen war noch vom letzten Herbst übriggeblieben. Weiter hinten sah ich einige Kinderspielgeräte, eine Rutschbahn, eine Schaukel und ein Klettergerüst, aber das ehemals farbige Material war zu einem stumpfen Grau verblichen.

Das Gebäude selbst war kolossal – Herr Reichlin hatte nicht zu viel versprochen. Ein richtiges Herrschaftshaus inklusive Turm. Gebaut war es aus Sandstein, der untere Teil weiß verputzt, der obere Teil durchbrochen von einem Riegelmuster aus dunkel gebeizten massiven Balken. Es war drei Stockwerke hoch, wirkte gleichzeitig massiv und wehrhaft wie auch ein bisschen romantisch mit diesem runden Turm, der ein spitz zulaufendes Dachhütchen trug. Beim Haupthaus hatte man an den Ecken die massiven Sandsteinquader unverputzt gelassen, was den wehrhaften Eindruck noch verstärkte.

Eine verwitterte Tafel wies daraufhin, dass dieses Gebäude aus dem 16. Jahrhundert stammte und von dem Grafen von Savoyen erbaut worden war. Die weiteren Informationen waren nicht mehr lesbar.

Ich starrte neugierig an der Fassade hoch. Wie war es wohl, da drin zu wohnen? Ich war gespannt auf die Innenräume – falls Tschumi mich überhaupt in sein Schlösschen einließ. Nach wie vor konnte ich dem fröhlichen Optimismus von Mathias Reichlin nicht recht glauben.

***

Der Mann, der mir die Türe öffnete, war mittelgroß, schlank mit schlohweißen Haaren, die störrisch vom Kopf abstanden. Tschumi wirkte erstaunlich fit für sein Alter. Sein Gesicht war hager, das Kinn spitz zulaufend, die Nase war zu groß und sah zudem aus, als ob sie mindestens einmal gebrochen worden war.

Ich hatte einen bierbäuchigen Vertreter der Servela-Prominenz erwartet, rotgesichtig und mehr von sich überzeugt als wirklich überzeugend. Stattdessen war da ein Mann, dessen blaue Augen von einer Intelligenz und Wachheit blitzten, die mich nervös machten. Tschumi erinnerte mich an einen Professor für Psychopathologie aus New York, der eine Gastprofessur an der Universität Fribourg gehabt hatte. Der Mann war unglaublich gebildet gewesen und hatte sich für alles interessiert. Es waren die witzigsten und spannendsten Vorlesungen gewesen, die ich je gehört hatte.

Tschumi begrüßte mich freundlich, ließ mich eintreten, und führte mich dann durch einen schlecht ausgeleuchteten Gang, der mit abgetretenen Orientteppichen ausgelegt war, in den hinteren Teil des Gebäudes. Die Luft war muffig.

Er blieb vor einer altmodischen Türe stehen, die mit einem dicken Polster verstärkt war, um den Lärm zu dämpfen. Mein früherer Zahnarzt hatte auch so ein Ding gehabt.

«Ich habe Sie eine halbe Stunde früher erwartet», sagte er, während er stirnrunzelnd auf seine Armbanduhr schaute.

«Tut mir leid.»

«Ich erhalte in den nächsten Minuten einen wichtigen Anruf, so dass ich unser Gespräch kurz unterbrechen muss.»

«Kein Problem, Herr Tschumi.»

Er öffnete die Türe und ließ mich eintreten. Ich blieb erstaunt auf der Schwelle stehen: ein prachtvoller Raum!

Das Zimmer war groß, wohl an die sechzig Quadratmeter. An der Stirnseite mit Fenster zum Garten gab es einige Meter freie Wand, die mit einem wertvollen Täfer ausgekleidet war. Die übrigen Wände waren vom Boden bis zur Decke mit Büchern vollgepackt.

«Seit ich mich aus dem Tagesgeschäft der Werke zurückgezogen habe, verbringe ich die meiste Zeit hier in meiner Bibliothek. Ich werde eben alt.»

Mit einem Seufzer, der im Widerspruch zu dem zufriedenen Lächeln stand, wandte er sich einer großzügig ausgestatteten Bar zu.

«Nehmen Sie auch ein Glas Wein? Weißwein?»

«Ja, danke.»

Während Tschumi sich mit der Flasche beschäftigte, sah ich mich genauer um.

Meine Augen schweiften über die Wände. Zu meiner Linken entdeckte ich mehrere Bände von Charles Dickens, *The Jungle Book* von Rudyard Kipling gleich in mehreren Ausgaben; dann *Treasure Island* und *Strange Case of Dr. Jekyll and Mr. Hyde* von Robert Louis Stevenson. Im Gestell rechts davon standen mehrere Bände von Jules Verne, darunter auch *Vingt mille lieues sous les mers* und *De la terre à la lune.*

«Voilà», Tschumi hielt mir ein geschliffenes Kristallglas hin. Wir prosteten uns höflich zu. Der Wein war fruchtig und gleichzeitig herb. Ich setzte mich auf ein bequemes Sofa, und er nahm mir gegenüber auf einem Ledersessel Platz.

«Ein guter Jahrgang ... Riechen Sie den Lavendel?», fragte er mich, nahm erneut einen Schluck und schloss dann seine Augen. Ein Genießer? Oder wollte er mich mit gespielter Nonchalance nur täuschen?

Ich nahm einen großen Schluck und lehnte mich zurück. Am liebsten hätte ich die Schuhe ausgezogen und mich auf dem Sofa ausgestreckt. Ich sollte mich hier nicht so wohlfühlen, ermahnte ich mich.

«Wie haben Sie all diese Bücher geordnet?», fragte ich nach einer Weile.

Tschumi lächelte, die Augen noch immer geschlossen.

«Sie haben eine wundervolle Stimme, wenn Sie sich entspannen. Ein kräftiger Alt, geschmeidig und sanft. Singen Sie?»

«Nein.»

«Schade», sagte er und öffnete seine Augen wieder.

«Die Ordnung meiner Bibliothek ist nicht ganz stringent. Ich habe mir erlaubt, meine persönliche Logik über die Abstraktion zu setzen. Am wichtigsten scheinen mir die Sprachregionen zu sein.»

Er drehte sich in seinem Sessel halb um und wies auf die linke Seite des Raums: «Da ist England, daneben Amerika, in diesem Gestell hier ist die französische Literatur und da drüben die deutschsprachigen Autoren. Die Schweizer natürlich separat. Dann habe ich noch einige thematische Spezialgebiete: Da sind einige Werke über Ökonomie und Philosophie.»

In diesem Moment ertönte das Klingeln eines altmodischen Telefons.

«Bitte entschuldigen Sie mich einen Moment.»

Er erhob sich und ging mit eiligen Schritten zur Türe, die er nachdrücklich hinter sich zuzog.

Ich erhob mich wieder vom Sofa und ging zum Schweizer Gestell. Da war eine ganze Reihe von Dürrenmatt, darunter auch *Der Besuch der alten Dame*. Dann einige Bände Jeremias Gotthelf und Gottfried Keller. Auch Hermann Hesse war vertreten. *Das Glasperlenspiel* hatte mich als junges Mädchen sehr beeindruckt.

Ich entdeckte nur wenige zeitgenössische Schweizer Autoren: *Der rote Ritter* von Muschg, mehrere Ausgaben von *Business Class* und *Small World* von Martin Suter; *Reise nach Lissabon* von Mercier, ein Band von Schertenleib, eines von Widmer. Kein Hohler, kein Bichsel.

Ich wandte mich dem nächsten Gestell zu. Da waren eine ganze Menge Bände Nietzsche: *Die fröhliche Wissenschaft*, *Jenseits von Gut und Böse*, *Zur Genealogie der Moral* und *Der Antichrist*. Nietzsche war nicht gerade mein Lieblingsautor. Hatte Tschumi diese Bücher wirklich alle gelesen?

Zwischen all den mir unbekannten französischen Namen im nächsten Gestell, entdeckte ich zwei liebe Bekannte: Camus und Sartre.

Das nächste Gestell von Tschumis Bibliothek widmete sich der englischen und amerikanischen Literatur. Da war James Joyces *Ulysses*. Ich nahm den Band vorsichtig heraus, eindeutig ein gebrauchtes Exemplar mit Randnotizen versehen. Dann all die bekannten Amerikaner des 19. und 20. Jahrhunderts: Edgar Allan Poe, vier Bände Tennessee Williams, darunter *Cat on a Hot Tin Roof*, eines meiner Lieblingsstücke. Die Verfilmung mit Paul Newman und Elizabeth Taylor fand ich grandios.

Da waren auch Bücher von William Faulkner, Norman Mailer, Hemingway, Steinbeck. Mir fehlte Irving, dessen *Owen Meany* ich über alles liebte. Und natürlich auch T. C. Boyle, der so herrlich absurde Situationen gestalten konnte wie in *Water Music* oder *East is East*. Aber die beiden waren wohl zu wenig «klassisch» für diese Bibliothek.

Und alle diese Bücher sahen gelesen aus. Ich war tief beeindruckt. So hatte ich mir diesen Industriellen nicht vorgestellt. Ich ließ meinen Blick nochmals über diese imposante Bibliothek schweifen.

Und dann stutzte ich. War das möglich?

Ich wollte mir eben Tschumis Sammlung nochmals genauer anschauen, da öffnete sich die Türe und mein Gastgeber trat ein.

Er wirkte ehrlich erfreut, sich mit mir unterhalten zu können. Ich spürte kein Quentchen Anspannung oder gar Schuldgefühl. Herr Tschumi parlierte mit mir, flocht gekonnt französische Redewendungen ein und lullte mich mit seiner feingeistigen Art ein, bevor ich auch nur eine sachdienliche Frage stellen konnte. So verging die Zeit, während er über Literatur im Allgemeinen und die Bedeutung der Imagologie oder so ähnlich sprach. Da ich kein Wort davon verstand, beschränkte sich mein Beitrag auf Lächeln und einigen «hms» an den passenden Stellen.

Ich fühlte mich mit meinen Verdächtigungen, Unterstellungen und groben Anschuldigen von Minute zu Minute unwohler und völlig fehl am Platz. Überhaupt spürte ich wieder mal die Scham des unkultivierten Arbeiterkindes.

Ziel erreicht, Herr Tschumi!

Entschlossen stellte ich das Weinglas auf das antike, aber staubige Beistelltischchen.

«Vielen Dank für Ihren freundlichen Empfang. Ich nehme an, Sie wissen weshalb ich hier bin», eröffnete ich die Partie.

Herr Tschumi reagierte auf diese Wendung des Gesprächs mit lächelnder Nachsicht.

«Touché, Mademoiselle Beck. Sie sind mir nach den Ereignissen der letzten Tage nicht ganz unbekannt.»

Er lehnte sich in seinem Sessel zurück, völlig entspannt.

Verärgert spürte ich eine Hitzewelle in meinen Kopf steigen. Was meinte er damit? Was wusste er von mir? Hatte etwa dieser freundliche Intellektuelle den Auftrag gegeben, mich im Wald zu überfallen? Es war unvorstellbar.

Ich setzte mich gerade hin, die Beine leicht gespreizt, die Füße fest auf dem Boden. Keine passende Haltung für eine Mademoiselle. Nun war ich am Zug.

In sachlichem Ton konfrontierte ich Tschumi in der nächsten Viertelstunde mit den Fakten, so wie ich sie kannte. Ich sprach über die regional erhöhte Sterblichkeit und Erkrankungsrate, über die spezifischen Krebsformen, den empirischen Beleg der Existenz von lokalen Clustern, die hohe Wahrscheinlichkeit, dass die Erkrankungen durch Dioxine und Arsen verursacht wurden und die Vermutung, dass eine Kontamination durch die MTW für die Erkrankungen verantwortlich sei. Ich nannte ihm keine Quellen.

«Wenn ich hier wohnen würde, würde ich die Werke auf Körperverletzung verklagen. Sollten diese Tatsachen bekannt werden, wird sich der Staatsanwalt einschalten müssen. Und dann kommt eine Prozesslawine auf die MTW zu. Ganz abgesehen von den Kosten der Sanierung des Grundwassers und des Bodens.»

Eine Weile war es still. Dann setzte Tschumi ebenfalls sein Glas ab.

«Gratulation! Ich bin beeindruckt. Nur …», er lächelte mich begütigend an, was mich wütender machte als es irgendeine Beleidigung hätte tun können, «gehen Sie von völlig falschen Vorstellungen aus.»

«Und warum?», fragte ich mühsam beherrscht.

«Sie sprechen von Dioxinen und Arsen. Die MTW haben niemals Dioxine produziert oder verarbeitet. Wir sind doch hier nicht in Seveso. Und Arsen? Zu welchem Zweck sollten wir um Himmels willen Arsen benötigen?»

Wie konnte Tschumi nur so entspannt reagieren? War ich tatsächlich von völlig falschen Annahmen ausgegangen?

«Wenn Sie sich auch nur ein bisschen mit unserer Firma auseinandergesetzt hätten, wüssten Sie, dass wir seit jeher die höchsten ethischen Werte verfolgen. Der gesamte Herstellungsprozess ist transparent dokumentiert. Wir haben letztes Jahr einen Award erhalten für besondere Verdienste um die Gesundheit unserer Beschäftigten. Wir haben einen Gesundheitsbeauftragten. Wir haben ein Alkohol-Früherkennungsprogramm. Wir haben sogar ein Rauchentwöhnungsprogramm.»

Er hob einen Finger: «Und das wird Sie besonders freuen: Alle schwangeren Frauen, die nachweislich das Rauchen aufgeben, erhalten einen Monatslohn Bonus. Wir haben selbstverständlich eine firmeneigene Kindertagesstätte und so fort. Wir handeln ethisch verantwortlich.»

«Und der Abfall, den Sie produzieren?»

«Bei jeder industriellen Fertigung entsteht selbstverständlich Abfall. Dieser muss umweltgerecht und sicher entsorgt werden. Sicherheit, Effizienz, Nachhaltigkeit. Diesen Maximen haben wir immer nachgelebt. Natürlich hat die Entsorgungstechnologie in den letzten Jahrzehnten große Fortschritte gemacht, so dass wir heute behaupten können, dass unsere Entsorgung zu hundert Prozent umweltneutral erfolgt.»

«Und was ist mit früher?»

«Zum jeweiligen Zeitpunkt war jede unserer Entscheidungen verantwortungsvoll, gesetzeskonform und richtig.»

«Und was ist mit dem verseuchten Teich? In dem noch immer Kinder baden?»

«Ich weiß nicht, woher Sie all diese Fehlinformationen haben. Unsere Entsorgung ist genauso transparent und verantwortlich wie alle anderen Geschäftsvorgänge.»

Ich fühlte mich plötzlich erschöpft. Ich redete an eine Wand aus Sicherheit und Rechtschaffenheit.

Als ob er meine Stimmung gespürt hätte, räusperte sich Tschumi und lächelte mich dann an.

«Sehen Sie, Frau Beck, Sie sind noch so jung», sagte er mit verständnisvoller Wärme, «sie können sich das nicht vorstellen. Die Werke, wie mein Vater sie geführt hat und auch ich einige Jahre lang, diese Werke sind die Vergangenheit. Heute werden die MTW von Managern geleitet, die in den USA ausgebildet wurden und die nach ein paar Jahren wieder irgendwo nach Indien verschwinden. Mein Vater dagegen war ein richtiger Patron. Ein Geschäftsmann natürlich, aber auch ein Mann, der für das Land und seine Leute sorgte. Die Gegend hier war früher bettelarm. Nichts als steile Berghänge, die dauernd am Rutschen sind. Das Bauern bringt unter diesen Umständen nicht viel ein. Die Leute hatten Hunger, konnten ihre Kinder nicht richtig ernähren, es gab keine anständigen Schulen, keine Arbeitsplätze, nichts. Und dann sind Carl Mahler und mein Großvater, Emmanuel Tschumi, gekommen und haben die Werke gegründet. Zuerst war es nur eine umgebaute Scheune. Aber sie waren erfolgreich, und die Werke haben Arbeit gebracht und einen anständigen Lohn für die Männer. Da können Sie fragen, wen Sie wollen.»

«Ein anständiger Lohn ist keine Entschädigung dafür, mit vierzig Jahren an Lungenkrebs zu krepieren!»

«Es reicht jetzt!», Tschumis Stimme war schärfer geworden. «Hören Sie auf mit Ihren Schauergeschichten! Ich öffne Ihnen mein Haus, und Sie werfen mit wilden Anschuldigungen um sich, für die Sie keinerlei Beweise haben. Außerdem sprechen Sie hier mit dem Falschen, wenn Sie mit einem Prozess drohen.»

«Dann stimmt es also: Sie haben die MTW verkauft?»

«Zu einem sehr guten Preis an eine große, renommierte Holding. Und schon das zeigt, dass Ihre wilden Spekulationen über Krebstote in der Region nichts als eine groteske Übertreibung sind.»

«Die Fabrik wird stillgelegt?»

«Davon weiß ich nichts. Die Käufer haben eine sozialverträgliche Fusion zugesichert.»

«Und was ist mit dem Produktionsstandort?»

«Wie gesagt, das ist nicht mehr in meiner Hand. Allerdings wird es bei den hohen Lohnkosten immer schwieriger, in der Schweiz zu produzieren.»

Er füllte in aller Ruhe sein Weinglas auf und bot mir ebenfalls an. Ich schüttelte den Kopf.

Dann fuhr er fort: «Was mich immer wieder erstaunt, ist die Tatsache, dass die sogenannten Progressiven, wie Sie zweifellos eine sind, tausendmal Konservativer sind als wir Bürgerlichen.»

Er nippte an seinem Wein: «Jedes Ding hat seine Zeit. Entstehen und vergehen. Leben und Sterben. C'est la vie.»

Tschumi schien unser Gespräch zu genießen. Seine Ruhe machte mich immer wütender.

«Leben und Sterben ist ein gutes Stichwort, Herr Tschumi. Kommen wir zum Sterben.»

Ich starrte ihm bei den nächsten Worten direkt in seine strahlend blauen Augen: «Wann haben Sie beschlossen, dass Gian Cavegn sterben muss?»

Kein plötzliches Erbleichen, kein Zittern, kein heftiges Keuchen. Einzig eine seiner Augenbrauen hob sich ein paar Milimeter. «Wie bitte?»

«Wie viele Millionen hat Ihnen der Tod meines Freundes diese Woche eingebracht, Herr Tschumi?»

Es verging ein kurzer Moment, dann warf er seinen Kopf in den Nacken und fiel in ein schallendes Gelächter.

«Seien Sie endlich still!», schrie ich gegen ihn an.

«... und was noch alles: eine Dioxindeponie, Auftragsmorde, die Mafia, eine internationale Verschwörung?» Tschumi amüsierte sich bestens. «Ma chère!»

«Sie werden schon bald nichts mehr zu Lachen haben. Es ist nicht meine Art, rasch aufzugeben», gab ich wutentbrannt zurück.

Tschumi wurde wieder ernst.

«Ihre Trauer ist verständlich und Ihre Wut auch. Aber ich muss Sie enttäuschen, ich kann Ihnen beim besten Willen nicht helfen. Ich kenne keinen Herrn Cavegn.»

«So billig kommen Sie mir nicht weg. Gian Cavegns Tod kam genau im passenden Moment, damit Sie Ihre Firma verkaufen konnten. Gian Cavegn ist der Wissenschaftler, der als erster die Hypothese formulierte, dass die MTW etwas mit den Krebstoten in der Region zu tun haben könnte. Und er konnte nachweisen, dass jemand in Ihrem Auftrag die Todesursachenstatistik gefälscht hat ...»

«Das ist eine unverschämte ...», wollte mich Tschumi unterbrechen, das erste Mal offensichtlich getroffen und wütend.

«... gefälscht hat, um die Tatsache zu vertuschen, dass wir hier eine eindeutig erhöhte Inzidenz an Krebstodesfällen haben.»

Tschumi leerte sein Glas und setzte es mit einer Bewegung ab, die mir zeigte, dass er unser Gespräch als beendet betrachtete.

«Wenn bekannt geworden wäre, dass der Boden hier so belastet ist, dann hätten die MTW die Sanierung der Deponie finanzieren müssen», fuhr ich rasch fort, «und die Aktien wären jetzt im Keller. Niemand würde sich für einen Kauf interessieren. Das sieht nicht gut aus, finde ich. Diese Geschichte wäre ein gefundenes Fressen. Für die *WoZ* zum Beispiel.»

Ich hatte es endlich geschafft, Tschumi aus der Ruhe zu bringen. Seine Stimme wurde laut und schneidend.

«Denken Sie ernsthaft, ich würde einen Menschen beseitigen lassen oder sogar einen Mord begehen und damit alles riskieren, was ich erreicht habe, meine Ehre, meine Familie, nur wegen ein paar durchgedrehten Spinnern und Ökofreaks?»

Mit einer heftigen Bewegung wischte ich das Kristallglas vom Tischchen. Das kostbare Glas zersplitterte an der getäferten Wand, und die edle Flüssigkeit hinterließ einen hässlichen dunklen Fleck. Es sah aus, als ob ein Hund an die Wand gepisst hätte.

Tschumi stand bereits. Ich auch. Nun waren wir endlich im richtigen Modus: Kampf.

«Wie können Sie es wagen? Verlassen Sie sofort mein Haus», herrschte er mich an.

«So einfach werden Sie mich nicht los!»

«Sie sind ja total verrückt! Eine Geisteskranke, das hätte ich sofort merken müssen.»

«Mein Freund ist tot. Und alles spricht dafür, dass Sie oder irgendjemand sonst von den MTW dafür gesorgt haben, dass er für immer schweigt. Wir sehen uns wieder, Herr Tschumi.»

«Ganz sicher nicht, Frau Beck. Und wenn Sie jetzt nicht sofort gehen, werde ich die Polizei oder noch besser die Psychi anvisieren.»

Er griff in seine Jackentasche und holte sein Handy heraus.

«Moment noch!»

Tschumi schaute auf, überrascht von meinem Ton.

«Wo sind die Frauen?»

«Wie bitte?»

Ich wies mit meiner Hand über seine imposante Bibliothek: «Die Autorinnen! Wo sind sie?»

«Die Autorinnen?»

«Wo sind Jane Austen, Emily und Charlotte Brontë, Virginia Woolf? Und Harper Lee?»

Ich holte tief Atem und fuhr fort: «Da sind sechs Bücher von Sartre, wo ist Simone de Beauvoir? Wo haben Sie Christine Brückner und Doris Lessing gelassen? Und Ruth Schweikert oder Eveline Hasler?»

Ich war immer lauter geworden, und dann schrie ich: «Und wo, verdammt noch mal, ist Ingeborg Bachmann?»

Tschumi starrte mich an, als ob ich ein keifendes, geistesgestörtes Weib mit Schaum vor dem Mund wäre. Dann wich er zwei große Schritte zurück und begann hastig, eine Nummer in sein Handy einzutippen.

Ich drehte mich um und ging.

***

Als ich das Haus verlassen hatte, merkte ich verblüfft, dass mein Besuch bei Tschumi nicht mehr als eine gute Stunde gedauert hatte. Es war mir viel länger vorgekommen. Immerhin hatte ich das letzte Wort behalten, das gab mir ein wenig von meiner Energie zurück.

Ich ging langsam zum Auto zurück und stieg mit ungutem Gefühl ein. Irgendwann würde ich mich entscheiden müssen, ob ich weiterhin diese tonnenschweren Fahrzeuge steuern wollte, und dann würde ich mehr üben müssen, oder ob ich die Autofahrerei ganz lassen wollte.

Tschumis Weißwein hatte die Sache auch nicht gerade verbessert. Mein ungutes Gefühl verstärkte sich, als sich kurze Zeit später ein Lastwagenfahrer hinter mich klemmte mit dem Ziel, den Geschwindigkeitsrekord des Gurnigelrennens zu brechen.

Ausgerechnet die Strecke zwischen Schwarzenburg und Schwarzwasserbrücke hatte er sich zur Trainingsstrecke auserkoren. Er fuhr so nahe an mich heran, dass ich nicht mal mehr seine Lichter sehen konnte. Und dann hupte er. Laut und lange. Mir brach der Schweiß aus.

Ich gab Gas. Die nächsten Kilometer Strecke waren extrem kurvig und unübersichtlich. Der reine Wahnsinn. Die Kurven waren eng, so dass ich zwischendurch stark abbremsen musste. Ich schlidderte immer wieder über die Sicherheitslinie.

Nirgends ein Parkplatz, damit ich rausfahren und diesen 40-Tonnen-Spinner hätte überholen lassen können. Er blieb an mir dran und ließ immer wieder seine Höllenhupe erdröhnen.

War das einfach nur ein gehirnamputiertes Arschloch? Oder wollte der mich umbringen? Zu Ende bringen, was am Dienstag nicht gelungen war?

Meine Hände waren nass und rutschig, und ich klammerte mich mit aller Kraft am Steuer fest.

Nicht darüber nachdenken, was passieren könnte. Keine Bilder!

Endlich überquerte ich die Schwarzwasserbrücke und bog in ungebremstem Karacho auf den großen Parkplatz bei der Tankstelle ein, wo ich mit Mühe und Not vor dem Kiosk zum Stehen kam. Der Lastwagen donnerte an mir vorbei.

Mit zitternden Händen und Beinen schleppte ich mich zum Kiosk, kaufte ein XXL-Schoggistängeli und einen Espresso. Danach fühlte ich mich etwas besser, hatte aber nicht die geringste Lust weiterzufahren. Was hatte ich eigentlich mit meiner Fahrt erreicht?

Plötzlich fiel mir der mysteriöse Reichenbach ein, der die ganze Gegend hatte räumen lassen wollen. Ich hatte in der Zwischenzeit herausgefunden, dass er in Steinenbrünnen wohnte. Das war nicht weit von hier. Mit immer noch zitternden Händen startete ich erneut den Motor.

Reichenbach wohnte in einem umgebauten Stöckli neben einem stattlichen Bauernhaus. In der Zwischenzeit war es kurz vor fünf Uhr. Falls er tatsächlich arbeitslos war, würde ich ihn vielleicht zu Hause antreffen. Wenn er nicht gerade in einer Beiz herumhockte.

Ich klingelte. Und wartete lange. Gerade als ich enttäuscht wieder losziehen wollte, öffnete sich die Türe einen Spalt breit.

Ich konnte eine blasse, ziemlich spitze Nase erkennen und darüber misstrauisch zusammengekniffene Augen.

«Was wollen Sie?»

«Ich möchte mit Ihnen über die Mahler-Tschumi-Werke sprechen.»

«Warum?»

Die Türe hatte sich keinen Millimeter weiter geöffnet.

«Ich bin Epidemiologin und möchte wissen, weshalb hier in der Gegend so viele Leute an Krebs erkranken.»

«Warum?»

Langsam genervt fragte ich ihn, ob ich nicht eintreten dürfe, und diesmal fragte er wenigstens nicht «Warum?», sondern öffnete nach einigen Sekunden die Türe.

Danach standen wir uns in einem engen Vorraum gegenüber und musterten uns gegenseitig.

Reichenbach sah vollkommen anders aus, als ich ihn mir vorgestellt hatte. Er war schlank, gepflegt, Mitte dreißig und wirkte wie der Archetyp des Intellektuellen, was vielleicht auch mit den dicken Brillengläsern und seiner Stirnglatze zusammenhing. Die verbleibenden Haare trug er nicht extrem kurz geschnitten, wie es die Mode diktierte, sondern zusammengebunden und schulterlang. Seine Mundwinkel bogen sich nach unten, als ob er die letzten zehn Jahre ständig schlecht gelaunt gewesen wäre.

Ich stellte mich vor und erklärte diesmal etwas genauer, worum es ging. Reichenbach starrte mich weiterhin misstrauisch an und machte keine Anstalten, mich auch nur einen Schritt weiter in seine Wohnung hereinzubitten.

«Und wer hat Ihnen meinen Namen genannt?», fragte er schließlich.

«Eine Frau aus Block 3 im Luegisland, eine ehemalige Lehrerin. Den Namen habe ich vergessen.»

«Und was hat man über mich gesagt?»

«Nun … äh …», druckste ich verlegen herum.

«Also?» Das kam ziemlich grob und gleichzeitig mit unterdrücktem Amüsement. Reichenbach weidete sich an meiner Verlegenheit.

«Die Leute denken, dass Sie sich unnötig in Dinge einmischen, die Sie nichts angehen.»

«Ein Arbeitsscheuer, der nie seine Hände dreckig macht? Aber allen dreinreden will? Einer, der nie gelernt hat zu arbeiten. Ein linker Sauhund und Gewerkschaftler. Stimmts?»

Ich atmete erleichtert auf.

«Mmmh, ja, so ungefähr.»

«Was stehen Sie so herum? Kommen Sie rein.»

Er führte mich in einen kleinen, ziemlich dunklen Raum. In der Mitte stand ein niedriger Tisch, darauf ein quadratisches Spielbrett aus massivem Holz, auf dem weiße und schwarze Spielsteine lagen. Links und rechts des Tischchens lagen zwei Sitzkissen, eines in einem leuchtenden Rubinrot, das andere nachtblau mit einem goldenen Schriftzeichen.

Reichenbach hatte meinen neugierigen Blick gesehen.

«Ich bereite mich auf das große Go-Turnier in Hannover in vier Wochen vor.»

«Ach?»

Er seufzte genervt.

«Go ist ein uraltes Brettspiel, das in China erfunden wurde. Es wird weltweit von Millionen von Menschen gespielt. Alleine in Europa sind etwa 15 000 Personen aktive Clubspieler. Ich spiele seit bald zehn Jahren ernsthaft. Und übrigens sehr erfolgreich: Ich habe letztes Jahr einen sechsten Dan erhalten.»

«Dan?»

«Je nachdem, wie gut jemand spielt, wird er eingestuft. Es gibt Schülerränge, die Kyu, und dann die Meisterränge, die Dan. In Europa gibt es nur zwei Männer, die einen höheren Rang haben als ich.»

«Ich gratuliere.»

«Schmeicheleien bringen bei mir gar nichts, Sie haben ja keine Ahnung, was das bedeutet.»

Ich fühlte, wie mein Kopf heiß wurde. Blöder Kerl! Dem konnte man es wohl nie recht machen.

«Ich bin tatsächlich stolz auf meine Leistung, auch wenn die meisten Leute hier meinen, dass es sich bei Go um eine Art Eile mit Weile handelt.»

Ich betrachtete das Spielbrett mit den Linien und den Steinen.

«Wenn man es nicht kennt, sieht es nicht gerade anspruchsvoll aus. Jedenfalls nicht so komplex wie Schach», gab ich zurück.

«Typisch! Wenn Sie nur ein wenig nachgedacht hätten, wäre Ihnen aufgefallen, dass es genau umgekehrt ist. Im Gegensatz zu Schach ist es bisher noch nie jemandem gelungen, einen Computer zu programmieren, der gegen einen Go-Meister gewinnen könnte. Go ist ein extrem strategisch ausgerichtetes Spiel mit Millionen von Möglichkeiten.»

Er führte mich zu einem abgewetzten Biedermeiersofa, das direkt vor dem einzigen Fenster stand. Von da aus hatte man einen herrlichen Weitblick und sah die gerade untergehende Sonne.

«Ich habe nicht viel Zeit, um mich mit Ihnen zu unterhalten. In einer halben Stunde fängt meine Schicht an.»

Ein meckerndes Lachen folgte, als er meinen erstaunten Blick sah.

«Nicht, dass ich mir die Hände schmutzig machen würde, aber arbeiten tue ich.»

Mir fiel auf, dass Reichenbach schöne Hände hatte, mit langen, feingliedrigen Fingern. Die Fingerspitzen der rechten Hand waren vom Nikotin braungelb verfärbt.

«Ich arbeite als Taxifahrer in Bern. Schon seit acht Jahren. Damit komme ich gut über die Runden, kann mir diese Wohnung leisten und habe Zeit für Go.»

«Was ist denn mit dem Gerede wegen Revoluzzer, Gewerkschafter und Aufwiegler?», fragte ich ihn.

«Das sind alles verdammte Ignoranten. Selber schuld an ihrem Elend. Man versucht alles, um ihnen zu helfen. Aber nein …»

Er zündete sich eine Zigarette an und nahm einen tiefen Zug.

«Ich habe nach der Matur einige Semester Philosophie studiert, was in dieser Gegend schon genügt, um verdächtig zu sein. Und dann war ich tatsächlich etwa ein Jahr bei der Unia, weil ich nicht recht wusste, was ich machen sollte. Aber das ist lange her.»

«Aber was haben Sie mit den Werken zu tun?»

Sein Gesicht verschloss sich wieder zur mürrischen Maske.

«Gar nichts.»

«Warum haben mir dann die Leute im Luegisland gesagt, dass ich mit Ihnen sprechen soll?»

Er zog an seiner Zigarette und beobachtete mich mit leicht zusammengekniffenen Augen. Offensichtlich überlegte er, was er mir erzählen sollte. Ich versuchte, seinen Gesichtsausdruck zu deuten.

«Ich hatte vor Jahren den Auftrag, die Arbeiter der MTW für die Gewerkschaft zu mobilisieren.»

«Das ist alles?»

«Ich hatte keinen großen Erfolg, muss ich zugeben. Die Leute beteten diesen Tschumi regelrecht an. Tun sie wohl noch heute.»

Er schüttelte den Kopf über so viel Dummheit.

«Was wissen Sie über die Umweltbelastung durch die Werke?»

«Nicht viel, tut mir leid. Ich bin nur ein Taxifahrer, der gerne Go spielt, kein Chemiker.»

«Aber ich dachte, dass Sie irgendwelche Unterlagen gesammelt hätten. Jedenfalls hat das jemand behauptet.»

«Dann hat sich dieser jemand eben geirrt.»

«Das glaube ich nicht.»

«Sind Sie Mitglied einer Gewerkschaft?», fragte er mich plötzlich.

«Nein.»

«Das sollten sie aber. Gerade heute. Es ist eine Ungeheuerlichkeit, dass die in Bern jetzt unser Steuergeld an die Banker verteilen. Wenn ich nur schon das Wort Boni höre, muss ich kotzen! Bonus? Haben Sie schon mal Geld dafür geschenkt bekommen, dass Sie Ihren Job so schlecht gemacht haben, dass eine weltweite Krise ausgebrochen ist?»

«Aber was ist mit …»

Weiter kam ich nicht. Reichenbach setzte zu einem längeren Sermon über die Umverteilung von unten nach oben, die Frage von Bonus und Malus und die Ungerechtigkeit der Lohnpolitik und der Welt überhaupt an. Inhaltlich gab ich ihm in vielen Punkten Recht, aber er brachte das Ganze in einem dermaßen belehrenden und gleichzeitig aggressiven Ton vor, als ob ich persönlich für das Elend der Welt verantwortlich wäre. Und zwar aus reiner Dummheit.

Nach zehn Minuten hatte er mich so weit, dass ich mich mit den Bürgerlichen solidarisierte.

Dann drückte er mir ein Anmeldeformular für die Unia in die Hand. Er wirkte auf mich wie ein routinierter Missionar, der genau weiß, wie er einen unliebsamen Gast loswerden kann, indem er ihm mit Gott-liebt-auch-dich-Traktätchen zu Leibe rückt.

«Ich muss jetzt los. Meine Schicht», sagte er.

Ich gab ihm meine Geschäftskarte, die er mit spitzen Fingern entgegennahm und dann las.

«Walmont?»

«Ja. Ich arbeite dort.»

Er nickte, sagte aber nichts weiter, sondern verstaute die Karte in einer Schreibtischschublade. Wir verabschiedeten uns, und ich fuhr vorsichtig die kurvige, steile Straße runter zur Hauptstraße.

Ich war enttäuscht. Ich hatte mir von diesem Gespräch mehr erhofft.

Ich bin nur ein Taxifahrer, der gerne Go spielt, hatte er gesagt. Das jedenfalls war gelogen. Reichenbach war Meister im Go.

17

Auf der Fahrt nach Hause dachte ich über das Gespräch mit Robert Tschumi nach. Bei all meinen Vorwürfen war er vollkommen gelassen und kalt geblieben außer bei der Erwähnung der gefälschten Todesursachenstatistik. Warum?

Hatte das mit Gian zu tun? Hatte er ihn gekannt oder nicht? Oder hatte ihn jemand vom Bundesamt für Statistik über Gians Recherchen informiert? Ich sah wieder den Kreis der Figuren auf Gians Pult vor mir. Hatte sich Gian verraten gefühlt?

In der Zwischenzeit war ich in Köniz angekommen und quälte mich durch den allabendlichen Stau. Was würde Philipp sagen, wenn ich ihm von meinen Erlebnissen erzählte? Dem Lastwagenfahrer? Und den jungen Männern, die mir aufgelauert hatten? Dass ich paranoid bin? Er hatte zurzeit andere Sorgen. Nachdem ich das Auto einigermaßen vorschriftsgemäß parkiert hatte, klingelte ich bei Philipp. Niemand zu Hause. Ich warf den Autoschlüssel in seinen Briefkasten und machte mich auf den Heimweg.

***

Am nächsten Morgen erwachte ich mit dem Wissen, dass ich unbedingt nochmals mit Fux sprechen musste; dass er mir irgendetwas Wichtiges verschwiegen hatte. Ich wählte seine Nummer im Bundesamt für Statistik und wurde nach dreißig Sekunden mit der Zentrale verbunden. Herr Fux habe heute freigenommen, war die Auskunft. Auf der Rückseite seiner Visitenkarte hatte er mir auch seine private Nummer notiert.

Während ich mir in Gedanken einige Sätze zurechtlegte, spürte ich, dass mein Herz heftig zu klopfen begann. Ich kam mir lächerlich vor und wählte entschlossen seine Nummer.

Fux meldete sich mit einem unpersönlichen «Hallo?» und klang nicht gerade begeistert, als ich meinen Namen nannte. Im Hintergrund hörte ich die lebhafte Stimme einer Frau und ziemlich laute Musik. Queen. *I want it all.*

Fux war kurzangebunden. Es war offensichtlich, dass ich ihn störte. Hatte er nicht gesagt, dass er alleine lebte? Oder hatte ich mir das nur eingebildet?

«Es tut mir leid für dich, dass ich dir nicht weiterhelfen konnte. Wie gesagt, ich glaube, Gian fühlte sich in einer ausweglosen Situation gefangen.»

«Ich möchte trotzdem genau wissen, was Gian dir gesagt hat.»

Sein Seufzer tönte eindeutig genervt, und ich fühlte, wie mir die Hitze in den Kopf stieg. Schließlich willigte er ein. Er habe aber keine Zeit nach Bern zu kommen, er müsse sein Boot für eine Regatta vorbereiten. Ich müsse schon nach Cudrefin zu seinem Bootsplatz kommen, wenn ich mit ihm sprechen wolle. Wir verabredeten uns für drei Uhr am nächsten Tag.

Dies war der Morgen der Telefonate: Meine Mutter rief an, um mich für einen Theaterabend einzuladen. Philipp meldete sich, er sei an der Koyotensache dran und habe erst morgen Abend wieder Zeit, mich zu treffen. Erleichtert registrierte ich seinen kämpferischen Ton. Er lade mich dafür zum Essen in die «Zunft zum Kauz» ein.

Dann kam ein Anruf von Helga. Sie sei im Dienst, müsse aber dringend etwas mit mir besprechen. Ich solle sie um zwei Uhr in der Walmont-Caféteria treffen.

Ein weiteres Mal klingelte es. Diesmal an meiner Türe. Der Postbote wollte eine Unterschrift für einen eingeschriebenen Brief.

Absender war eine Anwaltskanzlei in Muri. Mit ungutem Gefühl öffnete ich das gefütterte Couvert und entnahm ihm drei Seiten cremefarbenes Papier in schwerer Qualität. Ein Wasserzeichen fehlte ebenfalls nicht. Die Sozietät mit fünf Namen, von denen drei einen Professorentitel voranführten, informierte mich darüber, dass gegen mich eine einstweilige Verfügung erwirkt worden sei, blabla. Ich überflog die juristischen Floskeln und kam dann zum interessanten Teil. Ich durfte mich ab sofort bis auf weiteres nicht mehr als hundert Meter an die im Anhang aufgeführten Besitztümer von Dr. Robert Tschumi annähern. Bei Zuwiderhandlung drohe mir eine Buße von bis zu 5000 Franken.

So ein Schwein! Das war ein Bannkreis!

Wie hatte Tschumi das nur so schnell erreicht? Immerhin musste eine solche Verfügung von einem Regierungsstatthalter geprüft und unterzeichnet werden.

Ich ging die Liste der aufgeführten Besitztümer durch und hielt dann erstaunt inne. Mannomann, der Kerl hatte ja eine ganze Latte an Landbesitz und Immobilien. Ich musste beinahe grinsen, als ich realisierte, dass die Beachtung dieser Verfügung mein Leben ganz schön verkomplizieren würde. Da war nicht nur sein Familiensitz in Schwarzenburg, sondern zwei Häuser in der Junkerngasse in Bern, ein Haus im Kirchenfeld, ein Mehrfamilienhaus in Köniz und – autsch! – Vegas-Straße 27, das war ganz in der Nähe des Walmont! Ich würde meinen Arbeitsweg leicht verändern müssen. Ich lachte. Das war wohl ein schlechter Witz!

Ich las weiter und staunte immer mehr. Da war ein Chalet in Gstaad, ein Chateau Brignole bei Aix-en-Provence, ein Flat in den Docklands in London und ein weiteres Haus nahe Kew Gardens in London. Dann ein Bootsplatz in Marseille, einer in St. Tropez und einer in Cudrefin. Dieses verlotterte Familienschlösschen, das ich gesehen hatte, war wohl reine Tarnung. Die Familie Tschumi war millionenschwer.

Ganz am Ende der Liste, nach all diesen Eins-a-Monopoly-Adressen, war noch eine Parzelle in der Gemeinde Guggisberg mit der Namensbezeichnung «Kiesgrube Tannacker Süd» aufgeführt.

Ich schüttelte den Kopf.

Wenn diese Hohlköpfe glauben, dass ich von nun an mit einem GPS durch die Gegend laufe, damit ich ja nicht irgendwo auf der Welt aus Versehen dem Herrn Tschumi zu nahekomme, dann haben sie sich gewaltig geirrt. Nun erst recht nicht.

Dieser Brief zeigte mir: Tschumi war nervös.

***

Um zwei Uhr holte ich Helga in der Geburtsabteilung ab, wo für einmal alles ruhig, fast ausgestorben schien. Die Gänge waren leer. Das Pflegepersonal stand tratschend herum. Man hätte meinen können, dass in dieser Abteilung nichts los sei. Aber das konnte schon in wenigen Minuten ganz anders sein. Geburten lassen sich eben nicht programmieren – jedenfalls nicht, wenn man den Anspruch auf eine natürliche Geburt hat.

Helga wirkte entspannt und gut gelaunt. Mit großen Schritten ging sie voraus zur Caféteria, und ich hatte Mühe, ihr zu folgen.

Wir versorgten uns mit Kaffee und Gipfeli, während ich einige bekannte Gesichter grüßte, die mich je nach Informationsstand mit mitleidigem oder neugierigem Blick musterten.

Helga setzte sich auf die Kante ihres Stuhls, ihre Augen funkelten vor Neugierde.

«Kennst du einen André?»

«Äh …»

«André Reichenbach?»

Ich verschluckte mich und musste husten.

«Anscheinend ja.» Helga lachte. «Er hat mich gestern angerufen und gefragt, was du für ein Mensch bist. Ob man dir trauen könne.»

Sie lachte wieder.

«Ich habe gesagt, dass du eine eigensinnige und arrogante Nervensäge seist.»

Ich verzog das Gesicht.

«Vielen Dank, liebe Freundin.»

«Ich habe ihm auch gesagt, dass du grundehrlich bist.»

«Warum?»

«Weil ich finde, dass das die Wahrheit ist.»

«Verflixt nochmal, das meine ich nicht. Warum hat er ausgerechnet dich angerufen, und warum hat er das gefragt?»

Helga lehnte sich wieder zurück.

«Das ist eine längere Geschichte. Ich erzähle sie dir nur, wenn du mir erzählst, was ihr zwei miteinander zu tun habt.»

Und dann fügte sie mit zufriedenem Grinsen an: «Quidproquo.»

«Quidproquo? Hast du das aus einem Asterix?»

Helga runzelte ihre Stirne.

«Also, woher kennst du André Reichenbach?», wollte sie wissen.

«Das hat mit diesen Todesfällen im Gantrisch zu tun. Jemand hat mir den Tipp gegeben, mit ihm zu sprechen, wenn ich mehr über die Ursache der Krebserkrankungen erfahren will.»

«Die Details! Komm schon, ich will alles wissen.»

«Okay, ich erzähle dir die Story. Aber du zuerst.»

Helga kannte Reichenbach nur flüchtig. Er hatte vor zwei Jahren eine hochschwangere Japanerin begleitet, die notfallmäßig ins Walmont gekommen war, weil ihre Wehen nach zwei Stunden wieder aufgehört hatten. Ihr Ehemann war anscheinend in Freiburg im Breisgau an einer Konferenz und hatte Reichenbach gebeten, seiner Gattin in seiner Abwesenheit behilflich zu sein. Da die Japanerin unbedingt eine natürliche Geburt wünschte und die Kommunikation schwierig war, wurde es eng. Gemäß Reichenbachs Interpretation sagte die Frau immer nur, dass sie sich glücklich fühle, da sie in guten Händen sei, dass Bern eine ganz vortreffliche und ausgezeichnete Stadt sei und dass jeder junge Baum mit dem Wind zu kämpfen habe.

Schließlich brachte man einen Übersetzer aus der japanischen Botschaft unter Sirenengeheul ins Walmont. Helga stellte die Japanerin vor die Wahl: entweder eine natürliche Geburt zu erleben oder ein lebendes Kind mit nach Hause zu nehmen. Die Frau stimmte einem Kaiserschnitt zu, und das Kind konnte gerettet werden.

Reichenbach hatte anschließend gewartet, bis er Gewissheit hatte, dass die Operation gut verlaufen war. Dann hatte er sich nochmals zur Geburtsstation begeben, nach Helga verlangt und ihr im Namen der Deutsch-Japanischen-Gesellschaft gedankt.

«Und was hat Reichenbach wegen mir gefragt?», fragte ich.

«Was für ein Mensch du seist. Ob er dir trauen könne. Vor allem auch, was für eine Aufgabe du im Walmont hast. Ob du dich mit medizinischen Fragen auskennst, solche Dinge. Er wollte aber nicht damit rausrücken, was er von dir will. Ich soll dir nur ausrichten, er sei heute Abend um halb sieben auf dem Parkplatz zwischen BEA Expo und Einkaufszentrum Wankdorf. Gehst du hin? Soll ich dich begleiten?»

«Ich glaube nicht, dass er damit einverstanden wäre.»

«Da hast du wohl Recht. Also: Jetzt bist du dran.»

Ich erzählte ihr von unseren Recherchen im Luegisland. Was die Leute vom Gantrischgebiet über diesen Revoluzzer dachten. Und wie ich ihn selbst erlebt hatte. Und dass ich glaubte, er wisse mehr, als er mir am Tag zuvor gesagt hatte.

«Der Typ ist ziemlich schräg. Aber er hat einen wachen Blick und ist außerordentlich intelligent. Ich bin sicher, er weiß mehr über die Werke. Vielleicht kann er mir erklären, warum Tschumi kein bisschen nervös wurde, als ich vom Zusammenhang zwischen den Werken und den Krebserkrankungen sprach. Und warum die Erwähnung der Fälschung der Todesursachenstatistik ihn dann eindeutig erschreckte.»

Einen Moment schwiegen wir beide nachdenklich, aber weder Helga noch mir fiel irgendetwas Erhellendes ein.

«Gehen wir mal wieder in ein Konzert?», fragte Helga.

«Hast du nächsten Freitagabend schon was vor?», fragte ich gleichzeitig.

Wir lachten und verabredeten uns.

Ich verließ das Walmont, fluchte über den leichten Nieselregen, der in der Zwischenzeit eingesetzt hatte, und fuhr mit meinem Fahrrad nach Hause.

***

Um Viertel nach sechs stand ich auf dem Wankdorfplatz – viel zu früh –, aber ich wollte Reichenbach auf keinen Fall verpassen. Da stand ich nun auf einem riesigen leeren Parkplatz und wechselte von einem Bein auf das andere. Ein unwirtlicher Ort. Warum hatte sich Reichenbach ausgerechnet diesen Treffpunkt ausgesucht?

Warten war noch nie meine Stärke gewesen. Wenigstens hatte der Regen aufgehört. Ich zog die Jackenärmel über meine Hände, um mich vor dem kühlen Wind zu schützen.

Irgendwann fielen mir die prüfenden Blicke der Männer auf. Und die teils bemüht wegschauenden, teils wütenden Blicke der Frauen. Ich war verwirrt, bis ich mich daran erinnerte, dass dieser Parkplatz für den Straßenstrich bekannt war. Aber vielleicht hatte sich die Szene an einen anderen Ort verlagert, jedenfalls war ich weit und breit das einzige menschliche Wesen, das herumstand und wartete.

Ich starrte böse zurück und wartete weiter.

Endlich hielt direkt neben mir ein Taxi mit einem großen Bären an der Seite und der Beschriftung «Mutzen-Taxi». Reichenbach öffnete die Beifahrertüre, und ich stieg mit einem mulmigen Gefühl in das Auto. Auf dem Sitz lag ein dicker Bundesordner, den ich auf meinen Schoß nahm, um mich hinsetzen zu können. Ich war noch nicht mal angeschnallt, da raste Reichenbach ohne ein Wort der Begrüßung los. Ich kam mir vor wie in einem Spionagefilm.

«Ich bin der André», sagte er endlich, als wir bereits auf die Einfahrt der A1 einspurten. Ich unterdrückte ein «ich weiß» und klammerte mich stattdessen an den Seitengriff. Sein Fahrstil war für einen Profi äußerst aggressiv und unvorsichtig, fand ich. Sogar auf der Autobahn fuhr er gefährlich nahe auf und wechselte konstant die Spur, um jede Lücke auszunutzen. In den wenigen Momenten, in denen er nicht überholte oder einspurte, trommelte er mit seinen nikotinverfärbten Fingern auf dem Steuerrad herum.

Es wurde rasch dunkel. Und ich fragte mich plötzlich besorgt, auf was ich mich da eingelassen hatte. Steig nie zu einem fremden Mann ins Auto, heißt es doch.

«Ich muss einen Kurierdienst nach Zürich machen», er zeigte mit dem Daumen zum Hintersitz, «Blut für einen Patienten im Universitätsspital Zürich. Hin und zurück hast du also gut zwei Stunden Zeit, diesen Ordner zu lesen. Als Gegenleistung will ich wissen, wieso du dich für die MTW und die Krebskranken in unserer Gegend interessierst.»

Ich schaute ihn fragend an, aber mehr sagte er nicht. Das Deckblatt des Ordners war mit «Doku MTW Band 1» beschriftet.

«Gibt es einen Band 2?», fragte ich, erhielt aber keine Antwort.

Ich zuckte mit den Achseln und begann gespielt desinteressiert herzumzublättern. Der Typ nervte.

Aber schon nach wenigen Seiten waren mir Reichenbachs Manieren völlig egal. Dieser Ordner war eine Fundgrube an interessanten Informationen. Und alles war sorgfältig und professionell dokumentiert. Reichenbach hatte als erstes die Geschichte der Firma aufgearbeitet. Es gab Porträts und Biografien der beiden Gründer.

Die Werke waren 1902 von Carl Mahler, einem begnadeten Chemiker, und von Emmanuel Tschumi, dem Großvater des heutigen Direktors, in Heubach gegründet worden. Mahler brachte das Fachwissen, Tschumi Geld und Geschäftstüchtigkeit in die neue Firma, die von Anfang an florierte und von Jahrzehnt zu Jahrzehnt vergrößert wurde. Zuerst hatten sie sich auf die Entwicklung und Produktion von synthetischen Farben konzentriert. Ab 1935 stellten sie um auf Zusatzstoffe für die Textilindustrie. Anfangs der vierziger Jahre starb Mahler.

1952, wenige Monate vor Emmanuel Tschumis Tod, begann man mit der Produktion eines Insektizids mit Namen Ganterol, dessen Hauptbestandteil DDT war.

«DDT?», fuhr ich auf. Wie jedem Hobby-Ornithologen schien mir dieser Stoff direkt aus der Hölle zu stammen.

«Ja. Die MTW haben damals in großem Umfang Ganterol hergestellt. Du darfst nicht vergessen, dass DDT in den fünfziger Jahren als Wundermittel gefeiert wurde. Es war die Zeit des Maikäferkriegs, als die Kinder für jeden toten Maikäfer einen Rappen bekamen. Müller, der DDT 1939 für die Firma Geigy entwickelt hatte, erhielt ja auch den Nobelpreis für Medizin.»

«Das habe ich auch mal gehört. Warum eigentlich für Medizin?»

«DDT wurde im Zweiten Weltkrieg und danach zur Eliminierung von Insekten eingesetzt, die Krankheiten übertrugen. Und sie waren sehr erfolgreich damit. Ende der vierziger Jahre konnte in Neapel eine Typhusepidemie gestoppt werden, die von Läusen übertragen wurde. Sie haben den Leuten das DDT einfach vom Kragen her runtergeblasen zwischen die Kleiderschichten und damit die Läuse getötet. Und danach wurde das DDT von den Amis praktisch im ganzen Südpazifik gegen Malaria eingesetzt.»

«Wurde es nicht hauptsächlich in der Landwirtschaft verwendet?»

«Im großen Stil erst später. Nach dem Weltkrieg bis in die sechziger Jahre hinein wurde DDT in den USA fast flächendeckend eingesetzt. Versprüht aus Flugzeugen über Felder, aber auch Siedlungen, Weiden mit Vieh, einfach über alles.»

Ich las weiter. Eigentlich wusste man bereits Ende der vierziger Jahre aufgrund von Studien der Eidgenössischen Versuchsanstalt im Liebefeld, dass sich DDT im Körper anreicherte und somit gesundheitsschädliche Werte erreichen konnte. Diese Informationen wurden aber nicht öffentlich verbreitet.

Erst die Publikation *Silent Spring* von Rachel Carson 1962, in dem die US-amerikanische Biologin auf das Vogelsterben durch DDT hinwies, löste eine Protestwelle und Bürgerbewegungen gegen das Insektizid aus. Es folgten öffentliche und politische Debatten und schrittweise Verbote von DDT in den USA.

Im Frühjahr 1968 verboten die USA und Kanada die Einfuhr von Käse aus der Schweiz, weil er die Höchstgehalte an DDT überschritt. Als Hauptursache wurde eine insektizidhaltige Anstrichfarbe ausgemacht, mit der viele Kuhställe zur Fliegenbekämpfung gestrichen worden waren.

Als erstes europäisches Land reagierte Schweden, das den Einsatz von DDT am 1. Januar 1970 verbot. Am 1. April 1972 folgte auch die Schweiz und untersagte jeglichen Einsatz des Insektizids.

Die Werke hatten bereits ein Jahr früher reagiert und 1971 auf die Produktion des Ersatzmittels Lindan umgestellt. Trotzdem stand die Firmenleitung damals vor einem gigantischen Problem. Als das DDT-Verbot in Kraft trat, hatten sie noch 1200 Tonnen von dem DDT-haltigen Ganterol im Lager.

***

«Die Kiesgrube», sagte ich.

«Ja. Die Kiesgrube beim Tannacker. Dort haben sie die 1200 Tonnen Ganterol abgeladen. Was sie damals wohl noch nicht wussten, ist, dass diese 1200 Tonnen Ganterol mit Dioxin verunreinigt waren.»

«Dioxin?», schrie ich auf, worauf Reichenbach erschrocken zusammenzuckte und das Taxi einen Schlenker machte.

«Spinnst du eigentlich?», kreischte er.

«Entschuldige. Ist das sicher mit dem Dioxin?»

«Ja.»

Eva Würgler hatte also recht gehabt, verdammt nochmal!

«Und weshalb weißt du das?»

«Zur Herstellung von Ganterol benötigten sie zwei Stoffe: PCP, das sie von der Dynamit Nobel in Rheinfelden erhielten, und DDT von der Geigy in Basel. Das PCP, das die Dynamit Nobel zwischen 1953 und 1975 produzierte, war mit Spuren von Dioxin verunreinigt. Die Gründe dafür sind bis heute unbekannt. Jedenfalls hat ein Bericht der interkantonalen Giftkommission 1979 diesen Fakt beschrieben. Der Bericht ist als vertraulich klassiert, aber ich habe da meine Verbindungen. Es handelt sich um Dioxine, die Ähnlichkeit mit den Seveso-Dioxinen haben. Ich verstehe die Details zu wenig, aber sie geben an, dass der gemessene Äquivalenzwert von 3200 ähnlich hoch ist wie derjenige von Seveso.»

«Was heißt das?»

«Soviel ich verstanden habe, gibt dieser Äquivalenzwert die Giftigkeit eines Stoffs an, so dass man die Stärke verschiedener Gifte miteinander vergleichen kann.»

«Aber es handelte sich nur um Spuren von Dioxin.»

«Sicher. Aber in den 1200 Tonnen war insgesamt eine Menge von dem Zeug. Und die Seveso-Dioxine gelten bis heute als das stärkste je vom Menschen entwickelte Gift. Dazu kommt, dass PCP fettlöslich ist, das heißt, es wird im Körper akkumuliert und reichert sich in der Nahrungskette an, auch in der Muttermilch.»

«Das heißt, die Mutter gibt es beim Stillen an ihr Baby weiter.»

«Richtig.»

«Warum weißt du das eigentlich alles so genau?»

«Vor dem Taxifahren war ich ziemlich lange arbeitslos und hatte nichts Besseres zu tun.»

Das erklärte allerdings nicht die Besessenheit, mit der Reichenbach alle diese Fakten gesucht und zusammengestellt hatte. Ich fragte ihn nach dem Arsen in Biberau. Aber das sagte ihm gar nichts, meinte er, und ich glaubte ihm.

Wir waren in der Zwischenzeit auf der Höhe von Lenzburg, im tiefsten Aargau. Nicht mehr weit bis Zürich. Ich musste mich beeilen mit Lesen.

Es folgte eine Geschichte der Reklamationen der Anwohner wegen Gestank, Nebel, Hustenreiz und Übelkeit von den zwanziger Jahren bis in die Gegenwart. Interessant, aber nicht hilfreich.

Reichenbach bremste abrupt und fluchte. Ein Car war auf die linke Spur ausgeschert und hatte uns ausgebremst. Eine Ausfahrt wurde angekündet: Dietikon. Beim Limmattaler Kreuz kamen wir das erste Mal in stockenden Kolonnenverkehr. Das zog sich hin bis Zürich-Affoltern, wo Reichenbach die Ausfahrt nahm.

Ich blätterte weiter und überflog ein Kapitel über Abfallentsorgungsgesetze. Reichenbach bremste abrupt. Wir standen nun mitten im Stauverkehr von Zürich. Stop and go in Reichenbachs Variante war die Hölle. Weiterlesen war nicht mehr möglich. Mir wurde schon in der ersten Minute übel.

«Warum hast du all diese Informationen gesammelt und dann nichts damit gegen die MTW unternommen?», fragte ich André.

«Das kommt noch. Lies weiter.»

Ich seufzte genervt und schaute aus dem Fenster auf das nächtliche Zürich. Geflügelgesundheitsdienst? Mal was anderes …

Die nächste Kreuzung war vollständig blockiert von einem großen Car und PWs, die sich unbedingt noch durchquetschen wollten, obwohl die Ampel bereits dunkelorange zeigte. Das allabendliche Verkehrschaos in Zürich übertraf dasjenige von Bern bei weitem. Die Häuser an den Durchgangsstraßen sahen dreckig und heruntergekommen aus. Da wohnte nur, wer nirgends anders hinkonnte.

Endlich kreuzten wir die Schaffhauserstraße, und es ging aufwärts. Beim Universitätscampus Irchel bog Reichenbach rechts ab. Wir passierten die Seilbahn Rigiblick. Schon von weitem sah ich die imposante Kuppel der Eidgenössischen Technischen Hochschule. Daneben lag das riesige Universitätsspital von Zürich. Reichenbach bog kurz vor dem Hauptgebäude links ein und fuhr ins Parkhaus eines Nebengebäudes, runter ins U2, stellte den Motor ab und das Deckenlicht an, nahm das kleine Paket vom Hintersitz und versprach bald zurückzukommen.

18

Nachdem Reichenbachs Schritte verklungen waren, wurde es totenstill. Rings um das Auto war die Tiefgarage nur schwach beleuchtet.

Die typische Szene für einen Film, in dem nächstens ein grässlicher Mord geschieht. Ich packte den Ordner und las weiter. Im nächsten Kapitel ging es um irgendwelche Anträge der MTW an den Kanton zum Kauf und zur Nutzung der Parzelle 279 und 280 Gemeinde Guggisberg. Es gab etwa vierzig Seiten Protokolle einer Kommission, es gab Verfügungen, einen Regierungsratsbeschluss und dutzende Aktennotizen. Mir schwirrte der Kopf.

Ich erschrak, als ich den Lift fahren hörte und starrte gebannt auf dessen Türe.

Es war Reichenbach. Wer denn sonst? Gut gelaunt stieg er ins Taxi und fuhr in gewohnter Manier ab, das heißt, mit kreischenden Rädern. Ob er als Kind davon geträumt hatte, Geheimagent zu sein? Oder träumte er vielleicht noch heute davon?

Ich schüttelte den Kopf, als er in der letzten engen Kurve der Garagenausfahrt nochmals beschleunigte. Aus diesem Typen wurde ich einfach nicht schlau: Mal war er der abgeklärte Zenmeister und Philosoph, mal ein traumatisierter, verbitterter Einzelgänger und dann wieder ein durchgeknallter Mini-James-Bond.

Als wir wieder auf der Autobahn waren, konnte ich endlich weiterlesen. Ich blätterte erneut in diesem Wust von Papieren herum, las sporadisch die eine oder andere Stelle aus Protokollen der Kommission zur Boden- und Wassernutzung des Kantons Bern, aus Gesetzesverordnungen und Regierungsbeschlüssen, aber ich verstand viel zu wenig von diesen Dingen, um sie verstehen oder einordnen zu können.

«Was bedeutet das alles?»

«Lies! Du bist doch die Akademikerin hier. Also gib dir etwas Mühe. Ich muss fahren.»

Reichenbach genoss ganz offensichtlich die Tatsache, dass ich überfordert war. Er wollte wohl, dass ich ihn auf Knien bat, mir zu erklären, was er rausgefunden hatte. Ich schloss die Augen und dachte nach. Was wohl Philipp davon hielt, was ich hier machte? Aber es war die richtige Entscheidung gewesen. Ich hatte wichtige Informationen erhalten – nur, was hatte das mit Gians Tod zu tun? Mit seinem Mörder?»

Hilflos und müde blickte ich auf und begegnete Reichenbachs Augen. Sein Gesicht sah jetzt weicher, entspannter aus.

«Du willst wissen, weshalb ich mich für diese Geschichte interessiere?», fragte ich.

«Ja.»

«Mein bester Freund, Gian-Antonio Cavegn, wurde vor zwei Wochen umgebracht. Ich suche nach seinem Mörder.»

«Und warum suchst du ihn ausgerechnet bei uns?»

«Weil Gian kurz vor seinem Tod herausgefunden hatte, dass irgendjemand systematisch die Todesursachenstatistik gefälscht hatte, um zu vertuschen, dass in Guggisberg und Rüschegg zu viele Leute an Krebs sterben. Irgendjemand hat die Toten auf die Reise geschickt, hat mir Gian gesagt. Und zwei Stunden später war er tot.»

Danach erzählte ich Reichenbach von Gians Recherchen. Dass man systematisch und sorgfältig alle Wohnorte der

Gestorbenen gefälscht hatte, um sie auf ein viel größeres Gebiet zu verteilen. Ich musste nicht viel mehr sagen. Ich sah, dass Reichenbach verstand und sich bereits seine eigenen Gedanken machte.

«Wie funktioniert das mit der Todesursachenstatistik? Wer ist zuständig für die Angaben der Toten? Die Angehörigen?», fragte er mich.

«Nein. Im Allgemeinen ist es der Arzt, der die offizielle Feststellung des Todes vornimmt. Das ist ja meist der Hausarzt. Oder wenn jemand in einem Pflegeheim oder im Spital stirbt die dort zuständigen Ärzte.»

Reichenbach ließ sich das durch den Kopf gehen.

«Dann war es der Schuler», stellte er fest.

«Warum?»

Er lachte meckernd.

«Es gibt hier keinen anderen Hausarzt. Praktisch die gesamte Bevölkerung war beim Schuler zum Impfen, bei allen Kinderkrankheiten, in der Schwangerschaft und nachher auch, wenns ums Sterben ging.»

«Aber warum sollte ein Arzt bei einer solchen Sache mitgemacht haben?»

Wieder das meckernde Lachen, das mir allmählich auf die Nerven ging.

«Das ist ja nicht so schwierig zu verstehen. Der Schuler ist der Schwager vom alten Tschumi. Hat die Sophie, die ältere Schwester von Robert Tschumi geheiratet. Schuler war übrigens bis vor kurzem auch noch der Betriebsarzt der Werke. Er hat diese Gesundheitsförderungsprojekte für die Arbeiter begleitet.»

«So eine gottverdammte Heuchelei!»

«Vielleicht hat er damit sein schlechtes Gewissen beruhigen wollen. Wenn die Leute gesünder leben, weniger rauchen und so, erkranken sie weniger an dem Chemiegift. Stimmt doch, oder?»

«Es ist trotzdem eine unglaubliche Schweinerei.»

Von der Fahrerseite kam ein fröhlich meckerndes Kichern. Reichenbach amüsierte sich köstlich darüber, dass ich mich aufregte.

Ein gigantisches McDonald's-Logo tauchte aus dem Dunkeln auf und verschwand nach wenigen Sekunden wieder.

Ich hatte Hunger. Und ich war müde.

«Also. Ich erkläre dir, was das alles bedeutet», sagte André in seinem besten Lehrerton, den ich zu ignorieren versuchte.

«Das ganze Zeug hier», er klopfte mit seiner Hand auf den Ordner, der in meinem Schoß lag, «bedeutet, dass alles, was die MTW gemacht haben, vollkommen legal war. Die Eröffnung der Deponie, die Vergiftung des Bodens, des Wassers, der Tiere und der Leute.»

«Das kann doch gar nicht sein!»

«Doch so ist es.»

«Aber …»

«Ja, ich weiß. Unsere Verfassung, unsere Gesetze, das Wohl der Bevölkerung – dieser ganze Schmus. Und nicht zu vergessen: die Schweiz, die ja alles viel besser macht als alle anderen.»

«Wie kann so was legal sein. Erklär es mir bitte.»

«Also: Im Jahr 1975 kaufte Carl Tschumi, der Vater von Robert, die stillgelegte Kiesgrube Tannacker Süd. Danach beantragte er beim Amt für Wasser- und Bodennutzung die Bewilligung zum Betrieb einer Deponie.

Es wurde ein Bericht zur Eignung der Kiesgrube erstellt. Der zuständige Beamte vom kantonalen Amt für Natur- und Wasserschutz gab zu Bedenken, dass der Grundwasserspiegel in dieser Region von Norden nach Süden geneigt sei. Die

Kiesgrube Tannacker Süd liege im Einzugsgebiet des Grundwassers der Gemeinde Guggisberg. Die Deponie stelle deshalb eine Gefahr für das Trinkwasser der Gemeinde dar. Einer Ablagerung von Bauschutt stehe hingegen nichts im Wege.»

Reichenbach zitierte aus dem Gedächtnis. Er musste Wochen und Monate in diese Dokumentation investiert haben. Warum? Zu welchem Zweck?

«Der Regierungsrat war anderer Ansicht», fuhr er fort. «Er bewilligte die Nutzung der Deponie im Frühjahr 1976. Im Vortrag zum Regierungsratsbeschluss wurde auf die notwendige Güterabwägung zwischen Schutz vor Gefahren und volkswirtschaftlichem Fortschritt verwiesen. Es sei notwendig, einer industriefeindlichen Haltung gewisser Bevölkerungsgruppen entgegenzutreten. Im Vertrauen auf die Sorgfaltspflichten der Firma und die bestehenden Bodennutzungsgesetze sei ein Risiko für die Bevölkerung vernachlässigbar gering.»

Trotz der langen Zeit, die vergangen war, machte mich diese Formulierung unglaublich wütend. Wie konnten sie nur! Und mit welch verheerenden Folgen für die Gesundheit der Leute, die dort wohnten, für die Kinder, die im Teich gespielt hatten.

«Weshalb hat die Regierung dieser Deponie zugestimmt, obwohl der Experte davor gewarnt hatte?», fragte ich Reichenbach.

«Der Kanton Bern hat ja nicht gerade viel Industrie. Und die MTW haben gedroht, dass sie bei einer Ablehnung ihren Standort in einen anderen Kanton verlegen müssten.»

Ich ließ mir das durch den Kopf gehen. Ich konnte es fast nicht glauben. Für mich als Gesundheitsexpertin war diese Vorstellung einfach unerträglich. Sauberes Trinkwasser war die wichtigste und älteste Maßnahme zur Erhaltung der Gesundheit der Menschen.

Wenn das stimmte – wenn es tatsächlich stimmte, dass die Werke ihre Deponie vollkommen legal betrieben hatten, dann war die Fälschung der Todesursachenstatistik durch Schuler – Schwager von Robert Tschumi – der einzige Schwachpunkt in diesem System aus Macht, Geld und politischer Einflussnahme. Und auf diese einzige schwache Stelle war Gian gestoßen. Gian, der in solchen Dingen so naiv war wie sein Held Tim. Gian, der fest daran glaubte, dass das Gute am Ende doch noch siegen würde.

Wenn die Kosten einer Sanierung von Tannacker Süd ähnlich hoch wären wie in Kölliken, würde dies Tschumi das Genick brechen. Der Nietzsche-Liebhaber würde sich ohne Zweifel gegen eine solche Bedrohung zur Wehr setzen. Die Frage war, wie weit er dabei gehen würde.

Einschüchterung? Vergewaltigung? Mord?

Bei diesen Gedanken verwandelte sich das Ding in meinen Händen von einem ordinären DIN-A4-Bundesordner in ein Gefahrengut mit Explosivcharakter.

***

Kurz vor Bern standen wir erneut im Stau. Links und rechts hatten wir ausgezeichnete Sicht auf ein paar dieser – als fröhlich-farbene Spielklötzchen getarnte – Giga-Einkaufszentren, die in den letzten 15 Jahren überall in Europa entstanden waren. «Futternapf» war einer beschriftet, und: «15 000 neue Produkte!!»

Gott, was für ein Horror! Für seine Katze aus tausend verschiedenen Konservendosen, die richtige herauszusuchen!

Reichenbach nutzte die Gelegenheit und blätterte zu einer bestimmten Stelle.

«Lies das.»

Ich seufzte, aber die Neugierde siegte schließlich.

Es war der Augenzeugenbericht eines Benedikt Reichenbach, datiert von vor fünf Jahren.

Ich schaute fragend auf.

«Mein älterer Bruder.»

Es war im Sommer, als ich neun Jahre alt wurde. Ich spielte damals immer in der Kiesgrube beim Tannacker, begann der Bericht. *Es war ein tolles Gelände für Abenteuerspiele. So etwas gibt es heute nicht mehr. Man durfte sich nur nicht erwischen lassen. Eines Tages im Frühsommer 1977 beobachtete ich einen Lastwagen, der einen Haufen hellen Dreck geladen hatte. Er kippte die ganze Ladung in den Grundwassersee der Grube. Einige Minuten später schwammen unzählige Fische, Lurche und Frösche an der Oberfläche. Sie waren alle sofort tot. Ich habe es zu Hause erzählt. Mein Vater hat mich verprügelt. Und er verbot mir, es in der Schule zu erwähnen.*

«Dein Vater?»

«Mein Vater war der einzige Linke in der ganzen Gemeinde. Er war Mitglied der Partei der Arbeit. Alle anderen stimmten für die SVP. Du kannst dir vorstellen, dass er nicht gerade beliebt war. Beni und ich … wir wurden von den anderen Buben grün und blau geprügelt, bis wir endlich groß genug waren, zurückzuschlagen.»

Damit hatte ich einen weiteren Zeugen für die Vergiftung des Wassers und für das Sterben der Tiere. Fredu, der Abwart vom Luegisland, hatte uns also nichts vorgeschwindelt.

«Was wirst du jetzt tun?», fragte mich André schließlich.

«Ich weiß es nicht. Ich muss darüber nachdenken.»

Als wir auf den großen Parkplatz beim Wankdorf hielten, war es bereits nach neun Uhr. Ich war extrem müde und hatte stechende Kopfschmerzen. Zu wenig getrunken und zu wenig gegessen in den letzten Stunden. Und zu wenig geschlafen in den letzten Wochen.

Aber einige Fragen hatte ich noch, bevor Reichenbach erneut James-Bond-mäßig davonrasen würde.

«Warum hast du all diese Informationen gesammelt?», fragte ich ihn.

Aufmerksam betrachtete ich sein Gesicht, das während einiger Sekunden von einer Ampel erhellt wurde. Er wirkte angespannt und unsicher.

«Das ist schon länger her. Wie gesagt, ich war damals arbeitslos, und ich hatte noch Ambitionen, sozusagen.»

Nervös meckerndes Kichern.

«Ehrlich gesagt, ich wollte abkassieren. Zuerst den Tschumi blechen lassen für mein Schweigen. Und dann nochmals groß absahnen, wenn das Buch rauskommt.»

«Aber es hat nicht geklappt?»

«Das ist wohl offensichtlich, sonst würden wir heute Nacht nicht zusammen in diesem Taxi sitzen.»

«Was ist passiert?»

«Als ich das mit dem Dioxin erfahren habe, wollte ich mit meinem Ordner zu Robert Tschumi gehen. Ich bin dann aber nur bis zum leitenden Chemiker gekommen. Der hat mich nur ausgelacht. Er hat mir geraten, mich beim kantonalen Amt für Wasserschutz zu informieren, was Sache sei, und hat mich dann hochkant rausgeworfen. Also habe ich angefangen, mich mit all diesen amtlichen Dokumenten und Regierungsbeschlüssen zu beschäftigen. Und dann habe ich eben rausgefunden, dass alles vollständig legal ist, was die Werke gemacht haben. Du musst nur mal die Zusammensetzung dieser kantonalen Kommission zur Wasser- und Bodennutzung anschauen: Ein einziges Mitglied ist vom Amt für Naturschutz, zwei Mitglieder sind von der

Volkswirtschaftsdirektion, Abteilung Wirtschaftsförderung, und die restlichen fünf Mitglieder sind alles Vertreter der Industrie.»

«Und warum hast du mir das alles erzählt? Warum hast du mir deinen Ordner gezeigt? Was hast du vor, André?»

«Du bist nicht dumm. Also … man munkelt, dass die Werke verkauft und die Produktion eingestellt werden sollen. Seit die Leute das erfahren haben, ist es am Rumoren da oben. Ich will, dass sie endlich der Wahrheit ins Auge sehen.»

«Was heißt das? Was soll passieren? Wann?»

Rasch sah er mir ins Gesicht. Er hatte wohl die Unruhe in meiner Stimme gehört.

«Ich will nur eines: Der Tschumi soll seinen Heiligenschein verlieren. Und endlich seine hässliche Lügenfratze zeigen!»

Andrés Stimme war voller Hass.

«Warum hasst du ihn so sehr?»

«Hassen? Ich habe einfach die Schnauze voll davon, dass alle so tun, als ob diese Familie besser wäre als wir anderen. Die haben doch alle Dreck am Stecken, und nicht zu wenig. Robert Tschumi, der Wohltäter und Kunstliebhaber – dass ich nicht lache. Wenn du wüsstest, wie der mit seiner eigenen Frau und seinem Sohn umgegangen ist! Hinter seiner Fassade aus Kultiviertheit und Überlegenheit stecken Bösartigkeit und Hochmut. Und die Frauen sind entweder kalt wie Eis oder ebenfalls total durchgeknallt. Aber jetzt werde ich dieses Pack von seinem Thron runterholen.»

«Und was hat das mit mir zu tun?»

«Ich weiß es noch nicht genau. Ich brauche Leute, die verstehen … die all diese Zusammenhänge verstehen. Die wissen, worum es geht. Ich will dich als Zeugin, das ist alles.»

***

Als ich an diesem Abend nach Hause kam, war ich so müde, dass ich sofort ins Bett fiel. In meinen Gedanken wirbelten Gesprächsfetzen, Gesichter und Begegnungen mit Tschumi und Reichenbach durcheinander. War es möglich, dass Tschumi so kaltblütig war? Aber wie konnte ein Arzt wie Schuler sich daran beteiligen? Ein Hausarzt, der die ganzen Familien kannte, ihre Geschichte, ihre Probleme; der mit seinen Patienten lebte und alt wurde. Und Reichenbach? Welche Dämonen trieben ihn an? Wie würde mein morgiges Treffen mit Adrian Fux verlaufen? Ich musste diesmal die Oberhand behalten, das Gespräch lenken. Ich würde mich nicht noch einmal dermaßen verunsichern lassen. Ich schlief ein und erwachte wieder. Konnte ich Reichenbach wirklich vertrauen? Er führte doch irgendetwas im Schilde. Und er hatte mir bestimmt nicht alles erzählt, was er wusste. Mit dem Gefühl, dass ich vorsichtig sein musste, schlief ich endlich wieder ein.

Erst am nächsten Morgen sah ich, dass mein Anrufbeantworter rot blinkte. Dieselbe Person hatte gleich fünf Mal versucht, mich zu erreichen. Ich wählte die Nummer.

«Herzlieb.»

«Hier ist Louisa Beck. Sie haben angerufen?»

Einen Moment war es still.

«Können wir uns sehen? Es ist dringend.»

«Um was geht es denn?»

«Das kann ich Ihnen am Telefon nicht sagen. Aber es ist wirklich wichtig.»

«Nun, dann kommen Sie eben. Können Sie in einer Stunde in Bern sein?»

Ich gab ihr meine Adresse. Während ich meine Wohnung etwas aufräumte, überlegte ich, was sie wohl von mir wollte. Ich hatte ein ungutes Gefühl. Ihre Stimme hatte merkwürdig geklungen. Künstlich – so als ob sie schlecht Theater spielen würde. Hatte sie jemand unter Druck gesetzt?

Ich wollte Helga anrufen, damit jemand Bescheid wusste, dass ich Besuch bekam. Ich erreichte nur den Telefonbeantworter. Ich überlegte, ob Philipp heute Dienst hatte. Dann versuchte ich es im Spital und zu Hause, konnte ihn aber auch nicht erreichen.

Nervös werkelte ich weiter in meiner Wohnung herum. Ob der Besuch der Ärztin mit ihren Patienten zu tun hatte? Hatte vielleicht Robert Tschumi mit ihr Kontakt aufgenommen und sie unter Druck gesetzt?

Um zehn nach zwölf hörte ich das Geräusch eines Kleinwagens. Es war Mene Herzlieb. Alleine.

Hysterisches Weib, schalte ich mich und öffnete die Türe.

Die Ärztin sah schrecklich aus. Bleich wie ein Gespenst, ihre Augen schwarz vor Anspannung. Ich nahm ihr den Mantel ab und führte sie ins Wohnzimmer, wo sie sich nach kurzem Zögern aufs Sofa setzte. Sie musterte mich verstohlen, während ich ihr ein Glas Wasser einschenkte. Ihre Bewegungen waren eckig und ungeschickt. Beinahe hätte sie das Glas umgeworfen, als sie danach griff. War sie so wütend? Aber warum? Auf mich?

«Frau Beck, ich …», begann sie, bekam dann aber offensichtlich nicht mehr genug Atem, um weiterzufahren.

«Was ist passiert?», fragte ich.

Auf diese Frage hin, starrte sie mir direkt in die Augen, und ich hatte das Gefühl, sie suche darin nach etwas.

«Luca hat mir gestern etwas erzählt. Nein, nicht erzählt! Geprahlt hat er damit, dieses Schwein!»

«Luca?»

«Lilis Sohn.»

«Ach.»

Langsam ahnte ich, worum es ging.

«Ist es wahr? Bitte sagen Sie es mir. Ich muss es wissen.»

«Was hat er denn gesagt?»

Sie atmete heftig, als ob sie nicht genug Sauerstoff bekäme, und brauchte fast eine Minute, bis sie so weit war.

Ich schwieg hartnäckig.

«Sie hätten ... sie hätten eine Lesbe vergewaltigt, alle zusammen ... im Wald.»

Erstaunt blickte ich auf. Eine Lesbe? Ging es etwa darum? Den Frauen wieder mal beweisen, wer den Schwanz hat und das Recht, eine Frau zu ficken? Dieses Pack! Diese gottverdammten Säcke!

«Ich ...»

Weiter kam ich nicht, denn Mene Herzlieb hatte ihre Hände vor das Gesicht geschlagen und brach in heftiges Schluchzen aus.

«Meine Schuld, meine Schuld», verstand ich mit Mühe.

«Nein!»

Sie hörte mich nicht. Diese Frau, die so würdevoll wirkte und gleichzeitig so behutsam mit ihren Patienten umging, schien vollkommen gebrochen.

Mit einem Mal erfasste mich die Wut, die ich am Dienstag nicht empfunden hatte. Ich sprang auf und packte die Ärztin grob am linken Arm, riss ihr die Hand vom Gesicht und schüttelte sie.

«Hören Sie auf. Hören Sie sofort auf damit!», schrie ich sie an. Es wirkte augenblicklich. Herzlieb starrte mich mit tränenverschmiertem Gesicht erschrocken an.

«Es ist nichts passiert. Nichts!»

«Aber ... Luca hat gesagt, sie hätten eine lesbische Frau vergewaltigt. Die Frau, die bei uns herumgeschnüffelt habe.»

«Es ging überhaupt nicht darum, ob ich Frauen, Männer oder meinetwegen Außerirdische liebe. Die wollten mich einfach einschüchtern. Die sollten mich davon abhalten, weiter herumzschnüffeln, das ist alles!»

Ich ließ sie los, setzte mich wieder auf meinen Stuhl und wartete, bis sie sich beruhigt hatte. Dann erzählte ich ihr, was vorgefallen war. Meine Worte hatten sie beruhigt, auch wenn die zusammengebissenen Zähne und der verkrampfte Kiefermuskel ihre innere Anspannung deutlich zeigten.

«Es ist genug», sagte sie mit gepresster Stimme, «jetzt ist Luca zu weit gegangen. Er wollte mich in Angst und Schrecken versetzen, der kleine Dreckskerl, und er wusste ganz genau, welchen Knopf er dazu drücken musste.»

«Was wollen Sie tun?»

Sie schüttelte den Kopf und seufzte dann.

«Ich muss mit Lili sprechen. Auch wenn ...»

«Auch wenn?»

«Lili ist mitten in einer schwierigen Scheidung. Die Kinder haben ja jetzt ein Mitspracherecht, bei wem sie bleiben wollen. Und Luca ... Es ist nicht so, dass er mich hassen würde. Jedenfalls nicht mich persönlich. Aber er hat Angst, ausgelacht zu werden. Wenn die anderen erfahren, dass seine Mutter mich liebt, dass wir ein Paar sind, wird er verspottet, vielleicht sogar aus seiner Gruppe ausgeschlossen. Ich kann ihn verstehen, in seinem Alter ist das schwierig auszuhalten.»

«Und was heißt das?»

«Ich wohne offiziell als Untermieterin in Lilis Haus.»

«Das geht doch niemanden etwas an, wen sie lieben. Wir sind doch nicht mehr im Mittelalter.»

«Sie verstehen das Problem nicht, Frau Beck.»

«Nein, das verstehe ich tatsächlich nicht», entgegnete ich gereizt.

Herzlieb seufzte.

«Das ist alles nicht so einfach, wie Sie sich das vorstellen. Es war für mich als Fremde auch so schon schwierig genug, das Vertrauen der Leute zu gewinnen. Wenn nun bekannt wird, dass ich eine lesbische Beziehung habe und dazu noch mit einer Frau hier im Dorf, die sich gerade scheiden lässt, dann kann ich meine Praxis gleich selbst dicht machen.»

«Aber …»

«Warten Sie», unterbrach sie mich: «Ich brauche die Praxis wirklich! Lili will sich von mir trennen, wenn ich wieder im Spital arbeite. 70-Stunden-Wochen sind nichts für ein Familienleben, da hat sie einfach Recht.»

Sie schwieg, scheinbar fertig mit ihren Erklärungen, aber mir fielen ihre fest ineinander verschlungenen Hände auf. Sie hatte ihre Finger regelrecht verknotet.

«Sie sind eine ausgezeichnete Ärztin. Die Leute hier haben das längst gemerkt. Und Sie wollen eine Praxis auf dem Land führen. Es gibt nicht mehr viele Ärzte in der Schweiz, die dazu bereit sind. Ich bin überzeugt, dass Sie Ihre Patienten nicht verlieren würden.»

Sie reagierte nicht auf meine Worte.

«Da ist doch noch was anderes!», stieß ich laut hervor.

Eine Zeitlang sahen wir uns nur schweigend an. Herzliebs Gesicht war ohne jeden Ausdruck. Dann – aus dem Nichts – knallte sie ihre Faust auf den Tisch, so dass ich heftig erschrak.

«Schuler hat mir gedroht», sagte sie leise, aber mit vor Wut vibrierender Stimme. «Er ist zu mir in die Praxis gekommen und hat mir ganz freundlich erklärt, dass er mich vernichten könne. Wenn ich noch ein einziges Mal Kontakt mit Gian Cavegn aufnähme, würde er dafür sorgen, dass ich meine Praxisbewilligung verliere. Sie ist befristet auf zwei Jahre. Und meine Arbeitsbewilligung könne er auch gleich streichen lassen.»

«Haben Sie ihm geglaubt, dass er das kann?»

«Einige Tage später habe ich ein Schreiben vom Kantonsarztamt erhalten. Eine Verfügung zur Aufhebung der Praxisbewilligung. Anonym, nicht unterzeichnet, aber echt.»

Ich schüttelte den Kopf: «Das heißt nichts, gar nichts! Hausärzte auf dem Land werden in der Zwischenzeit mit Gold aufgewogen. Ich bin sicher, dass Schuler keine Chance hat, diese Drohung umzusetzen. Lassen Sie sich nicht einschüchtern. Und stehen Sie zu Ihrer Liebe.»

«Das will Lili nicht. Sie hat Angst ihren Sohn zu verlieren.»

«Das ist doch alles viel zu dramatisch. Luca stirbt nicht daran, dass er von seinen Kollegen verspottet wird. Und wenn er deshalb seine Mutter nie mehr sehen will, dann kann sie froh sein, ihn loszuwerden. Den kleinen Scheißkerl.»

Ein verzagtes Lächeln machte sich in Mene Herzliebs Gesicht breit.

Ich zeigte ihr das Badezimmer, und sie machte sich frisch. Als sie zurückkam, wirkte sie wieder ganz gelassen.

«Ich bin froh, dass Sie jetzt wissen, weshalb ich in dieser Sache nichts mehr unternommen habe. Und dass Sie mutig genug sind, weiterzumachen. Aber ich bitte Sie, seien Sie vorsichtig.»

«Falls es je zu einer Untersuchung kommen sollte, brauche ich Sie als Zeugin.»

«Ich weiß.»

Wir verabschiedeten uns an der Türe und schüttelten uns die Hände. Plötzlich hielt sie inne und umarmte mich.

***

Nachdem Mene Herzlieb weggefahren war, schwirrte mir der Kopf von dem, was ich von der Ärztin erfahren hatte. Schuler hatte Mene Herzlieb erpresst, damit sie sich ruhig verhielt. Gian war wegbefördert worden, um auch ihn daran zu hindern, herauszufinden, was es mit den Krebserkrankungen im Gantrisch auf sich hatte. Das Ganze verdichtete sich zu einem hässlichen, mächtigen Skandal.

Aber viel Zeit zum Nachdenken blieb mir nicht. Um drei Uhr wollte ich Fux am Bootsplatz in Cudrefin treffen. Ich suchte mir eine Zugverbindung heraus und beschloss, in Kerzers auszusteigen und die letzten Kilometer mit dem Fahrrad zurückzulegen. Cudrefin lag am Neuenburgersee, genau gegenüber des Bundesamts für Statistik in Neuenburg. Ich solle in den Campingplatz von Cudrefin fahren und dort beim Bootsplatz nach einem Renn-Katamaran Ausschau halten, hatte Fux erklärt.

Also nahm ich den Zug bis Kerzers, setzte mich dann auf mein Fahrrad und versuchte, diesen kurzen, friedlichen Moment zu genießen. Alles ging glatt bis zu dem Moment, als ich von der Hauptstraße abzweigte und in das Gelände des Campingplatzes einbog. Die Einfahrt des Platzes war von einem SUV-Ungetüm blockiert. Es war ein BMW-Outdoor-Wagen, der Ähnlichkeit mit einem mittelgroßen Panzer hatte. Ich fuhr vorsichtig näher und wartete, dass der Fahrer den Weg freimachen würde. Nachdem sich auch nach einer Minute nichts getan hatte, versuchte ich, mich seitlich an dem Monster vorbeizuquetschen. Als ich auf der Höhe des rechten Hinterrads war, begann der Wagen ohne jede Vorwarnung nach hinten zu rollen. Genau auf mich zu. Ich schrie auf und knallte gleichzeitig meine Faust auf die Karosserie. Der Fahrer stoppte abrupt, würgte den Motor ab, quetschte seine Leibesfülle mühsam aus dem Wagen und begann, mich unflätig zu beschimpfen.

Der Mann sah genau so aus, wie ich es erwartet hatte: schweinsäugig, rotgesichtig und stiernackig.

«Brauchen Sie eigentlich eine Brille, Sie taube Nuss? Hier ist Fahrverbot!», schrie er mich an.

«Und weshalb fahren dann Sie hier durch?»

«Ich bin befugt. Das ist kein Veloweg, verdammt noch mal!»

«Ich bin auf dem Weg zu meinem Boot.»

«Ach ja? Und welches soll denn das sein?»

«Das geht Sie nichts an!»

«Sie dringen hier in Privatgelände ein!»

Und so ging es weiter.

Schließlich konnte ich mich endlich an ihm vorbeizwängen. Auf dem Campinggelände stieß ich auf den ersten zehn Metern auf nicht weniger als drei Verbotsschilder: Velofahren verboten; Fußballspielen verboten; kein unbefugtes Betreten der Rasenflächen. Was ist wohl ein befugtes Betreten des Rasens? Ich fuhr mit dem Velo extra eine Abkürzung über das kurzgeschorene Gras. Das Velofahren war schließlich nur auf den Wegen verboten! Und betreten hatte ich den Rasen genau genommen auch nicht.

Rasch und entschlossen kurvte ich durch die Miniature-Reihenhäuser, die aufs Entzückendste mit künstlichen Holzverschalungen, Geranien vor den Fenstern und Spitzenvolants auf Chalets getrimmt waren. Eigentlich waren es ja Mobile Homes, aber das Mobile war bis zur Unkenntlichkeit getarnt worden.

Hinter den «Chalets» sah ich Bootsmasten aufragen, die mir die Richtung zum Bootsplatz wiesen. Als ich zum Schiffsteg kam, flogen zwei Schwäne über meinen Kopf hinweg und landeten mit elegantem Schwung auf dem fast schwarzen Wasser. Irgendein Wasservogel keckerte aus dem Schilf, das sich rechterhand erstreckte, aber ich konnte den Vogel nicht ausmachen. Der See wirkte dunkel, unruhig und unfreundlich.

Gespannt ließ ich meine Augen über die verschiedenen Boote schweifen. Die meisten waren Segelboote, aber es gab auch einige kleine Motorboote. Mittendrin ragte ein Mast etwa doppelt so hoch hinauf wie alle anderen. Das war auch das einzige Boot, bei dem sich ab und zu irgendein Kabel bewegte und von dem Arbeitsgeräusche tönten. Das musste er wohl sein, Fux' Kat.

Ich zögerte kurz. War es wirklich eine gute Idee gewesen herzukommen? Das war Fux' Revier.

Ich holte tief Atem und ging los.

Sein Platz war zwei Reihen gegen Land versetzt, und der wirklich riesige und schnittige Katamaran schien zwischen zwei alten, nicht sehr gepflegten Segelbötchen eingequetscht. Trotz der kühlen Temperatur trug Fux lediglich ein kurzärmeliges T-Shirt und Shorts, die beide alt, ausgeleiert und dreckig aussahen. Arbeitskleidung eben.

Fux putzte sein Boot mit regelmäßigen Bewegungen. Er war völlig vertieft in seine Arbeit. Erst als ich ihm ein «Hallo Adrian» zurief, blickte er auf.

Wir gaben uns die Hand, und wieder fiel mir auf, wie schwielig seine Hände waren. Fux' Lächeln war offen und freundschaftlich. Er wandte sich wieder seinem Boot zu. Einige Minuten beobachtete ich ihn bei seiner Arbeit, während er mir die verschiedensten Dinge erklärte.

Mit den dreckigen Händen und alten Kleidern, die Locken seiner blonden Haare verstrubbelt und verschwitzt übte Fux eine verteufelte Anziehungskraft auf mich aus.

Ich zwang mich dazu, meine Augen von seinem Körper, dem Spiel seiner Armmuskeln, abzuwenden, und konzentrierte mich krampfhaft auf das Boot.

Fux gab sich Mühe, mir das Wichtigste zu erklären.

«Hier siehst du die zwei Schwimmkörper, die nennt man Rümpfe. Sie sind mit zwei Querträgern fest miteinander verschraubt. Zwischen Schwimmkörpern und Querträgern ist das Trampolin befestigt.»

Er zeigte auf eine viereckige, netzartige Stofffläche, die zwischen den zigarrenförmigen Schwimmern und den beiden Stangen aufgehängt war.

«Die Passagiere sitzen normalerweise auf den Rümpfen oder hängen am Trapez, wenn es ein bisschen sportlicher sein darf.»

Er grinste spöttisch, und ich kam mir vor wie eine Oma.

Dann zeigte er mir den Mast, der wirklich sehr hoch hinaufragte, und den Querbalken, der etwa einen halben Meter über dem Trampolin am Mast befestigt war, den sogenannten Mastbaum.

«Wenn man ein Manöver ausführt, muss man sich ducken, sonst knallt einem der Mastbaum an den Kopf. Der Mast hat ein Kugelgelenk, damit man ihn frei bewegen kann. Seitlich wird er von zwei Schnüren stabilisiert. Siehst du hier?»

Vom höchsten Punkt des Mastes verliefen links und rechts zwei dünne Schnüre zu den vorderen Querträgern. Ich nickte gehorsam.

«Das sind die Wanten. An denen müssen sich die Passagiere festhalten.»

«Sie sehen so dünn aus», sagte ich.

«Die sind aus Hightech-Fasern hergestellt. Teuer, aber sie halten einiges aus, das kannst du mir glauben. Der Steuermann bedient die Pinne», er zeigte auf einen Stecken, der hinten in der Mitte des Katamarans befestigt war und die beiden Ruderblätter steuerte – mir schwirrte langsam der Kopf –, aber Adrian fuhr ungerührt fort, «und gleichzeitig zieht er an diesem Seil hier, um das Segel mehr oder weniger in den Wind zu halten, also das Segel dicht zu holen oder zu fieren. Vorne habe ich noch einen Gennaker, das ist so ein Riesensegel, ganz bauchig. Das gibt dann richtig Tempo.»

Mit sorgfältigen Bewegungen fuhr er fort, den einen Rumpf des Bootes zu putzen.

«Das ist eine richtige kleine Rennmaschine. Querträger, Pinne, Mastbaum und Ruderblätter: alles Carbon. Vom Feinsten, kannst du mir glauben.»

Er liebte dieses Boot, das war offensichtlich.

«Wenn ich ehrlich bin, gibt es eigentlich nur etwas in meinem Leben, das mich wirklich interessiert: das Segeln. Das macht es nicht gerade einfach, mit mir zu leben. Die Frauen erwarten einen Intellektuellen, einen, der Kunst liebt, einen kultivierten Typen eben, aber das bin ich alles nicht. Ich bin völlig zufrieden, wenn ich hier einen Tag an meinem Boot herumputzen kann. Isa, meine Ex-Freundin, war mir sehr ähnlich – jedenfalls hatte ich das geglaubt. Aber irgendwann fingen unsere Lebenslinien an, auseinanderzudriften. Zuerst unmerklich und dann …»

Fux putzte seit einer Weile immer über die genau gleiche Stelle, die bereits perfekt sauber war.

«Seither bin ich etwas neben den Schuhen, tut mir leid.»

Er sah mir in die Augen. «Und wenn mir eine Frau gefällt, dann benehme ich mich besonders daneben.»

Er hielt den Augenkontakt und ich spürte heftiges Herzklopfen. Es war keine gute Idee gewesen herzukommen.

«Ich muss mich bei dir entschuldigen, Lou. Manchmal spüre ich nicht, wie weit ich gehen darf, und verletze mein Gegenüber. Kannst du mir verzeihen?» Er hatte sich wieder seinem Boot zugewandt. Aber sein Tonfall war aufrichtig und besorgt.

«Wenn du bereit bist, meine Fragen zu beantworten», sagte ich mit bemüht fester Stimme.

Er sah mich an: «Erpressung und Daumenschrauben, Lou, das habe ich gar nicht erwartet.» Sein Lächeln schwächte den Vorwurf ab.

«Nun gut, ich werde es versuchen.»

Er verschwand hinter dem Boot. Als er wieder auftauchte, hatte er eine kleine Büchse dabei, die er vorsichtig aufschraubte.

«Teflon-Wachs. Das macht den Kat schnell», sagte er auf meinen fragenden Blick hin.

Er nahm ein wenig Wachs auf einen Lappen und begann den Rumpf damit einzureiben, Zentimeter für Zentimeter.

«Ich hatte nach unserem letzten Gespräch das Gefühl, dass du mir nicht alles gesagt hast, was du weißt. Ich hatte auch das Gefühl, dass du nahe daran warst, mir davon zu erzählen. Stimmt das?», fragte ich nach einer Weile.

Fux unterbrach seine Arbeit und zündete sich eine Zigarette an.

«Rauchst du?» Er bot mir eine Marlboro an.

Hätte mich auch gewundert, wenn er eine andere Marke rauchen würde, dachte ich.

«Nein, ich trinke.»

Fux lächelte unsicher. Soll er ruhig auch mal verwirrt sein, dachte ich, fest entschlossen, diesmal das Ruder nicht aus der Hand zu geben.

Er starrte hinaus auf den See.

«Ende Februar gab es ein paar schöne Tage, und Gian und ich sind raus auf den See. Es war ein spezielles Erlebnis. Niemand sonst war draußen. Der See war spiegelglatt. Eine Möwe hat uns begleitet, mehr als eine Stunde lang. Es war wie nicht von dieser Welt, wenn du weißt, was ich meine.»

Fux' Gesicht hatte sich bei dieser Erinnerung verändert, der Widerschein eines seligen Kindergesichts, arglos und verträumt.

Er sah mich fragend an, ich nickte ihm zu, und er fuhr ermutigt fort: «Danach sind wir noch lange zusammengesessen und haben über persönliche Dinge gesprochen. Gian hat mir von seiner Einsamkeit erzählt und ich … habe von meinen Problemen gesprochen.»

Es war das erste Mal, dass er Gian bei seinem Vornamen nannte. Auch seine Stimme hatte sich verändert, war tiefer geworden. Er nahm einen langen Zug von seiner Zigarette.

«Ich war damals selbst in einer schweren Krise. Isa hatte mir eben gesagt, dass sie sich von mir trennen wollte. Ich war verzweifelt und habe Gian davon erzählt. Vielleicht hat das dazu geführt, dass er sich mir gegenüber öffnen konnte.»

Er lächelte, aber er wirkte traurig dabei: «Nicht viele Frauen halten es mit mir aus. Ich bin nicht der Mensch für Kompromisse. Wenn ich den Drang zum Segeln habe, dann ist alles andere zweitrangig. Da ist kein Platz für …»

Er unterbrach sich mitten im Satz, «… Jedenfalls, ich kann mich nicht ändern, auch wenn ich weiß, dass ich ein mühsamer Kerl bin. Isa – wir waren gute Gefährten. Sie ist selbst eine sehr gute Seglerin, hat einige Jahre als Skipper gearbeitet. Aber irgendwann war das nicht mehr genug für sie. Ich weiß bis jetzt nicht, was sie eigentlich wollte …»

Er warf seinen Zigarettenstummel fort.

«Eigentlich sind mir Frauen sowieso ein Rätsel. Aber das geht wohl vielen Männern so. Die einzige Frau, die ich wirklich verstanden habe, war meine Großmutter.»

Er schüttelte lächelnd den Kopf.

«Man hat mir gesagt, dass ich ihr sehr ähnlich sei. Sie war ehrgeizig, leidenschaftlich. Kompromisse hat sie nie gemacht. Aber darum geht es ja heute nicht. Ich will dir von Gian erzählen.»

Er stockte und nahm einen neuen Anlauf.

«Eigentlich … Du bist Wissenschaftlerin, Lou. Dir muss ich ja nicht sagen, dass die einfachste Erklärung in der Regel die beste ist.»

«Was willst du damit sagen?»

Er seufzte.

«Aber du bist nicht der Typ für die einfachen Erklärungen, das ist jedenfalls sicher.»

«Kannst du bitte mal irgendeinen Satz aussprechen, der klar und verständlich ist?»

«Klar und verständlich? Also gut, obwohl ich mich nachher verfluchen werde, dass ich dir das gesagt habe.»

Er zündete sich erneut eine Zigarette an. Und ich tappte unruhig mit dem Fuß auf den Boden.

«Gian hat ja nie viel gesagt, aber diese Beförderung war für ihn wie ein riesiger schwarzer Abgrund. Das hat ihn völlig fertiggemacht. Und da ist noch etwas: Es stimmt tatsächlich, dass Gian mit jemandem im BFS Streit hatte. Und zwar im großen Stil. Ein Kollege hat einen Fehler gemacht. Einen kleinen Fehler, aber mit großen Folgen. Es passierte ausgerechnet bei einem Simulationsmodell, das zur Prognose der AHV-Finanzierung dienen sollte. Du kannst dir vorstellen, um wie viel Geld es da geht. Es war ein Flüchtigkeitsfehler, das kann ja mal passieren. Schlimm war aber, dass der Mitarbeiter den Fehler in der Berechnungsformel erst nach der Publikation der Ergebnisse erkannt hat. Danach hat er das Modell entsprechend korrigiert, aber den Fehler verschwiegen. Niemand hat es gemerkt, außer Gian.»

«Und?»

«Sie hatten Streit, Gian ging zur Methodikabteilung damit, und die Sache flog auf. Es wurde beschlossen, eine interne Untersuchung durchführen zu lassen. Die läuft noch.»

«Was bedeutet das für diesen Mitarbeiter?»

«Kein Lohnaufstieg, eventuell Verwarnung, eventuell Kündigung. Schlechte Referenzen.»

«Wer war der Mitarbeiter? War es ein Mann?», fragte ich.

«Ich habe dir bereits viel zu viel erzählt. Das ist eine interne Angelegenheit des BFS.»

«Weiß die Polizei von dieser Geschichte?»

«Nehme ich doch an.»

Er warf den Zigarettenstummel ins Wasser, packte mit wütenden Bewegungen sein Putzzeug zusammen und wandte sich dann nochmals um: «Und da ist noch etwas: Anscheinend ist der Vorschlag, Cavegn nicht mehr mit den Daten arbeiten zu lassen, von ganz oben gekommen.»

Er wehrte meine Frage ab und fuhr rasch fort: «Aber mehr weiß ich wirklich nicht. Nachdem du bei uns herumgefragt hast, wer etwas über Cavegn und seinen Tod wisse, sind die Gerüchte plötzlich losgegangen. Jeder wusste plötzlich etwas.»

Fux verzog abschätzig das Gesicht.

«Aber dass jemand von ganz oben die Hände im Spiel hatte, das scheint tatsächlich zu stimmen.»

Ich ließ mir im Geist die Führungsspitze des Bundesamtes durch den Kopf gehen. Aber ich kannte nicht alle.

«Ich weiß, dass du das anders siehst, Lou», unterbrach Fux schließlich meine Überlegungen.

«Was sehe ich anders?»

«Ich weiß nicht, was passiert ist. Niemand weiß es. Aber … wie ich bereits gesagt habe. Die einfachste Erklärung scheint mir hier wirklich die beste. Ich glaube nach wie vor, dass er sich umgebracht hat.»

Ich zuckte zusammen, versuchte in seinem Gesicht zu lesen.

«Nicht, dass ich es habe kommen sehen. Das nicht. Aber – Gian war einsam. Mit seiner Mutter war er ja sehr eng verbunden, trotzdem …»

Also hatte Gian auch Fux nichts von seinem Zwillingsbruder erzählt. Irgendwie tröstete mich das.

Nach diesen Worten schaute mir Fux direkt in die Augen, und wieder fiel mir auf, wie eindringlich sein Blick war. Als wollte er mir direkt in die Seele schauen. Ich musste wegblicken.

«Gian erzählte mir, dass es Tage gäbe, an denen er kein einziges Wort mit irgendjemandem wechselte. Und dass er dann manchmal Leute vollquasseln würde, die gar nichts von ihm wissen wollten. Es war ihm peinlich. Er sagte, dass er sich manchmal wie abgeschnitten vorkomme vom normalen Leben der anderen, wie wenn er nicht dazu gehören würde. Er hatte Sehnsucht nach einer eigenen Familie. Nach Kindern …», Fux sah mich bei diesen Worten wieder an, wartete auf eine Reaktion.

«Er hat mir gesagt», wieder ließ ihn irgendetwas zögern, «er hat mir gesagt, dass er keinen einzigen wirklichen Freund habe. Tut mir leid, Lou, dass ich dir das sagen muss, er hat dich nie mit einem Wort erwähnt.»

Ich atmete scharf ein und versuchte, mich zu kontrollieren, aber die Tränen waren da. Noch mehr als die Worte berührte mich der Ton, in dem sie ausgesprochen worden waren: voller Behutsamkeit, Verständnis und Mitgefühl. Fux schien instinktiv zu spüren, wie einsam und verloren ich selbst war, unfähig für tiefe Beziehungen – wie eine dieser Anemonen auf dem Meeresgrund, die bei der leichtesten Berührungen zusammenzucken und ihre Ärmchen einziehen.

Ich ballte meine Fäuste.

Nach einem langen Schweigen holte ich tief Atem und versuchte Fux anzulächeln.

«Tia, ich …», aber mehr brachte ich nicht heraus.

Fux schaute mit halbgeschlossenen Augen auf mich runter, dann legte er entschlossen das Putzzeug weg, fasste mich an der Schulter und zog mich an sich. Diese Umarmung war kein Vorschlag. Ich musste nichts entscheiden.

Und das tat mir unendlich wohl. Ich fühlte mich traurig, aber geborgen. Irgendwann fiel mir auf, dass wir im Gleichklang atmeten. Mein Körper passte genau in und an seinen viel größeren, männlichen Körper.

Die Berührung hatte absolut nichts Sexuelles. Ich fühlte mich durch die Umarmung verbunden – wahrhaftig verbunden mit einem menschlichen Wesen – und damit gleichzeitig mit allen anderen Wesen und mit dem Universum überhaupt. Es war spirituell – es war Heilung. Kurz bevor ich vollständig in die esoterischen Weiten des Alls abspacte, brachte mich ein leises «Lou?» wieder auf den Boden der Realität.

Ich blickte nach oben, direkt in diese türkisblauen Leuchten. Diese Farbe, die mich an den Südpazifik gemahnte, an einen zeitlosen Traum vom Paradies. Adrian fasste mich sanft unterm Kinn und küsste mich.

Ich verlor mich, ging unter und fühlte mich grenzenlos glücklich dabei. Bis mich Adrian plötzlich von sich wegschob.

«Es tut mir so leid. Das hätte ich nicht tun sollen, Lou», sagte er mit deutlich zitternder Stimme.

Aber sein Blick sagte mir, dass er es ebenso genossen hatte.

Ich errötete, ohne genau zu wissen weshalb. Dann räusperten wir uns beide, und Fux wandte sich wieder seinem Boot zu. Er zerrte fluchend an einem Kabel, das sich irgendwo verheddert hatte, ich rang mit meinen Gefühlen und bemühte mich, wieder einen klaren Kopf zu bekommen.

Irgendwann blickte er wieder auf. Er wirkte fast erstaunt, dass ich noch dastand.

«Du weißt jetzt alles, was ich dir über Cavegn erzählen kann. Am Besten wir sehen uns nicht wieder. Ich wollte dich nicht verletzen, glaubst du mir?»

«Kein Problem.»

«Du hast Gian wirklich sehr gerne gehabt, nicht?», hörte ich ihn leise fragen.

«Ja.»

«Es tut mir sehr leid, dass er gestorben ist, Lou. Für ihn, für dich. Auch für mich. Aber ich bin der Meinung, du solltest ihn endlich ruhen lassen.»

Fux wandte sich entschlossen seiner Arbeit zu. Er tat sehr beschäftigt und kühl. Wir verabschiedeten uns bald danach.

***

An die Zugfahrt nach Bern kann ich mich nicht erinnern. Tausend Fragen quälten mich. Warum hat er mich geküsst? Warum hat er mich wieder weggestoßen? Was findet er nur an mir? Ich bin älter als er. Ich bin ein hässliches, kleines Entlein, zurzeit auch noch ein arg gebeuteltes, hässliches, kleines Entlein. Und er ist ein stolzer Schwan, wenn ich je einen gesehen habe.

Warum ist alles so intensiv, so schmerzhaft hell mit Adrian? Werde ich ihn je wiedersehen?

***

Philipp erwartete mich freudestrahlend in der «Zunft zum Kauz» am oberen Ende der Gerechtigkeitsgasse in der Altstadt von Bern. Ich war noch nie da eingekehrt. «S' Chützli» war das beste chinesische Restaurant von Bern. Zu edel, zu vornehm für mich.

«Puuh, das wird aber teuer», sagte ich zur Begrüßung. Angesichts des festlich gedeckten Tisches zog sich mir der Magen zusammen. Ich war müde und verunsichert und hätte Pizza und TV diesem Restaurant mit den vielen Lichtern, von der Decke baumelnden Drachen, vergoldeten Spiegeln, Gläsern und Unmengen von Besteck vorgezogen.

«Es gibt etwas zu feiern», sagte Philipp voller Vorfreude. Er brannte darauf, mir die ersten erfolgreichen Schritte seines «Koyotenplans» – wie er ihn nun offiziell nannte – vorzustellen. Ich versuchte, mich auf seine Worte zu konzentrieren, während ich immer wieder an Fux dachte. Unsere Begegnung hatte mich völlig aus der Bahn geworfen. Es war ja eigentlich nichts passiert. Oder?

Philipp hatte einen fruchtigen Chardonnay zum Anstoßen bestellt. Mir zuliebe, denn er mochte lieber Champagner. Ich fühlte mich unwohl und elend.

«Hallo Lou? Hörst du mir überhaupt zu?»

«Ja, natürlich. Du hast gerade gesagt …, etwas wegen der Frist.»

«Ja genau», sagte er triumphierend, «das ist genau der Punkt, an dem ich sie schlagen kann! In der Klausel steht nur, dass ich die Stelle als Oberarzt antreten muss und während zwölf Monaten nicht künden darf, damit das Geld der Stiftung ans Walmont übergeht. Ich habe mich erkundigt. Ich bin nach dem Obligationenrecht angestellt, das heißt, ich habe eine Kündigungsfrist von drei Monaten. Ich darf nicht künden, aber es steht nirgends geschrieben, dass mir Merian nicht künden darf. Nach drei Monaten wäre ich wieder frei.»

Ich lächelte ihn an.

«Auf den Erfolg des Koyoten!»

Wir stießen an.

«Noch ist nicht jedes Detail klar, aber ich bin sicher, dass es klappen wird. Mein Vater wird platzen vor Wut.»

Und dann ahmte er verblüffend gut die laut-polternde Stimme seines Vaters nach: «Du wirst nichts erben. Du wirst keinen Rappen erben. Ha!»

Ich lachte, aber mein Herz war schwer. Ich liebte Philipp als Mensch. Aber konnten wir als Liebespaar bestehen?

Die Vorspeise bestand aus einem Berg Sprossen und einem halben Dutzend Schüsselchen mit Dingen, die ich nicht identifizieren konnte. Ich fühlte mich zunehmend gereizt. Philipp wollte mir mit diesem Essen eine Freude machen – und erreichte das genaue Gegenteil. Nein, das war ungerecht. Philipp hatte keinerlei Dünkel, ihm ging es nicht um den Status, sondern um exquisites Essen. Aber es war eine Tatsache, dass ich in vollkommen anderen Verhältnissen aufgewachsen war als er.

Nicht, dass meine Familie arm gewesen wären, aber wir vier lebten im Vergleich zu der Rattendynastie der Lavals doch recht bescheiden in einer kleinen, ziemlich dunklen Drei-Zimmer-Wohnung in einem lebhaften oder wenn man so will – lärmigen – Basler Quartier. Bis ich mit 17 Jahren von zu Hause auszog, musste ich mit meinem Bruder ein Zimmer und ein Kajütenbett teilen. Und wenn die Laienschauspieltruppe meiner Mutter gerade auf Tournee war, gab es wochenlang Ravioli aus der Büchse. Und zur Abwechslung Pastetli mit Füllung aus der Büchse.

Als zweiter Gang wurde Gott sei Dank eine Suppe serviert. Sie schmeckte herrlich – eine perfekte Mischung aus sauer und scharf.

Ich wusste nicht, wie Fux aufgewachsen war. Ich hatte aber das Gefühl, dass er – trotz seines großspurigen Verhaltens – auch eher aus bescheidenen Verhältnissen stammte. Einen Moment lang spürte ich wieder seine Lippen auf den meinen.

«Lou, was ist los?»

Philipp hatte seinen Löffel weggelegt und sah mich forschend an.

«Wieso?»

«Du hörst mir nicht richtig zu. Du bist nicht neugierig. Du stellst keine Fragen.»

«Tut mir leid, Philipp. Ich bin müde.

«Was beschäftigt dich?»

«Viele Dinge …»

Ich überlegte, was ich Philipp erzählen wollte.

«Ich habe am Freitag lange mit Reichenbach gesprochen. Dem Taxifahrer, der Go spielt. Wir sind zusammen nach Zürich gefahren und wieder zurück. Und in dieser Zeit durfte ich seine Dokumentation über die Mahler-Tschumi-Werken lesen. Eine Unmenge von Informationen. Und wenn das stimmt, dann …», ich holte tief Atem, «war da tatsächlich Dioxin im Spiel. Und dieser Reichenbach will jetzt irgendeine Aktion planen, um die Werke anzugreifen. Aber in der Zwischenzeit weiß ich gar nicht, warum ich mich da einmische. Eigentlich geht mich das gar nichts an.»

«Was ist los mit dir? So kenne ich dich doch gar nicht.»

«Ich weiß auch nicht.»

Ich spielte mit dem Stiel meines leeren Weinglases.

«Was hast du eigentlich heute gemacht?», hakte Philipp nach.

Ich seufzte.

«Ich habe mich nochmals mit Fux getroffen. Irgendjemand im BFS hatte einen heftigen Streit mit Gian. Es gab anscheinend eine interne Untersuchung, aber Fux wollte mir nicht sagen, wer diese Person ist.»

«So?», war der einzige Kommentar.

Der Hauptgang wurde serviert. Es gab merkwürdig glänzende Schweinerippchen, Rindfleisch mit scharzen Bohnen, Ente *und* Fisch. Das ganze Programm. Wie sollten wir das nur alles essen?

«Ich finde dieser Fux hat eine merkwürdige Art», sagte Philipp.

«Wie meinst du das?», fragte ich vorsichtig, während ich an der – wirklich sehr knusprigen – Ente herumknabberte.

«Was du von ihm erzählst.»

«Was denn?»

«Ich finde das merkwürdig.»

«Könntest du etwas konkreter werden, Philipp?», raunzte ich ihn an.

Philipp starrte mich schweigend an, die Augenbrauen verärgert zusammengezogen.

«Ist dieses Thema etwa tabu?», fragte er dann.

Der Verlauf des Gesprächs behagte mir gar nicht. Ich versuchte einen gelassenen Ausdruck und fragte ruhig: «Was stört dich an Fux?»

«Mir scheint er extrem launenhaft, oder aber er spielt mit dir.»

«Er ist auf jeden Fall ein schwieriger Zeuge. Man bekommt fast nie eine Antwort auf seine Fragen, er springt von Thema zu Thema. Wie ein Kind.»

«Wie ein Kind? Hast du nicht das Gefühl, dass er dich manipuliert?», fragte er mich.

«Manipuliert? Nein, das glaube ich nicht. Eher, dass er sich immer wieder sehr ungeschickt verhält.»

Der Weinkellner brachte den Rotwein, den er mit affigem Getue servierte. Ein Bordeaux, der für meinen Geschmack zu viel Tannin hatte.

«Ich finde diesen Widerspruch faszinierend», sagte ich schließlich, «er sieht attraktiv aus, regelrecht perfekt, und ist gleichzeitig völlig unsicher, wie er mit Frauen umgehen soll.»

«Und die haben dann Mitleid mit ihm und versuchen ihn dafür zu trösten, dass er sie gerade völlig zum Wurm gemacht hat mit seiner Grobheit.»

«Zur Schnecke – nicht zum Wurm! Sprichst du da etwa von mir?», fragte ich gereizt.

«Ich finde es einfach erstaunlich, wie sehr dich dieser Typ beschäftigt. Und jedes Mal, wenn du mit ihm gesprochen hast, musst du dir deine Wunden lecken.»

«Er ist bisher der Einzige, der mir etwas darüber erzählen konnte, wie es Gian in den letzten Monaten gegangen ist.»

«Vielleicht. Bisher hast du nämlich noch kaum etwas von ihm erfahren», sagte Philipp.

«Das stimmt nicht. Er hat mir von dieser internen Untersuchung erzählt. Und dass Gian vermutlich depressiv war. Diese Reorganisation muss für ihn furchtbar gewesen sein».

«Und niemand will dir sagen, wer Gian für diese Beförderung vorgeschlagen hat?»

«Es heißt immer nur, das sei vertraulich. Aber Fux meint, dass jemand von ganz oben die Hände im Spiel hatte.»

«Aber natürlich konnte er nicht sagen, wer das ist, oder?», sagte Philipp in gehässigem Ton. «Du lässt dich von Fux manipulieren. Das ist ein falscher Hase.»

Falscher Hase? War das nicht was zum Essen? Ein falscher Hund? Ich war selbst nicht mehr sicher.

«Du bist eifersüchtig, Philipp.»

«Eifersüchtig? Habe ich denn einen Grund dazu?»

Darauf hatte ich keine Antwort, und so schwiegen wir beide. Das Essen schmeckte plötzlich nach gar nichts mehr, und ich schob den Teller beiseite.

«Tut mir leid, Lou», sagte Philipp, «ich wollte dich nicht kritisieren. Ich kann ja verstehen, dass dich Gians Tod herumtreibt.»

«Umtreibt, nicht herumtreibt!»

Selbst in meinen Ohren hörte sich das unnötig gereizt an. Ich versuchte ein Lächeln hinzubekommen: «Gibst du mir noch einen Schluck Wein?»

In einem gemeinsamen Kraftakt wechselten wir das Thema und sprachen über Helga und Paul und die Arbeit im Walmont. Später verabschiedete ich mich mit einer Umarmung. Ich sei müde und wolle den Rest des Abends alleine verbringen.

19

Ich erwachte nach wenigen Stunden und realisierte, dass ich mir im Schlaf den Bauch blutig gekratzt hatte. Bauch und Lendenbereich juckten wie wahnsinnig. Verdammt, was war da los?

Ich stellte mich verschlafen vor meinen großen Spiegel und schob mein T-Shirt hoch. Ich erschrak. Ich hatte einen zündroten Fleck auf dem Bauch. Blutige Kratzspuren machten das Ganze nicht hübscher. Ich zog die Hosen runter und sah ähnliche Flecken, die sich vom Bauchnabel bis zum Bikini zogen.

Ich dachte sofort an Syphilis, Krätze und Lepra. Zutreffendes bitte ankreuzen.

Das Jucken war unerträglich. Ich holte mir zuerst einen nassen Lappen, als das nicht wirklich half, ein eiskaltes Cold Pack aus dem Gefrierfach.

Aaahhhh, besser.

Den Rest der Nacht verbrachte ich damit, die zwei Cold Packs, die ich besaß, abwechslungsweise aufzulegen und wieder kühlzustellen. Einmal nickte ich ein und erwachte, weil ich mich kratzte wie ein räudiger Hund. Der Fleck auf dem Bauch war nun leicht geschwollen. Sekundärinfektion vom Kratzen, na bravo.

Am Morgen war ich völlig gerädert. Aber dann gings erst richtig los. Das Jucken breitete sich auf Arme und Beine aus, und dann kam der Rücken dazu. Ich hatte mich noch nie besonders gut beherrschen können, was Juckreiz angeht. In der Zwischenzeit waren auch Arm- und Kniekehlen blutig gekratzt.

Und ich war nahe daran, wahnsinnig zu werden. *Was* mich da befallen hatte, war längst nicht mehr wichtig. Ich wollte nur noch, dass es endlich aufhörte. Die einzige Apotheke, die am Sonntag offen war, befand sich beim Bahnhof Bern. Aber wie sollte ich dorthinkommen ohne mobile Tiefkühltruhe? Außerdem wusste ich nicht, ob ich ohne ärztliches Rezept Antihistamin bekommen würde.

Ich rief Philipp an. Er brachte eine Riesenpackung Antihistamin und weitere Cold Packs. Aber als er meine Flecken untersuchen wollte, schmiss ich ihn sofort wieder raus. Ich wollte nicht, dass er mich so sah. Nach einer halben Stunde ging es mir besser, nach einer Stunde war das Jucken vorbei.

Später rief er mich an.

«Du musst das unbedingt untersuchen lassen, Lou.»

«Hast du Angst vor einer Geschlechtskrankheit?»

«Ach hör doch auf! Ich mache mir Sorgen um dich – nicht um mich.»

«Warum?»

«Es könnte alles Mögliche sein … Niereninsuffizienz oder Diabetes … sogar Leukämie. Außerdem kannst du nicht wochenlang Antihistamin einnehmen.»

Ich hatte keine Lust zu einem Arzt zu gehen. Und vor allem nicht zu einem Dermatologen.

Ich surfte durchs Internet und zog mir all die Grauslichkeiten zum Thema Juckreiz rein. Mit und ohne Fotos. Es fängt mit harmlosem Jucken an und endet damit, dass man dir das Hirn amputieren muss. Ich hatte nicht gewusst, dass es so viele unheilbare Hautkrankheiten gibt. Es scheint überhaupt gar keine heilbaren Hautkrankheiten zu geben. Den heftigsten

Juckreiz scheinen Leute zu haben, die an einem seltenen, aber überaus aggressiven Tumor der Nebennierenrinde leiden.

Ich warf Antihistamin ein, meine Stimmung war auf dem Nullpunkt.

***

Am Nachmittag wurde ich immer schläfriger. Ich versuchte, die Augen offen zu halten. Ich hatte im Verlauf der letzten Stunden wohl etwas zu viel von den Medis erwischt. Als ich das nächste Mal erwachte, war es bereits elf Uhr nachts. Die folgenden Stunden waren absolut unerträglich.

Zunächst erhielt ich einen tieferen – wenn auch nicht erwünschten – Einblick in das Gefühlsleben von Junkies «auf dem Aff». Wenn die Medis nicht mehr wirkten, was etwa alle neunzig Minuten der Fall war, weckte mich ein Juckreiz, dessen Intensität jenseits aller Vorstellungen war. Bevor ich richtig wach war, hatte ich mich bereits wieder blutig gekratzt. Dann packte ich in rasender Eile die lauwarm gewordenen Eisbeutel, stolperte zur Küche, Tiefkühler auf, gebrauchte Cold Packs rein, neue raus und in gleichem Tempo zurück aufs Sofa, wo ich die Cold Packs auf die übelsten Stellen klatschte. Dann, oh Wohltat, kam die Erlösung. Sobald ich wieder denken konnte, warf ich eine neuerliche Maximaldosis von Philipps Medis ein und legte mich dann hin, eingebettet in eiskalte Beutel.

Nach einigen Minuten begannen die Medis zu wirken, und ich begann damit, die schlimmsten Flecken zu untersuchen. Mein Bauch sah übel aus. Einfach grässlich. Zündrote Flecken, handtellergroß. Direkt unter dem Bauchnabel hatte sich die Stelle weiter entzündet und war nun auch geschwollen. Ich drückte an dem gelbbraunen Schorf herum, und es trat Eiter aus.

Dasselbe an meinem rechten Bein rund um den Knöchel, wo die Kratzerei ebenfalls zu einer Infektion geführt hatte.

Und dann begann das große Frieren. Zuerst hatte ich gedacht, es sei wegen der Eisbeutel, aber in der Zwischenzeit fühlte es sich nicht mehr so an. Ich hatte einen heißen Kopf, schwitzte und fror trotzdem immer mehr. Ich kuschelte mich unter eine Decke, wickelte sie ganz eng um mich. Ich zitterte. Holte eine weitere Decke. Die Kälte ging nicht weg.

Diese Nacht musste ich noch irgendwie überstehen. Dann würde ich zum Arzt gehen, schwor ich mir. Nichts konnte schlimmer sein als dieser Zustand.

***

Es war halb acht Uhr, Montagmorgen. Ich saß vor dem Telefon und starrte den Zeiger meiner Armbanduhr an. Als der Minutenzeiger sich endlich dazu bequemte, in die Senkrechte zu gehen, wählte ich hastig die Nummer der dermatologischen Sprechstunde des Inselspitals und bettelte um einen Termin, notfallmäßig, so schnell wie möglich. Die Sprechstundenhilfe schien verzweifelte Patienten gewohnt zu sein. Der frühestmögliche Termin sei am Abend um Viertel nach sechs Uhr. Ich stöhnte auf und hätte beinahe zu weinen begonnen.

Gegen neun Uhr rief mich Helga an. Ich hätte ihr gerne mein Leid geklagt, aber sie ließ mich gar nicht zu Wort kommen.

«Hast du die Zeitung gesehen?»

«Ich habe zurzeit andere Sorgen. Wenn du nur mal meine Haut …»

«Schau dir sofort die Zeitung an, Lou!»

«Was ist denn los mit der Zeitung?», gab ich verärgert zurück.

«Der Reichenbach! Der ist los, falls du verstehst.»

«Der Reichenbach interessiert mich rein gar nicht. Ich drehe hier fast durch weil … Was soll das heißen? Ist der Reichenbach in der Zeitung? Das ist doch kein 1.-April-Scherz, oder?»

Aber bereits als ich die Frage stellte, dämmerte mir, was geschehen war. Und so war es auch. Nur noch viel schlimmer.

André Reichenbach war in der Zeitung, im Radio *und* im Fernsehen. Es hatte damit begonnen, dass er gestern Abend im *10vor10* den großen Interviewstar gab. Ich verabschiedete mich hastig von meiner Freundin und stellte das Radio ein. DRS 1 brachte gerade ein Interview mit dem kantonalen Gesundheitsdirektor, der sich gedämpft schockiert gab. Man werde diese ungeheuren Anschuldigungen genauestens überprüfen. Das sei nun Sache des Staatsanwaltes. Ich wechselte auf ein Lokalradio, das nach einigen Minuten Pop ebenfalls ein Live-Interview schaltete, diesmal mit Fritz Rutishauser, Landwirt in Rüschegg-Heubach. Er habe schon immer gesagt, dass seine Kühe nicht recht Milch geben wollten. Er werde die Chemie und den Kanton auf Schadenersatz verklagen. Eine Sauerei sei das.

Ich öffnete vorsichtig meine Wohnungstüre und schaute, ob niemand im Treppenhaus war, dann raste ich hinaus zum Briefkasten, holte mir meine Zeitung und lieh mir noch schnell die *NZZ* des Nachbarns. Beide hatten auf der ersten Seite Schlagzeilen zum sogenannten Giftmüllskandal im Kanton Bern. In der Lokalzeitung wurde Reichenbach im Leitartikel zitiert: «Die Leute wurden über Jahre vergiftet.»

Und weiter unten: «Ich habe Beweise, dass die öffentliche Statistik gefälscht wurde, damit niemandem auffiel, dass die Menschen hier vergiftet wurden.»

Reichenbach habe all seine Unterlagen der Staatsanwaltschaft übergeben, blabla, eine Untersuchung sei bereits eingeleitet, blabla.

In einer abgesetzten Box daneben war eine offizielle Meldung: Das kantonale Laboratorium empfehle den Anwohnern der Gemeinden Guggisberg, Rüschegg und Wahlern, den Genuss von Leitungswasser vorderhand einzuschränken, und insbesondere Kindern unter fünf Jahren, Schwangeren und Betagten, ausschließlich Mineralwasser zu konsumieren, bis die Sachlage geklärt sei.

Die Lokalzeitung hatte auf der Frontseite ein Foto von Reichenbach im Taxi abgedruckt. Bildunterschrift: *Der unerschrockene Taxifahrer deckt den Skandal auf.*

In der *NZZ* wurde darauf verwiesen, dass die Rechtslage äußerst unklar sei und vermutlich jahrelange juristische Abklärungen und Verhandlungen folgen würden. Gemäß Pressesprecher der Ondrex-Holding seien die Übernahmeverhandlungen mit der Familie Tschumi bis auf Weiteres sistiert worden.

Autsch! Das wird Tschumi wehtun.

Meine Gedanken rasten. Reichenbach hatte den Schritt gewagt und war an die Öffentlichkeit gegangen. Warum hatte er das getan? Was passierte nun? Sollte ich zur Polizei gehen und die Verbindung zwischen Gian und den Werken offenlegen? Würden sie meine Hinweise ernst nehmen? Ich versuchte mir Tschumi vorzustellen, wie er gerade einen Auftragsmörder anheuerte. Es wollte mir nicht gelingen.

Eine neue Juckreizwelle rollte an und verdrängte alles Übrige. Als ich wieder denken konnte, rief ich Helga zurück, und sie erzählte mir mehr Details von Reichenbachs Medienhype.

«Hast du das eigentlich alles verschlafen?», fragte sie zum Schluss.

«Die Geschichte war in allen Nachrichten! Reichenbach hat sogar auf eine ominöse Quelle, eine international bekannte

Epidemiologin verwiesen, die ihn bei den Recherchen unterstützt habe. Ich nehme an, das bist du.»

«Mist, verdammter.»

***

Die nächsten Stunden verbrachte ich damit, die Juckerei zu überstehen, ohne mich vollständig zu häuten, Reichenbach abwechslungsweise zu verfluchen und zu bewundern und mir Gedanken zu machen, was ich nun unternehmen sollte. Ich verschob schließlich jede Entscheidung auf den Zeitpunkt nach der rettenden dermatologischen Sprechstunde.

Kurz vor fünf Uhr klingelte es an der Türe. Ich hatte keine Lust, jemanden zu sehen – oder von jemandem gesehen zu werden. Im Mittelalter hätten sie mich wegen Pestilenzgefahr oder Lepra oder meinetwegen Sex mit dem Teufel in irgendeinem dunklen Loch verscharrt, so wie ich zurzeit aussah.

Der Besucher war hartnäckig. Nach einer kurzen Pause klingelte er erneut, und diesmal blieb sein Finger auf der Klingel. Scheißescheißescheiße – als ob ich nicht schon genug Stress hatte.

Ich wickelte mich in ein großes Frotteetuch und schlurfte zur Türe.

André Reichenbach himself.

«Es geht los. Komm, Lou, wir haben nicht mehr viel Zeit!»

Reichenbachs Augen glänzten vor Begeisterung und Spannung.

«Was geht los?»

«Keine Zeit. Mach vorwärts, ich erklärs dir auf dem Weg. Eine richtig große Sache wird das!»

Ich kann mir bis heute nicht erklären, warum ich mit Reichenbach mitgegangen bin. Ich war krank, völlig erschöpft und fühlte mich innerlich wie äußerlich wundgerieben.

Es war wohl meine gottverfluchte Neugierde. Ich wollte einfach sehen, was passierte, wollte dabei sein bei Reichenbachs großer Sache. Also zog ich mir hastig ein paar Kleider an. Darüber eine extrawarme Strickjacke.

«Was hast du da eigentlich für grässliche Flecken?»

«Ich weiß es nicht».

«Du solltest das mal zeigen – sieht echt krank aus.»

Ja, ja, stell dir vor, das ist mir auch schon aufgefallen.

Reichenbach schleppte mich zu seinem Taxi.

«Stopp! Sag mir zuerst, wohin wir fahren. Vorher steige ich nicht ein.»

«Nach Heubach. Bei den Werken wird es heute eine riesige Demo geben. Eine richtig große professionelle Kiste!»

Reichenbach glühte vor Eifer und Überzeugung.

Ich stieg ein und schnallte mich an. Sobald wir Wabern hinter uns hatten, gab er Gas. Und wie. Auf der ausgebauten Strecke bei Kerzers überholte er links und manchmal auch rechts. Die Fahrt durchs Gürbetal war nicht wesentlich entspannter. Auf der Höhe von Kaufdorf spähte ich nervös auf den Tacho: 95!

«Wir sind hier innerorts! Du wirst deine Lizenz verlieren.»

«Keine Angst, hier hat es keinen Radar. Und glaub mir …», er kicherte, «heute Abend hat die Polizei Besseres zu tun als Geschwindigkeitskontrollen zu machen.»

Ich schwieg und betete dafür, dass zwischen Kaufdorf und Heubach kein Kind mehr draußen herumlief. Es wurde langsam dunkel. Ich schaute auf die Uhr: bereits halb sechs. Ich würde meinen Termin in der Dermatologie verpassen. Dann fiel mir ein, dass ich in der Eile vergessen hatte, Antihistamin einzupacken. Ich biss auf die Zähne, bis sie schmerzten. Ich fror. Ich hatte Kopfschmerzen.

Was zum Teufel hatte ich eigentlich da zu suchen?

Reichenbach fuhr wie ein Berserker. Wäre ich von den Medis nicht so betäubt gewesen, hätte ich wohl einen Herzinfarkt bekommen, als er in einer unübersichtlichen Linkskurve zwei Autos gleichzeitig überholte. Ich kreischte kurz auf – und Reichenbach lachte.

«Du bringst uns noch um, du Idiot», zischte ich wütend.

«Keine Angst, ich habe alles im Griff», sagte er, was mich nicht im Geringsten beruhigte.

Dann erklärte er mir stolz, *er* habe die Demonstration organisiert. Sie hätten die Bewilligung erhalten, die Route bis zu den MTW zu gehen und dort auf dem Vorplatz eine gewerkschaftliche Versammlung abzuhalten. Anscheinend war es Reichenbach gelungen, einige Aktivisten aufzubieten. Ein wichtiger Gewerkschaftsführer aus Lausanne werde sprechen.

Am Knöchel spürte ich die ersten Anzeichen dafür, dass die nächste Juckwelle im Anrollen war. Ich stöhnte. Ich hatte mich in diesem Zustand von zu Hause wegschleppen lassen, um mir irgendwelche ultralangweiligen Reden anzuhören.

«Reden von Gewerkschaftern? Und das ist dein großes Ding?»

«Du wirst schon sehen.»

***

Der große Parkplatz der Mahler-Tschumi-Werke war hell erleuchtet und bis auf den letzten Platz besetzt. Einige Wagen waren auf der angrenzenden Wiese abgestellt worden.

Reichenbach fuhr bis ganz nach vorne, direkt neben die Kleinbusse der Medienleute.

«Radio DRS, Capital FM, Telebärn», zählte er stolz auf.

Alles wirkte ruhig. Ich hörte einzig entferntes Stimmengemurmel. Reichenbach folgte zielsicher einem schmalen Weg, der um eines der Nebengebäude führte. Ich stolperte hinterher.

«Warte auf mich!»

«Komm, Lou. Komm!»

Und schon war er verschwunden. Als ich um die Ecke kam, erkannte ich, dass da eine Unmenge von Leuten versammelt war. In der *Tagesschau* sprachen sie später von rund 1500 Teilnehmern.

Während ich mich noch zu orientieren versuchte, war Reichenbach plötzlich wieder da und zog mich ungeduldig am Handgelenk.

Er drängte sich durch die uns am nächsten stehende Menschengruppe, und ich erkannte erleichtert, dass darunter auch Frauen waren. Plötzlich sah ich die alte Els.

«Hey Els! Was machst du denn hier?», fragte ich sie.

«*Das* Schauspiel lass ich mir doch nicht entgehen!»

Reichenbach zog mich weiter zu einer Gruppe von Männern, die etwas abseits standen und große Transparente trugen. Es waren die Kollegen von der Unia. Reichenbach stellte mich einigen der Genossen vor, deren Namen ich sofort wieder vergaß.

Ich sah mich um. Vor uns lag ein stattlicher, wenn auch unauffälliger Steinbau mit fünf Stockwerken. Zuoberst erkannte ich das Signet der MTW. Nur wenige der Fenster waren noch beleuchtet.

«Im Hauptgebäude sind die Labors, die Reparaturwerkstätten und zuoberst die Direktion», erklärte mir Reichenbach. Dann zeigte er nach rechts und links: «Das hier sind die ehemaligen Produktionsgebäude. Sie wurden in den sechziger Jahren stillgelegt. In einem ist heute die Kita und die Gesundheitsberatung der MTW drin.»

Ich betrachtete die beiden langgezogenen, niedrigen Ziegelsteinbauten mit ihren kleinen Fenstern und den zwei eleganten, sich gegen oben verjüngenden Kaminen, die sicherlich an die vierzig Meter hoch waren.

Die beiden alten Gebäude und das Hauptgebäude umrahmten einen nahezu quadratischen Platz, auf dem sich all die Leute versammelt hatten. Langsam konnte ich in der Abenddämmerung verschiedene Gruppierungen ausmachen.

Die Gewerkschaften waren nicht die einzigen, die zum Tanze geladen hatten.

Direkt vor dem Eingang zum Hauptgebäude – uns genau gegenüber – hatte sich eine Gruppe von Arbeitern aufgestellt. Die meisten trugen ihre blaue Arbeitskleidung, auch wenn einige, ihrem Alter entsprechend, sicher längst pensioniert waren. Sie standen breitbeinig da, die Arme vor der Brust verschränkt, in einer Reihe, als ob sie die Fabrik mit ihren eigenen Leibern schützen wollten.

Davor und rechts davon hatte sich eine große Gruppe Dorfjugendlicher versammelt. Sie waren am Saufen, und das ganz offensichtlich schon seit geraumer Zeit. Man hörte Flaschenklirren, Fluchen und Grölen. Ich meinte, einen der Sturmgewehrträger vom letzten Dienstag zu erkennen, und schaute mich rasch nach Reichenbach um. Er stand nur einen Meter von mir entfernt, vertieft in eine Diskussion mit einem Gewerkschafter. Wusste er eigentlich, was er da in Gang gesetzt hatte?

Näher bei uns konnte ich mehrere dutzend schwarz gekleidete, vermummte Gestalten ausmachen. Schwarze Tücher vor dem Gesicht, Kapuzen über dem Kopf, mit Stöcken bewaffnet.

Heilige Scheiße! Was machte der Schwarze Block hier? Die waren immer auf Ärger aus – und bekamen ihn in der Regel auch. Eigentlich war es ursprünglich eine politische Gruppe am linksextremen Ende gewesen. Aber neuerdings zählten auch Besitzer von Kiosken, Blumenläden und Möbelschreiner, deren Geschäfte sich unglücklicherweise zwischen den Fronten des Schwarzen Blocks und der Nazi-Glatzen befanden, zu den Opfern ihrer Zerstörungswut.

Jedenfalls war die Anwesenheit des Schwarzen Blocks ein schlechtes Zeichen für den Ausgang dieser Veranstaltung.

Zwischen den Fronten stand eine Doppelreihe von Kantonspolizisten in voller Demo-Montur. Wie immer wenn ich die Beamten in dieser Aufmachung sah, flößten sie mir Angst ein.

Mit den schweren Helmen, die im Nacken bis zu den Schulterblättern heruntergezogen waren, wirkten sie eher wie riesige, angriffsbereite Insekten denn wie menschliche Wesen. Die Einsatztruppe wurde von zwei Spezialfahrzeugen begleitet. Es schien, als stünde ein Bürgerkrieg bevor.

Ein flaues Gefühl machte sich in meinem Magen breit. Nun konnte ich auch deutlich die Spannung spüren, die über dem Platz lag. Ich bückte mich, um mich in der Kniekehle und danach am Knöchel zu kratzen. Die Juckerei wurde von Minute zu Minute schlimmer.

«Was machst du da unten?», fragte mich Reichenbach und fuhr aufgeregt fort: «Jetzt gehts los!»

Und tatsächlich hörte ich neben mir das gequälte Kreischen eines schlecht eingestellten Megafons und dann die klar vernehmliche Stimme eines Mannes.

«Liebe Mitgenossinnen und Mitgenossen, liebe Arbeiter, liebe Bewohner von …»

Ein Sprechgesang übertönte das Weitere. Die Jugendlichen schrien etwas wie «linke Sau» und «machen wir zur Sau». Genau konnte ich es nicht verstehen.

Darauf kamen Gegenrufe vom Schwarzen Block: «Kapitalistenschweine!» und «Faschisten raus!».

Der Mann mit dem Megafon versuchte sich durchzusetzen, erreichte aber nur, dass der Lärm anschwoll. Plötzlich kam Bewegung in die Dorfbewohner, die rechts von mir standen. Dort, wo ich vorher die alte Els angetroffen hatten, tauchten mehrere Transparente auf. Zwei konnte ich lesen: «Wir protestieren gegen die Schließung der Werke!» Und: «Unsere Werke bleiben hier – keine Maschinen nach China!» Aus irgendeinem Grund hatte jemand auch ein Transparent dabei, auf dem «Free Tibet!» stand.

Einer der Jugendlichen, der offensichtlich schwer betrunken war, ging zum Gewerkschaftssprecher hin und versuchte, ihm das Megafon zu entreißen. Es entstand ein Gerangel, in das sich sofort weitere Männer, alte und junge, einmischten.

Das Ganze schien in ein Chaos auszuarten. Die Menge kam in Bewegung. Ein einziges wogendes Geschubse und Gestoße. Für mich als kleiner Mensch ist so etwas extrem unangenehm. Meine Nase befindet sich genau auf der Höhe der spitzen Ellenbogen der übrigen Leute. Reichenbach packte mich wieder an der Hand und zog mich mit erstaunlicher Kraft auf eine kleine, behelfsmäßige Bühne. Von dort aus versuchte er mit Hilfe eines anderen Megafons heldenhaft, wieder Ordnung zu schaffen. Die Aktion führte aber nicht zum erwünschten Ergebnis – im Gegenteil.

Ich hörte von vorne rechts, wo die Jugendlichen standen, lautes Geschrei. Dann brüllte jemand: «Der Reichenbach! Dort drüben! Und die Stadtfotze hat er auch dabei!»

Und dann kam eine Bierflasche geflogen und traf Reichenbach irgendwo an der Seite. Er krümmte sich. Scherben. Eine zweite Flasche traf ihn am Hals.

Wir mussten weg. Rasch!

Rings um die Bühne tobte nun eine Schlacht, in der scheinbar jeder gegen jeden war. Ein Polizist ging unter drei prügelnden Antifas zu Boden, ein Arbeiter nahm einen der Vermummten in den Würgegriff und wurde seinerseits von zwei Polizisten gepackt. Direkt daneben schlug eine alte Frau mit einem Regenschirm auf einen Jugendlichen ein.

Wie sollte ich nur da rauskommen?

Die Polizei forderte uns über Megafon höflich, aber bestimmt auf, die Demonstration sofort aufzulösen und den Platz zu verlassen.

Sehr hilfreich!

In diesem Moment bekam ich einen harten Schlag an die Stirne, stolperte über den Rand der Bühne und schlug mit dem Knie und der Hüfte hart auf dem Boden auf. Jemand trat mir mit einem spitzen Absatz auf die linke Hand. Ich schrie vor Schmerz. Im nächsten Moment bekam ich einen weiteren Schlag auf den Rücken, der mir den Atem nahm. Gleichzeitig realisierte ich Nässe. Kaltes Nass überall. Ich bekam Wasser in die Augen, die Nase, den Mund. Ich hustete und hatte einen Moment Angst zu ersticken. Endlich gelang es mir, mich aufzurappeln.

Da ging die Massenpanik erst richtig los. Die Polizisten spritzten mit dem Wasserwerfer auf alles, was sich bewegte. Die Menge versuchte, irgendwie nach hinten auszuweichen. Es wurde gestoßen, gerempelt, geschlagen. Es war die Hölle.

Irgendwann klammerte ich mich instinktiv mit beiden Händen an eine Straßenlampe, um nicht unter den Beinen der Flüchtenden zertrampelt zu werden. Als es etwas ruhiger wurde, ließ ich los, was keine gute Idee war, denn im nächsten Moment stieß mich jemand, der voller Panik nach einer Berta rief, von der Seite so heftig an, dass ich erneut zu Boden ging. Ich sah nur noch Beine und Füße rings um mich.

Ich wurde gestoßen und geschubst und versuchte verzweifelt, mein Gesicht vor den schweren Schuhen zu schützen. Da packte mich plötzlich eine Hand mit festem Griff und zog mich auf die Füße. Die Menge wich zurück, und mein Retter zerrte mich blitzschnell durch eine Türe des früheren Fabrikationsgebäudes in einen dunklen Raum.

Mit lautem Knall fiel die Türe in Schloss. Rings um mich nichts als Stille und Schwärze.

Endlich ging ein gleißendes Licht an. Ich legte schützend meine Hand vor die Augen. Als ich endlich wieder sehen konnte, erkannte ich meinen Retter.

Vor mir stand Robert Tschumi. Er sah zerzaust aus, hatte schwarze Schmiere auf der einen Backe und blutete an einer Hand.

Wie ich aussah, wollte ich lieber gar nicht wissen.

Ich öffnete den Mund, um ihm zu danken. Und kotzte ihm direkt auf die Schuhe.

***

«Sie haben eine Gehirnerschütterung.»

Er stützte mich, führte mich zu einem Waschraum und gab mir ein Handtuch, damit ich mich säubern und abtrocknen konnte. Ich ließ alles mit mir geschehen. Mir war unendlich übel.

Tschumi verhielt sich ritterlich, da gibt es nichts zu sagen. Ich musste mich noch zweimal übergeben. Dann fühlte ich mich endlich besser. Verstohlen linste ich zu dem ehemaligen Patron der Werke hinüber. Warum hatte er mir geholfen? Er musste doch eine Mordswut auf mich haben.

Tschumi führte mich durch das ehemalige Fabrikationsgebäude. Wir kamen an einer Kindergarderobe vorbei, hübsch gemacht, überall Farben und Kinderzeichnungen, dann führte eine Treppe einen Stock runter und durch einen langen Gang zu einer Tiefgarage. Von da an waren es nur ein paar Meter bis zum unterirdischen Zugang zu einem kleinen Privathaus, den er mit seinem Schlüssel öffnete.

«Das Haus gehört heute meiner Tochter. Aber sie benutzt es nur noch sehr selten», erklärte mir Tschumi.

Er zeigte mir die Dusche und gab mir saubere Kleider seiner Tochter. Ich duschte lauwarm, ein schlechter Kompromiss zwischen meinem Jucken und meinem Frieren. An meiner linken Hand und meiner Stirn waren Blutspuren. Mein Kopf schmerzte heftig, und ich reinigte die Stirnwunde so behutsam wie möglich.

Danach zog ich die viel zu weiten und zu langen Kleider von Tschumis Tochter an.

Tschumi, der sich ebenfalls umgezogen hatte, wartete mit einem Glas Cognac auf mich.

«Das wird Ihnen guttun.»

Bei meinem letzten Besuch hatte ich ihm sein Glas samt Inhalt an die Wand geschmettert. Wenigstens schien er kein nachtragender Mensch zu sein.

«Draußen hat sich alles beruhigt. Die Polizei wird sicherlich noch mit mir reden wollen. Dann sollten Sie sich etwas im Hintergrund halten.»

Ich verstand nicht.

«Die Verfügung! Sie dürfen sich doch gar nicht hier aufhalten.»

«Ach, ja. Wollen Sie mich denn nicht gleich ausliefern?»

Er lachte.

«Wissen Sie, das war nicht meine Idee. Meine Anwälte …»

Der Cognac wärmte mich von innen her. Aber ich fühlte mich benommen.

«Sehen Sie mich doppelt?», fragte mich Tschumi nach einer Weile.

«Nein.»

«Dann ist es nicht so schlimm, denke ich.»

Mein ganzer Körper schmerzte, besonders die Stirn. Ich hatte wohl auch eine Bierflasche abgekriegt. Ich kratzte meinen Bauch.

«Haben Sie Eis hier?»

«Sie wollen doch nicht etwa diesen Cognac verschandeln?»

Irgendetwas an dieser Situation war vollkommen absurd, aber ich konnte nicht genau festmachen, was es war.

«Ich habe einen starken Juckreiz.»

Tschumi holte mir einen Kübel mit Eiswürfeln, wickelte eine große Portion davon in ein Tuch ein und reichte es mir. Das half sofort, aber ich fing wieder an zu frieren. Zu zittern. Zu schlottern.

«Sie sind krank, Frau Beck. Sie sollten sofort zum Arzt.»

Tschumi stand auf, verschwand und kam nach wenigen Minuten zurück.

«Ich habe angerufen. Die Zufahrt ist nach wie vor blockiert. Die Polizei konnte die Schlägerei noch nicht auflösen.»

Er holte mir eine warme weiche Decke und füllte mein Glas von neuem. Wir saßen da, warteten und tranken Cognac.

«Warum haben Sie mir geholfen?», fragte ich schließlich.

«Ich bin doch kein Monster! Sie und Ihr Freund Reichenbach machen mir großen Ärger, aber das ist kein Grund, einer Frau in Not nicht beizustehen».

«Danke.»

Er nickte mir zu, und wir saßen wieder schweigend da.

«Irgendwann haben Sie davon erfahren, nicht? Sie haben von dem Dioxin gewusst.»

Tschumi starrte mich mit zusammengekniffenen Augen lange an.

«Wie kommen Sie darauf?»

«Die Gesundheitskurse für die Arbeiter. Sie haben damit begonnen, nachdem Sie es erfahren hatten.»

Sein Schweigen bestätigte meinen Verdacht.

«Und für Ihre betriebliche Gesundheitsförderung haben Sie sogar noch Preise erhalten! Das ist ja widerlich!»

«Das war nicht meine …», Tschumi unterbrach sich mitten im Satz. Dann setzte er erneut an.

«Das Ganze war Schulers Idee! Er hat behauptet, dass man die negative Wirkung des Dioxins aufheben könne, wenn die Leute sich wirklich gesund ernährten und nicht rauchten. Es klang ganz vernünftig. Und schließlich ist er Arzt. Ich bin davon ausgegangen, dass er sich auskennt.»

«Sie haben die Leute hier als Versuchsratten missbraucht!»

«Sie sehen das völlig falsch. Wir wollten ihnen helfen. Wir wollten, dass sie gesund bleiben.»

«Und das hat Ihr schlechtes Gewissen beruhigt? Oder vielleicht noch eine nette Spende an die Krebsliga – oder für das RonaldMcDonald's-Haus beim Kinderspital?»

Tschumi war aufgesprungen und hatte mir den Rücken zugedreht.

«Als ich es erfahren habe, war es bereits zu spät», sagte er mit gepresster Stimme

«Zu spät wofür?»

«Haben Sie eine Ahnung, was die Sanierung einer solchen Deponie kostet? Da reichen Millionen nicht aus. Und die

Rechtslage ist äußerst unklar. Wer ist verantwortlich für die Kontamination? Die Werke? Dynamit Nobel? Oder vielleicht der Kanton, der die Deponie genehmigt hat? Wir hätten einen jahrelangen, wenn nicht jahrzehntelangen Rechtsstreit auf uns nehmen müssen, dazu die Kosten für die Sanierung. Und natürlich der Schaden für das Image der MTW.»

«Ein paar Tote mehr oder weniger, darauf kommt es nicht an. Schließlich geht es um das Image Ihrer Firma.»

«Für Sie ist alles so einfach», herrschte er mich an. «Hier die bösen Unternehmer und da die armen, dummen Opfer. Wenn es nach Ihnen ginge, würden wir noch wie die Neandertaler leben.»

«Ich bin durchaus für Fortschritt, aber …»

«Was aber? Es darf nichts kosten?», schrie er mich an. «Niemand und nichts darf Schaden nehmen? Hallo? Machen Sie die Augen auf: Alles hat seinen Preis. Die Menschen haben noch nie was geschenkt bekommen.»

Er wandte sich wieder ab, ging zu einem der Fenster und zog den Vorhang zur Seite. Eine Zeitlang starrte er in den Hof hinaus. Man hörte gedämpftes Rufen und Krachen. Irgendetwas Großes wurde gerade zu Kleinholz verarbeitet.

Ich schloss einen Moment die Augen.

«Hören Sie mir zu. Wenigstens einmal.»

Ich nickte benommen, es schien ihm wirklich wichtig.

«Man macht Fehler. Jeder macht das. Und man lernt dazu. Aber – ist es zulässig und sinnvoll, nicht mehr zu handeln, zu entscheiden, weil man weiß, dass man in zwanzig oder dreißig Jahren erkennen wird, dass man gewisse Abläufe hätte anders, besser machen können? Sie wissen genau, dass dieses Denken der Untergang der Menschheit wäre.»

«Aber dann – später, wenn man erkennt, dass man einen Fehler gemacht hat, sollte man ihn dann nicht korrigieren?», fragte ich.

«Wie gesagt: Als ich es erfahren habe, war es bereits zu spät.»

«Ich will mit Schuler sprechen», sagte ich.

«Das hat keinen Zweck.»

«Weil er alles leugnen wird? Ich habe Beweise für die Fälschung der Todesursachenstatistik.»

«Nein.» Tschumi gab sich bedauernd: «Weil Schuler nicht mehr sprechen kann. Er hatte vor zwei Monaten einen Hirnschlag.»

«Ach! Wie praktisch für Sie. So ist es natürlich einfach, die ganze Verantwortung auf Schuler abzuschieben.»

Ich hatte genug von dieser Geschichte, genug von Robert Tschumi.

«Wissen Sie was? Ihr ganzes Gerede widert mich an. Sie sind unendlich reich. Und Sie haben Ihr Geld auf Kosten der Gesundheit Ihrer Arbeiter und deren Familien gemacht. So einfach ist das.»

«Das stimmt nicht. Ich habe immer versucht, das Richtige zu tun.»

«Wie können Sie das Richtige tun und gleichzeitig unsere Umwelt vergiften?»

«Der Mensch hat seit jeher gegen die Natur gekämpft, um zu überleben. Alles andere ist eine romantische und gefährliche Verkennung der Realität», entgegenete er mit aller Schärfe.

Eine Erinnerung blitzte auf. Der letzte Streit, den ich mit meinem Vater ausgefochten hatte. Ich sah sein Gesicht wieder vor mir, wütend und gleichzeitig verletzt.

«Der Mensch hat die Natur immer schon genutzt und geformt und auch zerstört, wenn es sein musste», fuhr Tschumi unerbittlich fort.

«Der Mensch? Nein – das waren immer nur bestimmte Menschen! Geldgierige, menschenverachtende –»

«Schluss jetzt! Halten Sie den Mund!», herrschte er mich an. Tschumi hatte sich direkt vor mir aufgepflanzt, Beine gespreizt und starrte auf mich hinunter. Mir wurde bewusst, dass ich ganz alleine war mit diesem Mann.

«Soll ich Ihnen mal sagen, um was es hier eigentlich geht?», fragte er in sarkastischem Ton, und ich spürte, dass nun der echte Tschumi sprach und die Marketingmasche vorbei war.

«Die meisten Leute, die hier arbeiten, das sind Hilfsarbeiter ohne Berufslehre, ohne Bildung oder Kultur. Früher hätten die als Knechte und Mägde gearbeitet. Die können doch kaum Lesen oder Schreiben. Meinen Sie etwa, die würden anderswo gesünder leben? Die Schweizer fressen und saufen sich zu Tode, die Albaner und Türken rauchen, bis sie krepieren. Da kann man nichts daran ändern. Wir haben es immerhin versucht. Wer wollte, konnte an den Gesundheitskursen teilnehmen, die übrigen – selber schuld: Survival of the fittest.»

Dieser Mann war absolut widerlich! Wieso war mir das nicht längst aufgefallen? Meine Kopfschmerzen wurden immer stärker, und mir war schwindlig. Außerdem hatte ich das Gefühl, nicht mehr richtig zu sehen. Die Ränder meines Gesichtsfeldes waren nur mehr dunkle Schatten. Ich wollte mich hinlegen.

«Haben Sie gewusst, dass an den Schweizer Wäldern nichts mehr Natürliches ist? Dass wir nur noch Bäume haben, die irgendwann mal vom Menschen für die Holzwirtschaft als geeignet befunden wurden? Haben Sie das gewusst?»

Die dunklen Schatten links und rechts wurden immer breiter. Ich klammerte mich an die Sessellehnen.

«Warum haben Sie meinen Freund töten lassen?», fragte ich Tschumi.

«Nein, nein, nein! Das hätte ich nie getan. Niemals! Ich … ich veranlasste lediglich, dass er von seiner Funktion abgezogen wurde. Dass er nicht mehr mit den Daten arbeiten konnte, anders eingesetzt wurde. Das müssen Sie mir glauben. Nur das.»

Ich starrte mühsam durch den dunklen Nebel.

«Und wie?»

«Ich habe Verbindungen.»

Wie konnte er so locker über diese Dinge reden?

«Was wollen Sie von mir, Tschumi?», fragte ich.

Einen Moment lang blieb es still, und dann wandte mir Tschumi sein Gesicht zu. Erstmals konnte ich das wahre Ausmaß seiner Wut erkennen.

«Reichenbach und Sie! Sie sind jetzt die Helden, nicht? Sie haben den schrecklichen Skandal um die MTW aufgedeckt. Aber was haben Sie wirklich erreicht mit Ihrer Aktion? Der Verkauf der Werke ist gestoppt, ja.»

Wenn ich nicht so benommen gewesen wäre, hätte mir sein Gesichtsausdruck Angst gemacht.

«Freuen Sie sich nicht zu früh! Mich persönlich trifft das nicht sehr: Ich habe genügend unabhängiges Kapital. Und sonst? Was haben Sie sonst Wunderbares erreicht?», sagte er voller Hohn.

«Da die Werke nicht verkauft werden können, wird die Produktion stillgelegt. Die Arbeitsplätze sind alle verloren, bravo! Und was ist mit dem Umweltschutz, der Ihnen so am Herzen liegt? Denken Sie etwa, die Deponie wird jetzt saniert? Da können Sie noch lange warten.»

«Was wollen Sie von mir, Tschumi?», beharrte ich.

«Vernichten Sie die Daten, die Sie von Gian Cavegn erhalten haben! Vernichten Sie alle Beweise für die Fälschung der Todesursachenstatistik. Halten Sie den Mund, und ich werde mit einer freiwilligen Spende dafür sorgen, dass die Sanierung der Deponie in Angriff genommen werden kann. Ich werde sogar den betroffenen Familien mit kranken oder verstorbenen Angehörigen eine Rente ausrichten.»

«Niemals! Sie haben keine Moral, keinen Funken Anstand. Ich verabscheue Sie.»

Ich merkte selbst, wie lahm das klang. Ich versuchte aufzustehen oder mich hinzulegen. Irgendwas.

«Ist Ihnen wieder übel?», war das Letzte, was ich hörte.

20

Ich erwachte in einem Bett. Jemand Unbekanntes in weißem Kittel strich mir über die Stirne. Ein Spital. Die Wände waren rosa gestrichen. Nicht das Walmont, schade. Ich schlief wieder ein.

***

Als ich das nächste Mal erwachte, fühlte ich mich bedeutend besser. Und ich hatte Besuch. Philipp saß an meinem Bett.

Ich lächelte: «Das hatten wir doch schon mal. Du scheinst mein barmherziger Samariter zu sein.»

Er beugte sich ganz nahe an mein Ohr und flüsterte mit einer Art komischem Knurren: «Wenn ich auch dein Tiger sein darf.»

«Woody Allen?» fragte ich.

«Jedenfalls funktioniert dein Hirn immer noch prächtig», antwortete er grinsend.

Einige Stunden später, es war in der Zwischenzeit halb zwei Uhr geworden, durfte ich gehen, aber nur, weil ich sozusagen unter ärztlicher Aufsicht war. Philipp fuhr mich nach Hause und blieb dann bei mir.

Er hatte sich den Dienstag freigenommen, nachdem ihn eine Pflegerin des Spitals Riggisberg kurz nach sieben Uhr früh angerufen hatte. Anscheinend hatte ich in der Nacht immer wieder nach Philipp verlangt. Jede halbe Stunde kontrollierte er nun meine neurologischen Funktionen. Strich mir Salbe ein, damit die Entzündungen an Bauch und Knöchel zurückgingen. Ich musste Antibiotika einnehmen und ein Haufen anderer Medis. Im Spital hatten sie festgestellt, dass irgendwas mit meinen Blutwerten nicht stimmte. Ich hatte eine ultrateure Dopingspritze bekommen und fühlte mich bereits wieder stabiler.

Und das Beste: Der Juckreiz war verschwunden. Philipp meckerte zwar, dass ich mich trotzdem untersuchen lassen müsse. Die Untersuchungen im Spital Riggisberg – Blutanalysen, Ultraschall, MRI und «weiß der Gugger» was noch alles – hatten ergeben, dass keine ernsthafte organische Erkrankung für den Juckreiz verantwortlich war. Die These mit dem aggressiven Tumor war damit Gott sei Dank vom Tisch. Wahrscheinlich war eine massive Dosis Glutamat der Auslöser – die Suppe im Chinarestaurant (!) –, verstärkt durch den hohen Stresspegel der letzten Tage. Das hatte mir der diensttuende Assistenzarzt noch mitgeteilt, mit der Aufforderung, mich in den nächsten Tagen bei einem Dermatologen zur genaueren Abklärung zu melden.

Zu Hause machten wir uns einen gemütlichen Nachmittag. Philipp las in der Kulturbeilage einer alten *NZZ am Sonntag*. Und ich hing entspannt wie schon lange nicht mehr in meinem Schaukelstuhl. Philipp hatte sogar eine Gemüsesuppe gekocht. Nach dem Essen erzählte ich Philipp, was bei Reichenbachs Gewerkschaftsdemo alles passiert war. Philipp flocht an den passenden Stellen entsetzte «Neins» oder mitfühlende «Oh wehs» ein.

«Und danach hat mich der Tschumi gerettet. Ausgerechnet ...»

«Die Schwester hat mir erzählt, er habe dich in den Notfall reingetragen. Du warst bewusstlos.»

«Ja. Aber vorher haben wir noch geredet. Er ...»

Ich musste aufstehen. Mühsam rappelte ich mich vom Sofa hoch und ging zum Fenster, um mich auf dem Fensterbrett abzustützen. Ich fühlte mich immer noch etwas schwach.

«Tschumi hat zugegeben, dass er dafür gesorgt hat, dass Gian wegbefördert wurde.»

«Was? Das hat er gesagt?»

«Mmh. Er habe da seine Verbindungen. Alte Armeekameraden vielleicht.»

«Vielleicht hat Gian herausgefunden, wer es war. Er war ja nicht dumm. Und dann sind sich die beiden in dieser Nacht in die Haare geraten. Ein Streit, ein Handgemenge, ein Sturz», sagte Philipp.

«Wir werden es wohl nie genau wissen. Aber eines kann ich dir mit Bestimmtheit sagen: Jetzt gehe ich zur Polizei. Und dann werden sie herausfinden, wer Tschumis Verbindungsmann im BFS war. Ich werde beweisen, dass Schuler die Todesursachenstatistik systematisch gefälscht hat, ich werde beweisen, dass Tschumi davon gewusst hat und deshalb auch zwingend von dem Dioxin gewusst haben musste. Und dann bekomme ich ihn dran.»

«Was ist eigentlich mit Schuler?»

Ich seufzte: «Das ist das große Problem. Tschumi behauptet, Schuler habe sich die ganze Vertuschungsaktion alleine ausgedacht. Er habe als Betriebs- und Hausarzt der gesamten Region schon sehr früh gemerkt, dass es ein Problem mit krebserregenden Stoffen geben müsse. Dann habe er diese ganze Staffel von Gesundheitsförderungskursen gestartet mit der Idee, dass sie den negativen Effekt des Dioxins aufheben würden.»

«Ein Experiment?»

«Das aber nicht funktioniert hat. Da habe Schuler eben angefangen, die Statistik zu fälschen, damit niemand auf das Problem aufmerksam würde.»

«Und was meint Schuler zu all diesen Beschuldigungen?»

«Gar nichts! Er kann nicht mehr reden, weil er vor kurzem einen Hirnschlag hatte.»

«Ach! Was für ein Glück für Tschumi.»

«So einfach kommt er nicht davon», behauptete ich mit mehr Optimismus, als ich wirklich verspürte.

«Den großen Gewinn mit dem Verkauf seiner Werke kann er sich jedenfalls schon mal an die Mütze stecken.»

Dieser Gedanke erfüllte mich mit Befriedigung, auch wenn Tschumi letzte Nacht behauptet hatte, dass ihn das nicht kratzen würde.

***

Wir bestellten uns eine Pizza, die wir mit bloßen Händen aus der Schachtel aßen, und zogen uns *Blade Runner* rein. Es war bereits halb zehn Uhr nachts, als ich mich an den Computer setzte, um meine Mails zu lesen. Dann – aus einem plötzlichen Impuls heraus, sah ich mir endlich Gians E-Mails an. Sie waren als Textdateien abgespeichert. Ich konnte also eine Volltextsuche machen oder versuchen, das Ganze irgendwie zu sortieren. Gian hatte im Verlauf der letzten sechs Jahre tausende von Mails geschrieben und erhalten. Wie sollte ich da etwas finden, was mit seinem Tod zu tun hat?

Unwillkürlich stöhnte ich laut auf.

«Was ist los?», fragte Philipp, der auf meinem Sofa lag, lang ausgestreckt, diesmal mit dem *Tagi Magi*. Er sah entspannt und zufrieden aus.

«Ich bin die nächsten vier Jahre damit beschäftigt, Gians Mails zu lesen.»

«Ich habe gemeint, er sei ein Einsiedler gewesen.»

Als Antwort brummte ich nur.

«Chronologisch sortieren? Oder vielleicht ..., hey Philipp, was meinst du? Soll ich nach Absendern sortieren? Schauen, mit wem er am meisten Kontakt hatte?»

«Ja, macht Sinn.»

Aber eigentlich interessierte mich ja nicht, was vor vier Jahren passiert war. Vielleicht sollte ich mir doch einfach mal die letzte Woche anschauen.

«Vielleicht schaue ich mir mal die letzte Woche an? Was meinst du?»

Philipp seufzte und ließ das Heft auf seine Brust sinken.

«Mach was du willst, aber lass mich endlich ‹Ein Tag im Leben von› fertig lesen. Es ist eine Hundepsychologin.»

Ich begann, die Mails nach Datum zu sortieren. Das Datum seines Todestages war an oberster Stelle. Ich zögerte. Irgendwie schien es mir immer noch nicht richtig, in Gians Sachen rumzuschnüffeln. Ich las die Subjects der Mails und die Adressen. Ein milou33@bluewin.fr fragte nach einem Gutachter für einen Entwurf von Hergé, ein manfred.holzapfel@uni-wb-bl.de wollte wissen, ob Gian auch an die nächste Messe für Erstausgaben in Darmstadt komme. Die zwei konnte ich wohl ignorieren. Dann war da noch eine Mail, dass sich Gian von seinem offiziellen BFS-Mailserver weitergeleitet hatte. Es ging um eine Revision des Bundesstatistikgesetzes. Das hatte wohl auch nichts mit seinem Tod zu tun. Keine einzige persönliche Mail von jemandem aus dem Kader des Bundesamtes.

Was hatte ich erwartet? Dass da jemand Gian eine E-Mail geschrieben hatte: *Entschuldige bitte, aber im Auftrag von Tschumi muss ich dich leider heute Nacht umbringen? Gezeichnet, Herr XY, Vizedirektor BFS?*

Ich löschte einige Spams. Das wars.

«An seinem letzten Tag war nichts Besonderes. Jetzt ist die Frage, wie weit ich zurückgehen muss. Und ob es überhaupt sinnvoll ist, so vorzugehen.»

Keine Antwort.

Eigentlich war das nicht meine Art. Ich bin es gewohnt, alleine über Probleme nachzudenken und selbst zu bestimmen, welches die beste Strategie ist. Aber nach dieser Geschichte gestern war ich wohl immer noch durcheinander.

«Was meinst du? Soll ich rückwärts in Richtung Vergangenheit gehen?»

«Mmmh.»

«Aber ob ich so überhaupt etwas mitkriege? Falls zum Beispiel etwas zwischen den Zeilen abgeht?»

Philipp warf das Magazin mit resigniertem Schwung auf den Tisch: «Ich gebs auf».

«Du bist nicht sehr hilfsbereit.»

«Und du bist eine Nervensäge.»

«Erich Fried?», fragte ich hoffnungsvoll.

«Was ist los?»

«Vergiss es.»

Aber dann lehnte ich mich in meinem Sessel zurück, schloss die Augen und versuchte mich zu erinnern.

An eine Nervensäge
Mit deinen Problemen
heißt es
bist du
eine Nervensäge
Ich liebe die Spitze
und die Schneide
von jedem Zahn

dieser Säge
und ihr blankes Sägeblatt
und auch ihren runden Griff.

Eine Weile blieb es ganz still, und ich öffnete meine Augen wieder. Philipp sah mich nur an. Dann lächelte er.

«Schau mal in Draft nach», schlug er vor.

«In Draft?»

«Bei den Entwürfen, Lou», erklärte er mit leicht singender Stimme, «vielleicht hat er ja noch eine E-Mail angefangen, konnte sie aber nicht fertigschreiben.»

Ich schaute im Draft-Ordner. Und fand tatsächlich einen Entwurf, datiert vom 12. März. Subject: Fischadler.

Er war an mich adressiert.

***

Ich erstarrte. Eine eiserne Klammer drückte mein Herz zusammen.

«Was ist los?», fragte Philipp, der wie so oft genau spürte, dass etwas nicht stimmte. Als er eine Bewegung in meine Richtung machte, schüttelte ich abweisend den Kopf. Ich zögerte noch einige Sekunden und dann öffnete ich die E-Mail.

Liebe Freundin

Du hast natürlich Recht. Bei Tageslicht wird diese Geschichte schon viel weniger düster aussehen. Können wir uns vielleicht nächste Woche mal treffen, um darüber zu sprechen? Zu einer Zeit, wenn du wach bist? Ach ja, was ich dir eigentlich noch erzählen wollte: Ich habe vergangene Woche einen Fischadler gesehen. Jedenfalls nehme ich an, dass es ein Fischadler war. Ich dachte, das würde dich interessieren. Vielleicht ist er noch dort? Etwas westlich vom Fanel …

Die Mail war nicht zu Ende geschrieben worden, und er war auch nicht mehr dazugekommen, es abzuschicken.

Lautlos liefen mir Tränen übers Gesicht.

Gian, mein Freund! Gian!

***

«Was ist los, Lou? Hast du etwas gefunden?», fragte Philipp nochmals.

«Gian! Eine E-Mail von Gian! Er war *doch* mein Freund, ich …»

«Warum sollte er denn nicht dein Freund sein?»

«Ich war mir nicht mehr sicher – er hat mir so vieles verschwiegen.»

«Manchmal verstehe ich dich wirklich nicht. Du bist doch selbst jemand, der …»

«Der?»

«Nun, du erzählst mir auch nicht alles.»

Ich wischte mir die Tränen weg. Ein Gefühl der Freude und des Friedens machte sich in mir breit. Gian hatte mir noch eine Freude machen wollen.

Er war mir nicht böse gewesen.

21

Als ich am nächsten Morgen erwachte, war Philipp bereits fort. Der Arzt in Riggisberg hatte mich noch bis Donnerstag krankgeschrieben, damit ich mich von der Gehirnerschütterung erholen konnte. Danach würde der Alltag im Walmont mich wieder einholen. Irgendwie freute ich mich sogar darauf.

Ich verbrachte einen ruhigen Morgen zu Hause, putzte und räumte auf. Gegen Mittag sah alles sauber und ordentlich aus, sogar das Altpapier hatte ich rausgebracht, und mir war langweilig. Ich beschloss, am Nachmittag auf einen Sprung ins Walmont zu fahren, um zu schauen, wie es Tscharya ging.

Ausnahmsweise nahm ich den Bus, um zum Spital zu fahren. Ich fühlte mich immer noch etwas wackelig. Tscharya hatte mir die wichtigsten E-Mails ausgedruckt und die ganze Post nach Themen sortiert aufs Pult gelegt. Ich blätterte alles durch. Nichts Dringendes. Dann plauderten wir noch eine halbe Stunde, bis ich auf dem neuesten Stand der Klatschgeschichten war. Man munkelte, dass unser Direktor Merian eine neue Freundin habe. Er war seit vielen Jahren geschieden, und seither hatte man immer mal wieder andere Frauen an seiner Seite gesehen. Aber er war diskret, was das Ganze natürlich spannender machte.

Mein Handy klingelte.

«Lou? Ich muss dir unbedingt etwas erzählen!»

Philipps Stimme war voller Begeisterung.

«Ich bin im Walmont.»

«Ach?»

Einen Moment war es ruhig, dann: «Sehen wir uns im Park? In einer Viertelstunde?»

Gespannt ging ich in Richtung meines Lieblingsbänklis bei der Linde, unserem üblichen Treffpunkt. Philipp saß schon dort. Er strahlte.

«Gute Neuigkeiten?», fragte ich ihn.

«Koyote wird siegen!»

«Erzähl!»

Merian und Philipp hatten tatsächlich einen Trick gefunden, wie das Walmont an das Geld der Laval-Stiftung kommen konnte, ohne dass Philipp seine Arbeit als Geriater aufgeben musste.

«Ich werde auf den 1. Juli die Stelle als Oberarzt der Chirurgie antreten, wie es meine Eltern gefordert haben. Das Geld der Stiftung wird überwiesen. Und dann – genau einen Tag später – wird mich Merian freundlicherweise ausleihen.»

«Ausleihen? An wen?»

«Ich habe eine Anfrage erhalten. Die McGill University und der Staat Quebec planen ein spezielles Gesundheitsförderungsprogramm für Betagte. Sie suchen einen Spezialisten für den Aufbau eines Programms in den «First Nations». Es geht um die Förderung der Muskelkraft bei über Achtzigjährigen und …»

«Moment mal, Philipp. Wie sind sie denn ausgerechnet auf dich gekommen?»

«Das ist nicht so verwunderlich. Erstens habe ich ja bei der McGill meine Ausbildung zum Geriater gemacht. Und zweitens wissen sie, dass ich Cree-Vorfahren habe. Und der Stamm der Cree ist in Quebec eine der größten Volksgruppen innerhalb der «First Nations». Drittens wäre Merian bereit, dieses

Projekt auch finanziell zu unterstützen. Es geht um exzentrisches Krafttraining für Betagte. Im Spitzensport kommt das schon seit einigen Jahre zum Einsatz – jetzt will man es erstmals bei den Alten auch so machen: Bremsen ist das Zauberwort!»

«Bremsen?»

«Stell dir jemanden sehr Altes vor. Hat man nicht mehr die Kraft, sein eigenes Körpergewicht aus einem Stuhl hochzustemmen, ist man pflegebedürftig. Dabei ist es eigentlich auch für über Achtzigjährige recht einfach, die Muskelkraft zu trainieren. Wichtig ist, dass man den bereits geschwächten Herzkreislauf durch das Krafttraining nicht überbelastet. Einen Berg hochzusteigen als Trainingsmethode, wäre beispielsweise nicht empfehlenswert. Den Berg runterzusteigen hingegen schon.»

Philipp war so begeistert, wie ich ihn schon lange nicht mehr erlebt hatte.

«Ich war in Montreal als Berater bei einem Experiment dabei, als sie die Methode erstmals mit 80- bis 95-Jährigen versucht haben. Mit großem Erfolg!»

«Die Alten mussten einen Berg runtersteigen?»

«Nein … das war doch nur bildlich gesprochen. Sie haben Fahrrad-Ergometer so konstruiert, dass die Pedalen von alleine drehen, und dann müssen diese gebremst werden.»

«Das klingt seltsam.»

«Ist aber extrem effektiv.»

Ich lächelte ihn an, freute mich über seinen Enthusiasmus.

Philipp wich meinen Augen aus.

«Was ist los?»

«Es hat zwei Nachteile.»

«Und?»

«Es ist wirklich schlecht bezahlt – und es dauert 18 Monate.»

Ich schrak innerlich zusammen.

«So lange?»

«Ich kann es immer noch rückgängig machen …»

Ein langes Schweigen entstand.

«Ich meine es ehrlich, Lou. Ich will dich nicht verlieren».

Ich zuckte mit den Schultern.

«Wenn du willst, kann ich hierbleiben … die Stelle als Chirurg im Walmont annehmen. Es ist ja nicht für immer.»

Er gab sich Mühe, sich selbst zu überzeugen. Aber seine Stimme hatte einen dermaßen depressiven Klang, dass ich mir einen Ruck gab.

«Du musst nach Quebec gehen, Philipp. Entscheide dich, als ob es mich nicht gäbe.»

«Wie kannst du so was sagen! Ist dir unsere Beziehung nicht wichtig?»

«Was soll denn das jetzt wieder? Ich will einfach nicht daran schuld sein, dass du diese Chance verpasst.»

«Es ist meine Entscheidung, ob ich gehe oder nicht. Und wenn ich dir zuliebe hierbleibe, dann ist das auch meine Verantwortung.»

«Ich will aber nicht, dass du ‹mir zuliebe› hierbleibst.»

«Hat denn unsere Beziehung keine Bedeutung für dich?»

«Das hat keinen Sinn. Ich gehe jetzt.»

***

Ich ging nicht weit. Zwei Kilometer vom Walmont entfernt setzte ich mich in ein kleines Café direkt an der vielbefahrenen Schwarzenburgstraße. Ich bestellte mir eine Latte und löffelte langsam den Milchschaum ab.

Philipp würde gehen. So weit weg! Für 18 Monate. Das war ein halbes Leben. Trotz unserer Differenzen und meiner

Zweifel an unserer Beziehung fühlte ich mich, als ob mir ein Arm amputiert werden sollte.

Aber wenn er sich entschloss hierzubleiben, würde unsere Beziehung daran kaputtgehen, dass er mir zuliebe auf ein Projekt verzichtete, das ihm unendlich viel bedeutete …

Also würde unsere Beziehung auf jeden Fall kaputtgehen. Wenn er wegging – und wenn er dablieb.

Aber das wollte ich nicht! Ich hatte ihn sehr gerne. Ich liebte Philipp.

Vielleicht würde er sich auch mit der Arbeit als Chirurg im Walmont anfreunden … mit der Zeit vergessen, dass ihm seine Eltern dies aufgezwungen hatten und es als Chance verstehen. Das Trauma überwinden, dass er bei dem Tod dieser türkischen Patientin erlitten hatte. Ich konnte ihn darin unterstützen. Er würde auch im Walmont neue Methoden entwickeln und aufregende Projekte starten können. Geld wäre – dank der Stiftung – ja genug vorhanden.

Eine solche Entscheidung würde unsere Beziehung verändern – ja. Aber vielleicht auch zum Besseren? Philipp hatte gesagt, dass man durch die Liebe, durch den anderen geformt wird.

Sollte ich ihn bitten hierzubleiben? Wir könnten zusammenziehen, versuchen, eine ernsthaftere, intensivere Beziehung zu leben?

Mein Handy klingelte. Es war Philipp. Ich holte tief Atem, fühlte mich ganz flau.

«Ich habe darüber nachgedacht, was du gesagt hast, Lou.»

«Ja, ich auch.»

«Du hast Recht. Ich muss gehen. Ich habe Merian bereits zugesagt. Aber 18 Monate sind ja nicht so lange. Du könntest in der Zwischenzeit für uns eine Wohnung suchen.»

Ich fühlte mich wie vor den Kopf geschlagen.

Ich sah Philipp vor mir, wie er durch die kanadischen Wälder streifte, mit den Cree-Indianern diskutierte, seine Abende mit neuen Freunden in der Großstadt Montreal verbrachte. Und ich würde da hocken und auf ihn warten, Ikea- und Möbel-Pfister-Kataloge wälzen und mich für oder gegen eine Wohnzimmerwand aus Walnuss-Imitat entscheiden.

«Wenn du gehst, dann …»

«Ja?»

«Ich werde jedenfalls nicht hier das Nest vorbereiten und darauf warten, dass du zurückkommst. Falls du überhaupt wieder zurückkommst.»

«Merde!» Er hängte auf.

Ich spürte Tränen in meinen Augen. Ich war durcheinander, wütend und traurig zugleich. Philipp hatte doch einen Knall, wenn er dachte, dass ich das brave Hausmütterchen spielte, während er in der weiten Welt Abenteuer erlebte. Ich wischte mir die Tränen weg, legte das Geld für den Kaffee auf den Tisch und ging nach Hause.

Als ich meine Wohnung betrat, hörte mein Telefon eben auf zu klingeln. Ich schaute auf das Display. Aber es war nicht Philipp. Eine mir unbekannte Nummer mit der Vorwahl 043. Zürich? Ich scrollte nach unten und sah, dass mich verschiedene Personen zu erreichen versucht hatten. Dreimal eine 031-Nummer – also aus der Region Bern; zweimal die 043-Nummer, einmal eine 0800er. Im Moment hatte ich keine Lust auf Plaudereien über Abonnemente, Pastalieferungen aus dem Piemont oder Umfragen zum Einkaufsverhalten im Bereich Feinwaschmittel.

Ich ging zum Küchenschrank und starrte kurz die Pastisflasche an. Dann schloss ich den Schrank wieder und ging stattdessen an meinen Computer, um mich abzulenken. Meine E-Mail-Box enthielt neben einem Haufen Spams eine Nachricht von fux@gmx.ch, *Subject: Hallo.*

Was wollte Adrian von mir?

Liebe Lou

Ich habe in den letzten Tagen über vieles nachgedacht. Und ich habe gemerkt, dass ich das Bedürfnis habe, mich von Gian zu verabschieden. An die Beerdigung konnte ich nicht, aber irgendein Ritual braucht es. Ich werde deshalb am Samstag auf den See gehen und mich dort von Gian verabschieden. Er hat das Segeln so sehr geliebt!

Magst du mitkommen? Ich würde mich sehr freuen darüber. Dann kannst du selber erleben, warum Gian dieses Gefühl so geliebt hat. Keine Angst, der Wetterbericht ist gut, es wird ruhig und besinnlich sein. Du müsstest Kleidung zum Wechseln mitbringen und eine gute Windjacke.

Ich wünsche Dir alles Gute, und vielleicht sehen wir uns ja am Samstag. Abfahrtszeit in Cudrefin wäre gegen ein Uhr.

Herzliche Grüße, Adrian

Die Mail hatte ein Attachment. Es war ein Foto. Es zeigte zwei Typen in schwarzen Neoprenanzügen, die auf Fux' Katamaran hockten und ihre Füße ins Wasser baumeln ließen. Sie hatten beide eine wollene Strickmütze auf und eine Flasche Bier in der Hand, sahen sehr cool und sehr glücklich aus. Der braungebrannte war Fux, der bleiche Gian.

***

Ich schaute lange auf das Foto. Versuchte in Gians Gesichtszügen zu lesen. Er sah unglaublich gelöst und glücklich aus. So wie man aussieht, wenn man gerade ein anstrengendes und gefährliches Abenteuer überstanden und allen widrigen Umständen zum Trotz gesiegt hat.

Ja! Ich würde auf den See fahren und mir die glücklichen Momente mit Gian in Erinnerung rufen. An ihn denken, wie er mir eine neuerworbene Figur von Kapitän Haddock zeigte. Wie er mir bei komplexen mathematischen Problemen zu helfen versuchte. Wie er lachte, wenn ich ihn neckte.

Und wenn der richtige Moment gekommen war, würde ich Gian loslassen.

Und – mit Adrian weitersegeln. Und dann? Was würde dann passieren? Würden wir zu Adrian nach Hause gehen? Den Abend, die Nacht zusammen verbringen?

Wollte ich das? Ja! Verdammt nochmal, ja. Ich hatte Lust, mich trösten zu lassen. Ich wollte nicht an Philipp denken.

***

Ich beantwortete die E-Mail und holte mir dann doch einen Pastis. Als ich gerade den ersten Schluck genommen hatte, klingelte das Telefon. Es war eine Frau Unschtri oder so was ähnliches von Radio DRS 1. Sie wolle ein Interview mit mir machen. Ob ich gerade Zeit hätte. Nein, hatte ich nicht. Um was es überhaupt ginge? Sie habe Fragen zu der Deponie im Kanton Bern. Zu dem Gift und zu den Todesfällen. Warum sie gerade mich anfrage, wollte ich wissen. Herr Reichenbach habe empfohlen, sich für alle wissenschaftlichen Fragen an Frau Doktor Louisa Beck zu wenden. Und das sei doch ich? Ich wimmelte sie ab, dies sei ein Irrtum. Sie solle sich bitte an das Kantonsarztamt wenden. Frau Frischknecht werde ihr sehr gerne alle Fragen beantworten, fügte ich noch mit einer Portion Schadenfreude an.

Ich hatte gerade aufgelegt, da klingelte es bereits wieder. Diesmal war es eine Frau vom Lokalfernsehen. Sie wollte ebenfalls ein Interview. Sie würden zu mir nach Hause kommen. Ob es mir in einer Stunde recht wäre.

Ich holte tief Luft und antwortete, so ruhig es mir möglich war, dass ich nicht in der Lage sei, irgendwelche Auskünfte zu geben. Sie versuchte mich mit dem Recht auf öffentliche Meinung unter Druck zu setzen. Ich hängte einfach auf.

Mein Handy klingelte. Eine Nummer, die ich nicht kannte.

Was sollte ich nur tun? Mein erster Impuls war zu Philipp zu flüchten, bei ihm zu übernachten. Dann fiel mir unser Streit ein.

Ich packte einige Kleider ein, meine warme Windjacke, schloss meine Wohnung mit dem Schlüssel, was ich sonst nie mache, und fuhr zu Helga.

Dort platzte ich in einen geselligen Abend. Paul hatte Freunde eingeladen. Sie wollten zusammen irgendeinen Fußballmatch schauen, Bier trinken und Weißwürste essen.

Helga nahm mich beiseite.

«Du siehst aus wie ein Gespenst. Was ist denn los?»

«Philipp geht fort. 18 Monate lang nach Kanada.»

«Hat er dich überhaupt gefragt, was das für dich bedeutet?», fragte Helga empört.

Ich verzog das Gesicht.

«Er wäre sogar bereit gewesen hierzubleiben. Aber ich habe ihm gesagt, er solle gehen. Und jetzt fühle ich mich total mies.»

«Du kannst ihn doch besuchen.»

«Das bringt doch nichts! Er hat dort seine Arbeit, seine ganzen Freunde. Und ich komme dann für ein paar Tage und spiele die doofe Touristin.»

Helga betrachtete mich mit merkwürdigem Gesichtsausdruck, sagte aber nichts. Stattdessen führte sie mich zum

Fernseher, setzte mich neben Paul und drückte mir eine Bierflasche und eine große Schüssel Chips in die Hände.

Ich mampfte Chips, trank Bier und wurde gegen meinen Willen langsam vom Spiel gefangengenommen. Links und rechts wurde gejubelt und geflucht, und alle amüsierten sich großartig.

Als alle anderen gegangen waren, realisierten Paul und Helga, dass ich bei ihnen übernachten würde. Sie trugen es mit Fassung.

«Wie laufen eigentlich deine neuen Bilder?», fragte ich Paul, bevor ich ins Gästebett schlüpfte.

«Alle verkauft. Ich habe viel Geld gemacht!»

«Und er ist das Geld auch schon wieder los», kam es etwas undeutlich von Helga, die gerade ihre Zähne putzte.

Paul grinste.

«Ich hab das Geld dem WWF gespendet.»

«Nicht Greenpeace?»

«Nicht Greenpeace, auch wenn ich finde, dass sie sich für das Richtige einsetzen. Nur – kürzlich hat mich einer von denen beim Kornhausplatz angequatscht. Ob es mir etwa egal sei, dass den Babyrobben bei lebendigem Leib die Haut vom Leib gerissen würde? Ich war verdattert und habe geantwortet, selbstverständlich sei mir das nicht egal. Da hat er mir einen Wisch unter die Nase gestreckt und gesagt, dann müsse ich da unterschreiben. Es war ein Greenpeace-Mitgliedsvertrag über fünf Jahre. Lastschriftverfahren, das sei für alle angenehmer, meinte er noch. Ich habe gefragt, was Greenpeace denn genau für die Babyrobben unternehmen würde. Er hatte keine Ahnung.»

«Und jetzt geht Paul nach Südfrankreich und malt wieder seine eigenen Sachen. Die dann niemand kaufen will», sagte Helga.

«Bin ich denn niemand? Ich kaufe dir ganz sicher wieder ein Bild ab.»

«Na, dann ist ja alles in Ordnung», meinte Paul und gab mir ein Küsschen auf die Wange.

***

Ich schlafe immer schlecht in fremden Betten. Es war auch diesmal so. Außerdem hatte ich genug Dinge, über die ich nachdenken musste. Meine Gedanken drehten sich um Philipp, meine Wut auf ihn und den Grund dafür. Ich fühlte mich im Stich gelassen. Und ich hasste das Gefühl, zu Hause auf einen Mann zu warten.

Was sollte ich machen, wenn mich Fux nach unserer Segeltour zu sich nach Hause einlud? Vielleicht wäre es besser, nicht mitzugehen. Meine Gefühlswelt war auch so schon völlig durcheinander. Würde es mir gelingen, von Gian Abschied zu nehmen? Ich wusste nun, warum er getötet worden war. Die Deponie war in der Zwischenzeit zum Medienhype geworden. Aufgrund der Unterlagen von Reichenbach und nach Aufdeckung der Datenfälschungen durch Schuler würde Tschumi ganz sicher angeklagt. Der Staatsanwalt würde herausfinden, wer Gians Mörder war, und dann würde dieser bestraft. Das war wichtig. Nicht für Gian, der wurde dadurch nicht wieder lebendig – aber für mich. Für mein Gefühl, dass das Gleichgewicht wiederhergestellt war, dass das Böse nicht ungestraft davonkam.

Einige Male nickte ich ein und erwachte wieder mit dem Gefühl, mich auch im Schlaf noch mit unbeantworteten Fragen herumzuquälen.

Konnten Philipp und ich unsere Beziehung über diese lange Zeit hinwegretten? Sollten wir es überhaupt versuchen? Was würde auf dem Segelausflug geschehen? Wollte ich, dass Fux mich wieder küsste, dass wir Sex hatten? Sollte ich den Ausflug absagen?

Mit dem ersten schüchternen Flöten der Vögel schlief ich dann doch ein.

22

Fux hatte Recht gehabt. Der See war an diesem Samstagmorgen spiegelglatt, und der Wind nur ganz sanft spürbar. Zwischendurch zeigte sich sogar die Sonne, und dann wurde es schnell recht warm.

«Alles ist bereit, wir können sofort los!», begrüßte er mich mit strahlendem Gesicht. Er schien vor Lebenslust zu sprühen, redete in einem fort von Wasser und Wind und von der Poesie der Beaufort-Skala. Während er die letzten Handgriffe verrichtete, stand ich etwas verlegen daneben. Ich hätte gerne geholfen, aber ich verstand rein gar nichts von Booten.

«Vielleicht treffen wir wieder die Möwe, die mich und Gian das letzte Mal begleitet hat», sagte Adrian. «Komm, ich gebe dir noch die Sachen, die du brauchst. Es wird immer sehr schnell kalt, wenn man auf dem Wasser ist.»

Er öffnete eine große Holzkiste und reichte mir zwei Neoprenschuhe, die beinahe klein genug waren für meine Füße. Sicher hatten sie seiner Freundin Isa gehört. Dazu kam eine Art Overall, der aussah wie ein großer graubrauner Müllsack mit Löchern für Kopf, Hände und Füße. Ganz entzückend.

«Was ist denn das?»

«Schutz gegen die Kälte und die Nässe. Zieh es an, ich helfe dir dabei.»

Die Hilfe konnte ich tatsächlich brauchen, das Ding war nicht nur von absoluter Hässlichkeit, sondern auch extrafies. Die Gummimanschetten an den Öffnungen waren so eng, dass ich meine Füße und Hände nur mit Mühe und den Kopf erst nach einem richtigen Kampf durchquetschen konnte. Ich hatte einen hochroten Kopf von der Anstrengung und der Peinlichkeit dieser Übung. Außerdem würgte es mich.

«Man gewöhnt sich daran», war Fux' ganzer Kommentar zu meinem Gesichtsausdruck. «Jetzt hole ich dir noch eine Schwimmweste.»

«Oh, nein! Hoffentlich hast du nicht nur so Riesendinger. Ich hasse das.»

«Ohne Schwimmweste kommt niemand auf meinen Kat. Aber keine Angst, ich habe ein Modell, das dir passen wird.»

Tatsächlich sah das Ding, das er mir dann reichte, überhaupt nicht wie eine Schwimmweste aus. Am Rücken waren lediglich Sicherungsbänder, damit man die Weste nicht verlor, und vorne hatte sie die Form eines schlanken, umgekehrten U. Voller Stolz erklärte er mir, dass dies die neueste Generation von Schwimmwesten sei. Hightech vom Feinsten. Sie blasen sich nur auf, wenn es nötig ist. Er zeigte mir noch die Kordel, die man bei Bedarf auch von Hand ziehen konnte – und blitzartig sei das Ding aufgeblasen. Sobald der Auslöser von Wasser umgeben sei, blase sie sich automatisch auf.

«Und dann bekommst du noch das», sagte er mit einem Lachen in der Stimme, zog mir eine dunkelblaue Wollmütze über und gab mir dabei schnell noch einen Kuss auf den Mund.

Das ist nur ein Flirt, sagte ich mir. Und warum soll ich nicht flirten, wenn ich schon als wandelnder Müllsack durch die Gegend segeln muss?

Es verging eine ziemlich langweilige weitere halbe Stunde, bis der Kat fertiggetrimmt war und wir ihn mit äußerster

Sorgfalt auf einem kleinen Wägelchen zwischen den eng stehenden Booten hindurchmanövriert hatten und langsam (!) ins Wasser gleiten lassen konnten. Das Riesending war anscheinend extrem empfindlich und anfällig für Kratzer und Beulen.

***

Die ersten zehn Minuten dümpelten wir gemütlich vor uns hin. Ich saß auf dem rechten Rumpf und klammerte mich zunächst – wie angewiesen – krampfhaft an einer Wante fest, also der Schnur, die vom Mast herunter zur Querstrebe gespannt ist. Aber schon bald gewöhnte ich mich an die leichte Schaukelei, machte es mir gemütlich und begann, mich etwas zu langweilen.

Als wir dann aber aus der Bucht hinausfuhren, frischte der Wind plötzlich auf. Da hatte auch das Wasser eine andere Farbe, fast schwarz mit weißen Sprenkeln. Zunächst schüttelte sich der Kat wie ein nasser Hund, und Fux raste geschäftig auf dem Boot herum, riffte und reffte oder wie das auch immer heißen mag. Mit einem lauten Knall blies sich das zusätzliche riesige Segel, das vorne befestigt war, auf, eine gigantische Fläche ganz in Silber und Schwarz, und dann gab es einen scharfen Ruck und wir rasten los wie eine Rakete. Ich fiel fast hintenüber und konnte mich gerade noch an der Wante festklammern.

Wowwwww!! Was für ein Gefühl! Der Wind, die Wellen, die Geschwindigkeit.

Und dann!

Dann hob sich mit einem Mal der Rumpf, auf dem Fux und ich saßen, immer weiter und weiter aus dem Wasser.

Ich schrie. Fux johlte.

Und nochmals wurden wir schneller. Ich klammerte mich an die Wante, so fest ich konnte und lachte voller Freude auf. Es war wunderbar.

War es dieses Gefühl, dass Gian so fasziniert hatte? Sicher hatte er versucht, das Zusammenspiel der Kräfte von Wind, Segel, Boot und Mensch mathematisch zu erklären … Ach, Gian, ich vermisse dich!

Lange rauschten wir kreuz und quer über die Wasserfläche, und ich verlor jegliches Gefühl für die Zeit. Ab und an machten wir ein Manöver, das heißt, wir wendeten den Kat. Dabei musste ich auf Kommando rasch auf allen Vieren unter dem Mast durchkrabbeln und auf den anderen Rumpf klettern. Unangenehm dabei war, dass man sich einen Moment lang nirgendwo festhalten konnte. Schon bald hatte ich das aber ganz gut im Griff, auch wenn der Kat von den Wellen geschaukelt oder auch mal geschüttelt wurde. Einzig die Kälte spürte ich immer mehr und war froh um die Wollmütze. Einmal wären wir fast gekentert, als eine besonders hohe Welle uns erfasste und wir beim Runterkommen fast im Wasser eingesteckt wären. Das Wasser spritzte mit voller Wucht über uns, aber irgendwie riss sich der Kat wieder los, und weiter gings. In einem ruhigeren Moment sah ich, dass vom Jura her ein Wolkenband auf uns zukam. Die Wolken waren schneeweiß, aber so bauschig, dass es für mich nach Gewitter aussah. Aber noch waren sie weit weg, und Fux kannte sich mit dem hiesigen Wetter sicher bestens aus.

Wir waren gerade bei Cortaillod vorbeigesegelt, da ließ Fux die Schnur des Segels los und rief mir gegen den Wind etwas zu, das wie Abtritt oder Abdriff tönte, und dass ich unter dem Mast durchkrabbeln solle. Das Wasser war unangenehm kabbelig. Ich hatte Mühe, die Wanten loszulassen.

Endlich gelang es mir, auf dem unruhigen Boot auf Fux' Seite hinüberzukrabbeln. Wir waren uns nun ganz nahe, und ich konnte sehen, dass Fux ebenfalls wie berauscht war von unserer Fahrt.

«Und was meinst du jetzt? Hat es sich nicht gelohnt mitzukommen?», fragte er.

«Es ist einfach grandios! Ich liebe es!»

Fux lachte mich an, und ich war entzückt von seinem Charme, seiner offen gezeigten Lebensfreude.

Fux kniete direkt vor mir, lachte mich immer noch strahlend an, hob seinen rechten Arm und schlug mich mit aller Kraft mitten ins Gesicht.

***

Ich schrie auf, ein langgezogener Schrei voller Empörung, Wut und Schmerz – und das rettete mir wahrscheinlich das Leben. Als das eiskalte Wasser über mir zusammenschlug war ich immer noch am Schreien, und das verhinderte, dass ich Wasser in die Lunge bekam.

Der Schock der Eiseskälte war brutal. Ich ging unter. Ich war unter Wasser. Ich konnte nichts sehen. Der Overall füllte sich von den Füßen her mit Wasser, eisige Kälte stieg an meinem Körper hinauf. Das Ding war voll mit Wasser, ich konnte mich nicht mehr richtig bewegen. Rauf – ich musste rauf. Ich bekam endlich die Kordel in die Finger, mit der man die Schwimmweste aufblasen konnte, und riss mit aller Kraft.

Nichts! Ich riss noch einmal. Es funktionierte nicht! Die Schwimmweste – sie reagierte nicht. Keine Hilfe, nur Gewicht. Nach oben! Luft! Endlich! Wellen im Gesicht. Kalt, so kalt. Schwimmen. Ich muss schwimmen!

Das Wasser ist kalt, eiskalt, dunkel. Ich versuche, oben zu bleiben. Ich versinke wieder … zu kalt, kann mich nicht bewegen. Dunkel.

***

«Das ist jetzt schon das zweite Mal dieses Jahr, dass ich einen rausfischen muss.»

Ich schlug die Augen auf. Direkt vor mir sah ich ein stark gerötetes Männergesicht mit Schweinchenaugen und bläulich schimmernder Säufernase.

Ich schloss meine Augen sofort wieder.

War das nicht der Typ mit dem fetten Outdoorwagen, mit dem ich vor einigen Tagen einen Streit gehabt hatte?

Mein Körper fühlte sich steif und kalt an, aber ich konnte Arme und Beine bewegen. Offensichtlich lebte ich noch. Nur müde war ich, extrem müde. Unter meinen Fingerspitzen fühlte ich grobes Tuch und etwas Weiches, Warmes. Eine Wärmeflasche?

«Jetzt lass sie mal in Ruhe, Heiri», ertönte eine erstaunlich tiefe weibliche Stimme. Heiri, wie mein Lebensretter anscheinend hieß, wurde energisch zur Seite geschoben, und eine Blondine mit glattem Gesicht und faltigem Hals tauchte in meinem Gesichtsfeld auf.

«Gehts wieder besser? Sie haben übel See geschluckt. Und halb eingefroren waren Sie auch. Aber ich habe für solche Fälle eine Sammlung von Bettflaschen.»

Sie lächelte mich freundlich an und tätschelte meine Schulter. Ich regte mich ein wenig in meiner warmen Koje und spürte, dass ich auf beiden Seiten, bei meinen Füßen und auf meinem Bauch warme Bettflaschen hatte.

«Ich danke Ihnen. Ihnen beiden», krächzte ich. Mein Hals tat weh, und ich war totenschwer müde. Ich döste ein, und es fühlte sich an, als ob ich auf den Grund des Sees sinken würde.

«Bei acht Grad im Wasser bleiben einem keine zehn Minuten, um zu überleben. Gott sei Dank waren wir gerade in der Nähe mit der Clementine. Und sie ist zäh, das muss man ihr lassen», hörte ich die brummige Stimme des Mannes.

Eine kräftige Hand schob sich unter meinen Kopf. Die Frau hielt mir einen Becher an den Mund, und ich nahm gehorsam einige Schlucke, obwohl es absolut grässlich schmeckte.

«Warmes Isostar. Das weckt sogar Tote.»

«Aber den Typen mit dem Kat sollte man einsperren», polterte Heiri. «Nimmt einen Passagier mit, der keine funktionstüchtige Schwimmweste hat. Das macht man nicht. Schon gar nicht bei dieser Kälte. Und dann: Er hat nicht mal eine Wende hinbekommen, ist einfach nur abgetrieben und hat sie im Stich gelassen.»

«Das war nicht irgendein Typ, Heiri. Das war doch der Fux», sagte sie.

«Das kann nicht sein. Das ist ein guter Segler. Und bekommt keine Wende hin, um seinen Passagier zu retten. Das gibts doch nicht.»

«Und was war mit der Schwimmweste los?», fragte die Frau.

«Die Kartusche zum Aufblasen der Weste war bereits leer. Das war mit der Schwimmweste los! Verantwortungslos, so was. Der spinnt doch. Aber nicht mit mir! Das wird gemeldet. Ich rufe jetzt den Pierre-André an.»

Mit geschlossenen Augen hörte ich Heiris Gespräch zu und verstand immer wieder einzelne Fetzen. Pierre-André war anscheinend nicht so leicht davon zu überzeugen, dass er sofort erscheinen müsse. Heiri wiederholte einige Male, dass die Schwimmweste nicht funktioniert habe und dass Fux einfach davongesegelt war, ohne einen Versuch, mir zu helfen.

«Kommt er denn jetzt?», fragte die Frau.

«Ja. Aber er denkt, dass es ein Unfall war. Du weißt ja, sowas passiert schnell mal bei diesem Wind.»

***

Langsam aber sicher fühlte ich mich wieder besser. Die Frau, sie hieß Annie, schickte mich zum Badehäuschen des Campingplatzes, um eine heiße Dusche zu nehmen. Sie gab mir Tücher und Seife und ihren Bademantel mit.

Als ich mich anschickte, das Wohnmobil meiner beiden Retter zu verlassen, fiel mir ein, dass meine Kleider und mein Rucksack noch beim Bootsplatz von Fux lagen. Ich wollte ihm ganz sicher nicht mehr begegnen. Und hoffte, dass er noch auf dem See war.

Aber als ich einige Schritte Richtung Bootsplatz gemacht hatte, stand er keine zehn Meter von mir entfernt auf dem Weg, noch immer in seiner Segelausrüstung mit der wollenen Mütze auf dem Kopf.

Ich erstarrte mitten in der Bewegung.

«Alles in Ordnung?», fragte er freundlich, als ob überhaupt nichts gewesen wäre.

Wie in einem schrecklichen Alptraum. Ich stellte langsam einen Fuß neben den anderen, hölzern wie ein schlecht gewarteter Pinocchio.

«Warum hast du das getan?», würgte ich schließlich mühsam heraus.

«Ich wollte das nicht. Du musst mir das glauben. Es war ein Unfall, ein blöder Unfall.»

«Da lachen ja die Hühner!»

«Du musst mir einfach glauben. Ich wollte das nicht. Ich wollte nicht, dass er stirbt.»

«Wenn du glaubst, dass ich dir das …»

Ich erstarrte mitten in der Bewegung.

«Was? Was hast du gesagt?», fragte ich.

Fux starrte mich wortlos an. Dann drehte er sich um und ging mit raschen Schritten davon. Ich rannte ihm nach.

«Warte! Warte, verdammt nochmal!», schrie ich hinter ihm her, «du hast gesagt, dass *er* stirbt! *Er!* Du meinst, du hast nicht gewollt, dass Gian stirbt, stimmts?»

Ein alter Mann, der mit einem Klappvelo unterwegs war, hielt neugierig an, um zu schauen, was los war. Abrupt blieb Fux stehen. Ich wäre beinahe in ihn reingekracht. Als er sich umdrehte, hatte er den trotzigen Ausdruck eines Dreijährigen aufgesetzt, der weiß, dass er etwas Schlimmes angestellt hat, aber dass man ihm – wie immer – verzeihen wird. In diesem Moment hasste ich ihn wie ich noch nie in meinem Leben ein Wesen gehasst hatte.

«Wenn du es unbedingt wissen willst: Ich habe Gian getötet, weil er nicht mehr mit mir Segeln wollte.»

Es waren nicht so sehr die Worte, sondern der Ton, in dem er dies sagte. Seine Gleichgültigkeit und Unberührtheit drangen mir bis ins Mark.

Ich begann heftig zu zittern.

Er zuckte mit den Schultern.

«Und das ist alles? Ich glaube dir nicht, Adrian.»

Von neuem verwandelte sich sein Gesicht von einer Sekunde zur nächsten.

«Also gut: Ich habe ihn gehasst.»

«Hör auf! Ich will nichts mehr hören.»

«Du könntest mich retten», sagte er mit plötzlich sanfter Stimme. «Ich brauche eine Frau, die mich unterstützt, die an mich glaubt.»

«Damit kann ich nicht dienen!»

Ich drehte mich weg, bereit zu gehen.

«Dich hasse ich auch!», schrie er mir nach. «Ich hasse euch alle. Kleingeister! Wofür lebt ihr eigentlich? Ihr habt keine Träume. Ihr habt keinen Mut. Ihr habt kein Blut in den Adern. Weißt du was? Ihr seid schon tot, bevor ihr merkt, was leben eigentlich heißt.»

Der Wind wurde immer stärker. Ich musste wieder einige Schritte nähergehen, um Fux überhaupt verstehen zu können.

«Warum, Adrian?»

«Er hatte alles. All das, was ich nicht habe und nie haben werde.»

«Ich verstehe nicht.»

«Ist das so schwierig zu verstehen? Er liebte – und wurde geliebt», dann fügte er voller Groll hinzu: «Von dir zum Beispiel.»

«Die Hergé-Figuren auf Gians Arbeitstisch … das warst du! Du bist Tim, der ganz alleine im Kreis steht!»

Adrians Gesichtsausdruck bestätigte meine Vermutung.

«Louisa!», hörte ich in diesem Moment Annie rufen. «Kannst du kommen? Pierre-André ist hier und will mit dir sprechen.»

Ich wusste immer noch nicht, wer Pierre-André war. Fux aber sagte der Name ganz eindeutig etwas. Entschlossen drehte er sich um und ging mit raschen Schritten zurück zum See. Er ging nicht zum Hafen, sondern zu dem kleinen Sandstrand daneben. Dort hatte er den Kat halb aus dem Waser gezogen. Der sichtbare Rumpf war mit Schlamm verdreckt, und ein böser Kratzer zog sich über den vorderen Teil des Hightech-Schwimmers.

«Bleib sofort stehen! Du kannst nicht einfach davonfahren. Du hast Gian getötet! Und mich auch beinahe.»

Er packte den Kat, zog ihn ins Wasser und kletterte gewandt hinauf. Wenige Sekunden später hatte er den Steuerstecken gepackt und zog das Segel an. Der Kat bockte in den schaumigen Wellen. Der Wind war stark und böig. Fux kämpfte mit dem Riesending und bewies seine Könnerschaft. Der Kat raste los wie ein Rennpferd am Start. Ich starrte dem rasch kleiner werdenden Boot nach.

«Frau Louisa?»

Ich merkte erstaunt, dass sich ein Polizist neben mich gestellt hatte.

«Der kommt nicht weit», sagte er, während er Fux nachschaute. «Es kommt ein Sturm auf, und er wird schon bald anlegen müssen.»

Pierre-André Martin war von der kantonalen Seepolizei. Er griff nach seinem Funkgerät und begann, mit irgendjemandem zu diskutieren. Heiri kam dazu und gab dem Polizisten Fux' Namen und die Kennzeichen seines Katamarans.

«Ich muss mit Ihnen sprechen», sagte Martin, nachdem er das Funkgerät ausgeschaltet hatte. «Aber gehen Sie jetzt erstmals duschen. Annie hat mir gesagt, dass Sie fast erfroren sind. Sauwetter!»

***

Ich schleppte mich unter die Dusche und blieb dort so lange unter dem heißen Wasser, bis ich mich etwas besser fühlte. In den viel zu weiten und zu langen Bademantel von Annie gehüllt ging ich dann zu Fux' Bootsplatz, um meine Kleider zu holen.

Der Wind hatte in der Zwischenzeit nochmals zugelegt, und am Horizont stand eine mächtige schwarze Wand, die rasch näherkam. Ich raffte hastig meine Sachen zusammen und rannte zurück zu Heiris Wohnmobil.

Zu Martin hatten sich in der Zwischenzeit zwei weitere Polizisten gesellt. Dann kamen zwei Feuerwehrautos, wobei mir unklar war, was sie da wollten. Dann mit Sirenengeheul eine Ambulanz.

Die Leute liefen zusammen.

«Schaut dort unten!», schrie einer und zeigte auf zwei Motorboote der Seepolizei, die sich durch die hohen Wellen kämpften.

Und dann war die schwarze Wand da. Schmerzhafter Regen setzte ein. Ein kurzer Hagelschauer. Und ein brüllender Wind, der die Wellen aufpeitschte. Mit einem Schlag wurde es Nacht. Alles flüchtete unter das Dach des Bootshauses, bis der Regen vorbei war.

Annie brachte mir eine Jacke, und dann standen wir – wie alle anderen – frierend da und starrten auf den See hinaus.

Ein Helikopter tauchte auf, kreiste eine halbe Stunde über dem See und drehte dann ab. Die Seepolizisten unterhielten sich leise darüber, ob Taucher angefordert werden sollten.

Annie zog mich schließlich wieder in ihr Wohnmobil-Chalet und drückte mir einen Becher mit heißem Tee in die Hand. Heiri machte aufmunternde Geräusche.

Ich war wie gelähmt. Während rings um mich Aufregung herrschte, war ich total ruhig.

***

Als ich wieder nach draußen ging, schienen Stunden vergangen zu sein. In der Zwischenzeit waren auch Pressefahrzeuge eingetroffen. Ein ganzer Haufen davon.

Man hörte das leise Quaken der Funkgeräte und gedämpfte Unterhaltungen der Leute vom Camping. Zwei kleine Buben spielten Rega. Durch das halblaute Stimmengewirr drang eine giftige, weibliche Stimme. Es klang wütend. Ich ging einige Schritte näher, um besser zu verstehen. Es war eine alte Frau, die sich so dick eingemummt hatte, dass man kaum erkennen konnte, was Kleidung und was Körper war.

«… kannst du mir sagen, was du willst. Er spinnt, ja klar. Aber bei diesem Vater wundert mich das nicht. Weißt du noch bei dem Fest von Gottfried?»

«Pscht. Nicht so laut, Heidle. Das ist doch alles schon so lange her.»

Dicht neben der Alten stand jemand, der nur ihr Mann sein konnte. Die beiden trugen dieselben Jacken und auch dieselben Mützen. Aber er war zwei Köpfe größer und dünn wie ein Stecken.

«Und warum soll man die Wahrheit nicht aussprechen?»

Die grelle Stimme der Frau übertönte die Pschts ihres Mannes problemlos.

«Und als Ädu die Junioren-Klasse gewonnen hatte? Er hat kein Wort mit ihm gesprochen. Nicht mal gratuliert hat er ihm.»

Der Mann erwiderte etwas, das ich nicht verstehen konnte.

«Ja, ja. Andere haben auch schwierige Kinder, aber das heißt nicht, dass sie nichts mit ihnen zu tun haben wollen. Aber jetzt tut er so traurig. So eine Heuchelei. Schau ihn dir nur an!»

Sie drehte sich nach rechts. Dort neben Fux leerem Bootsplatz stand ein Mann, der mir den Rücken zukehrte, seinen Blick auf den See gerichtet. Irgendetwas an seiner Haltung kam mir bekannt vor.

Heidles Mann zerrte seine Frau entschlossen in Richtung der Wohnmobile, während sie weitere giftige Kommentare abgab.

Ich drängte mich durch die Leute Richtung Bootsplatz. Einer der beiden Helikopter wischte mit seinem Suchscheinwerfer einen kurzen Moment über unsere Köpfe hinweg und da erkannte ich den Mann.

Es war Robert Tschumi.

«Was machen Sie denn hier?»

Tschumi starrte durch mich hindurch, als ob er nichts gehört hätte. Sein Gesicht war totenbleich. Dann drehte er sich wieder weg, starrte stumm auf den See.

Jemand zupfte an meinem Ärmel. Annie. Ich schüttelte ihre Hand ab und trat so nahe vor Tschumi, dass er mich nicht mehr ignorieren konnte.

«Sie sind sein Vater, nicht?», fragte ich ihn.

«Gehen Sie weg», sagte er leise, ohne mich anzuschauen.

«Sie sind Adrian Fux' Vater», wiederholte ich lauter.

Da packte mich Annie an der Schulter und zog mich weg von Tschumi.

«Lass ihn in Ruhe, Louisa.»

«Ich verstehe das nicht.

Annie zuckte mit den Schultern: «Eine lange Geschichte. Aber eigentlich ganz einfach. Komm mit.»

Sie zog mich weiter weg von Tschumi durch die dichte Menschenmenge in Richtung Clubhaus.

«Roberts Mutter, Catherine, war eine grandiose Seglerin. Sie war die erste Schweizerin, die eine Regatte gewonnen hat. Sie war überhaupt eine der ersten Frauen, die den Mut hatten, ein großes Segelboot zu steuern.»

«Catherine war Adrian Fux' Großmutter?»

«Mmh. Großartige Sportlerin – wie gesagt – aber auch eine furchtbare Mutter. Wenn sie irgendeine Idee hatte, war alles andere nebensächlich. Sie hatte vier Kinder. Und sie hat alle vier im Stich gelassen. Immer und immer wieder. Ich habe gehört, dass sie den Robert einmal in seinem Kinderwagen dabei hatte, als irgendein berühmter Schauspieler eintraf. Man ging nachher zusammen essen, und irgendwann spät in der Nacht ist der Carl noch dazugekommen, der Vater vom Robert. Und der hat dann bemerkt, dass Catherine den Wagen mit dem Kind am Hafen vergessen hatte. Stell dir vor!»

«Fux ist Tschumis Sohn? Aus der ersten Ehe?»

Ich konnte es immer noch nicht ganz glauben.

«Ja. Vroni Fux war Tschumis erste Frau. Ich habe sie gemocht. Aber das Unglück war, dass der kleine Ädu … ich glaube, er war etwa zwei Jahre alt, da hat Robert gemerkt, dass der Kleine Catherines Ebenbild ist. Die gleiche Schönheit. Die gleiche Haarfarbe. Die Ähnlichkeit ist wirklich verblüffend. Schau mal hier.»

Annie zog mich ins Clubhaus hinein. An der Wand hingen Dutzende von Fotografien. Die meisten waren alt, vergilbt.

Auf einem Bild war eine Frau in langem, weißem Kleid und großem Hut mit Blumen vor einem großen Segelboot. *Nizza, 1948,* war es beschriftet. Es gab ähnliche Fotos von Antibes und La Rochelle, von Hyères und Marbella. Die Fotos waren schwarz-weiß, grobkörnig und vergilbt. Und dennoch: Die Ähnlichkeit war eindeutig erkennbar.

«Nachdem Robert das aufgefallen war, hat er den Kleinen nicht mehr beachtet. Wollte nicht mehr mit ihm sprechen. Das haben ihm viele hier nicht verziehen. Robert kam dann auch nur noch selten in den Club. Und nach der Scheidung, als er dann diese Zürcherin hatte, ist er überhaupt nicht mehr gekommen. Da waren wir ihm wohl nicht mehr gut genug. Oder ihr.»

Catherine Tschumi, Adrians geliebte Großmutter. Robert Tschumi, der seinen Sohn hasste. Adrian Fux, der trotzdem erbberechtigt war.

Also war Fux nicht einfach nur ausgerastet, weil Gian nicht mehr mit ihm segeln wollte. Wenn das überhaupt stimmte. Gian war mit seinen Recherchen für ihn genauso eine Bedrohung geworden wie für seinen Vater. Aber im Gegensatz zu seinem Vater empfand Adrian wohl keinerlei Skrupel dabei, sich Hindernisse definitiv aus dem Weg zu räumen. Hindernisse wie Gian oder wie mich.

Adrian hatte gelogen. Er hatte mich bis ganz zuletzt angelogen.

23

Fux' Katamaran konnte erst am nächsten Morgen geborgen werden, kieloben treibend in der Nähe von Grandson, offenbar unbeschädigt. Fux' Leiche wurde trotz intensiver Suche nicht gefunden. Drei Tage später stellte man sie ein. Es war anscheinend nicht ungewöhnlich, dass der Neuenburgersee die Toten für sich behielt. Der See war auf der Nordseite über 180 Meter tief. Manchmal kamen die Ertrunkenen erst nach Wochen oder Monaten wieder an die Oberfläche.

Fux' Tod machte mir nichts aus, er hatte bezahlt. Auch, dass er mich beinahe umgebracht hatte, machte mir erstaunlich wenig aus. Es war vorbei.

Es war letztlich auch nicht wichtig, warum er Gian umgebracht hatte, ob aus einer plötzlichen Wut heraus oder aus Geldgier. Fux hatte mich in fast allem, was er mir erzählt hatte, belogen. Der Mann, der bei einem Simulationsmodell zur Berechnung der AHV einen Fehler gemacht hatte und wegen Gian einen internen Verweis erhielt: Dieser Mann war Adrian Fux selbst gewesen. Sicher war, dass es für Fux um viel Geld ging, das wusste ich nun. Er hatte bei seiner Geburt ein Viertel der Aktien der MTW erhalten. Und um beim Segeln erfolgreich zu sein, um bei den ganz großen Regattas mithalten zu können, brauchte man riesige Summen.

Die Aktienkurse der MTW waren in der Zwischenzeit im Keller. Robert Tschumi hatte eine ganze Menge Geld verloren, auch wenn er vor ein paar Tagen das Gegenteil behauptet hatte. Aber was ihn wohl mehr schmerzte war der Verlust seiner Bibliothek. Zwei Wochen nach Fux' Tod hatte ein Unbekannter ein Fenster von Tschumis Anwesen in Schwarzenburg eingeschlagen und einen Molotowcocktail hineingeworfen. Obwohl die Feuerwehr keine Viertelstunde brauchte, um das Feuer zu löschen, war die Bibliothek von Feuer, Rauch und Löschwasser vollständig zerstört worden.

All diese Ereignisse ließen mich merkwürdig unberührt – aber ich litt an der Gesellschaft, an dieser verlogenen Form des Zusammenlebens, die es möglich machte, den Leuten mit reinem Gewissen das Rauchen abzugewöhnen und gleichzeitig ihr Trinkwasser zu vergiften. Die es möglich machte, das Leben und die Gesundheit von ungeborenen Kindern gegen den Wert einer gutbezahlten Arbeitsstelle aufzurechnen. Die den Leuten vorgaukelten, nichts zu sagen, nichts zu sehen und nichts zu hören, sei der Weg zum Glück.

Ebenso hart war für mich die Erkenntnis, dass wir alle Teil dieses Systems sind. Robert Tschumi hatte Recht: Wir hatten das Paradies schon lange zerstört. Die Natur existierte nicht mehr.

Seit zwei Monaten arbeitete ich nun wieder. Jeden Morgen schleppte ich mich ins Walmont, erledigte meine Arbeit und schleppte mich am Abend wieder nach Hause, setzte mich dort vor den Fernseher, ohne zu realisieren, was ich sah.

Ich überlegte mir, Gians Mutter anzurufen und sie um einen Heilgesang zu bitten. An einem Freitagabend, als ich alleine zu Hause war, rief ich sie an. Sie war erstaunt. Ich teilte ihr mit, dass ich noch immer auf der Suche nach dem richtigen Verwendungszweck für Gians Sammlung sei. Sie meinte, ich solle mir ruhig Zeit lassen. Schließlich wagte ich es, sie um einen Heilgesang zu bitten. Daraufhin wurde sie ganz praktisch und fragte mit einem deutlichen Anflug von Erleichterung nach meinem Befinden und meinen Problemen. Ich erzählte ihr nicht viel, aber das Wenige schien ihr zu genügen.

«Sie sind vom Licht entfernt, müssen wieder einen Zugang zur Schöpfung, zum Leben finden. Ich werde etwa neunzig Minuten singen.»

Wir machten einen Termin aus, und ich wollte mich eben verabschieden, als sie mich zurückhielt: «Warten Sie. Ich muss Ihnen noch etwas Wichtiges mitteilen.»

«Ja?»

«Roman …», sie holte nochmals tief Atem, «er hat gestern zu sprechen begonnen.»

***

Immerhin etwas hatte ich in den letzten Wochen erreicht: Das Rätsel um das Arsen war gelöst, und in diesem Fall würde es sogar eine rasche Lösung für die Betroffenen geben. Zwei Wochen nach dem Sturm auf dem See war ich zur Habermattenstraße in Biberau gefahren, einer Straße mit drei- bis vierstöckigen Mehrfamilienhäusern. Die Häuser sahen im Vergleich zu den umgebenden Straßen ziemlich ungepflegt aus, die Vorgärten waren verwildert oder aber geteert worden, um Parkplätze zu schaffen.

Ein paar Häuser weiter vorne standen ein halbes Dutzend Kinder zwischen drei und acht Jahren, jedes mit einem Trottinett, Dreirad oder Velo ausgerüstet. Sie schienen irgendwelche komplizierten Verhandlungen zu führen. Dann wurden mehrere Fahrzeuge ausgetauscht, und die Gruppe setzte sich in Bewegung. Mit vor Freude geröteten Gesichtern und strahlenden Augen fuhr die Bande an mir vorbei irgendwelchen Abenteuern entgegen.

Ich schaute mich unauffällig um. Philipps Taktik der direkten Offensive war mir immer noch nicht geheuer. Aber dann ging es ganz einfach. Ein alter Mann, der mühsam einen Rollator vor sich herschob, bemerkte mich.

«Was suchen Sie denn da?», fragte er mich.

«Wohnen Sie hier? Schon lange vielleicht?», fragte ich ihn.

«Hier in der Nummer 35 geboren. Und ich werde auch hier sterben, so Gott will.»

«Ich interessiere mich für die Häuser Nummer 27 bis 59 und 32 bis 48.»

«Die grünen Häuser?»

Ich starrte die Häuser an und sah grau und beige und beige und grau.

Er lachte – und erzählte mir die Geschichte.

Nach dem Weltkrieg hatte in Nummer 29 ein Mann gewohnt, ein Zimmermann, der als Vorarbeiter in den Werken arbeitete. Nebenher machte er Umbauten, flickte Dächer und auch mal einen Kasten oder ein Bett für die Leute im Quartier. Irgendwann Ende der sechziger Jahre wurde er pensioniert. Wie es genau gegangen war, weiß niemand genau. Es heißt, er habe an seinem letzten Arbeitstag einige Kübel grüner Farbe mitgehen lassen, die nicht mehr zum Verkauf bestimmt waren und seit Jahren im Lager herumstanden. Er hatte im ersten Stock von Nummer 29 einige Zimmer grün angemalt. Und dann wollten die Nachbarn auch von der Farbe haben. Die meisten ließen sich Küche und Bad streichen.

«Eine wunderschön intensive Farbe. Wir hatten zu Hause Gang, Bad und Küche grün. Das war schon was Besonderes. Nur die reichen Leute hatten damals farbige Wände.»

Im Verlauf der folgenden Jahrzehnte wurden all die Wände wieder weiß übermalt oder Tapeten darübergezogen. Soviel er wusste, gab es keine grünen Wände mehr. Nur der Name war geblieben.

«Von den Jüngeren hat keiner mehr eine Ahnung, weshalb das hier die grünen Häuser sind.»

Ich bedankte mich und eilte nach Hause. Drei Tage später bestätigte das kantonale Laboratorium meinen Verdacht: Die Häuser in der Habermattenstraße waren inwendig mit arsenhaltiger Farbe bestrichen worden. Eine Sanierung war dringend angezeigt. Die Kosten würden aus irgendeinem Fonds vom Bundesamt für Gesundheit übernommen. Die Erinnerung an die fröhlichen Kindergesichter in der Habermattenstraße war mir ein kleiner Trost.

***

Je näher Philipps Abschied kam, umso mehr ging er mir aus dem Weg. Aber dann – Mitte Juni – fand ich in meinem Briefkasten ein kleines Paket von ihm. Er schickte mir eine CD. Ohne Kommentar.

Auf der CD waren Stimmen von Vögeln aus Ostkanada. Ich las die lange Liste der veschiedenen Arten. Ganz zuunterst war die Schnee-Eule, Snowy Owl, aufgeführt. Ein mächtiger Vogel. Die erwachsenen Männchen waren schneeweiß.

Ein Köder?

Ich legte die CD ein und lauschte den trompetenden Rufen der Kanadagänse. Definitiv ein Köder.

***

Der Fischadler war immer noch im Fanel. An einem Samstagmorgen fuhr ich in das Naturschutzgebiet am Neuenburgersee und konnte den eleganten Vogel mit den furchteinflößenden Krallen einige Stunden lang beim Jagen beobachten. Ich dachte dabei über meine Freundschaft mit Gian nach, über unsere Unfähigkeit, die Gefühle zwischen uns anzusprechen. Über die Nähe, das Vertrauen, das dennoch zwischen uns gewesen war. Und über das Glück, noch am Leben zu sein in einer Welt voll Schönheit und Liebe, voll Schrecken und Zerstörung.

Glossar

1. August-Feuerwerk: Am 1. August begeht die Schweizer Bevölkerung den offiziellen Nationalfeiertag und ehrt den «Ewigen Bund» der drei Urkantone Uri, Schwyz und Unterwalden von 1291. Nicht fehlen dürfen an diesem Anlass Festansprachen, Bratwürste und → Servelas, Höhenfeuer und Feuerwerk.

10vor10: Nachrichtensendung am Schweizer Fernsehen, die montags bis freitags um 21.50 Uhr, also um zehn vor zehn, ausgestrahlt wird.

abschlecken: ablecken

auf dem Aff sein: schlimmer Zustand bei Drogenentzug

Ballon, der: bauchiges Rotweinglas

Bänkli, das: Verkleinerungsform für eine Sitzbank. Der mit -li gebildete Diminutiv hat in der Schweiz eine lange, unverrückbare Tradition. Er steht längst nicht immer für die tatsächliche Größe oder Kleinheit einer Sache, sondern ist meist eine Folge des kunstvollen Understatements, das die Schweizer eifrig zelebrieren.

Büezer, der: Arbeiter

Buschiwägeli, das: Kinderwagen

Chrampferei, die: Schufterei

Chose, die: Sache

Chüngelistall, der: Kaninchenstall

Dekubitus: Ein Dekubitalgeschwür ist eine lokale Schädigung der Haut und des darunterliegenden Gewebes; auch Druckgeschwür oder Wundliegegeschwür genannt. Dekubitalgeschwüre können Pflegefehler sein und werden deshalb auch als Gradmesser der Pflegequalität gewertet.

DRS 1: Das mit täglich rund 1,9 Millionen Hörerinnen und Hörern meistgehörte Radioprogramm der deutschsprachigen Schweiz bietet aktuelle und vertiefende Informationen, Serviceleistungen und Unterhaltung. Sechs Regionaljournale berichten regelmäßig aus den Regionen. Schweizer Radio DRS strahlt neben DRS 1 noch fünf weitere Programme aus und gehört zur → SRG SSR idée suisse.

Duvet, das: Federbett, Daunendecke

Effekten, die (Pl.): bewegliche Habe, Habseligkeiten

gewichtete Daten: Daten, die aus einer Stichprobe stammen, bei der die Angaben von bestimmten Gruppen von Personen mit einem Gewicht versehen werden, um zu einer möglichst genauen Abbildung der eigentlichen Bevölkerung zu kommen. Gewichtete Daten können nicht mit den üblichen statistischen

Verfahren ausgewertet werden, sondern müssen die Besonderheiten der Stichprobenziehung berücksichtigen.

Gopfridstutz!: Fluch in der Art von «Herrgott noch mal!»

Gschalete, der: Person, die sich in Schale geworfen hat, gut angezogen ist; meist abwertend gebraucht

Gurtenbähnli, das: Die einst schnellste Standseilbahn der Schweiz verkehrt zwischen der Talstation in Wabern, der Zwischenstation Grünenboden und dem Berner Hausberg und Naherholungsgebiet Gurten-Kulm.

hocken: sitzen

holeien: schimpfen

idée suisse: Die SRG SSR idée suisse ist ein privatrechtlich organisiertes Medienunternehmen, das dem Service public verpflichtet ist. Es finanziert sich zu rund 75 Prozent über Gebühren und zu rund 25 Prozent aus kommerzieller Tätigkeit. Neben Schweizer Radio DRS und Schweizer Fernsehen (SF) ist auch die Internetplattform swissinfo.ch ein Teil des Unternehmens.

Isostar: Das Elektrolytgetränk, das auf die Bedürfnisse von Sportlern zugeschnitten ist, wurde 1977 in der Schweiz eingeführt und wird heute in fast allen europäischen Ländern vertrieben.

Iterationsprozess: Iteration (*lat.* iterare «wiederholen») bedeutet Wiederholung und wird als Begriff in verschiedenen

Wissenschaften oder Anwendungsbereichen mit unterschiedlicher Bedeutung verwendet. In der Statistik bezeichnet er eine Methode, sich der Lösung eines Problems schrittweise, aber zielgerichtet anzunähern (sukzessive Approximation).

jemanden abklemmen: jemandem beim Sprechen jäh unterbrechen

Kafi Schnaps: Kaffee mit einem Schuss Schnaps und Zucker, meist in einem hohen Glas serviert. Je nach Landesregion spricht man auch von Kafi Luz, Kafi Träsch, Kafi Fertig (mit Obstschnaps) oder Schümli Pflümli (mit Pflaumenschnaps und Schlagrahm).

klönen: sich beklagen

Merde alors: frz. Schimpfwort, wörtlich: «Scheiße noch mal!»

Meringue, das: Baiser. Gemäß Legende soll der italienische Zuckerbäcker Gasparini um 1600 in Meiringen im Berner Oberland ein paar Eiweiße zu Schnee geschlagen, mit Zucker gesüßt, mit dem Spritzbeutel in Form gebracht und in den Ofen geschoben haben. Bald hatte die Süßspeise auch den französischen Königshof erreicht. Als Louis XV. die «Meringues» (wörtlich: die Meiringer) der englischen Königin zum Probieren gab, rief diese begeistert: «This is like a kiss!» Daraufhin soll sich der Name «Baiser» (Kuss) etabliert haben.

Mutz: berndeutscher Kosename für einen Bären

neben den Schuhen sein: sich komisch benehmen

plagören: herumschreien, schimpfen

Rega: Die Schweizerische Rettungsflugwacht (Rega) wurde am 27. April 1952 gegründet und führt bereits seit 1960 Repatriierungsflüge für im Ausland erkrankte Schweizer durch. Seit 1981 ist die Rega Mitglied des Schweizerischen Roten Kreuzes und darf das rote Kreuz auf ihren Luftfahrzeugen tragen.

Reithalle: Die 1897 gebaute Reitschule in Bern wurde während der Schweizer Jugendunruhen in den achtziger Jahren erstmals besetzt und für kulturelle Veranstaltungen genutzt. Nach jahrelangem Kräftemessen – gewaltsamen Räumungen, erneuten Hausbesetzungen und Protesten – konnten die heutigen Betreiber anfangs der neunziger Jahre einen Gebrauchsleihvertrag aushandeln. Dieser wurde nach einer vollumfänglichen Renovation des Kulturzentrums 2004 in einen offiziellen Miet- und Leistungsvertrag umgewandelt.

Rittigampfi, die: Kinderschaukel

sackgefährlich: äußerst gefährlich

Saucenseeli, das: kleiner See aus Sauce, meist im Kartoffelstock

Schoggi, die: Schokolade

Schtürmisiech, der: ungeduldiger Mensch

Servela-Promi: Als solche bezeichnet man in der Schweiz, meist abwertend, weniger wichtige Lokalberühmtheiten, die sich gerne in der Boulevardpresse in Szene setzen. Servela heißt die kleine Schweizer Fleischwurst, die bei jeder Gelegenheit auf den Grill kommt.

Seveso: Am 10. Juli 1976 ereignete sich in der italienischen Gemeinde Seveso, zwanzig Kilometer nördlich von Mailand, ein Unfall in der chemischen Fabrik Icmesa, einem Tochterunternehmen von Givaudan (das wiederum eine Tochter von Roche war). Dabei wurde eine unbekannte Menge des hochgiftigen Dioxin TCDD freigesetzt, das umgangssprachlich auch Dioxin oder Seveso-Gift genannt wird. Der Name Seveso steht seither für eine der größten Umweltkatastrophen Europas und war Ausgangspunkt für die Richtlinie 96/82/EG (Seveso-II-Richtlinie).

SNC: Die Swiss National Cohort (SNC) ist eine Kohortenstudie, welche die Sterblichkeit der Bevölkerung der Schweiz über lange Zeit beobachtet. Sie basiert auf einer Verknüpfung der individuellen Daten der Volkszählungen von 1990 und 2000 mit den Daten über alle Sterbefälle in der Schweiz von 1991 bis 2008. Die SNC wird vom Schweizerischen Nationalfonds unterstützt und dauert vom 1. Juli 2006 bis zum 30. Juni 2011.

Stöckli, das: Nebengebäude eines Bauernhauses, das traditionellerweise die ältere Generation bewohnt, damit sich die junge, kinderreiche Familie im Haupthaus ausdehnen kann.

Tagi Magi, das: Das Magazin des *Tages-Anzeigers* versüßt vielen Leserinnen und Lesern die Samstagslektüre. Seit einigen Jahren liegt es auch den Samstagsausgaben der *Berner Zeitung*, des *Bundes* und der *Basler Zeitung* bei, die Kurzform «Tagi Magi» hat sich aber gehalten.

Töffli, das: Moped

Unia: Die größte, branchenübergreifende Gewerkschaft der Schweiz entstand am 16. Oktober 2004 aus dem Zusammenschluss verschiedener Gewerkschaften (GBI, SMUV, VHTL, unia, actions).

Verkäuferlis spielen: kaufen und verkaufen spielen

weiß der Gugger: weiß der Kuckuck

Welsche, der: Romand, ein Schweizer aus dem französischen Sprachraum

WoZ: Die linke und unabhängige *Schweizer Wochenzeitung (WoZ)* stellt seit 25 Jahren kritische und unbequeme Fragen. Einmal im Monat liegt ihr die deutsche Ausgabe des *Monde diplomatique* bei.

zügeln: umziehen

Züri Gschnätzlets: Zu dieser Zürcher Spezialität, geschnetzeltes Kalbfleisch an einer Champignons-Rahmsauce, wird meist «Röschti» (ausgebackener Fladen aus geriebenen Kartoffeln) serviert.

Dank

Ich bedanke mich bei Dr. Martin Forter, selbständiger Geograf und Altlastenexperte in Basel, für seine Hilfe bei der Entwicklung eines realitätsnahen Plots. Sein Buch *Farbenspiel* war für mich eine wertvolle Inspiration. Dr. Jürg Krebs vom Amt für Wasser und Abfall des Kantons Bern hat mich in seine Arbeit eingeweiht. Karin Kaufmann, Altlastenexpertin, hat mich in Sachen Deponien beraten. Ich danke Adrian Schlegel für die Sekundärliteratur über Hergé und Nathalie Pellon für das spannende Buch über die Geschichte der Herstellung von Farben. Manfred Neuhaus hat mir einen wertvollen Tipp zu modernen Schwimmwesten gegeben. Jari Bach hat sich die Mühe genommen, einer Landratte die Bestandteile und Funktionsweise eines Katamarans zu erklären. Silvano Cerutti, hat eine frühe Version gelesen und sowohl großzügig kritisiert wie auch heftig ermuntert. Besonderer Dank gebührt dem Schauspieler und Dramaturgen Andreas Storm. Er war Leuchtturm, Gefährte und zwischendurch auch kapernder Pirat bei dieser Fahrt.

André Gstettenhofer hat sich entschlossen, auch meinen zweiten Lou-Beck-Krimi zu verlegen. Merci beaucoup! Meiner Lektorin, Marion Elmer, danke ich ganz herzlich für das Mitdenken, Recherchieren, die sprachlichen Korrekturen und ihr entschiedenes «Das ist too much!».

Am allermeisten zu danken habe ich aber meinem Liebsten, Andy Iten, der mich an unzähligen Abenden und Wochenenden freigeschaufelt hat. Er ist auch mein wichtigster Leser, der immer wieder die wertvollsten Ratschläge gibt.

Cosima und Lea wollen selbst mal ein Buch schreiben, wenn sie groß sind ...

Anmerkung

Zum Schluss ist es mir noch ein wichtiges Anliegen, darauf aufmerksam zu machen, dass die Region Gantrisch im Kanton Bern in keiner Weise von Umweltgiften belastet ist. Es ist ein wundervolles Gebiet, das seit Neustem auch als «Regionaler Naturpark» mit dem Gütesiegel des Bundes ausgezeichnet worden ist. Bei Kennern der Region entschuldige ich mich an dieser Stelle für einige schriftstellerische Freiheiten, die ich mir in Bezug auf geografische Details erlaubt habe: etwa die Erfindung eines Parkplatzes mit Kiosk bei der Schwarzwasserbrücke. Dasselbe gilt für Epidemiologen: Ein Cluster-Detector existiert meines Wissens (noch) nicht.

Nicole Bachmann

Doppelblind

Ein sel noir Krimi

Sommer in Bern. Lou, eigentlich Dr. Louisa Beck, Epidemiologin, Mitte dreißig, single, stur und gefährlich neugierig, arbeitet als wissenschaftliche Mitarbeiterin im Spital Walmont in Bern. Sie stößt bei einer Analyse der Patientendaten ihres Spitals auf eine massiv erhöhte Sterblichkeit. Und schlittert durch ihren Gerechtigkeitssinn und ihre Hartnäckigkeit wider Willen in einen mörderischen Skandal.

«Gute Thriller im Krankenhausmilieu gibt es durchaus den einen oder anderen – man denke nur an Robin Cook oder Peter Clement –, aber was diese Newcomerin aus der Schweiz abgeliefert hat, das ist mehr als achtbar: Atemberaubend und spannend bis zum Schluss, überdies ausgesprochen informativ in puncto klinische Studien.»
krimi-forum.de

Mit den klassischen Krimi-Elementen, doch frisch erzählt und mit einem großen Schuss Originalität ist *Doppelblind* mehr als ein gelungener Einstand.

Gebunden, 224 Seiten, ISBN 978-3-905801-20-0 salis

Tamás Kiss

Früher im Licht

Ein sel noir Krimi

Der junge Präsident einer Schweizer Rechtsaußen-Partei wird ermordet aufgefunden. Leere Parteikassen, Verbindungen zu einem dubiosen Hilfswerk. Eine heiße Spur führt von Zürich nach Havanna. Kommissar Varga, der einzige, der den Fall lösen kann, liegt mit Locked-in-Syndrom im Krankenhaus und ist handlungsunfähig. Nur sein Gehirn funktioniert noch, rastlos und scharfsinnig. Dies die Ausgangslage für Tamás Kiss' ungewöhnlichen, literarischen und düsteren Krimi *Früher im Licht.*

«Endlich wieder ein Schweizer Krimiautor, der wirklich schreiben kann! Ein Geheimtipp, der einen auf bestem Niveau unterhält.»
Sonntagsblick

Zwischen aufflammenden Bildern seiner ungarischen Kindheit, seiner Jugendzeit in der Schweiz und immer stärkeren Visionen der Zwischenwelt rekonstruiert Varga den Fall, der ihn aufs Sterbebett gebracht hat. Stück für Stück fügt der Kommissar die kargen Details zu einem Gesamtbild zusammen. Aber kann er den Wettlauf gegen sein erlöschendes Lebenslicht gewinnen?

«… man ist dankbar für die geradezu tollkühne Romankonstruktion über den sterbenden Kommissar, der im Koma am Fall arbeitet. Mit dem colasüchtigen Kommissar Varga ist dem Autor außerdem eine denkwürdige Figur gelungen.» 20 Minuten

Wolfgang Bortlik

Fischer hat Durst

Ein sel noir Krimi

Fischer, der Protagonist in Wolfgang Bortliks neuem Roman und erstem Krimi, findet ein Ohr im Garten. Ein menschliches Ohr. Es ist heiß in der Stadt, eine Schar Investoren will das alternativ genutzte Hafengelände in eine moderne Überbauung verwandeln, unter dem Gelände liegen archäologisch wertvolle Relikte der Kelten.

«Der neue Kriminalroman von Wolfgang Bortlik ist ein flott geschriebenes, köstliches Stück, das durch die Einlassungen aus aktuellen Begebenheiten der Schweizer Kultur und Politik zusätzlich vergnügt.»
NZZ am Sonntag

Ein Mörder geht zu allem Überfluss auch noch um. Und Fischer – plötzlich verwickelt in all dies – kämpft gegen Durst, gegen seine Exfrau Katharina, gegen nervende Literaturagenten und ringt mit dem Leben überhaupt.

«Der Krimi erinnert an einen Rock-'n'-Roll-Song – schnell, gefühlsstark, rhythmisch.»
Basler Zeitung

«Dieser Krimi tanzt aus der Reihe, und das im absolut richtigen Takt.»
Schweizer Radio DRS

www.salisverlag.com

sel noir KRIMI